诱她降落

超大小笼包 著

陕西新华出版

太白文艺出版社·西安

图书在版编目（CIP）数据

诱她降落 / 超大小笼包著. -- 西安 ： 太白文艺出版社，2025.7. -- ISBN 978-7-5513-2629-2

Ⅰ. I247.5

中国国家版本馆CIP数据核字第2024HN6814号

诱她降落
YOU TA JIANGLUO

作　　者	超大小笼包
责任编辑	蔡晶晶
封面设计	薄荷糖
版式设计	建明文化
出版发行	太白文艺出版社
经　　销	新华书店
印　　刷	固安兰星球彩色印刷有限公司
开　　本	787mm×1092mm　1/16
字　　数	410 千字
印　　张	27
版　　次	2025 年 7 月第 1 版
印　　次	2025 年 7 月第 1 次印刷
书　　号	ISBN 978-7-5513-2629-2
定　　价	78.00 元

目录

第 1 章　再遇林彻

海城九月多雨，一到秋天就病恹恹的，整个天空阴下来，云压得低沉。

中午的雨优柔绵长，虽然不大，却把整个校园都洗了一遍似的，雨后显得有些空旷寂寥。

午后，地上还是湿漉漉的。

一阵风吹来，带着阵阵凉意，顾知栀不由得裹紧校服。

这片城市的土地，她是熟悉得不能再熟悉了。

在这方天空下，或许是天气的原因，她心里五味杂陈。

遇到他，会是怎样的呢？

算了，还是不要遇到了。

她垂眸，长长的睫毛耷拉下来，在她眸间投下一片阴影。

低头踩着路上一颗鹅卵石，用脚尖把它踢到花坛边。

洁白的帆布鞋上留下一片水渍。

她无语。

刚买的小白鞋弄脏了，那……她以后也就不用那么注意了，嘿嘿！

不远处并排走来两名穿着校服的男生，勾肩搭背，说说笑笑，好不热闹。

他们见到花坛边踯躅的顾知栀，不由得拉扯着，朝她投来灼热的目光。

"这是高一新生吧？好可爱啊！"

"对啊……眼睛好大。我晕，咱们一高还能出这样的美女？"

两人的声音不大，却也传进了顾知栀的耳朵里，像小铃铛一样，在她耳里那根弦上摇。

她有些不好意思地埋下了头。

预备铃响起，顾知栀往教室里赶，不由得加快了脚步。

她动作不慢，甚至有些着急，一双明媚的杏眼里透着天然的无辜，一路走来收获了路上同学的注目。

越走近教学楼，人越多。大家都赶着回教室，以致就在教学楼入口处堵塞起来。

周围的嘈杂声将她包围了，她被挤在人群中间。

人群外传来一阵骚动，明显可以听到一些女生的惊呼。

"是林彻！"

像一根针落在地面上，清脆，微弱，却掷地有声。

熟悉的名字钻进耳朵，像是连带着那些记忆一起，如洪水般向自己袭来，将她淹没。

她感觉天旋地转，脑中一片空白，紧张得连呼吸也忘了。

在人群中，她顺着大家的视线看去，一眼就看见了那个被几人簇拥着的林彻。

也是，他总是那个瞩目的存在。

他漫不经心地走着，和旁边的人在说着什么，脸上没有任何表情。

校服拉链拉开到一半，有些轻佻的张狂和懒倦，露出里面一点黑色T恤的领子，带着一些率性。

兴许是对自己引起的骚动不以为意，他一手揣在裤兜里，一手拿起手机随意看了一眼，懒懒的。

她瞳孔骤缩，呼吸微顿，眼前少年的身影清冷，和当初一般无二。

清晰熟悉的眉眼如刀，生生刻在顾知栀心上。

顾知栀内心大喊着，完了完了，怎么这么快就遇上他了？

她心里抽搐了一下，赶紧收回视线，将头转过去，背对着他。

身后有一个男生抱着篮球往回走，一边走一边把玩，一个不小心将球落在顾知栀肩上。

不重，却也让她心里一呼，可是不能喊出来，她只想将自己隐藏在人群中。

"同学，对不起。你没事吧？"男生倒是很热情，关切地弯下身子问道。

顾知栀缩了缩脖子，摇摇头，耳朵上慢慢露出一截小粉红。

她只希望此刻自己是透明人，可男生却不依不饶，在这个不合适的场合，非要引起一阵关注。

"我不是故意的，你真没事吗？"他将手轻轻放在顾知栀肩膀上，想让她停下来，后来又觉得太过唐突，蓦地把手收回去。

这两句话，已经让一些人看了过来。

顾知栀欲哭无泪地偏着头，一双眼里急出了水雾，好看的脸上透露着局促，她轻轻开口，温柔又无奈："我真没事。"

然后快速转过头去，加快了速度，让前面的同学稍微让一让，很快走到前面去了。

男生看得一愣，这，都要哭了，还没事？

后面的人群里，林彻不紧不慢地走着。

身边的洪川叽叽喳喳，跟打了鸡血一样："我的天，刚刚好像看到了一个美女！"

周维白了他一眼，对他的话表示不以为意："在你看来，谁不是美女？上次说带我去看二班新转来的妹妹，说是什么天仙下凡，结果也就那样。"

"兄弟们，信我，这是真的。像仙女一样，那眼睛好大，好可爱，快看一眼。"洪川扯了扯周维，强迫着他跟自己一起看。

周维嫌弃地顺着他手指的方向看过去，本是半信半疑，只是一眼，却炸开了。

不远处，一个穿校服的女孩红着半截耳根子。她眉眼婉转，带着丝丝水汽，和身后的人说着什么。

这丝儿水哦，沁到了周维的心里。

"真的好看。"发自内心的，他感觉，什么一高的校花、隔壁的一姐，全部被这小白花比了下去。

"没骗你吧？"洪川乐了，于是得意地拉了拉林彻的袖子，"彻哥，看美女。"

林彻不留痕迹地皱了皱眉，目不斜视地沉着声说道："不看。"

眼看着小美女要消失在人群中了，洪川有些可惜，说出的话不过脑子，却是真心实意："不觉得吗？这美女能吊打我们学校的校花。"

"啧啧啧，可惜。"

"唉，可惜啊！"

他一人低低地说着。

周维很快和他勾肩搭背起来："别可惜了，我们彻哥对美女这种生物不感兴趣。"

两人吊儿郎当往前走，周维和洪川嘻嘻哈哈间还不忘回过头："彻哥，今晚去我家玩吧，我哥送了我一款新的游戏。"

林彻面无表情地点点头，那副做派却自成风景。

第 2 章　和林彻什么关系

顾知栀回到教室已经快要上课了，同学们都已在座位上坐好，一片安静。

她进来时无疑引起不少瞩目，有的同学的视线一直追随着她直到她坐在座位上。

她走路有点快，似弱柳扶风，称得上是一道优美的风景线。

"去哪里了？"同桌名叫周子茉，是一名很友好的女生。她露出甜甜的微笑，帮顾知栀把桌斗里的英语书拿出来。

和自己坐了一星期同桌了，周子茉话不多，给人很舒服的感觉，温柔似水，像一个邻家大姐姐，顾知栀对她很有好感。

"就去楼下走了走。"顾知栀把随堂的笔记本拿出来翻开，等待老师上课。

周子茉没察觉到她的异样，只是点点头，也不多说什么。

顾知栀心里久久不能平静。在她平复了心情坐好后，刚刚那一幕又清晰地浮现在脑海里。

她还捏着铅笔，纤细的手指骨节泛白，笔下不由得写出"林彻"两个字，等她反应过来时赶紧用橡皮擦擦掉。

"平静。"她暗暗对自己说。

不就是遇到他了吗？我们好歹也算半个家人，倒也不至于那么尴尬吧？

她揉了揉脑门，想把这些乱七八糟的事都抛到脑后去。

结果这么一走神，就到了放学……

这倒霉的天气，又开始飘起蒙蒙细雨。

放学时，整个校园都热闹起来。

顾知栀没带伞，她走出教学楼时，叹了一口气，幸好雨不大，她这样跑到公交车站应该没问题。

同学们三三两两往校门口走去，有人带了伞，几个同学挤在一起说笑，有的人则和自己一样，行色匆匆。

等她小跑到了公交站台时，头上已经出了一层细汗，混着雨，分不清到底是雨水还是汗水了。

站台上已经站了很多人，她找了个位置擦拭脸颊，还准备用纸巾把衣服上的水吸干。

站在人群中，她脸上的线条柔和温软，一双眼睛婉约明媚，笼罩着一层迷茫，看起来有些呆萌。高挺的鼻梁勾勒出优美的弧度，温润的唇微微轻启。

她轻轻吐了口气，额前随意散落的秀发被她吹到一边，又耷拉下来，宽大的校服让她显得更加娇小瘦弱了。

她这样一站，很快引起侧目。有人有意无意地往她身上瞟去，然后和旁边的人窃窃私语。

好像还有人对着她拍照。她觉得有些尴尬，不动声色地稍微偏头，将脸别过去。

手机在这时响起来，她从包里掏出手机，看到来电显示"林叔叔"。

顾知栀迟疑了一会儿，纤细洁白的手指最终还是点了接听键。

"喂，林叔叔。"

电话那头传来一个男声，和蔼亲切："小栀，你回家住吧，一个女孩子住外面还是不方便。"

林叔叔的话语和他的人一样温和，她能想起以前他轻轻抚摸着她的头的样子，只是，有些东西已经不一样了。

顾知栀微颤，眼里有什么东西要涌出来。

她礼貌回复，尽力克制住自己的情绪："不了林叔叔，我住在同学家的，她家里只有奶奶，我们都很方便的。"末了还扯起一抹笑，像是在安慰对方，却有些苍白。

林叔叔那头静了片刻，传来一声叹气。

他迟疑了一会儿，也像是想了很久，有些不确定，有些小心翼翼地问道："小栀，你和林彻，是不是……"

他顿住了，支支吾吾地，说不下去。

其实他想问，是不是在和林彻谈恋爱，可又怕说错了让小栀尴尬。小栀的父母双亡，从小养在自己家里，他只以为林彻把她当妹妹。

但是他们两人，太奇怪了。

去年小栀回了老家，去照顾病重的外婆，这本来没什么，可关系很好的两人却像成了陌生人一样。

林彻从此以后变了个人似的，不学无术、逃课、打架……成了个令人头痛的混混，还不愿意和父亲交流。

这个家，似有似无，已经没有半分曾经的光景。也不知道是哪里出了问题，他无能为力。但他还是心疼小栀的，把她当亲女儿疼。

于是那句话最终还是咽在喉咙里，他琢磨半天，问："你和林彻，是不是吵架了？"

顾知栀垂眸，睫毛微颤，上面还有刚刚未曾拭干的水珠。她当然得否认了，不然林叔叔会担心。

"没有，林叔叔，我和哥哥怎么会吵架。"她用轻松的语气说出来，却在心里一沉。

他们何止是吵架了，他们的关系变得一团乱麻。

可以说是她亲手掐断了两人正在疯狂滋生的情感，然后寻了个由头，逃匿似的弃他而去。

她没了爸爸妈妈，被爸爸的好朋友林叔叔接到林家，在林叔叔那里获得了家人一样的关怀。林彻和自己一起长大，一直都是兄妹相称。

渐渐地，她发现自己和他的情感已经超出了这个界限，于是她开始陷入奇怪的矛盾中。

被他喜欢的感觉非但没让她安心，反而令她越发迷茫。

她就像片飘零的树叶，落在缓缓流淌的水面上，只能随波逐流。

都已经有个家了，还要不知足、奢求更多吗？

她哪是不喜欢，她分明是不敢喜欢。

在这个年龄，喜欢和不喜欢都是幼稚的，她知道自己还没有办法辨别这种感情的对错，要是以后恍然大悟，发现对对方的感觉是错的，那就连亲人都当不了了。

她自私地想要和林叔叔、林彻一直一起，然后好好地维持这个家的存在。

只当林彻是她哥哥，只能是哥哥。

对，不能有别的情感。

于是，她借着回老家照顾外婆的机会，暂时和林彻断了联系。

他们真的是一年都没说过话。

"那你在学校有什么困难就找林彻。"林叔叔在那头继续关切地说，"那孩子现在不接我电话，你要是看见他了，让他给我回消息。"

"好的，林叔叔。"挂了电话以后，她轻轻叹了口气。

不知谁说了一句"335来了"，她才回到现实，随着攒动的人群挤上车。

第 3 章　小仙女是谁

另一边，学校外一处巷子里。

几个看着吊儿郎当的男生坐成一排，有些人染着黄色头发，将衣服穿得松松垮垮，但还是学生模样。

林彻在旁边独自靠着墙，眯缝着眼，颓然而阴郁。

他看起来很随意，身上却自然而然散发着凛冽的气息，和旁边的人格格不入，分外突出，自成风景。

"彻哥。"听见洪川的声音，他不紧不慢地抬起眼皮。

只见洪川朝自己走来，他冷冷地"嗯"了一声。

洪川眉飞色舞，一副八卦的样子。他打听到了最近活跃在各位同学八卦前沿的像小仙女一样的高一新生。

要说其实顾知栀这个名字倒没有传得多开，大家只知道学校里来了个肤白貌美的美女，美女叫什么已经有几个版本了，毕竟那是高一，传到高二来已被人夸张渲染过多次。

不过对于洪川这种喜欢八卦的人来说，永远走在吃瓜最前线，总能敏锐地嗅到八卦的核心。他拿项上人头作保，上次那个一眼万年的妹妹就是大家传言中的高一小仙女。

于是他几经打听，不难就掌握了小仙女的一手资料。

"兄弟们，高一的小仙女。"洪川得意地扬了扬手机，像是里面有什么宝贝。

这果然引起几个男生的注意，热烈地凑在一起，一说到美女他们就可有精神了。

周维不由分说地像泥鳅一样钻了过去："给我看看。"

然而却传来一众失望的嘲笑。

"喊，我还以为什么呢。"大家轰然。

周维恨铁不成钢地朝洪川头上一按："还以为是照片，你这几个字有啥意思？"

这群男孩子果然还是对脸比较感兴趣，看到小仙女的名字一点都不起波澜。

这可是小仙女的名字啊。

货真价实，童叟无欺。

洪川表示，这群人都不晓得纯情的。

"不过这小仙女的名字，还真的挺仙儿。"光是念着就觉得温软，甚至都能闻到香味。

周维一脸促狭地搂住洪川的脖子，和他勾肩搭背："咋的，你已经纯情到可以看人家名字就想入非非的地步了？"

洪川反手给他一记勾拳，像是为自己开脱："你个没情趣的不懂。话说，这是栀子花的栀吧？"他指了指最后一个字看向周维。

周维笑得狡黠，挠了挠头："我没文化，你问彻哥。"

也是，这里彻哥可是兄弟们颜值和文化的顶峰，兄弟们不学无术惯了，彻哥不一样，彻哥是文化人。

林彻漫不经心地看向他们，随意地将脚边的易拉罐踢到一边。

他不紧不慢开口，声音沉沉的并且有些沙哑，带着冷漠的性感："让你们多读点书，不信。"

"咱们这儿有一个状元就够了，兄弟们只想混吃等死。"

"对啊，彻哥成绩那么好，实乃我们扛把子界的骄傲。"洪川嬉皮笑脸地递上手机。

林彻没有不耐烦，而是似笑非笑，两根修长的手指夹住手机，然后在手里一转，划过一个漂亮的弧度，手机就落入他宽大的手掌中。

他慵懒地抬眼说道："彻哥带你们认认字，省得以后喊你们的小仙女喊错了，丢人。"

然后随意垂眸，往屏幕上瞥了一眼。

顾知栀……

三个大字赫然映入眼帘。

这熟悉又陌生的三个字。

梦里百转千回的三个字。

他瞳孔一震，笼上一层阴霾，被掩埋的记忆碎片纷至沓来，在他脑海里闪过一幕幕光景。

他的心狂跳不止，甚至让自己晕眩。

"顾知栀。"他低声喃喃，却像被抽离了力气，手僵住了，整个人陷入静谧中，脑袋嗡的一声陷入空白，连洪川的几声呼唤都没听到。

"彻哥？"洪川凑到林彻眼前。

林彻这才缓过神来，嘴边扯起一抹似有似无的笑，眼里情绪纷乱。

"这字是栀子花的栀吧？"

林彻沉着脸将手机扔了回去，看不清神色。

他冷哼一声："嗯。"带着凌厉，让周维摸不着头脑。

这，彻哥咋回事？看个名字还能瞬间低沉。如果不知道他没有女朋友，还以为是受了情伤呢。

"顾知栀，好听。"洪川捡了宝似的将顾知栀的名字看了一遍，不要命地又来一句，"彻哥，是不是很好听？"

身边的林彻一顿，找了好久才找回自己的思绪。

"还行。"说着，皱起眉，整个人变得格外消沉。

此话一出，洪川和周维都惊呆了。

洪川也只是随口一问，没想到自家老大竟然少见地夸了一个妹子啊！

太阳打西边出来了？

"不知道这妹子有男朋友没有，没有的话我是不是有机会？"洪川抱着手机喋喋不休。

没想到身旁的林彻直接将他的头往下一按，让他差点咬住自己的舌头。

"彻哥你干吗？"

林彻冷笑一声，眼里闪过一丝不耐烦。

然后绷着一张帅脸，淡淡地说："手抖了，不好意思。"

"彻哥你这手抖得可真有技术啊。"

洪川没发现林彻的异常，转而继续一边看着手机，一边和旁边的周维聊得火热。

还下着雨，几个人在巷子里的遮檐下躲雨。

抬头望天，阴沉沉的。

林彻没有管旁边两人叽叽喳喳说着什么，只是有那么一瞬间，他恍惚想起了什么，又克制住自己不能想。

像在门缝中可窥探什么风景，里面的风景炫目又美好，却每一帧都会像刀片一样划破内心，他强迫自己关上门。

第4章　丑死了

第二天，顾知栀在车站被偷拍的照片竟然在学校传得沸沸扬扬。

也不知道是谁传到了学校的论坛里，取名为："给你看我们学校新来的妹妹。"

照片中，女孩裹着一身宽大的校服，兴许是刚淋了雨，几缕发丝湿润地贴在额角，她面无表情地看着前方，眼神有些茫然，看着有些呆萌，但就是这副表情，被同学们称作"人畜无害"。

帖子很快就上了热门，引来热议。

"求姓名，求班级！"

"三分钟，我要打听到关于这个妹妹的全部消息，最重要的是有没有男朋友！"

……

洪川举着手机在座位上笑得一脸灿烂，然后伸出胖乎乎的手指打字。

"我看到过这个妹妹一眼，简直小仙女，哈哈哈哈哈！"他笑得眼睛一眯，在脸上形成一条线。

周维瞧见他那副模样，扔了本书过去，砸到他身上："喂，洪胖子，你笑得那么猥琐干什么？"

洪川不耐烦地把书扔到一边，没有看周维："别打扰我，我在看妹妹照片。"

周维来了兴趣。

什么妹妹？他直觉是顾知栀小仙女。

于是也凑了上去："给我看一眼。"

果不其然，接下来两人一起捧着手机赞不绝口。

"啧啧啧，果然好看！"

路过的男生看热闹似的围了上来，他们对美女最感兴趣了。其间还发出促狭的笑声。

一时间教室的后排变得吵吵闹闹的。

林彻眯着眼靠坐在最后一排的墙边，他蹙着眉，好看的唇紧抿，形成一道凌厉的弧度，整个人显得烦躁又阴郁。

那些话一字不落全落进了他耳朵。

他只觉得吵得很，耳朵里有什么跳个不停。

"要不要给彻哥看看？"洪川问。

周维想也没想就架住洪川的脖子，将洪川圆圆的头挤到跟前："得了吧，老大会对这种东西感兴趣？"

也是，两人意味深长地看了一眼在后排闭目养神的林彻。

彻哥什么时候对女生感兴趣过？

前校花够漂亮了吧？要身材有身材要长相有长相的，追了彻哥足足一学期，彻哥都没正眼瞧她一眼。

他俩都快怀疑彻哥是不是性取向有问题了。

话说彻哥有问题的话，那岂不是……

周维看了看自己，又看了看在旁边上蹿下跳跟个猴一样的洪川。

顿时，白痴俩字浮现在脑海里。

可能吗？想什么呢？

周围的人群散去，安静不少。

洪川随便开了一个游戏，抵着他的书包面朝后面的林彻，半个脑袋凑在林彻桌前。

"彻哥，醒了吗？"

林彻压根就没睡，他蓦地睁开眼，目光森然，随意"嗯"了一声。

"醒了啊？那来帮我过下这关。"洪川把手机递过去。

林彻没有接，而是向后随意仰去，靠在椅子上，表情凝重。

"咋的了，彻哥，谁不长眼惹你了？"

洪川收回手机，继续自顾自地操作。

林彻静默半晌，他拧着眉，看起来懒散却又漫不经心，似乎有些不耐烦，但他这副做派太理所当然了。

"照片，给我看看。"他不紧不慢地开口，声音低沉好听。

"什么？"

这下洪川和周维同时傻眼了，他们没听错吧？

两人面面相觑，大眼瞪小眼，等确认了互相的表情以后，才知道，自己并没有听错！

老大要看小仙女照片？

老大这是铁树开了花？还是一朵弱不禁风的小白花！

这可不得了。

洪川立即把游戏强制退出，点开顾知栀的照片，献宝似的递了上去："得嘞！彻哥。"

两人目不转睛地盯着林彻的脸。

这可是第一次啊！

只见林彻接过手机，将手机扣在手中，垂下眼皮，面无表情。

照片虽然拍得不清晰，但女孩的身形样貌他都清楚无比。

他目光阴沉，望着照片上那个人一言不发。

她瘦了。

记忆如潮水涌来，就要将他淹没，林彻觉得呼吸有些错乱。

小没良心的……他心里冒出这个词。

他重新闭上眼，隐匿在课桌下方的左手早已紧握成拳，深吸了一口气。

然后冷漠地将手机扔了回去。

"怎么样彻哥，好看吧？"周维问。

洪川也点点头："对啊对啊，好看吧？"

林彻皱了皱眉，只听得他冷哼一句："瘦成这个鬼样有啥好看的？丑死了！"

"丑吗？我们都觉得很漂亮啊。"

看来老大的欣赏能力有问题。

一会儿，林彻站起身，后排的椅子发出刺啦一声。

周维向后看去："老大，去哪儿？"

"出去走走。"林彻低低地说，头也不回走出教室，听不出任何情绪。

"那走啊，一起。"周维和洪川随即勾肩搭背跟在林彻身后。

……

顾知栀不知为什么，今天总是有其他班的人凑在教室后面往自己这边看，还能时不时听见一两个"顾知栀！""在哪？""是她？"这样的字眼。

这让她觉得背后有些僵硬，偶尔转过头去还能看见几个男生不怀好意地笑。这让她不太舒适。她已经一个上午没有走出教室了，有点尿急，可直觉告诉自己不能出去，否则等她的又会是这样明目张胆的打量。

"要不要陪我去洗手间？"同桌周子茉发来邀请，她笑得很温柔。顾知栀听到这番话如沐春风，随即感激地点点头。

于是周子茉牵着她，将她领着出了教室，路过那几个别班的男生时，还严厉地瞪了一眼。

顾知栀缩着脖子，半垂着头和周子茉一起溜进女厕所。

"太谢谢你了。"她上完厕所以后在水池边洗手。

周子茉只是淡淡地笑着，目光柔和又平静："没关系，能为美女效劳，是我的荣幸。"

顾知栀知道她是在开玩笑，于是走上前去钩了钩她的手指："那我也牵一牵周美女的手，让我荣幸一下？"

这绝非谬赞，周子茉是那种很古典的气质型美女，人如其名，像茉莉花一样，清新淡雅，美而不妖。她说话总是慢慢的，却像在念诗一样，每个字都说得清晰悦耳。顾知栀很喜欢她。

周子茉走路时自信恬淡，对那些明目张胆的注视也能大方地回应过去。

顾知栀虽然已经习惯了这些场面，但人一多她还是会怯场。

就像有什么东西在背上咬。

"你现在这样，娇羞得厉害，就不怕他们更来劲了？"

周子茉一看身边的顾知栀，耳朵已经露出半截粉红，脸上飞过一抹红晕，眼睛里水盈盈闪烁着，整个一我见犹怜。

她忍不住轻声一笑。

这也，太可爱了吧。

第5章　领粉笔也会被拦住

顾知栀没想到自己这么快就在学校"火"起来了，她不禁想到，林彻会无意间听说自己吗？

到这里一周多了，她倒是听到了许多关于林彻的故事。

其实不用顾知栀打听，林彻的大名总是从班上那些女生的嘴里飞进她的耳朵中。

除去林彻长得帅、成绩好这些她熟悉的属性外，倒是了解了很多她不知道的消息。

据说他是高二年级的大佬，身边一众迷弟，逃课打架这种事他样样不落。他的名字很响亮，连高三的男孩子们都得让他三分。

顾知栀是坚决不信的，她和林彻一起长大，林彻可以算得上是她遇到过的最优秀的男生了，品学兼优，是老师家长口中的好孩子。

逃课打架？不可能的。

他讨厌这些。

顾知栀面对这些流言蜚语只是浅浅一笑，果然人言可畏。

于是她低下头，继续计算今天布置的很难的一道数学题。

她怎么也做不出来。

笨死了！

"顾知栀，有人给你的。"有个同学从后门进来，路过她的座位，递给她一个小盒子。

递给她盒子的男生叫陈阳，就坐她前面，性格大大咧咧，很阳光。

顾知栀疑惑地接下，抬眸看见一群男生在后门围站着，你推我搡，其中一个男生不好意思地挠挠头，见顾知栀看过来，红着脸笑了，身边一堆同学"哦哦哦哦"地打趣他。

她会意，当下坦然地把盒子放在桌下，没有理会。

里面是什么，她猜得七七八八。

"不看看？"周子茉调笑道。

她摇摇头，平静地回答："不了。"过了一会儿又补充道："待会儿让陈阳帮忙还给他，现在他身边同学那么多，不好伤了他的面子。"

周子茉本来在喝水，听到这里不禁笑了。

身边的女孩看起来小小的，还有些稚气的白皙脸庞上，一双杏眼纯净婉约，高挺小巧的鼻子上一点粉红，没有表情的时候嘴巴是微微嘟起来的，看起来可爱得很。

这么天然的女孩子，偶尔说出来的话却让她刮目相看，原来她可爱的脸庞下还有一股子恬淡坚忍、不卑不亢，这种气质很吸引人。

周子茉咽下一口热水，不禁感叹道：这真是个宝藏同桌！

上课了，是顾知栀最喜欢的物理课。她喜欢物理的原因很简单，也很无厘头。

还在上初中的时候，她的物理老师说了一句："上了高中，能把物理学好的女生是很帅气的。"

这句话给了还在中二的顾知栀灵魂般的洗礼，就为了"帅气"这个词，她一下子爱上了物理，这门课学得格外认真。

现在，她依然要把帅气贯彻到底。

物理老师是个和蔼的老头，标准的地中海发型，戴着副圆圆的眼镜。

他在讲台上看了一圈，像是在找什么又找不到，疑惑地摸了摸头："没有粉笔了呀，顾知栀同学去帮我领一盒吧。"

"好。"顾知栀站起身，没有任何多余的话，一溜烟跑出教室。

同学们纷纷看着她消失在视线里，随后又看回到老师身上。

有些同学不禁感叹，不愧是美女，开学才几天，老师都没记住几个学生，却能记住她。

啧啧啧。

至于为什么喊她，顾知栀心里很清楚。

谁知道，她亲爱的物理老师就住她现在的家楼下啊。

每天上学放学上下楼梯的时候都能和亲爱的老师遇见，然后从他和蔼的眼神里读出"要好好学习哟"这种无声的期许，要是可以，他说不定会当即掏出物理书给她来个关爱的辅导。

领粉笔在一楼的后勤处，她去过一两次，所以轻车熟路。

下楼后要经过一个小花园，再穿过一个走廊。

现在是上课时间，周围安静得很，时而听见一些班级的读书声，却让心里宁静无比。

她一路小跑，到了一楼。

没想到在小花园里，有人拦住了她的去路，她只能停下。

面前是两张陌生的面孔，是两个男生。个子都很高，校服穿得松松垮垮，脸上露出不怀好意的笑，对顾知栀从上到下一番打量。

他们俩的眼神很炽热，甚至带着轻佻，顾知栀感到一丝不适。

于是她什么也没说，低下头想绕过他们。

没想到他们两人跟着顾知栀移动，继续挡在她面前。

顾知栀去哪边，他们就拦在哪边。

一来二去。

"同学，别走啊。"

"留个联系方式好不好啊？"

顾知栀面上不露怯色，手指却搅动着校服边。

"我没有手机，抱歉。"她开口，声音清脆悦耳，带着疏离。

可那两个男生却更来劲儿了。

这温软的声音，简直撩人得不得了。

于是两个男生笑得更大胆了。

"别啊同学，我们不是坏人。"说着他们甚至走上前来，将手搭在她的肩膀上。

顾知栀微微皱眉，想躲开他们的手。

"我真没有手机。"她慢慢向后退，想着不然转头就跑，可是领粉笔就必须往前走，那不然把他俩推开然后冲到后勤处？

她在心里盘算着。

两个男生不依不饶，像是对她的反应很满意。

这传说中的小仙女果然够美。

远处的操场边，洪川抱着手机玩游戏，脸上的笑容逐渐猖狂。

"终于通关了！"他大叫一声，满意地抬起头。

余光里有什么身影吸引到了他，好像是有人在争执。

他顺着看过去。

两个男生堵着一名看起来很弱小的女生。

女生在往后退。两个男生步步进逼，脸上的表情猥琐极了。

"好过分。"他皱着眉，对那俩人的行为十分不屑。

身边的周维不紧不慢地抬起头："咋了？"也顺着他的目光看过去。

这一看还得了？也不知道是什么点燃了周维的豪气。

"胖子，我们要不要去英雄救美？"他不客气地戳着洪川的腿边肉，像是要在上面戳个洞。

女生只有一个背影，身形看起来柔弱纤细，扎着高马尾，露出洁白的脖子，线条柔和流畅，这娇小的模样，很让人有保护欲。

洪川一拍大腿："你说得对，那俩傻子竟然光天化日在咱俩眼皮子底下欺负女同学，这能忍？"

英雄救美听起来很不错，两人虽然有些混不吝，却也见不得这种欺负女生的不义之事。

于是一拍即合，气势汹汹地朝那边走去。等他们走近了才发现原来这女生就是上次那个漂亮妹妹，于是走得更带劲了，雄赳赳气昂昂。

那场面简直正义到不行，他们甚至认为自己是英雄。

顾知栀还被拦着，此刻进退两难，正准备掉头撒丫子就跑的瞬间，身后响起了洪亮的声音。

"你们干什么呢，那么热闹？"

她和那两名男生都循着声音看去。

只见两个男生大摇大摆走过来，没有穿校服，一胖一瘦，看起来吊儿郎当。

顾知栀倒吸一口凉气。

完了完了，现在两个没摆平又来了两个，他们看起来都不学无术的样子，不会是一伙的吧？

"喂，洪川，周维。"

堵她的两个男生开口了。

他们真的是一伙儿的！

不会吧？她抬头望天。

这青天白日的，在学校被人堵着算什么？

第6章　认什么亲呢

顾知栀，快跑！

她心底这个声音越来越大。

心跳加速，在胸膛里咚咚作响，快要跳出来。

于是她眼睛一闭，使出吃奶的力气，将前面两个男生推开，然后义无反顾地向前跑。

洪川和周维正准备开口，却只见面前的女生突然跟打了鸡血一样撞开那俩男生，兔子一样跑开了。

这……

四人瞠目结舌。

洪川蒙了："小仙女这是，啥意思？"

"揭竿而起了。"周维看着一溜烟跑开的顾知栀，惊异之间陷入沉思。

"那咱们，英雄救美成功了吗？"

"可能小仙女已经自力更生了。"

得了，无用功！洪川无辜地耸耸肩。

另外那两个男生脸上的表情甚是丰富。

先是调戏新来的妹子，又被学校里出名的不好惹给叫住，洪川和周维是林彻身边的人，干的恶劣的事数不胜数，他们惹不起。

自己和他们没交集，那他们叫自己想做什么？

还没反应过来呢，又被面前的女生一推，那力气，真大啊！

到底该先面对前面两个霸王，还是去追妹子？

四人面面相觑，大眼瞪小眼。

倒是洪川泄气一般："喊，没劲。"

然后转身走了。

周维瞪了他们一眼，也慢悠悠离开。

两个男生内心：这什么跟什么？

倒是顾知栀跑得那叫一个义无反顾，她被吓得不轻，心里怦怦直跳，脚下跟生了风一样，她不敢向后看，万一一转头就是那几个坏学生呢？

只想赶紧跑得越远越好，跑到后勤处有老师就安全了。

她如是想。

林彻刚从洗手间出来，他漫不经心地将手揣在裤兜里，整个人帅气却又带点颓废。

他迈着大长腿，不紧不慢地转过走廊尽头，眼前突然出现一抹身影。

一张熟悉的脸映入眼帘。

他停住了脚步，此刻的自己，整个身体，随着眼前的人越来越近，逐渐僵硬。

眼里的阴霾之中有片刻的闪烁，随之而来的就是全身控制不住地发抖。

喉咙里有什么在滚动，遏制住他的呼吸。

她跑得很快，皱着眉，表情像是很害怕。

整个人看起来紧张又无辜。

林彻脸色一沉，拧了拧眉，只见顾知栀就要跑到他跟前。

他深吸了口气，顷刻间，隐忍、愤怒、质疑，所有情绪，纷乱一团，像解不开的结，却又因为眼前的身影越来越清晰而化为乌有。

随之瓦解的，还有他的理智。

他怎么也迈不开腿，任由女孩撞上自己。

顾知栀埋头奔跑，头上急得出了汗。

眼下赫然出现一双运动鞋，她来不及停下，随即眼前一黑，一头撞上一个坚硬有力的物体。

当下眼冒金星。

"对不起对不起，我没看到你。"她捂着鼻子，脸上的痛感分外明了。

前面的人没说话，一动不动站在那里。

顾知栀视线往上移动，只见他那精致的锁骨被衣领挡住半截，脖子的线条流畅清晰，下颌紧致微绷，清瘦又富有美感。

她再抬头，赫然愣住了。

那是一张精致好看的脸，此刻正神色凌厉，恶狠狠地看着自己。

怎么是他？

顾知栀瞳孔骤缩，想也没想，直接转身。

刚转过身，就听到身后清冷的男声像催命一样传来："站住。"

简单两个字，气势逼人，将这片狭小的空间压得沉沉的。

顾知栀无语望天，但还是停住了脚步。这样猝不及防的相遇让她无处遁形。

她慢慢转过头，看着脸色冷漠的男生，轻轻喊出那个熟悉的名字："林彻……"

林彻无言，听到她的声音以后，全身的血液都像凝固了，呆了片刻。

面前的女孩声音很小，但却在他心上激起无声的惊涛骇浪。

他的眉不由得皱起，重重地吸了口气。

"你还知道回来啊？你当我是谁？"

一字一句，像是从牙缝里吐出来的，正好呼应了他黑成煤炭的脸。

顾知栀埋下头，眼神轻颤，又慢悠悠喊了一声："哥。"

听到这声"哥"，男生神情微动，在兜里的拳头不禁微微握起。

他开口了，声音低沉好听，还带着沙哑："哥什么哥，谁是你哥？瞎认亲。"

小王八蛋。

顾知栀不可置信地抬起头，一双眼清澈透亮。

但看到林彻带着克制与隐忍的表情后，又埋下脑袋，将脖子缩了缩，觉得自己小命可能不保。

林彻垂着眼皮别过头，不再看她。

她还没有做好和他重逢的准备，他们自然不可能手挽手泪目，上演一出兄妹情深。

况且这个人，并不是她亲哥，而是被自己严厉拒绝过的人。

眼前的人看起来分外不好惹，顾知栀寻思着，兄妹情深可能是等不到了，被他手撕说不定会是她的命运。

这时，身后响起两道洪亮的男声："你们在这儿？"

她转身向后看去，是刚刚那两个后来的男孩子。

他们追上来了？

好家伙，前有悬崖，后有追兵。

顾知栀觉得自己今天是倒了八辈子霉了。

出门没看皇历吧……

耳边好像塞了个水壶，哔哔地冒着热气提醒。

顾知栀悄悄后退，整个人一点一点往旁边挪动。

林彻一双狭长的眼透出冷厉，垂眸看了一眼她的头，冷着脸后退半步，默默把她的退路挡住。

洪川和周维哪晓得会是这样的情景。

刚刚解救小仙女不成，准备来洗手间方便一下，彻哥还在那里呢。谁晓得现在，小仙女、彻哥，一起出现在眼前。

小仙女一脸生无可恋。

彻哥脸色铁青，很是阴沉。

一定是发生不愉快了。

再走近，小仙女害怕地往后缩了缩，彻哥冷着脸往后退。

果然是发生不愉快了！

两人继续走近。

顾知栀看着慢慢逼近的两人，那吊儿郎当的模样，那杀马特造型，感觉马上就要堵着自己收保护费了……

顾知栀直哆嗦，决定求助于旁边的林彻，声音逐渐变得飘忽："不、不良少年！"

林彻闻言，眉眼一扬，看着旁边瑟瑟发抖的少女，意味不明地挑了挑唇角，又很快将脸沉下来，冷淡疏离，像被人欠了几百万。

顾知栀正处于茫然与害怕之中，一时间所有情绪混乱一团，在脑袋里搅成糨糊。

"哥！"她急急喊出声，"咱们，跑吧？"

洪川和周维走近了，先听到的是这个。

没听错的话，小仙女在喊他们老大"哥"，还说什么跑？

好家伙，这就开始计划着私奔了？

可惜他们老大不解风情，美人在前，却不懂得珍惜，只知道摆个臭脸，都不怕吓到人家？

于是洪川首先笑着脸迎上去："小同学啊，别叫他哥哥，我们老大凶得很，你不如叫我，我可乐意听了。"

老大？

顾知栀脑子还没转过弯来，只是呆呆地抬起头，看向洪川和周维："老大？"

这一眼，两人直接眼睛都直了。

可可爱爱的模样，谁见了不喜欢？

"彻哥，彻哥，你可别欺负人家。"

彻哥？老大？

"你们认识？"

顾知栀茫然地看了看林彻，他正黑着脸看向一边。又看了看笑得灿烂的洪川和周维，只觉得脑子里混乱得很。她不解地拧起好看的眉心，一副若有所思的样子。

她这番举动被林彻的余光捕捉到，林彻皱了皱眉，心里轻哂。

欺负她？呵呵。

但他故意眯缝着眼，轻蔑地说道："对啊，我们认识，都是——不良少年……"

他眼里带着笑，漫不经心到极致，特意把"不良少年"几个字说得狠狠的。

顾知栀心里一震，不可思议地看向他，眼睛乌黑溜圆。

"小同学，别怕，我们彻哥大概率是不收妹妹的。我就不一样了，你叫我声哥哥，我直接让你在一高横着走。"洪川说道。

周维表示很无语，洪川这个死人还在对哥哥这个词不依不饶，像极了流氓。

没看出来小仙女和彻哥之间发生了什么吗？

洪川还真没看出来。

"叫声哥哥听听嘛！"

洪川今天是怎么了？

"闭嘴！"林彻冷冷开口，声音低沉沙哑，听不出情绪。

两人知道，彻哥不高兴了，于是互相递了个眼色，不说话了。

林彻目光森然，一双狭长的眼冷漠至极，与眉间的起伏浑然一派，整个人看起来分外不好惹。

他重新看向面前的女生，有片刻失神，但顷刻间整理好情绪，眉毛轻挑，嘴边扬起一抹笑，嘴里吐出几个字："我可没想当你哥哥，小同学。考虑清楚了？不想被揍就快走。"

听到这句话，顾知栀实在不可置信，林彻到底是什么意思？

但在他冷漠疏离的眼神下，她还是慢慢挪动着离开了。

顾知栀面不改色，绷直着背一点点走远，几近窒息。

刚才她看到的，是记忆中深刻又令她心痛的面庞，少年眉眼如旧。

她恍然发现，哪怕已经分别一年，再次相见，那隐藏在血脉之下的心跳，却依然明晰而剧烈地为他跳动着。

身后，传来像是打趣的声音。

"彻哥，别那么凶嘛。"

"啧啧啧，那么漂亮的妹子你也舍得。"

……

林彻闭上眼，眉间起伏像抹不平的山川。

他低低说了句什么，带着隐忍和克制。

然后头也不回地走开了。

"老大，等等我们！"两人像狗皮膏药一样黏上去。

"话说老大刚刚说的什么？"

"小子？什么小子？"

"是晓知啦，咱们实验楼叫'晓知楼'，这都不懂……"

第 7 章　走路不看路的?

后来，顾知栀是怎样领到粉笔，再怎样回到教室里的，她是记不真切了。

她只知道整个大脑一片空白，回想起刚刚的那一幕，心还在怦怦直跳。

"顾知栀同学去了那么久啊，是找不到路吗？"物理老师见到她回来，如见了救世主，很激动地接过粉笔，终于可以上课了。

顾知栀摇摇头，脑子还是一团糨糊，她埋着头很快回到座位。

"怎么了？"周子茉问。

顾知栀将物理书摆好，又捏紧了钢笔，只是因为力气太大，捏住钢笔的小手骨节泛白。

"没事。"她轻轻开口，好像很轻松，只是带着点点颤音。

周子茉不言，她看见顾知栀那双乌黑干净的眼睛，不禁恍了恍神，那双眼清澈透亮，可分明流露着不安。

顾知栀心里很乱，她怎么也不能静下来。

她本来是想通过这一年时间，让他们互相都冷静一下，不要因为一时的心动而被蒙蔽，没想到现在更复杂了。

她想厘清林彻的想法，可是却如一团乱麻，心里也隐隐作痛。

那就先不想了，顾知栀把注意力重新放到课本上，果然好受很多，于是接下来听得很认真。

很快，放学铃声响起，大家一下就从紧绷的状态放松下来。

收拾书包的收拾书包，打闹的打闹。

今天轮到顾知栀做值日，她要把教室都打扫了才能走。

当她把最后一个座位的椅子对齐以后，才发现教室里早已空无一人。

四周静谧下来，侧着眼看天空，阴沉沉的，好像还飘着小雨。

她没有随身带伞的习惯，"唉"了一声，今天可能又要淋雨了。

雨不大，看起来绵长又柔和，但这样淋一路还是会把衣服打湿的。她一路小跑，得赶紧到车站才行。

她仔细盯着脚下的小水洼，却不知道，有道复杂冷峻的目光紧紧追随着她的身影，从教学楼一直到校门口。

在离校门很近的楼下，有个穿着校服的男生，颀长、高挑的身子无声伫立，他朝着女生离去的方向露出难以捉摸的神色。

"彻哥，今晚去网吧开黑不？"洪川狗腿似的递过来一把伞，看到林彻时愣了一下。

林彻皱了皱眉，看起来倦懒随意，眼睛却是一直追着顾知栀的身影。

"不去。"

声音沙哑又低沉。

洪川本来想问问为什么不去，今天彻哥的心情看起来不是很好。

却见林彻举着雨伞，以很快的速度朝校门迈着大步走去。

"彻……"哥这个字还没出口，洪川就傻眼了。

他家帅气又高冷的老大，举着伞快步走到一名女生面前，然后直直停下，冷着脸，但却是朝着女生的方向的。

女生低着头小跑，并没有看见老大。

然后就，撞了上去，撞了上去，撞了？

不对，这明明是老大在碰瓷好吧！

洪川无语望天，他莫不是看错了？

而这边，顾知栀感到头上传来清晰的痛感，边捂着头边道歉："对不起，对不起，我没……"

抬头见到男生冷漠疏离的脸，声音戛然而止。

"是你……"她幽幽开口。

林彻状若不满地皱起眉，冷冷地："你走路不看路的？"

一天能遇到林彻两次，每次都撞到他，顾知栀也不明白这是命运怎样的安排。

听到他冷冷的声音，顾知栀鼻子里泛出一阵酸，委屈也不知道从哪里钻了出来。

"对不起嘛。"她小声地说，声音温软又带着些颤抖，听起来可怜巴巴的。

林彻眯缝着眼，女生在宽大的校服里显得小巧又清瘦，刚淋了雨，额间的头发还湿润地贴在脸上，一双清澈透亮的眼睛婉约明媚，此刻还笼罩着一层茫然。

呵呵，出门又不带伞，没记性。

他低低咒骂了句，垂下眼皮看向一边，眸色有些不明。

顾知栀没听清他说的什么，于是抬起眼来打量面前的男生。

这一年没见，他的气质截然不同，五官更深了，尤其是眼睛变得格外凌厉。

那双眼，还是曾经那样清澈冷然，有些疏离，但现在还笼罩着一层骇人的阴霾。

让他整个人看起来，冷酷又阴郁，流露着讳莫如深的坏。

她听说了林彻喝酒、逃课等不良少年的行径，起初她是不信的，可当那两人对他毕恭毕敬喊着"彻哥"时，她有些动摇。

"他们为什么叫你老大？"

林彻没说话，神色复杂地看着她的脸，如果顾知栀此刻抬头，就能看见林彻深沉的眼中还透着几分伤感。

"还有，你不是讨厌逃课、打架吗？"

她不解地抬起头，逃课、打架这种事，他不是最讨厌的吗？

林彻冷眼，轻笑了一声。

她这难道不是明知故问？

"小同学，想管我？"

他状若无意地后退半步，像是和她划开界限，然后不紧不慢地扯了扯校服，眼神却追随着她。

洪川看热闹地凑在二人面前，心里已经八卦半天了。

这新来的小仙女和他们家彻哥聊了这么久。

真是，好生刺激！

听这语气，难道他两人认识？

"小仙女，你认识我们彻哥？"洪川笑得像块狗皮膏药。

刚刚两人的语气奇奇怪怪，他心里跟猫抓似的，突然间很想让他们之间发生点什么，毕竟老大可是头一回这样反常。

顾知栀呆呆的，将视线落在洪川身上。

小仙女？她茫然地想了想，又仰头看着林彻，他不屑地朝她身上看了一眼，然后臭着脸看向一边。

"我不是她哥哥。"他先一步开口了，声音一如往常地冷淡。

这牛头不对马嘴的回答让洪川愣了愣，这关哥哥什么事？

可对顾知栀而言，他分明话里有话。

到底是不想认她这个人，还是不想认她这个妹妹，她分不清楚。

她想了想，抬起头看向林彻，慢慢开口，像蚊子，试探性地说："认识？"

只见林彻皱了皱眉，眉间像抚不平的山川，脸还偏向一边，于是她又马上改口："不认识。"

到底该说认识还是不认识，她自己也摸不准林彻的脾气。

只是这一声不认识，声音清脆，语气平静，听起来果断得很。

林彻本来就阴沉的脸，此刻更黑了。

"不认识？真的不认识吗？可是你们看起来很有故事啊！"洪川不解地挠挠头。

特别是自家老大今天的状态，从见到这个妹子之后，就变得消沉至极。

有时候偏过头去看，他像是在笑，但有时候又冷着脸，像是很无奈。

搞得洪川以为彻哥发烧了，颤巍巍伸个手去摸彻哥的额头，结果被彻哥一巴掌拍过来。

总之，还是第一次在彻哥身上看到这样的神情。

第8章　是特意给我伞?

顾知栀个子娇小，身材纤细，因为淋了雨，更显得脆弱。她站在雨里，就像是要与身后朦胧的雨幕融为一体。

海市的秋天总是这样，雨说来就来，没有一点征兆。

秋天出门要带伞，她没有带伞的习惯，因为哪怕刮风下雨，以前都有林彻为她撑伞。

眼前，林彻举着伞，因为刚刚撞到了他，所以她离他很近，刚好躲在了他的伞下。

他高大的身影连着伞一起笼罩下来，刚好把顾知栀护住，就像是在为她撑伞一样。

她不由得一愣，才发觉曾经理所当然的动作已经变得逾矩。

于是垂眸后退半步，走出他的那片领域，规矩又乖巧："我走啦，拜拜。"

林彻望着她离去的背影，垂下的手微微握起。

然后听见洪川的声音。

"彻哥，小仙女走啦，我们开黑不?"

他皱起眉，漫不经心地朝顾知栀离开的方向瞥了一眼，有些烦躁地留下一声："不了。"迈着长腿快速离去。

顾知栀出了校门以后往公交车站的方向小跑过去，林彻抬脚快速地跟上她，他的步子迈得极大，看起来是在走，却几步追上了顾知栀。

顾知栀感到有一道阴影从头顶上罩下来，她一边用手擦干脸上的雨水，一边抬起头。

只见一张帅气逼人的脸正冷冷地看着她，林彻举着伞，带着不屑和冷漠站在她面前。

她刚眼前一亮，正想喊出来，但看见他疏离的眼神，又将话咽了下去。

女孩眸光中一明一暗，看进了林彻眼里。

还不快进来？

看着眼前淋得跟个落汤鸡似的女生，林彻眼神晦暗，心里如是想着。

可是女孩呆呆地站在原地，一双漆黑透亮的眼直直地盯着他，纯粹又明媚，像闪烁着的璀璨星辰。

这是他曾经热切地触碰过、轻抚过的眉眼。

她有些不解，还很茫然：林彻这是什么意思？

还没等她想明白，眼前神情冷漠的少年不耐烦地朝她走近了一步，将伞塞在她的手里。

"拿着。"

少年的声音有些低沉，格外好听。

欸？

顾知栀怔怔地望着手里的伞，手柄处还有林彻的手的余温，等她反应过来时，林彻已经头也不回向前面走了。

他是专门给我送伞的吗？

她喜出望外，看着那道背影，乖巧的小脸上漾出两个甜甜的酒窝，眼睛弯弯的，灿如星辰。

"哥！"

她冲少年大喊着，举着伞追了上去。

林彻的背一瞬间有些僵硬，但脚步却没停下。

"你是特意给我送伞的吗？"女孩笑嘻嘻地凑上去，跑到林彻身边，然后跳起来，想要将伞举过他的头顶。

可惜他一米八五的个子对她来说如同大山一样。

于是伞帘在他脸上一刮，留下一道水渍。

看着她在身下蹦来蹦去想要给自己打伞，他心里啧了一声，面无表情地擦干了脸上的水，动作帅得没天理。

"谁是你哥哥？"林彻冷冷道，"自作多情。"

冷着脸扬长而去。

顾知栀有些挫败地叹了口气，但还是追了上去。

林彻的方向是公交站，和自己一样，难不成他也要坐公交回家吗？

可是她记得，家的方向在另一边呀。

于是等她追到了公交车站，想也没想就脱口而出："林彻，回咱们家不应该在对面坐车吗？"

林彻冷笑一声。

"咱们？"

他半笑着，眼睛却是冷的，看起来倦懒又漫不经心，只是在裤兜里的手不自主地微握，有些颤抖。

顾知栀原本灿烂的眼神瞬间灰暗下去。

她知道现在没有资格这样说了。

于是低下头，小声地说了句："你的家。"

林彻没有回复，只是将头别过去不再看她。

两人在公交车站静默地伫立着，出色的外表让他们格外引人注目。

气氛诡异到不行。

倒是一个声音打破了尴尬。

"顾同学！"一个男声从边上传来，顾知栀循声望去，是陈阳，她班上的同学，还坐自己前面。

于是她礼貌地打了招呼："你好呀。"

林彻漫不经心地朝那边瞥了一眼，在陈阳身上打量，皱了皱眉。

陈阳没看到林彻，热情地同顾知栀交谈。

"你也坐车吗？"

"对呀，我回家。"

"你坐几路？"

"335，你呢？"

"我也是！"陈阳是个阳光的男孩子，笑起来格外令人动容，此刻他声音愉悦，语调是向上的，听起来……

反正，林彻听起来是很不高兴。

呵呵，这种搭讪方式……

他将视线停留在陈阳身上，目光深沉。

顾知栀和陈阳一来一回地聊着，虽然是很寻常的内容，但林彻依然黑着脸，一边内心嫌弃他们两人无聊的对话，一边却不自主注意他们二人的聊天，尤其是听到顾知栀偶尔清脆的笑声，让他脸更黑了。

呵呵，在自己眼皮子底下和别的男生聊得这么开心。

这种低级的搭讪方式，也就那蠢货会回应。

他深吸了口气，眸中的阴霾化不开。

小时候别人几颗糖就可以换她当什么新娘，长大了还是这么蠢。

林彻想起小时候，顾知栀还在读一年级，她班上有个不知好歹的臭小子拿几颗大白兔奶糖对她说："你能当我的新娘吗？"

顾知栀眼睛盯着那几颗糖放光，小鸡啄米似的点头："好呀好呀。"

然后回家告诉他："哥哥，我是新娘了。"

林彻感觉自己的眉心不停地抽动，那两人热切交谈的样子格外刺眼。

没良心的顾知栀！

他心里骂了一句，脸上依旧冷冷的，骨节分明的手指不禁握得更紧。

许是他的不耐烦让顾知栀感觉到了。

于是她转过头，一脸茫然地望着林彻，一双杏眼圆溜溜的，没有一丝杂质。

林彻面无表情地别过脸不看她，气势逼人。

"335来了。"陈阳看着远处缓缓驶来的车，提醒了顾知栀一句。

顾知栀连忙收回视线，忙不迭从包里掏出公交卡，陈阳顺手托了一下她的胳膊，在人群中将她护住。

她挤上车时，还回头看了一眼，低低地说了句："我走啦。"

然后陈阳就挡住了她。

林彻不紧不慢地看了两人一眼，不禁皱了下眉，沉沉地吐出一口气，看不出情绪。

由于出来得晚，在这一站上车的同学很少，可是还处于下班高峰期，车上依然拥挤得很。

"前面的人往后面走，后面走！"司机师傅扯着嗓子在座位上喊。

顾知栀顺着人群亦步亦趋地往后走，正四处搜寻，想要找个扶手。

陈阳也跟在后面，却见陈阳身后，一位身形高大清冷的男生，正冷冷地盯着自己，俊逸的面庞上看不出一丝表情，气场却十分危险。

"你也坐这趟车？"

她怔怔开口。

公交车启动了，她一个没站稳往旁边倒了一下。

林彻的视线落在她身上，心也随着她摇晃的身影摇曳。

这小傻子不知道找个扶手吗？他心里暗自念叨。

无奈，他也知道现在车上人那么多，能不被挤成肉饼都不错了。

第9章　是阿彻呀

她还没来得及抓住扶手，慌乱中随意一拉。

于是在倒下去那一刻扯了一下陈阳的校服角，陈阳伸出手来扶住她，待她稳住身形以后，陈阳大咧咧地笑着："小心一点儿。"

她感激地望了陈阳一眼，不知怎么的，又心虚地朝林彻小心翼翼地看了看。

只见林彻冷漠地轻哼一声，她心里又是一颤。

车缓缓地向前开，没有东西扶着的顾知栀想要稳住身形，就只能随着车一摇一摇。

她把书包提在手里，流畅白皙的脖子上滑过雨珠，晶莹剔透，仿佛要和她的肌肤融为一体。

她勉强笑着，显得乖巧又脆弱。

大概还是过不了感情这一关，林彻几次三番对她心软，哪怕当时伤他至深的就是她，他也忍不住朝她身上落去目光。

终于，在顾知栀又一次要随着停车而前倾的时候，他面无表情地把前面碍眼的陈阳拎到自己身后，然后用高大的身子挡在顾知栀身前。

他个子很高，能轻松地抓住扶手，另一边的手本来是自然垂下的，当面前的女生要倒下时，他情不自禁地伸出手来托住她。

动作永远比大脑快一步，当他心里暗暗嫌弃自己，习惯真是个要命的东西的时候，怀里的女孩好像有些欣喜地抬起头，她笑容甜甜的，嘴角漾出两个小梨涡，跟灌了蜜一样甜。

"哥，"她的声音软软的，"你肯认我了？"

这声哥，让林彻整个人瞬间僵硬。

他皱着眉，看起来很生气，冷冷地开口："闭嘴！我不认识你。"

就好像刚刚伸出手来扶住她的不是他一样。

好凶哦。

不多停留，顾知栀讪讪地撇了撇嘴，从他怀里抽出身来，整理了一下自己的校服，乖乖站好。

林彻沉着脸看她，指尖还残留着刚刚温软的触感，他不动声色地握紧了右手。

刚刚的触碰，熟悉的感觉扑面而来，少女柔软纤细的腰肢盈盈一握，在他的角度，还能看见少女白皙流畅的颈脖线条以及粉嫩的小耳朵。

她瘦了，真的变得好瘦。

一年没见，小姑娘像是长开了，曾经可爱稚嫩的脸庞上多了几分恬淡和温柔，原本还有些婴儿肥的脸，现在变得玲珑小巧，柔和的身形更加纤细高挑，尤其是她的手……

林彻瞥了一眼她如青葱般水嫩纤细的指尖，骨节分明，以前明明肉乎乎的。

她是一年没吃东西吗？瘦成这样。

他心里啧了一声，有些嫌弃地皱起了眉。

不一会儿。

"我到站了，哥。"少女软软的声音响起，她好像在刻意这样喊他。

林彻面无表情地低头看了她一眼，然后心里暗自记下了这站的名字。

她这话是对着林彻说的，可是陈阳在后面却来了一句："好的，注意安全，拜拜。"

林彻心里轻呵了一声。

只见她恋恋不舍地抬起头，对林彻轻轻摆了摆手，示意拜拜，然后笑着对陈阳挥手道："拜拜！"后很欢快地挤下车了。

林彻冷着脸，余光里少女的身影消失成一个白点，他才不好惹地慢慢转过去，面对后面一脸茫然的陈阳。

陈阳原本正低头玩着手机，突然间，只感觉自己周遭传来一阵冷意。

于是小心抬起头，一张冷峻的脸正危险地盯着自己。

眼前的男生很高，自己只能仰着头看，穿着一高的校服，看来是同学。自己还是高一，只听过林彻大名，没见过真人，很难把眼前这个冷酷的帅哥和林彻联系在一起。

于是他友好地笑了一下，继续低头看手机。

可是那阵肃杀之气非但没有消失，反而更加凛冽了。

陈阳再次抬起头，眼前的男生冲他一笑，虽然是笑，但眼睛却是冷的，他打了个寒战，只觉得危险至极。

刚刚很粗鲁地把自己拎起来放到一边的是他，现在他还这样看着自己，莫不是……和自己有仇？

陈阳突然感到一阵害怕，于是准备换个位置站，离他远远的。

公交车上，他不可能打我吧？

陈阳慢慢挪动位置，可是面前的男生不依不饶，他走到哪里，男生就面无表情地拦在哪里，一双长腿大咧咧分开站着，看起来慵懒随意，就像无心为之，可是他知道，这分明是有意的。

两人一来一回几次，陈阳欲哭无泪。

"小同学，别抢位置了，奶奶这里有，来坐。"身边一个奶奶和蔼地笑着。

原来奶奶以为他们俩是在抢座位。

真的是这样吗？

陈阳小心地抬起头，男生冲他冷笑一声，俊逸的脸上透露着不屑。

下一站，林彻面无表情地走下车，陈阳长舒了口气，他心想，刚才也许是这辈子最诡异和恐怖的时刻了。

林彻下车以后，一手拎着书包，一手伸出来对缓缓驶过的出租车挥了挥。

他坐上车以后，沉着脸，开口，声音低沉又沙哑："去锦园A座。"

司机师傅愣了一下，从后视镜里看清了来人的校服："那我得掉个头。"

当行驶到前面的路口掉头时，司机师傅疑惑地来了一句："你不是一高的吗，怎么在这儿上车了？离得远哦。"

鬼知道自己刚刚做了什么，林彻心想。

他皱着眉，不耐烦地掏出手机，修长的手指在屏幕上点着什么，然后将电话举到耳边。

这边，林森处理完助理送来的文件，取下眼镜躺在沙发上揉眼睛，私人电话这时候响起来，他掏出手机，来电显示"林彻"。

他心里骂了一句：小兔崽子。

然后及时接通了电话，只听到那边传来少年冷冷的声音。

"她回来了，你知道？"

林森心里翻了个白眼，就知道是这件事他才会给自己打电话。

于是没好气地回道："我给你打了电话，也发过短信，你不回。"

林彻果断地吐出三个字，差点把林森气得一口老血吐出来。他淡定且平静地说："拉黑了。"

呵呵。就是这样对自己亲爹的？

林森如是想着。

如果不是小栀回来了，他怕是还不会舍得和自己联系一下。

林彻随意地仰在出租车座位上，原本荫翳的俊脸上飞过一丝久违的轻松，他眼睛狭长，一双桃花眼本该清澈温柔，却不知道因为什么，充满着阴戾，而今终于有些愉悦之感，眉梢飞上一抹轻佻。

正准备挂电话，电话里传来林森突然正经的声音："林彻。"

他不耐烦地回答："干吗？"

"你喜欢她……喜欢小栀，对不对？"

"呵呵。"

少年的声音轻佻又随意，但却是狠狠地，像是从牙齿里咬过再吐出来一样。

喜欢，喜欢得很。以前有多喜欢，现在就有多想打她。

第 10 章　沈暖

回到家里已经临近饭点。

顾知栀小心地将雨伞上的水抖落，放在家门口，水珠一滴滴滚落下来，在地上绽开水花。

她轻轻地转动钥匙，门开了，一股饭香飘然而至。

"好香啊！"她不禁感叹，然后深吸了一口，迫不及待地换好鞋子，冲到厨房。

沈奶奶在厨房忙上忙下，正往锅里倒入一盘菜，油花唰地一下炸开。

"哟，小栀快出去，小心烫着你。"沈奶奶一边挥动着锅铲，一边对她宠溺地说道，"记得洗手，奶奶今天给你们炸了小酥肉，在桌上呢。"

说罢，露出和蔼的笑。

顾知栀心头一暖，说着好的好的，泥鳅似的钻了出去。

"好多小酥肉，我不客气了。"

奶奶的声音传来："记得吹一下，别烫着了。"

然后就听得顾知栀喊了一声："哎哟，好烫！"

"小馋猫。"

沈暖从房间里出来，趿着拖鞋大大咧咧地走过来："栀栀你回来啦！"

随即大摇大摆坐下，撷起一块酥肉塞到嘴里，鼓着腮帮子说："好吃。"

沈暖是顾知栀的好朋友，两人小学的时候就认识，小学同班，初中同校，是可以穿一条裤子的交情，后来顾知栀在初三的时候转学回了老家，唯一还有联系的同学就是沈暖了。

现在她寄宿在这里，沈暖家只有沈暖和奶奶，多了顾知栀一人，家里热闹不少，沈暖和奶奶都开心得紧。

"栀栀，你还交什么破寄宿费？我把钱放你书桌上了，我和奶奶都巴不得你在这里一直住下去呢，你再给钱我们生气了啊。"

沈暖又挑了一块酥肉，不客气地放到嘴里。

顾知栀讪讪地笑着，心里流过一阵暖意。

"知道啦。"

突然想到了什么，她把沈暖拉到阳台，神秘兮兮地朝厨房看了一眼，然后压低声音说道："我遇到林彻哥了。"

沈暖一双眼瞪得贼大，惊讶地张开了嘴，眼里掩饰不住的激动。

被顾知栀压制下来了以后，她才捂着嘴，激动得有些颤抖地说道："怎么样，他什么反应？"

顾知栀眼神一暗，沈暖明了，于是安慰地摸了摸她的头。

"他不是很想认我的感觉。"顾知栀埋下头，拨弄着校服角，沈暖知道，这是她出神的表现。

于是轻轻抱住了她。

"别难过，你们再怎么也是一家人。"

顾知栀轻轻点了点头，一颗小脑袋毛茸茸的，在沈暖脖子上蹭蹭。

随即听见她蚊子一样的声音："他挺凶的，感觉随时都能揍我一顿。"

沈暖忍不住笑出声来。

行了吧，揍你？谁不知道林彻宝贝你宝贝得跟什么一样。

"别怕别怕，他要是揍你，你就跑。"

沈暖轻轻地拍打着顾知栀的头，像哄小孩。

谁料顾知栀一本正经，瞪大了双眼，一双眸子清澈纯粹，郑重地点了点头："对的，我得跑快一点，他才追不上我。"

沈暖轻笑一声，配合似的说道："可惜，我没和你一所学校，不然还能帮你揍回去。"

说到这里，顾知栀又是一怔。

回忆里是林叔叔和蔼的面庞，他风尘仆仆的，带着些许匆忙："小栀啊，回来念高中吧，这里已经没有亲人了，你还要一个人在这里吗？"

没有亲人了……

于是，她又像一叶孤舟，漂泊回了这里。

去一高是林叔叔的安排，她并没有反对，因为她知道早晚都会再次面对林彻。

她又想起那个夏天，林彻中考，她初二。

拿到一高的录取通知书时，他意气风发地将成绩单和通知书摆在顾知栀面前，一高可是这里最好的高中，在全国都排得上名次的那种。

于是顾知栀欣喜地跳起来，抱着林彻，带着年少的幼稚。

"你最棒啦！"

顾知栀将头埋在他怀里，不安分地乱动。

林彻一双白皙的耳朵瞬间唰地一下变得通红。

少女小猫似的在他怀里乱蹭，然后可怜巴巴地抬起头："那你去等我，我也会去一高的。"

眼里灿若星辰，看得林彻晃了晃神。

"怎么？"林彻温柔地笑着，将她散落的头发撩到耳后。

只听到少女天真软糯的声音："不然你会被抢走的！"一高的同学那么优秀，林彻又有一年不能和自己一个学校，漂亮姐姐、可爱妹妹那么多，她可不得宣示主权？

听到这里，林彻笑了，将她重新抱在怀里，在她耳朵边轻声耳语，酥酥麻麻的气息喷在顾知栀的脸上。

他轻轻开口，他的声音有磁性，一旦稍微沉下来就温柔得过分。

"笨啊！"

……

回忆如潮水般涌来，不给她一点喘息的时间，一股脑儿往脑海里钻。

自己也算是完成了当时的豪言壮志，可是他俩都快形同陌路了，唉！

"栀栀，小暖，吃饭啦！"奶奶的声音将她拉回了现实。

二人对视了一眼，轻轻笑着。

"走吧，吃饭。"沈暖摸了摸她的头。

顾知栀微笑着吸了口气，摸了摸刚刚泛红的眼眶，然后把视线放到餐桌上："好多好吃的呀。"

"洗手，洗手！两个馋猫。"

她和林彻的关系，说简单也简单，其实就是自己寄人篱下住在他家那么多年，最后喜欢上了人家。

林彻大概也是喜欢她的吧，但他没说过，一次也没说过，不过倒也表现得深情。

可那时两人都小，谁又能辩驳说，那不是年少的悸动，或者仅仅是青春期的短暂懵懂呢？

第 11 章　好看？你瞎啊？

吃过晚饭后，顾知栀和沈暖洗碗。

沈暖一边将碗放进橱柜里，一边偏着头对顾知栀说道："那你对林彻哥什么想法？"

什么想法？

说实话，什么想法，她也不知道。

只知道自己当时脑子抽了离他而去，却没有因为分离淡忘他，反而日思夜想。

顾知栀将水龙头拧上，看着水槽里缓缓转动的旋涡出了神。

她有些茫然，现在很想继续和林叔叔还有林彻像一家人一样，互相关心，互相扶持，然后，永远在一起。

但这样，是不是有点自私？

夜晚，她躺在床上久久不能睡去，耳边还是沈暖的疑问：你对林彻哥什么想法？

辗转反侧，合上眼又睁开，一幕幕画面清晰无比。

她不禁想起，当时发生的种种。

在自己很小的时候，爸爸妈妈就去世了，然后她就被爸爸的好朋友，也就是林叔叔接到了林家。

那时候她还在上幼儿园。

林叔叔把她当亲女儿疼爱，林彻也是对她万千宠爱。一开始她只把他当哥哥，后来慢慢长大，二人的关系发生了奇妙的改变。

他们不光荣地早恋了。

那时所谓的"谈恋爱"，带着懵懂和不理智。

她的自卑，林彻的骄傲，足以让她感到心里那台天平日渐倾斜，于甘甜蜜意中诚惶诚恐。

林彻的喜欢大多带着强势霸道，正当她为此心思凌乱之时，林彻的一个同学突然找上了她。

那是个漂亮的女生，她穿着美丽的裙子，高冷又美艳："你以为，林彻对你那么好是因为什么？"

"她只把你当成妹妹。"

"你和他的关系本来就很荒谬。"

"你要是和他这样下去，以后他醒悟过来，你们连表面的哥哥妹妹都做不了，你就等着被扫地出门吧！"

那番话如针般刺进了顾知栀心里。

她恍惚间反应过来，自己寄人篱下生活了十几年，还要奢求什么？

正逢她的外婆病重，她对亲人逝去的恐惧感前所未有地加重了，她害怕外婆离开，害怕被林彻和林叔叔一家嫌弃。

于是她告诉林叔叔："我想先回去照顾我的外婆。"

她又对林彻说："我们这样是不对的，我先离开一段时间，我们暂时不要联系了。"

当时林彻怎么声嘶力竭地挽留她，甚至是求她，只听得她留下一句："我想和你当一辈子的家人，可是，不能在一起。"

"早恋是不对的。"她一本正经。

然后逃匿般回自己的老家，去念初三，去照顾外婆。

把自己的联系方式换得干干净净。

她承认喜欢，可又不敢喜欢。

她的目的是什么？难道不是为了和林彻他们无忧无虑地当一家人吗？

可是现在，他们二人的关系尴尬无比，家不成家，那她回来的意义，或者说，当时决绝离开的意义是什么？

顾知栀的脑子就跟搅了团糨糊一样，越想越乱，越乱却越清醒。

第二天醒来时，她头痛欲裂，眼眶下一圈黑黑的，像只大熊猫。

"哎哟，小栀的眼睛怎么了？"沈奶奶关切地问道。

沈暖也凑过来，对着她左右打量。

"没睡好。"她低低地说了声，然后心照不宣地和沈暖对视一眼。

沈暖默默地叹了口气，只怕这人一晚上都在想和林彻相关的事。

于是她用凉水在顾知栀脸上滋了滋，出门的时候千叮咛万嘱咐，过马路要看路，不要慌，注意安全。

顾知栀一路神游，等她回过神来，已经快飘到校门口了。此时已经快要迟到了，于是她撒丫子一路小跑起来。

千万不能迟到啊！

校门外，几个男生慢悠悠地走着，哪怕知道铃声快要响起，也依旧不紧不慢，仿佛没有校规这个东西。

洪川自顾自地走着，只见前面一抹倩影快速奔跑，于是激动地拉着周维的袖子："你看你看，小仙女。"

林彻本来在看手机，但当他听到"小仙女"这三个字时，不紧不慢地抬起头，顺着洪川手指的方向看去。

他漫不经心地瞥了一眼。

少女埋着头一路狂奔，像是铃声就要鞭打她的脚脖子。

他微微皱眉，不露声色地将手机放进校服口袋里，修长的手指在脑边按了按，仿佛有些头疼。

洪川本来想拉着周维上前去，看能不能要个小仙女的联系方式，余光中却见到一个身影迅速地蹿出去，走到女生面前。

只见到自家老大迈着一双长腿到人家妹子奔跑的路线上，直愣愣站着，当女生快要撞上来时，毫不留情地抓住她的肩膀，将她拦住。

不会吧，老大又碰瓷？

上一次他严重怀疑是自己看错了，和周维吐槽的时候，周维也一副看智障的表情看自己："你觉得是老大碰瓷人家可能呢，还是太阳打西边出来更可能呢？"

他想了想，两个都不太可能，但比较起来，他宁愿相信太阳打西边出来。

现在，差不多的场景，他和周维都惊呆了。

嘴巴张得贼大，他激动地拍打着周维的胳膊，仿佛在说：看吧看吧，我说什么来着？

周维也不可置信地捂着嘴：天哪，这是真的吗？

顾知栀正埋着头小跑，手表上的时间不停转动，她一下也不敢松懈，跑出了一头汗。

可她还没踏进校门，就被人拦下了。这次没有撞个满怀，而是被人抓住了肩膀。

她有些吃痛地抬起头，少年冷漠的眉眼，高挺的鼻梁以及紧抿的唇，光洁俊逸的下巴与脖子形成一道凌厉清晰的弧线，像从漫画中走出。

他见顾知栀抬起头，不客气地黑着脸说道："你走路不看路的？"

又是这句话。

顾知栀怎么也想不通，这是第三次了，为什么每次都会撞上他？

洪川和周维在二人后面，嫌弃地对视着，眼神无声地交流。

呵呵，彻哥碰瓷人家，还说人家走路不看路。

就是，老大的嘴，骗人的鬼。

顾知栀当然不知道其中还有这个缘由，于是依然乖巧地、温顺地，冲林彻点了点头："对不起。"

林彻冷哼一声，没有说话。

这时，后面跟着的两人像狗皮膏药一样黏了上来。

"小仙女，又见面了啊，你真好看。"

洪川依旧对顾知栀充满热情，一双小眼睛眯成了一条缝，他笑着，脸上的肉都快拧成一团了。

听到这里，林彻冷嗤一声，一双凌厉的眼在她身上扫视一番，不紧不慢来了句："好看？你瞎啊？"

顾知栀本来还在想自己要迟到了来不及了，听到林彻的一番话，瞬间跟被踩了尾巴的猫一样，炸毛了。

我不好看吗？

是谁当年一遍又一遍捧着自己的脸说，栀栀你真好看，你真可爱？

啊呸！

顾知栀狠狠地剜了一眼林彻，林彻则是眉眼稍弯，笑容却不达眼底。

好吧，都说情人眼里出西施，林彻现在都觉得我丑了。

想到这里，顾知栀心里涌上一阵酸楚，眼里一暗，也不和他争辩，而是将头埋了下来，看向别处："我要迟到了，先走了。"

她的反应却让林彻一慌。

生气了还是难过了？他不是故意的，他就是想逗逗她。

走这个字对他来说太过沉重，他害怕再从她嘴里听到这个字。

见到顾知栀没精打采的背影，林彻没忍住，跟了上去。

"喂。"

她没理他，耷拉着脑袋自顾自地走着。

"顾知栀！"他皱着眉，扳住她的肩膀，让她转过身来。

大概是许久不曾喊过她的名字，在他出声的瞬间，两人都怔了怔。

第 12 章 就凶你

再一次从他嘴里听到这个名字，顾知栀有些恍惚。

林彻的声音偏冷，说话时没有一丝情绪，但却是曾经自己热切喜欢过的语气，尤其是他声音稍微沉下来，就显得温柔得过分。

"顾知栀。"他拉住顾知栀的肩膀，将她拽回来。

动作可算不上温柔，让顾知栀在原地转了一圈。

她怔怔地抬起头，只见林彻皱着眉，心情很不好的样子。

"我……"她嘴唇轻启，却怎么也发不出声音。

林彻的嗓音离她很近，轻轻拨弄着她耳朵里那根弦。

他拧着眉，看起懒散又漫不经心，似乎有些不耐烦。

事实上，林彻不得不承认，除了顾知栀以外，他什么时候对某个人这么有耐心过？

于是，他舔了舔嘴角，深深地叹息了一声："走吧，要迟到了。"

这语气，甚至带着些无奈，和他昨日的疏离截然不同。

"哥，你认我了？"

顾知栀神情微动，慢慢地抬起头，清澈的眼朝他看去，看到他瞬间充满阴霾的脸，眼神又暗淡下来。好吧。

林彻的嘴唇紧抿成一条凌厉的线，看起来分外不好惹。

洪川和周维跟在身后，见到这场景，那叫一个不得了。

他们竟然动手动脚？简直，太刺激了！

而顾知栀被他突如其来的转变吓到了，眼神微动，眸里的星光摇曳。

她低低地，声音还有些轻颤："哥，你……"

林彻不耐烦地拽了拽衣领，一张脸冷得跟冰块似的。

怎么她还先委屈上了？一直哥、哥、哥的，又不是蝈蝈虫。

于是恶狠狠吐出几个字："不是你哥！"

听到这里，顾知栀心里一震。

林彻说这话时，虽然语气很臭，却一直注意着她的神情。

果不其然，眼前的少女一下子就跟霜打的茄子一样，蔫了。

他下垂的手轻轻颤抖，几次想要伸出来扶住她的肩，都忍住了。

只见少女埋下了头，不一会儿，又抬起来，直直望着自己，一双眼睛笼上一层水雾，如星空间倒挂的银河。

"你是讨厌我，所以不想认我？"

她的声音很软，此刻带着一些不确定，却是十分坦然。

听到这里，他呼吸停滞。

确实讨厌，有多喜欢就有多讨厌。

分开的这一年，他无时无刻不在被她的离开伤得心里隐隐作痛，又因为对她的想念，使得这种感觉刻骨铭心。

可他哪里是因为这个才不想承认自己是她哥哥？

林彻紧抿嘴唇，眉间的起伏像抹不平的山川，他沉着目光，看不出情绪。

少女脑中一片空白，她怀疑地等待着眼前这个冷淡疏离的少年的回应。

有些紧张，却不知为何，又有一些心照不宣的底气。

就在此时，清脆的铃声响彻校园，像一根鞭子，在她的心上抽过。

"上课了！"想也没想，她打了个激灵，紧张地抬起头，对林彻说了声，"要上课了，我先走了！"然后匆忙离去。

林彻感觉自己眉心直抽抽，望着顾知栀急匆匆的背影，没好气地吐了口气。

林彻心想，刚刚一脸真诚的小王八蛋，上课铃响了就把老子扔这里了，还真是个好学生呢。老子是信了她的邪才会一而再再而三地对她心软。

这时，身后的洪川和周维两人凑了上来，八卦地冲他挤眉弄眼。

林彻面无表情地无视他们，然后迈着长腿往教学楼不紧不慢地走去。

第 13 章　肖云越

顾知栀随着铃声一路狂奔，到教室门口时，班主任已经在里面严肃地站着了。

她气喘吁吁，扶着门轻轻喊了声："报告！"

班主任姚老师回了她个严厉的眼神，扬了扬头："下次早点。"

她默默吐了吐舌头，好险好险，没有挨骂。

汗水已经打湿额间，湿漉漉的。

"怎么来这么晚？"周子茉递了张纸巾给她。

顾知栀小心地擦拭着，一边擦一边喘着气，一张白皙的小脸因为剧烈奔跑而绯红。

"出了点意外。"

天知道这个意外就是在路上撞到了林彻，还被他说丑？

想到林彻眉间一脸冷淡，嫌弃地沉声说那句"好看？你瞎啊？"顾知栀就是生气。

我明明，还挺好看，不是吗？

哼！

正当她还气呼呼地介意林彻那句话时，就听到旁边温柔的女声响起。

"对了，我今天中午要去医院复查牙齿，不能陪你吃饭了，你一个人记得要吃饭哦。"

周子茉之前矫正了牙齿，现在每隔一段时间都会去医院复查。

顾知栀冲她点了点头。

她所在的高一（7）班是高一年级最好的班，在三楼，每次做早操或者中午去食堂抢饭的时候都会面临"两面夹击"的尴尬境地。

低楼层的同学在楼道堵着，高层楼的同学下来了，就会在后面排起长长的队伍。

一时间，楼梯口就堵得水泄不通。

所以每次中午要吃饭的时候，她都和周子茉约好过几分钟等人群都散了再去。

今天只有顾知栀一个人，中午下课以后，她先在教室里做了一道数学题，然后才慢悠悠合上钢笔帽走下楼。

在走廊时，她不经意往楼下中庭望了一眼。

楼下几个男孩子不紧不慢走着，他们激烈讨论着什么，发出肆意的笑，笑声在校园上空回荡。

其中有个男孩很出挑，他走在最前面不说话，漫不经心地迈着一双长腿，自成风景。

虽然不说话，但身后的几个男生都围绕着他，仿佛他是那个无声的主导。

不用说都知道，这是林彻，他浑然天成的气质和出众的相貌身形总能在人群里格外突出。

顾知栀一双清澈的眼睛偷偷地朝他投去视线，又恋恋不舍地收回。

她叹了口气，继续往前走。

"彻哥，今天出去吃还是去食堂吃？"周维和洪川在他身后勾肩搭背。

"食堂。"林彻不紧不慢地开口，声音沉沉的。

洪川拍了拍周维："都说了是食堂你还不信，这两天彻哥都爱往食堂走，你没发现吗？"

周维就不明白了，这食堂的饭菜哪里好吃了，彻哥那么挑食一个人，也吃得下去？

这边，顾知栀来到食堂，里面已经热热闹闹坐了许多同学。

她随便打了几个菜找个没人的座位坐了下去。

刚要动筷时，座位对面出现一个人影，然后哐的一声放下一个满满的餐盘。

只见一名瘦高瘦高的男生笑着对顾知栀说："同学，这里没人吧？"

这名男生笑起来很干净，小麦色的皮肤健康又阳光，像是经常运动的那种大男孩。

还有点眼熟。

顾知栀冲他呆呆打量了一下，然后摇了摇头。

男生坐下了，一双长腿在桌下随意叉开，倒显得这个座位和他有点不匹配了。

他笑着对顾知栀说："同学，你还记得我吗？"

果然是见过的吗？顾知栀在脑海里搜寻他这张脸，只有个模糊的印象，却怎么也想不起来他是谁。

男生见她一脸疑惑，吃了口饭继续说道："那天我的篮球不小心撞到你了。"

原来是他！

顾知栀回想起那个阴天，在回教学楼的路上，看到林彻以后蹑手蹑脚，因为被篮球砸到，还差点被别人注意到。

"是你啊。"顾知栀露出恍然大悟的表情。

男生看到她这副模样也笑了："我看你当时都要哭了，想看你有没有事来着，结果你跑得飞快。"

听到这里，顾知栀不由得脸一红。

她哪里是被撞哭了，分明是怕被林彻看见给吓哭的。

"我知道你叫顾知栀，还是周子茉的同桌。"

"你知道周子茉？"顾知栀有些惊讶。

男生点了点头，甚至还有些不好意思："我和周子茉是一个初中的。"

哦……

"那还不知道你的名字呢。"

"肖云越，六班的。"

肖云越性格很阳光，由于跟周子茉认识，他大半时候都在讲关于周子茉的事情，神采飞扬，笑容热切。

"她才不温柔呢，她其实内心很彪悍的。"肖云越笑起来还会露出两颗小虎牙，看起来可爱极了，和他的身高还有点反差萌。

"是吗？哈哈！"

想不到平时温柔娴静的周子茉其实还是个女汉子……

两人你一句我一句，让本来在这个学校还没什么熟悉同学的顾知栀感受到一些温暖。她突然想起以前初中和同学们围坐在一起吃午饭的日子，有些感慨。

不远处，一道凌厉的视线落在他们二人身上。

顾知栀和那男的有说有笑，看起来高兴极了。

林彻沉着脸，将他们这副热烈的样子尽收眼底，一双眼冷得跟有冰碴子似的。

他正瞧着二人的互动出神，就听到旁边的洪川说道："彻哥，我们饭打好了，你吃啥？"

林彻没有回答，而是拧了拧眉，他觉得太阳穴跳得异常快，直抽动。

洪川见自家大哥看什么这样认真，于是顺着他的视线望过去。

好家伙，有个男的和小仙女有说有笑！

他敏锐嗅到八卦的气息，直觉告诉他，要么彻哥和小仙女认识，要么就是彻哥看上人家小仙女了。

于是，这名花一样的顾知栀小同学在他心目中已经被打上一个标签"彻哥的"。

彻哥的，这三个字什么意思？

意思就是，他——洪川，必当尽他所能，排除小仙女身边所有烂桃花，以便他家大哥顺利上位！

这哪里来的小兔崽子，不识好歹，敢打我们彻哥家小仙女的主意？

"彻哥，待会儿我让兄弟们先把这个小子拖出去，你动手还是……"

他在这边已经开始磨刀霍霍了，余光里一道身影蹿过。

原来是林彻已经朝二人的方向走去。

大哥已经行动了？

"周维快来！"洪川拽了一下还在窗口打饭的周维，指着林彻冲他挤眉弄眼。

周维还一脸茫然地举着鸡腿。

洪川见他没反应，喊了句"没用的东西"，然后硬拽着他朝林彻那边走去。

第 14 章　聊得开心

林彻面无表情靠近二人，但眼神却是冷的，看起来阴郁至极。

顾知栀还在认真地听肖云越讲话，没注意到林彻，她微微笑着，看起来乖巧又恬淡。

这目光，在他看起来，暧昧极了。

他脚步顿住，漆黑的眸子微沉了一下，但还是没有犹豫地抿唇走了过去。

肖云越埋着头大口大口吃饭，偶尔和对面的顾知栀说笑，连这边走近了一个人都没注意到。

此时听到一个低沉冷漠的男声在旁边响起。

"起来，这边有人。"

肖云越感到自己的肩头被一只骨节分明的手覆上，并将自己往旁边推。

他没坐稳，朝旁边倒了一下。

抬头看，一个很帅气的男生正冷漠地盯着他，他的眼神带着侵略性，眉间也皱起，嘴唇抿成一条线，浑身上下散发着不好惹的气息。

肖云越嘴里还含着饭，这突如其来的事故让他猝不及防。

这里有人了？

他端着盘子朝顾知栀望去："你们认识？"

没想到顾知栀的反应更加反常，她惊异地望着男生，刚想伸出手阻止，却又被男生恶狠狠地瞪了回去。

顾知栀只能攥着手里的筷子埋下头像蚊子一样说了一声："林彻……"

叫林彻的男生一把将肖云越推到旁边去，然后大摇大摆坐到了他刚才的位置上。

林彻的一双长腿随意支着，在狭小的座位上看起来有些突兀。他朝顾知栀随意抬了抬眼，眸间透着凛冽寒意，俊俏的嘴角勾起一抹似笑非笑的弧度，开口道："聊得很开心？"

顾知栀哪知道他什么意思，脸上的惊异不减，抬眼看着他，来了一句："你怎么来了？"

这句话，直接让林彻气得肺疼，太阳穴突突直跳。

他第一反应是，我怎么不能来，谁准你和别的男生一起吃饭还一起说说笑笑的？

但是又想到自己还是个没名没分的连前男友都算不上的人，好像还真不该来。

更要命的是，他转念一想，那以哥哥的身份总该可以来教育教育这个不知好歹的臭小子吧？然后又猛然想到，自己才不要当她哥哥。

那他现在过来算什么意思？

林彻的脸瞬间乌云密布，仿佛下一秒就会电闪雷鸣。

然而顾知栀不知道的是，这个男人能劈死个人的表情完全是因为他觉得自己理不直气还壮，只以为他是见自己不顺眼了，生了大气。

于是无声地叹了口气，沉默了……

洪川和周维气势汹汹赶来，分别在顾知栀和肖云越旁边坐下。

现在的情况是，顾知栀对面坐着林彻，林彻旁边是肖云越，肖云越旁边是周维，而顾知栀旁边则坐着洪川。

五个人都没说话，大眼瞪小眼，气氛诡异至极。

林彻全程绷着脸。

顾知栀闻到一股呛人的油烟味，轻轻皱起了眉，觉得喉咙有些痒，轻轻咳嗽了几声。

林彻依然冷着脸，眉间微皱，一言不发地用手扇了扇风，试图将这股呛人的气味驱散。

周维跟洪川大气也不敢出，盘子里的饭突然就不香了，鸡腿也索然无味。他们二人的目光在自家大哥和小仙女的身上滴溜直转，露出欣慰的神色，真是般配啊真般配。

他们又看了看旁边这个多余的肖云越，十分嫌弃。

肖云越接收到他们俩的目光，无辜地喝了口汤，不小心用力过猛，发出很响的吸溜声。

身边四人都被他这声音吸引过去，林彻是轻蔑不屑，顾知栀是好奇，洪川跟周维是满满的嫌弃。

"咳，咳。"肖云越尴尬地清了清嗓子，觉得背上有东西在爬，极力想打破这个尴尬局面，于是朝顾知栀大咧咧笑，"我看你这西芹没有动，给我吃可以吗？"说完，他就想给自己一记白眼，我在说啥呢，这智商被狗吃了？

"嘶……"

他听到两道不约而同的吸气声，是旁边和对面一胖一瘦的男生。

而另一边看起来很危险的男生则是黑着脸，好看俊逸的脸上露出一抹笑，虽然是笑，但眼神却是冷的。

"你说什么？"

看起来很危险的男生冲自己吐出这句话，像是从牙齿间挤着出来的。

肖云越不禁缩了缩脖子，这男生，好恐怖！

肖云越内心已经开始流泪。

四周再次陷入沉默，顾知栀大气也不敢出。

林彻觉得自己好惨，什么话都没资格说，还生怕对面的顾知栀一个张嘴，一声甜甜的"哥哥"，直接把自己送走。

顾知栀就是心大又欠揍，可惜呢，自己还非要宝贝得很。

于是，林彻有些怅然地勾起嘴角，无奈地叹了口气，垂着眼皮朝顾知栀投去晦暗不明的目光，然后一言不发地起身离开了。

"大哥，走了啊？"

"等等我们！"

林彻迈着长腿走得很快，头也不回，像是带着怒气。

顾知栀怔怔地回过头去看他，却只能看见一抹修长的背影。

这次回来，好像每次遇见林彻他都是这副冷漠的样子，她不禁怀疑，他这样冷漠到底是因为纯粹讨厌自己，还是因为不想认她做家人，于是也叹了口气……

看来，想要和林彻缓和关系，她还需要更努力。

她暗自握紧了拳头，然后转过来继续吃饭。

没想到对面的肖云越也行色匆匆，他简单收拾了一下桌子，眼神却是追随着林彻离去的方向。

他冲她大方地扬了扬头："我吃好了，先走了啊。"

然后就追了上去。

林彻沉着脸走出食堂，一路上收获不少女生的侧目。

他一双狭长好看的桃花眼此刻充满阴霾，嘴唇紧抿成一道凌厉的弧线，和他如刀削似的坚毅流畅的下颚相互辉映，把他身上具有侵略性的美感凸显得淋漓尽致。他脑海里还是刚刚顾知栀和那男的说说笑笑的那一幕，自然下垂的手，又不自觉攥紧。

这时，后面传来一声："喂！"

林彻头也没回。

肖云越倒是追了上来，他几步蹿到林彻跟前，冲他咧嘴笑："别走那么快啊。"

林彻一双阴郁的眼在他身上漫不经心地一瞥，并不友好。

"你喜欢顾知栀对不对？"肖云越大大方方地问。

第 15 章 有点危险

林彻的背僵了一僵，漆黑阴戾的眼睛，有一瞬间空茫失神。

可也只是一瞬，他便恢复如常，似笑非笑地冷哼一声："你知道你在问什么吗？"

声音低沉，语气冷漠得可怕。

肖云越并不管他的危险，反而是大着胆子凑得更近了，一副熟识的样子想往林彻肩上一搭，却被他无情推开。

肖云越继续没心没肺地在危险边缘试探。

"喜欢人家，就别那么凶嘛，不知道的还以为你要揍她呢。"

语罢，肖云越就被林彻无情地抓住衣领，拎到面前。

力气之大，饶是个子很高的肖云越也脚下一空，他随即挥着手冲林彻解释道："别别别，大哥，你别激动，我对顾知栀没有想法的，你先把我放下。"

眼前，男生危险的双眼眯缝着，朝他冷冷一笑。听到他的话以后，男生眼里闪过一瞬暗芒，然后不客气地松开了他的手。

男生冷哼一声，不屑极了。

肖云越心里吐槽了一下这男生是个什么凶狠的生物，然后整理了自己的衣领，礼貌、虔诚，又有些不正经地拍了拍林彻的肩。

"大哥，我是认真的，鬼都看得出来你喜欢顾知栀……"

肖云越瞅了一眼林彻，见他绷着好看的脸，并没有反对自己的意思，于是大着胆子继续说下去。

"但是你这样挺危险的。"

林彻听到他这句话以后，笑了，俊逸的嘴角勾起一抹弧度。连肖云越这个男性也不得不在心里感叹一句，这男生真的好看。

"危险？"林彻脚步一顿，偏头看肖云越，嘴角那抹讥笑意味深长。

肖云越咽了咽口水。

"我们年级喜欢顾知栀的人可多了，又是给她写情书，又是送礼物的，倒是没见过你这种凶巴巴的。"

他很清晰地看见，男生眼里闪过一瞬杀意，于是忙后退两步，摆着手："大哥，我不是故意的啊，你别生气，我走了。"

然后刺溜一下像泥鳅一样钻了出去。

林彻眯缝起好看的眼，高挺的鼻梁下，薄唇轻启，嘴里还是刚刚那个词："危险？"

洪川和周维立即凑上来，打着圆场。

"大哥你别听那小子胡说。"

"对啊大哥，就你这条件，对吧，那还不分分钟把别的男的秒成渣渣？"

洪川又补充了一句："对呢，虽然你也就对小仙女凶了那么一点儿，但是呢，大哥的爱，这不是与众不同嘛，对吧？"然后拍了拍周维的背，周维会意："咱大哥要追谁追不到啊？别泄气，别泄气，嘿嘿。"

林彻咬了咬后槽牙，眉心拧了一下，漆黑的眸子流露着意味不明的神色。

他对刚刚那句"我们年级喜欢顾知栀的人可多了，又是给她写情书，又是送礼物的"若有所思。

听到洪川和周维的话以后，他在心里掰开来回味，好像自己是有点凶了。

想了一会儿，他反应过来，然后轻啐了一声，不客气地朝洪川和周维踢了一脚："追什么追，谁要追她了？"

可是，彻哥刚刚就差把"我吃醋了"这四个字写在脸上了。

洪川默默看了一眼周维，对他无声地耸了耸肩。

还挺傲娇。洪川内心默默吐槽着。

林彻绷着脸，朝操场那边放空了眼神，过了一会儿，深深地吐了口气。

他皱着眉，压低了声音，吐出一句："帮我打听打听都有谁在追她。"

声音很小，还是从嘴里嘟囔出来的那种，洪川和周维没听清楚。

见林彻还是一脸别扭的样子，他俩迷茫地凑上前去："大哥你说的什么？没听清。"

林彻唰的一下脖子通红，他的眉皱得更厉害了，眼里满是不耐烦，还带着些许局促。

他放大了声音，咬着牙说道："让你们给老子打听一下，都有谁在追顾知栀！"

他这声很洪亮，他俩倒是听清楚了，只是一瞬间呆在原地，跟被惊雷劈了一样。

正是因为听清楚了，所以才更加惊异无比。

好家伙，大哥来真的？

"好的大哥！"

"保证帮你扫除障碍！"

林彻觉得眉心跳得厉害，兴许是天气太燥热，脸也不经意间烧起来。

他烦闷地看了两人一眼，没好气地用他那双长腿踢了一下旁边的垃圾桶，不知道把它当成了谁来撒气，然后扯了一下衣裳，迈着大步扬长而去。

走得那叫一个干净利落，看得洪川跟周维两人一愣一愣的。

"你有没有觉得，大哥自从遇到小仙女以后，就变得奇奇怪怪的？"洪川扯了扯周维的校服。

周维若有所思地点了点头："那哪儿是奇怪，分明是惊悚。"

如果他俩没猜错，自家英明神武的大哥，应该是，坠入爱河了！

还是单相思那种。

于是，为了让大哥成功从单相思上位成有名分的正牌男友，二人精密策划了一番。

洪川负责打听谁在追小仙女。

周维负责扫除这些不知好歹的渣渣。

洪川握拳："大哥啊大哥，以后可别忘了兄弟们曾经为你赴汤蹈火啊！"

"赴汤蹈火个锤锤，彻哥都走远了！"

"啊，等我等我，我来了！"

两人在后面小跑，跟上了林彻的步伐，一起往教室走去。

林彻所在的高二（4）班是年级上最难管教的一个班，班里的学生有一部分是因为成绩不够，家里出钱来这个学校就读的，还有一部分是艺体生，平时上课很少，一般都在训练。

所以真正在教室里上课的都是那群难管教的富家子弟。

他们大多不学无术，老师也约束不得。

于是高二（4）班就成了学校老师眼中的一个毒瘤班。

林彻迈着长腿走进教室，漫不经心地坐在最后一排的椅子上，半倚靠在墙壁上，看起来随意慵懒。

他闭着眼，高挺完美的鼻梁下是微微合拢的唇，睫毛自然耷拉下来，在他脸上投下一片阴影，俊逸的面庞更添几分柔和。

这番模样引起班上女生的悄悄打量。

"好帅哦！"

这是中午，还没到午休时间，班里依旧吵吵闹闹。

林彻觉得耳边一阵嗡嗡声，烦闷得紧，于是皱了皱眉，继续眯着眼休息。

这时候，班主任黄河拿着一份文件走进来，脸色铁青。

几个前排的同学立马闭嘴，正襟危坐，一脸乖巧的模样。

而更多的则是轻轻瞥了一眼老师，然后该打闹的继续打闹，该说话的继续说话。

"咳咳。"黄河在讲台上清了清嗓子，这群学生真的是不听管教，目无尊长，可气啊可气！

见没几个人理他，他踱步到讲台中间，啪的一下将他那快要掉漆的保温杯在讲桌上磕得响亮，用着中气十足的声音朝下面一喊：

"开学测验的成绩出来了，你们看看你们考得是个什么！"

随即，他又是啪的一下将那份文件拍到桌子上，还带起一阵粉笔灰。

听到开学测验，同学们这才安分下来，纷纷一言不发地回到座位上。

毕竟，开学测验这种东西是会发到家长那里去的，关乎家长在家里对他们的待遇问题。

于是吵闹的班级终于恢复了安静，安静中还透露着诡异，几十双眼睛直愣愣瞪着黄老师，听他下一步发言。

黄河见状，欣慰地点点头。

果然还是在意成绩的，也不是那么无可救药。

于是他稍微缓和了语气，清了清嗓子，举起成绩单一个一个点名。

"倒数第一，刘睿！你还是一如既往地稳定呢，语文81，数学34，英语22，理综……"黄老师眯着眼，就像要把那个数字灼穿，"理综，8分！个位数，你怎么考的？"

"你把你那打游戏的精神拿去研究一下怎么机选，你都不止个位数吧！"

刘睿一脸无辜地摆摆手："老师，我就是机选的，只是考理综的时候我橡皮擦不见了，扔不了色子，怪不得我啊。"

黄老师一阵窒息，脑海里走马灯似的飘过几句话：莫生气莫生气，他们都是祖国的花朵，要温柔，要淡定。

"老师，不然，下次我还是抛硬币吧。"

"噗……"

下面有人没忍住笑出声来。

尤其是洪川，他正喝着水，听到这里，直接喷了出来，前面同学的衣服遭了映。

黄老师没好气地一拍桌子："还有就是你，洪川！"

他举起成绩单继续读："洪川，语文65，数学34，英语18分，理综53，倒数第二。"

"老师，我这还是挺平均的，至少都是两位数嘛！"

洪川扯着嗓子笑嘻嘻地看着老师，一副理所应当的做派。

班上又是哄堂大笑。

黄河直接快要气得离开这个美好的世界。

他从成绩单中抬眼瞥到了坐在最后闭着眼睛一副漠不关心的林彻，才稍微缓和了一点情绪，林彻算是他这个班里唯一拿得出手的人了。于是没好气地对洪川吼过去："你整天跟在林彻后面混，怎么就不学点他的好？人家可以考年级前二十，你就只能考年级倒数第二。"

听到这里，洪川也不介意老师的批评，反而是对林彻的成绩非常关心。

"黄老，彻哥这次年级第几啊？"

黄河吐了口气："十四。"然后顿了一下，继续朝他大吼着，"你那么关心别人干吗？多关心关心你自己！"

"可以啊彻哥，不愧是兄弟们的文化担当。"

洪川和周维狗腿似的转过头去对林彻竖起大拇指。

林彻掀了掀眼皮，冷冷地嗯了一声，然后面无表情地继续闭上眼，依然是漠不关心的样子。

黄河暗暗叹气，心里对林彻也是惋惜的，林彻中考可是以第一名的成绩考进一高的，那时候他去的是实验班，后来却因为多次违反校规被处分了。

如果不是因为他家给学校捐了几千万修体育场，多半已经被劝退，哪能像现在这样，被分到四班来。

想到这里，黄河心里默默叹气。

这孩子像是有什么心事，一直闷着，阴郁混沌。

如果不是因为他平时都不听课，那远不止这个成绩。

"好了，都那么关心别人。特别是你，刘睿，看看你的个位数理综，我就算是机选也不会是这个鬼成绩！"

……

高二年级排名前一百的同学的成绩和排名已经公布到学校红榜上，里面有他们的分数和最终排名。

一高是海城最好的中学，里面的前一百已经是非常不得了的了，都是重点大学的好苗子。

红榜一张贴出来就引得人围观。

红色的纸张大大地张贴在公告栏，所以称为红榜，是荣誉的象征。

而在它旁边有一个小小的区域，白底黑字，上面赫然写着"处分通知"四个大字。

这被同学们称为黑榜，和红榜形成明显的对比，一个喜气洋洋，一个嘛，看起来就不那么光彩了。

顾知栀吃完午饭后在学校里乱走，看到前面围得水泄不通，好奇地望了望。

"红榜出来了，要不要看看？"

"别了，我这次前五十都没进，还是不去丢人了。"

她身旁两个女生手挽着手走过。

原来前面公告栏上就是传说中的红榜。

她在那张大红的公告上瞥了一眼，心里痒痒的。

那会有高二的成绩吗？林彻会在上面吗……没多想，抬脚朝那边走去。

她先来到"黑榜"前面，随意浏览了一眼，然后脑子里一黑。

因为心里想的那个人就出现在这张处分通知上。

"高二（4）班林彻、洪川、周维，高二（3）班李航，上周四聚众斗殴、逃课，已违反校规校纪，给予严重警告处分……"

还真是，如他所说呢。

顾知栀撇了撇嘴，若有所思地准备转身离开，红榜那里挤了太多人，也不准备去看了。

此时，她听到旁边几个女生的议论。

"林彻这次第十四欸！"

"好厉害，平时都没见他学习的，还能考这么高。"

"对啊，人长得又帅，成绩还好，还那么酷……男神。"

……

林彻十四？

顾知栀前脚刚准备离去，又缩回来，娇小的身子几下挤到公告栏前，她一个一个搜索着红榜上的名字。

果然，在十四那里，看到了赫然的"林彻"两个大字。

她感到惊讶，本以为林彻早都不学习了，应该是垫底的成绩，没想到排名还是那么靠前。

不过也就仅仅是一瞬间而已，因为，和他一起长大的她比谁都了解那个男生的优秀。而且好像他初中的时候就已经在学习高中的内容。所以哪怕是没听过课，他也能凭自己的实力考取一个不错的成绩。

这就是大佬和普通人之间的差距。

林彻是有分寸的……

顾知栀埋下了头，脖子处露出洁白细腻的线条，头发有些许毛茸茸，垂下的目光里透露着些许欣喜。

"嘁，就不知道林彻那个人怎么考的，平时不是混混的样子吗？肯定在家里偷摸着学呢。"

"呵呵，谁知道呢。"

不和谐的声音钻进她耳朵里。

她敏感地朝那人望去。

是个男生，旁边站着另一个高高大大的男生，两人对林彻的成绩指指点点。

顾知栀心里鄙夷了一阵。

那是你们不知道林彻有多优秀。

于是气呼呼仰起小脸，不客气地朝他们瞪了过去。

两个人像是收到了这个目光，偏过头来，只见一名小巧的女生仰着精致的脸朝他们看，鼓着小脸，还有些可爱。

心跳漏了半拍。

这女生真漂亮啊……

两人大眼瞪小眼，心里毛毛的，脸上不禁飞过一丝红晕。

"多嘴……"顾知栀恶狠狠挤出这两个字，然后不客气地转头就走。

留下两个人一脸茫然地愣在原地。

第 16 章　是体育委员

顾知栀转身离去的那一刻，心跳不自主加快，后背也冒出一身热汗。

第一次在外面怼别人。

还有点紧张。

那两人不会追上来把自己揍一顿吧？

想到这里，她缩了缩脖子。

她走出人群后，也不敢往后张望，很快就离开了。

回到教室以后，班主任已经在讲台前站好，下面的同学也都安安静静在座位上学习。

马上要进入午休时间。

周子茉还没回来，顾知栀朝那个空空的座位望了一眼，然后听见老师在讲台上拍了拍手。

"都停一下，同学们。"

教室里的同学随即抬起头，放下笔，听老师下一步安排。

"今天下午的班会课我们把班委确定了，同学们可以考虑一下自己想担任的职位，到时候上来发言。"

"喔喔喔……"引来下面一众欢呼。

也是，高中的同学，只要听到跟学习无关的事情，都能跟打了鸡血一样。

"你有想当的吗？"陈阳转过身来，碰了碰顾知栀的桌子。

顾知栀转动着眸子，一双眼睛扑闪扑闪，像是很认真地思考了一下，最后，摇了摇头。

"我不太想当班委欸，有点累。"

这句话并不是她乱说，而是因为她在初中的时候当了三年学习委员，她本来就是一个容易较真的人，遇到不写作业、不好好上自习的同学，就会一本正经地过去"教育"他们。

然后被同学赔笑着："哎呀好栀栀，就这一次，别记我的名字了。"

她脸皮又薄，不会拒绝人，又不想失了原则，总是让自己很难受。

所以，最好的办法就是不当班委。

"是吗？我觉得你当学习委员还不错。"

……

拜托，她不想再听到"学习委员"四个字了好吗。

下午班会课的时候，老师果然抱着个笔记本，身姿端正地走到教室里，然后一言不发地在黑板上一一写下：

班长、学习委员、纪律委员……

"有没有同学自告奋勇上来竞选的？竞选的同学在对应的职务上写名字就可以了。"

姚老师把粉笔一抛，落在黑板槽里，发出咔嗒的声音。

一下子，教室里安静了，大家面面相觑，有些人跃跃欲试，但又都看着周围的同学，没人愿意第一个站出来。

打破这个局面的是前排的一名男生，他叫姜南，顾知栀记得他，他是班上成绩最好的人。

姜南和陈阳的关系很不错。

"老师，我来。"姜南站起身，自信地阔步走上讲台。

这一举动让下面的同学都兴奋地鼓起掌来，特别是陈阳，他"喔喔喔"地拍着桌子，像只猴一样。

姜南是个很高的男孩子，他人如其名，就像是从江南水乡走出来的一样，翩翩君子，温润如玉。他有些不好意思地笑着，看起来干净又纯粹。

顾知栀有些恍惚，不禁想到了林彻，林彻曾经也是这样一个阳光优秀的大男孩形象，自信，骄傲。

这一年来，他变了很多，是因为自己吗？

顾知栀有些自责地垂下眼皮，手不禁捏起了校服角，然后在手里揉了又揉。

"各位同学好，我是姜南。"他开口了，自信又大方，不过，带着一点点东北味，引得下面同学一阵笑，姜南自己也不好意思地揉揉脑袋。

是的，姜南是个妥妥的东北汉子。

不开口的时候他可以说是同学们心目中的男神，一开口，就让人破功了，笑倒一片。

"那啥啊，我想竞选的职位是班长。"说着，他在班长那一栏下面写上了名字，整整齐齐，又带着些许风骨，很好看。

"为啥想选班长呢？很简单，我小学、初中都是班长，大家都叫我'老班长'。

"到了高中，我也想继承'老班长'这个名号，为班集体做贡献，为同学们服务。"

他说话说多了就有种憨憨的气质，和外在的形象截然不同。

不过，挺可爱的。

同学们都捧场地鼓掌，顾知栀也随着他们一起拍起小手。

有了第一个吃螃蟹的人，场面一下子就热烈了起来，大家都踊跃报名，然后在讲台上积极展现自我。

有人上去竞选了清洁委员，说要杜绝班上偷偷吃辣条还乱扔包装的风气。

有人在纪律委员下面端正地写下名字，立下豪言壮志：让高一（7）班的自习课再次伟大。

……

上台的同学络绎不绝，他们的身影逐渐模糊。

大概这就是一群无畏且青春的高中生吧，在这青涩又懵懂的年华中，自信地迈出那一步，稚嫩却无畏地冲岁月呐喊，在生命中镌刻下一笔，未来回味之时，这段青春也能在几十年的回忆中熠熠生辉。

"顾知栀同学就没有想竞选的吗？"

姚老师把粉笔捏在手里打转，然后冲顾知栀扬了扬头。

一下子，班级同学的视线都落在了她身上。

"对啊，栀栀，你想选什么？"周子茉戳了戳她的手肘。

陈阳也回过头来，期待地望着她："栀栀冲呀！"

顾知栀被弄得有点不好意思，一张白皙的脸上飞过一抹红晕，她怯怯一笑，漾出两个娇羞的小酒窝。

"我还是，算了吧。"

声音糯糯的，可爱极了。

姚老师继续冲她和蔼地笑着："别怕嘛，顾知栀同学，要相信自己。"

班上同学们也都鼓励地为她加油："顾知栀那么优秀，快上！"

她露出一截粉红的小耳朵，最终还是动了动毛茸茸的小脑袋，慢慢站了起来。

"喔喔喔喔喔！"

"栀栀冲呀！"

又是一阵欢呼。

她慢慢接过老师手里的粉笔，然后站在黑板下仰起头打量。

几乎所有的职位下都写了两三个人，她一时间想不到自己愿意当什么。

她只想找个轻松并且不用和同学打交道的职务。

对了……

她的视线落在下面空空如也的"体育委员"上，这个好像还可以。

她记得体育委员一般只在体育课上起作用，就是帮忙领器材什么的。

就它了。

然后，少女娇小玲珑的身影，在众目睽睽之下，慢慢地朝体育委员那一栏下移动。

哇哦……大家擦亮了眼睛。

只见少女踮起脚，伸出纤细白皙的手，一笔一画，端正地写下"顾知栀"三个大字。

"体育委员？"

"哈，哈哈哈哈哈哈！"

"顾知栀好样的！"

同学都炸开来，然后继续冲她鼓掌。

顾知栀红着脸，慢慢张口，声音清脆又温柔："看没人竞选体育委员，我就竞选了。我体育不算好，但当了体育委员就会好好锻炼的！"

她绯红着脸，虽然有点儿紧张，但还是尽量平静又大方地说出那句话，一双杏眼明媚如画，里面仿佛有星辰闪烁。

"好！"

陈阳带头支持，他把桌子拍得贼响亮，顾知栀感激地朝他看去。

周子茉也正温柔地冲她笑着，眼里溢出的是藏不住的无声的鼓励。

"谢谢大家！"

她端正了身子，冲下面鞠了个躬，精致的小脸上是一本正经的认真。

……

最后就是投票环节了，大家把心目中每个职务最合适的竞选人名字写下，然后让两名同学来统计票数。

不出意外地，姜南是班长。

同学们齐声冲他喊了句："老班长！"

整得他不好意思地挠挠头，然后挥了挥手："免礼免礼。"

学习委员是周子茉，她学习成绩很好，性格柔中带刚。顾知栀认定了如果周子茉做学习委员的话，一定可以当得很好。

她不禁有点儿佩服，觉得自己还有很多方面需要向周子茉学习。

另一个不出意外的，就是顾知栀了。

因为体育委员只有她一个人竞选……

"好好锻炼！"老师期许地对她露出和蔼的笑容。

在一众促狭的笑声中，顾知栀站起身，对同学们点了点头。

老师说，体育委员要选两个，一个男生，一个女生，只有顾知栀一个女生去竞选了，所以没办法，老师随便点了一个班上喜欢打篮球的男生当男体育委员。

"唐誉，舍得让顾知栀一个人去领器材吗？人家那么娇小，能抱几个篮球？"

没办法，唐誉最终半推半就地从了。

"好了，我们的班委竞选就到这里了，接下来，希望各位班委在兼顾学习的同时，一起把这个班集体建设得更好。"

"好的！"

噼里啪啦的掌声如雷鸣般袭来。

姚老师满意地挥挥手。

"好啦，还有一件事，下节自习课我要来上数学，讲一下上午没讲完的那道题。"

"什么？"

"唉……"

又是一阵潮水连连的叹息声。

第 17 章　追她的还挺多

一下午的时间很快过去，班委也确定了，整个班集体就像个被安置好的机器一般，每个同学都是上面的一个零件，互相咬合着、配合着，推动这台机器的运作。

高一（7）班的学习氛围不愧是全年级最好的。

而林彻所在的高二（4）班就截然不同了。

下课该打闹的打闹，有的人公然掏出手机在教室里打游戏。

林彻坐在最后一排，将校服拉链拉到最上面，遮住一半的脸，只留下一双好看的眼。

他正埋着头看手机，修长的手指在屏幕上慢慢滑动。

"彻哥，我打听到了。"洪川从后门蹿进来，在林彻耳朵旁压低了声音说着。

林彻头也不抬，只是嗯了一声，声音沉沉的，语调向上，带着一点儿疑惑。

周维："打听到什么了？"

"谁在追小仙女啊，彻哥吩咐的啊。"

听到这儿，林彻本来在屏幕上滑动的手指停住了，然后直接按下了返回键，将手机塞回桌斗。他偏着头看向洪川，顿了一下，才徐徐开口："说！"

周维默默感叹，"不愧是洪·八卦·川，就这半下午的时间都打听好了，这货上辈子怕不是当特工的吧？"

洪川嘚瑟地扬了扬眉，随意扯出一把椅子坐在林彻身边，一本正经地清了清喉咙，然后，义正词严：

"首先是高一（6）班的，这也是追得最久的了，叫方潇宇，又是写情书又是送礼物的。"

"嗯？"林彻脸色突然黑了。

"不过小仙女都没收。"

哦……

"这个方潇宇我看了，长得还没周维高，黑不溜秋的，不足为惧，不足为惧。"洪川说着还拍了拍林彻的肩膀。

林彻傲娇地冷哼一声，然后面无表情地将洪川的手拿了下去。

"还有一个高一（2）班的，这小子还是篮球部的，叫李昱，长得也挺标致的，就是忒自恋了，头发梳得跟山鸡一样。"

林彻默默听他讲着，没有半点不耐烦。

洪川看自家老大这认真的模样，也怔了怔，老大竟然这么耐心，不得了，然后继续说了下去。

"还有就是……"

"还有？"林彻眼睛微眯，冰冷的眸子中透露出一丝危险的气息。

"咳咳，不多不多，还要我继续说吗？"

林彻顿了几秒，随后皱着眉，隐忍着吸了口气，桀骜地舔了舔唇，带着些许烦躁。

"继续。"

"高二（8）班的班长，高二（10）班的路明，对了，路明我还认识呢，还有高三的……"

洪川看了面前的林彻一眼，然后停住了。

自家老大脸冷得像要结冰一样，身上散发着阴沉的戾气，他每说一个名字，老大的脸就黑一分。

最后，老大脸上阴云密布，感觉随时都能电闪雷鸣，把自己劈死。

他咽了咽口水，选择闭嘴。

"大哥，别生气，虽然追小仙女的人挺多，但绝对都不如你长得帅。"

林彻眯缝着眼，视线落在空空如也的桌面上，一双狭长的桃花眼笼上阴霾，虽然面无表情，但身体周遭散发着可怕的气息。

呵呵，追她的人还挺多。

"大哥，虽然你只是小仙女那三千弱水中的一瓢……"

洪川好不容易绞尽脑汁想出这么一句文艺的话，正在显摆，结果还没说完，就被老大恶狠狠瞪了一眼。于是，他心虚地压低声音把剩下的也说出来："不过，也是有机会被舀的嘛……"

然后又被老大瞪了一眼。

洪川疑惑地摸摸头，自己哪里说错了吗？

而作为三千弱水中一瓢的林彻同学，很不乐意地承认，自己不高兴了！

他觉得心里堵得慌。

林彻烦闷地将拉链拉下来，露出一截精致的锁骨，然后修长的手指用力拧开了一瓶矿泉水送到嘴边，喉咙上下滚动，瓶里的水少了大半。

他喝得猛烈，一些水顺着瓶身流下来，顺着他流畅坚毅的下巴一路往下，经过性感的喉结，隐匿在校服衣领中。

管他谁要追顾知栀，他在意那么多作甚？

他没好气地将水瓶扔在地上，还顺带踹了一脚。

呵呵，那个小没良心的，从小就这样让人不省心。

要是她机灵点还好说。

可她偏偏好骗得很。

几颗糖，几包零食，甚至是帮她做几次作业，就能收买她。

以前自己还能名正言顺地将那些小王八蛋赶走，现在……

他想到，要是哪一天，有个又温柔又会说话的男生出现了，稍微哄她几句，把没智商的她哄得团团转，怎么办？

不能想了。

林彻的眉拧了拧，不耐烦地握紧了拳头，骨节分明的手指泛白，连手背上的青筋也隐隐可见。

洪川正想着怎么安慰老大，让他不要着急，慢慢来。就看见面前的老大不耐烦地起身，带着身后的椅子发出刺啦一声。

"老大，去哪儿？"

"操场。"林彻走得干净果断，只留下一个坚毅结实的背影。

"下节课是黄河的数学啊！"

不过，自己大哥想逃课的话，会在意是谁的课吗？

于是周维和洪川跟了上去："我把球带着，老大等等我！"

第 18 章　上体育课了

高一（7）班周五的最后一节课是体育课。临近周末，又是一节放松的课，还没到放学呢，大家就都跟脱缰的野马一样，开始享受周末了。

"栀栀，周末一起出来做作业吗？"周子茉挽着她的手和她一起往楼下走。

顾知栀想也没想就答应了，和同学一起约着做作业也太温馨了吧！过了一会儿，她才仰起小脸问道："还有谁啊？"

周子茉慢条斯理地数着："除了你和我，还有陈阳、姜南、肖云越。"

"肖云越？"顾知栀疑惑地提高了语调，满是惊讶。

见她不可置信的样子，周子茉淡淡一笑，解释道："对呀，陈阳和姜南跟我初中一个班的，肖云越是陈阳的好朋友，也是一个初中的，不过在隔壁班。

"我们初中就经常一起出来学习，关系很好的。"

怪不得，开学第一天的时候，陈阳背着书包蹿进教室，首先走到姜南那边，然后又跳到周子茉这里，欢快地笑着："这儿有人没？没人我坐了。"

姜南有时会把上节课的笔记借给周子茉看，她以为那是学霸之间惺惺相惜的交流。

原来，他们早就认识。

想到这里，顾知栀不禁回忆起自己初中的那群好友，在这座城市的，除了一个沈暖，就再也没有别人的消息了。

说实话，她对他们的感情有点羡慕，曾经自己也是在人群里长大的，身边总是热热闹闹，现在……

"这样，你加入我们，我们小队就是五个人了。"

周子茉这一说话又将她从思绪中拉回来，她一开始没听懂这句话，只是愣愣地啊了一声。

然后细细品味，她才发现，原来，周子茉的意思是让她加入他们的行列。

一时间，奇怪的感觉涌上心头，温暖且柔和，慢慢包裹住自己。

她笑了，这笑让人很容易联想到棉花糖，脸上漾起两个小酒窝，眼眸里如倒挂的银河般璀璨。

"好！"

两人手牵着手一起往操场走。话说，这节课是体育课，那作为已经是体育委员的自己，是不是就要开始第一次工作了呢？

……

篮球场上，半边场地旁围了许多人，一些女生扯着校服，有意无意地朝场上投去灼热的目光，然后压低了声音窃窃私语。

"好帅哦！"

"对啊，林彻投篮的样子也太帅了吧。"

半边场地上有几个男生正打着球，女生们的目光大多追随着其中一个个子很高、身形俊逸的男生。

他将校服脱下，上半身只穿着一件黑T恤衫，有一种迷人的痞气。

健硕的臂膀下肌肉线条清晰分明，脸上冒出晶莹的汗珠，顺着他凌厉的下颌一路向下，经过性感的喉结，最后隐匿在胸膛处。

他轻轻拍打着球，然后用骨节分明的手抓住，球在手上转了一圈，以一个漂亮流畅的弧度飞了出去。

当球稳稳落进篮筐时，他挑了挑眉，眼里飞过一瞬轻快的暗芒。

随后就是场上女生抑制不住的尖叫声。

"彻哥，好球！"周维冲他吹了个口哨。

林彻仰了仰下巴，表示回应，然后轻轻吐了口气，吹了一下脸上的汗珠。满头大汗的他非但没有邋遢的感觉，反而充满了荷尔蒙的气息。

他几步迈到场外，拿了瓶矿泉水仰头就喝，喉结滚动几下，汗水在夕阳下晶莹闪烁，带着性感和张扬。

余光里出现了一个身影，他顿了一下，偏了偏头，朝教学楼的方向看去。

漆黑的眸子里有什么东西闪了一下，然后归于平静，他轻轻舔了舔嘴角。

他扔下矿泉水瓶，回到场上，但视线却是追随着远处一个女生。

他的举动让场外一些同学的视线也都随着他一起好奇地朝远处望去。

不过现在是下课时间，教学楼到操场的路上有许多同学，谁也不知道林彻是在看什么，那么入神。

顾知栀感觉到操场上有许多人朝这个方向看来，没想过是在看自己，也转过头去，好奇地搜索着："后面有什么东西吗？都在看这边。"

周子茉拽紧了她的手："别看啦，要上课了，你还要整队呢。"

对了，整队！作为体育委员的工作，她可不能忘记。

于是她拉起周子茉的手小跑起来："快走快走，我们去找体育老师问一下。"

来到操场时，这才发现另外半边操场被不多不少的人群给围了起来，还不时传来一些女生的惊呼声。

她有些好奇地朝那边看了一眼，好像是有人在打篮球。

人群虽然不紧密，却挡住了里面打篮球的人的身姿，只听到急促的脚步声和篮球在地面上结实的撞击声。

好像很激烈的样子。

她也没多想，转身朝另一半操场走去，那里站了大半高一（7）班的人。

林彻正准备投篮的身形顿了一顿，看着顾知栀离去的背影，眼神黯淡下来，然后转过头，面无表情地将球抛了出去。

"哐当！"

完美的三分球。

"哇哦！"

"棒，老大！"

而与此同时，唐誉抱着球走到顾知栀身边。

"顾知栀，李老师叫我们俩过去。"

"好。"顾知栀对周子茉使了个眼神，然后跟着唐誉走向操场旁边的一间屋子里。

李老师是他们的体育老师，是个年纪不轻的大叔。李老师的玻璃杯里还泡着枸杞，他见唐誉领着个小丫头走进办公室，正准备喝水的动作停住了，然后有些疑惑地放下了杯子。

"这是……"

"老师您好，我叫顾知栀，是班上另一名体育委员。"

小丫头开口了，声音软糯。不知为何，李老师想到了自己还在上幼儿园的小女儿。这也，太奶了吧！

"哦哦，顾同学好。"老师和蔼地冲她笑着，眼前的小丫头看起来弱不禁风，白皙的皮肤更显得她柔弱不已，好像一阵风就能吹倒似的，于是有些于心不忍，但还是继续交代着，"你们上课就负责整队、领器材就行了，下课的时候清理器材，归还到器材室。"

李老师的目光在唐誉身上停留片刻，又接着说："唐……誉？你是男孩子，你来整队吧。"

唐誉点点头。

然后又看向顾知栀："顾同学，你来领器材，拿不动的时候叫唐誉帮忙。"

"好的老师！"顾知栀点头，把她的工作记下。

嗯，领器材！虽然工作很轻松，但也要加油干好！

看她一本正经的模样，李老师心里默默笑了，不知道的还以为她接了圣旨呢，那么认真。

"好了，要上课了，我们走。"

老师揽着他俩一起往外走，当他站起来时，才发现，顾知栀勉强到他胸膛高。

李老师有些无奈，更多的是觉得有趣。

姚老师这也忍心？

第 19 章　被砸傻了没?

等他们一起走出办公室时，已经打了预备铃，操场上围着的人群散了大半，只留下部分上体育课的同学，还有场中央打篮球正打得激烈的几个男生。

她这才看到，几个人中间，那一抹黑色的身影。

他矫健、灵活地传着球，支配着整个球场。

顾知栀微怔，心跳不禁加速了。她赶紧把视线收回。

感觉林彻的球不是拍在地上，而是，拍在她的心坎上啊！

脸上突然飞过一抹红晕，连呼吸也变得急促起来。她又悄悄看了一眼，又收回。他虽在人群中，身影却无比清晰。

顾知栀觉得心里被什么东西装满了，愉悦且美好。

那个下午，夕阳西下，女生隔着人潮拥挤，偷偷望向少年的目光，偶尔躲闪，却一直闪亮。

和林彻同在一个操场上，顾知栀觉得自己整个人都被格式化了，做什么都无比僵硬。

唐誉整队的时候，她在行列中，余光里好像林彻朝她看了过来，于是她紧张得就像有东西在背上爬一样。

有项心理研究表明，一般情况下在外面总以为别人在看自己，其实几乎都是自己的错觉，这是过度关注自我所导致的。

所以，顾知栀心中默念：别紧张，林彻不会看你的，放心……而且，林彻看你又咋了？他那是想打你。

想到这里，她才缓和一些，于是跟着唐誉做了准备活动，然后和大家一起绕着操场跑了两圈。

而其实……

林彻打完了球，将T恤的袖子全部挽到肩膀处，露出肌肉分明的臂膀，结实且健硕，然后坐在篮球架下，叉开了腿，朝另一半操场处看去。

在他的视线里，一排排的行列中，有一抹娇小可爱的身影。

他不自觉挑了挑唇角，然后漫不经心地喝了一口水。

"彻哥，还打吗？"

"打。"

他的声音沉沉的，但语气上扬，带着些许愉悦，整个人都阳光起来。

"快看，那边打篮球的有个男生好帅哦！"

"哇，你不知道他吗？他就是林彻啊！"

"传说中的校园大佬？"

……

跑步的时候队伍里有女生窃窃私语。

很不巧，这些字眼都钻进顾知栀耳朵里，磨着她心头的那根弦。

她感觉，背又僵了僵，又开始变得不自在了。

她正出神，没看到远处朝她飞过来的篮球。

那个篮球速度很快，正直直朝顾知栀那边以一个可预见的弧度砸去。

原来是有个男生将球脱了手，准备传给身后的洪川，结果一个转身，迷失了方向，球就飞了出去。

"喂！"

林彻来不及拦住球，朝它飞的方向看去——是顾知栀班级的队伍。

更要紧的是，那个娇小的身影正埋着头随着队伍小跑着。

他喊出了声，手不自觉握紧。

顾知栀余光里有一团黑色的东西飞来，然后还听到谁的声音。

"栀栀小心！"旁边有同学注意到了，想拉顾知栀避开。

顾知栀迷茫地抬起头，还没反应过来："什么？"就感觉自己的脸被强烈撞击，连带着眼前一花，头也眩晕了。

"顾知栀！"

她捂着脸，只觉得脑袋里天旋地转，失了力气坐倒在地上也不知道。

"栀栀你没事吧？"

"顾同学！"

她脑中一片空白，视线里同学的面孔有一瞬间重影，然后慢慢地又清晰起来。

地上滚过一个篮球，她这才反应过来，原来自己是被球砸到了。

好歹是缓过来了，她首先担心的是自己脑子会不会被砸傻，然后又在心里确认了一下，1+1=2。好在脑子还没坏，她这才放心地关心起脸上的伤。

脸上一阵麻木，她摸了摸，有些烫，随之而来的是火辣辣的疼。

"嘶……"

"栀栀你没事吧？"周子茉大声地冲她喊。周子茉向来情绪没有波澜，此刻的状态还真是有些少见。

顾知栀摇摇头，捂着脸扯起一抹笑："我没事。"

好家伙，这脸可能是肿了，因为她在笑的时候明显感觉到脸部是僵硬的。

周子茉皱眉叹了口气，刚要俯下身子查看顾知栀脸上的伤，就看到旁边走近个男生。她动作顿了顿。

男生一身黑衣，拧着眉，看起来心情很不好，漆黑的眼睛直直盯着顾知栀，嘴唇紧抿成一道凌厉的线。

好像是刚刚打篮球的那群人中的一个。

周子茉刚想出声找他理论，就看到他蹲下了身子，将顾知栀捂着脸的手扯开。

"喂！"这人太不礼貌了吧？

他的动作算不上温柔，但顾知栀见到来人后却怔怔地低声："林彻？"

林彻沉着脸，一双眸子里漆黑得仿佛有浓得化不开的墨。他将顾知栀的手反握在自己的大手里，然后用他另一只手轻轻抚上了她的脸。

第 20 章　一样的想法

他的手指修长冰凉。

碰到顾知栀的脸时，两人同时僵了僵。

尤其是顾知栀，她倒吸了一口气，情绪纷乱，百感交集，不知道如何掩饰自己的紧张。于是，她红着脸低低说了声："疼。"

她知道自己这是在转移视线，没想到林彻却介意了，他赶紧把手拿开，然后垂在一边，手指轻轻蜷起。

"叫你不看路。"他沉着声说道，本是带着一句关心的责备，在顾知栀听来却全是责怪。

她气呼呼地抬起头，一双眼瞪得贼大，眼睛里什么东西闪烁着："你们自己打球砸到了我，还怪我？"

顾知栀的脸本就被球砸到了，脸颊上有一道擦伤，又因为看到林彻而紧张得有些泛红，此刻看起来……有点儿惨烈。

她全然不顾这些，只是张牙舞爪地冲着林彻喊，有点赌气的意味。

林彻原本黯淡的眸子闪过一瞬光芒，嘴角掠过轻松的弧度。

这才是他的顾知栀该有的样子，张扬热烈，生动活泼，可以肆意对自己大喊大叫。前几次的唯唯诺诺根本不是她该有的样子。

于是林彻眯缝着眼，垂眸看着她，似笑非笑："脸都肿成这样了还说话呢？像猪头一样。"

猪头？

听到这儿，顾知栀更来气了，用力挣开他还握着自己的另一只手。

是的，刚刚林彻拉着她的手一直没有放开，只感觉她细腻光滑的手在自己手里还没握够，就挣脱了。

有点恋恋不舍地收回手，他有种冲动，很想把那只手再抓回来拿在手里揉巴揉巴。

"那你别看！"顾知栀恶狠狠地瞪了他一眼，然后皱着眉用手捂住脸，小手白皙透亮，青葱似的手指修长。

林彻冷哼一声，站起来抄着手，偏着头看她，看起来轻佻又随意："说得好像谁想看一样，小猪头。"

然后一手抱起篮球，转过身，抬脚像是要离开。

顾知栀刚想冲着他的背影喊：砸了别人连个道歉都没有就走了，你才是猪头！就听到林彻沉沉的声音："在这儿待着别走，等我一下。"

然后她就把嘴里那句话给咽了下去。

只看到林彻迈着长腿走开了，背影高挑又坚毅。

她赌气地哼了一声，然后捂着脸将视线收回。

"你们……认识？"周子茉在旁边看得一愣一愣的。

本来想把这个人模狗样的男生给骂一顿，结果他还和栀栀聊上了的感觉，气氛还说不出的暧昧。

顾知栀微怔，然后看了一圈旁边围站着的同学，没有说话，而是淡淡摇了摇头。

有个女生还激动地朝着林彻的背影犯花痴："他真的好帅哦！尤其那眼神，又冷酷又有个性。要是被砸的是我就好了。栀栀，我有点羡慕你。"

"别了吧……"

"好了，你们快继续跑步，顾知栀你在旁边休息一下吧。"唐誉将围在旁边的同学都疏散开，然后关切地看了一眼顾知栀，"没事吧？"

顾知栀点了点头。

"行，在旁边好好休息。"唐誉说着，便带着队伍继续跑步了。

顾知栀一手捂着脸，一手支撑着自己站起来，然后在操场边找了个位置坐下。

林彻不一会儿就又回来了，他一路小跑，身形高大俊逸，收获一众目光。他手上还拿着什么，等走近了，才看清楚，那是一个冰袋。

他面无表情地将冰袋递过来，顾知栀没有接，他拧了拧眉，直接往顾知栀脸上一贴。

一阵冰凉从脸上传来。

"这是……"

"拿好，贴在脸上。"

"哦。"

顾知栀将这个冰袋接过来，心里盘算着，原来刚才他是去买这个了。

清清凉凉的感觉一下子缓解了脸上的痛，原来的火辣被稀释了，留下凉丝丝的舒服。

林彻无言，在她旁边坐下，一双长腿随意叉开，和她娇小纤细的身形形成强烈对比。

两人静默了好一会儿。

夕阳西下，天空中爬满红霞。

别人只看到，操场边，一名帅气的男生和一名漂亮的女生靠坐在一起，画面美好和谐。

林彻转过头，看到顾知栀白皙的皮肤在这抹夕阳下像是要被融进去一般，散发着柔和的光晕。

他开口想说什么，但又哽住了，喉咙滚动几下，只感觉到一股燥热。

"栀栀……"他喃喃开口，出声的瞬间自己也怔了。

顾知栀听到这个熟悉的称呼，感觉心肝都颤了一下。

眼前的林彻，眉眼如旧，和记忆中的模样慢慢重合。他这样关切的眼神，瞬间模糊了她对时间的概念。

她有种错觉，仿佛自己和他还处在一年前，他们可以大胆地坐在一起，然后牵着手，冲对方大胆地笑。

那些千疮百孔、满目疮痍的回忆，好像都可以在这抹夕阳下被抚平。

"阿彻。"

她低声喊道，男生的背僵了僵。

兴许也是被这夕阳扰乱了心神，林彻唇角轻轻勾起一抹弧度，眼里闪过无奈。他像是自嘲一般轻笑了一声，声音很轻，像羽毛一般抚过顾知栀的心。

他带着隐忍、克制，让自己尽可能保持理智。

不然，他担心自己会控制不住，直接向她服软，然后毫无尊严地恳求她：别闹了，栀栀，回来好吗？

可她那一走，意味着太多，他必须得到一个明确的答案。

……

"你，还是一样的想法吗？"他问。

他指的是一年前，顾知栀离开的时候留下的那句话。

她曾经决绝地说道："我觉得我们还是不要这样好了，我们当作家人，能一直在一起。谈恋爱的话，以后你不喜欢我了，我们连家人都当不了了。"

他低声地顺着她："我们会永远在一起的，你相信我好不好？"

谁知她坚定地摇了摇头："我不敢相信。"

然后就无情地从他的生命里抽离，留下他一个人。

想到这里，他的手不禁紧握，骨节泛白，手臂上的青筋也隐隐凸起。

顾知栀神情微动，她知道他那句话的含义，于是低下了头，眼睛里笼上一层伤感。

她自然是相信，说出"我们会永远在一起"的林彻，在那一刻，是坚定地喜欢自己，并且坚定地将自己纳入他的未来的。

可林彻却不知道，自己相对于散发着光的他来说，心里是自卑的。

"寄人篱下"四个字，像一座山压在她的身上。

她是什么时候开始感觉到，他们两人是不平等的呢？

是当她背着书包站在林彻的教室门口，等他放学，被他班上的女生冷眼冷语"寄生虫"的时候？

还是被林彻抱在怀里，温柔地轻抚"你怎么不是我的？你全身上下哪样不是我家的？那你当然也是我的人了"的时候？

那句话温柔又霸道，她却像舔到了刀口，敏感的心思就像病毒般滋生扩散，让她再也不能经受他无意的占有。

年少的誓言美好又不可追寻，却也总是无疾而终。

她莞尔一笑，眉眼婉约，惊艳得夕阳都褪了色，也让林彻恍了恍神。

"我们是一家人，不是吗？"她的声音平静又温软，却如巨石投入平静的池塘。

林彻觉得，自己的心都快碎了。

"你知道我问的不是这个。"

他不可置信地看着顾知栀，眼里满是溢出来的失落，他嘴唇颤抖，有一瞬间觉得力气被抽离。

她没有开口，可眼神依旧坚定。

他凝视了一会儿，然后又浮起一抹讥讽的笑，苍白又无力，在他俊朗的脸庞上显得凄然惊艳。

"行，可以，顾知栀。"

他留下这几个字，毫不犹豫地起身离开，头也不回，决绝极了。

第21章 哭了

在他转身离开的那一刻，顾知栀像被抽干了所有力气，瘫坐在地上。

他坚毅的背影看起来冷漠决然，脚下的步子迈得很大，很快就走得看不见了。

她捂着狂跳不止的心，感到撕裂般的疼痛，蔓延到四肢百骸，遍布所有肌理。

她呆坐了好一会儿，突然没来由地浮起一抹笑，像是在嘲弄自己。

明明是为了和他缓和关系，让生活回到正轨，可现在却越来越复杂。

不仅让他难过，也让自己再次经历拒绝喜欢的人的那种锥心之痛。

"喂，栀栀！"队伍解散了以后，周子茉赶紧跑到顾知栀这边来。

看她一脸悲伤，像是发生了什么。

"子茉……"顾知栀低低叫出声，软糯的声音带着哭腔。

周子茉一惊，揽住她的肩头，望向她的眼。

顾知栀杏仁般的大眼，原本灿若星辰，现在却笼上一层水雾，眼眶泛红，在白皙的皮肤下格外明显。

"子茉……"她继续喃喃，嘴唇微颤，然后哇的一声埋进周子茉的怀里，低声抽泣。

周子茉轻轻拍着她的背，一边疑惑发生了什么，一边安慰她："怎么啦？没事没事，我在……"

怀里的人抽泣了一阵就停止了，安静得像只小猫。

一会儿，顾知栀起身，眼角还噙着泪，脸上、脖子上都是泪水。她深吸了口气，异常平静地从怀里摸出几张纸巾，将脸上的泪擦干，然后状若无事地看向周子茉，扯起一抹没有说服力的笑："我没事了。"

没事个鬼！

周子茉担忧地看了她一眼，心里犯着嘀咕。

顾知栀能做到很快就平复好情绪，源于这一年来的独立。

她也曾经是一个可以像小孩一样，哇的一声扑在别人怀里大哭的人。

离开林彻后，她学会一个人照顾外婆，生活给了她磨砺，让她变得温柔且坚强。

回忆起曾经，她也会难过得泪流满面，但还是会拭干眼角的泪，笑着面对外婆，她不能让外婆担心。

她深吸一口气，恍惚了一阵。

"对了，子茉，我之前不是故意隐瞒你的，我和林彻确实认识。"她第一时间对周子茉解释。

刚刚是因为旁边人太多了，她不想让别人有无端的猜测，才表示和林彻不认识。

周子茉点点头，她根本没有介意这个。不过，直觉告诉她，栀栀和林彻之间发生过什么。

"你哭是因为……"

"以后再告诉你好吗？"顾知栀望向她。因为哭过，顾知栀眼睛清澈如洗，像是纯净的银河。

周子茉摸了摸顾知栀的头说："好。"

看来，自己的小同桌还有故事啊……周子茉无奈地笑着，更多的却是担忧。

"那想点开心的事，比如，马上要放学了，而且明天还是周末！"

"好的。"顾知栀乖乖地随着周子茉站起身，一脸天真无邪。

……

"彻哥呢？"

洪川在篮球架下喘着粗气喝水。

周维将他的水瓶夺过来，不客气地仰头喝了一口："不是去关心小仙女了吗？"

"可是，小仙女那边，没有彻哥啊。"

洪川看过去，哪里有彻哥的身影，反而是看到小仙女扑到一个女生的怀里，好像还在哭？

两人傻眼了，这好好的怎么还哭起来了？

难不成，彻哥欺负人家了？

于是洪川抱起篮球，拽着周维的校服："走走走，去找彻哥。"

林彻转身离开后，在操场外的树下站着，心里涌上一阵酸楚，一种空落落的忧愁感，像是被风吹起的沙尘。

烦躁、不解、质疑、苦闷充斥着内心，满满的，像是乌云布满了天空，压抑着自己，喘不过气。

他不懂，顾知栀为什么如此在意他们是家人这件事？

他喜欢她，想娶她，以后不是也一样可以做家人吗？

有什么不一样吗？

还是说，顾知栀只是想拒绝他，随便找个理由罢了，其实她已经不喜欢他了？

他轻笑一声，烦闷极了。

"彻哥！"听到洪川和周维的声音，他抬了抬眼皮，冷冷地嗯了一声，听不出情绪。

"怎么招呼都不打就走了？"

林彻没回答，有些躲闪地将头偏向一边，垂眸，看不清眼里的神色。

这副样子还得了？

洪川问道："不会吧，大哥，你咋了？"

整个是受了情伤的感觉啊！

第一次见到彻哥这种状态，不是冰冷冷的凌厉，也不是阴郁的颓废，而是生动的、展露自我的难过啊！

别说，虽然有点儿不道德，但洪川还觉得有些惊喜。

"你和小仙女是不是吵架了？把她都弄哭了。"

没想到林彻一下就站了起来，紧张地看着洪川："她哭了？"

林彻好看的脸，眉头紧皱，十分在意的样子。

洪川和周维呆呆地点点头，心想，不是你把她弄哭的吗？你怎么还那么惊讶？

林彻脸上的神情很明显是紧张的，漆黑的眼中暗潮汹涌。

可也只是短暂几秒，他便恢复如常，转过身，重新倚靠在树干上，眼眸微垂："关我什么事。"

他被甩了一次，刚刚又被变相拒绝了一次，还不够吗？

他才不会对她一而再再而三地心软了。

于是他不再说什么，起身迈开腿，一言不发地往回走。

洪川和周维两人满心疑惑地跟了上去，不过也没多想，大哥不管就不管吧！

反正马上要放假了，他们首要的任务是想想去哪里玩。

"彻哥，今天说好的去你城南的家里聚哈！"

"嗯。"林彻低沉的声音，冷淡疏离。

……

当清脆的下课铃响彻校园时，学校一下子进入散漫的氛围中。

同学们那一根根紧张的弦瞬间松弛下来。

听着周围嘈杂的声音，好像，确实要到周末了。

"明天见！"周子茉摸了摸顾知栀的头，关切地注视着她的表情。

顾知栀淡淡地笑着："好，明天出门前告诉我一声。"

她们之前约好了明天一起写作业的。

周子茉点点头，转过身后，立马皱着眉对陈阳说道："你，今天回去的时候注意栀栀的情绪，知道吗！"

陈阳不解地挠挠头："怎么啦怎么啦？"

"别问怎么了，你逗逗她开心嘛，她心情不好。"

陈阳会意，大咧咧地点点头，这好办！逗人开心他最在行。

于是背着书包冲上前去："顾知栀小同学，别走那么快呀，一起坐335好吗？"

夕阳依旧温暖，铺洒在校园里，把整个学校都渲染得美好又神圣。

第 22 章　林彻是个大笨蛋

城南一栋别墅。

"彻哥，你这家这么舒服，以前兄弟们没来，可惜了。"周维开了一罐汽水，跟着林彻一路从客厅踱步到楼梯口。

他仔细打量这房子里的装修，无一不透露着低调的奢华，轻啧了一声。只不过，这里冷清清的。

周维感觉到冷清并不奇怪，因为这房子那么大，却已经很久没住过人了。

从顾知栀离开起……

林彻在学校附近的锦园有一套小公寓，林彻爸爸在公司附近也买了新的房子。

只有家政阿姨每星期会来这里打扫一次卫生。

虽然没住人，家里依旧干干净净，在林彻眼中，每个角落都是熟悉又陌生的样子。

他无言，拎着书包上了楼。洪川和周维紧跟其后。

先经过顾知栀的房间，房门紧闭，他顿了一顿，然后继续抬脚往前走，前面才是自己的房间。

开门后，啪的一声将灯打开，莹白的灯光下，房间里的摆设悉数映入眼帘。

"坐。"他面无表情地躺在懒人沙发上，随手拿了个靠枕遮在脸上。

洪川和周维两人毫不客气地钻进来，大咧咧地找了个位置坐下。

洪川头也不抬地摆弄着手机："彻哥，我把定位发给兄弟们了，他们待会儿带吃的过来。"

"嗯……"林彻捂着靠枕，沉沉地闷哼一声，漫不经心。

周维闲下来也没看手机，对着房间里四处打量。

这里的装修和老大的新房子有很大区别。

这个房间有张大大的书桌，书桌上整齐地摆着初中时候的练习册，旁边是个巨大的书架，里面整整齐齐地摆满了书。其中几格还依次摆放着奖杯、奖牌，凑近一看，原来是各种竞赛的奖。

他忽然想起老大刚来到高二（4）班的样子。

有人在背后议论林彻："听说他入学考试第一？"

那时的林彻颓然阴戾，眼里可怕得跟杀过人一样凶狠。

"不知道，据说是和人打架，把人打伤了，要被退学，家里有背景才压下来的。"

那些窃窃私语不客气地传来，林彻身后原本夺目的光彩逐渐暗淡，转而变成久久散不去的阴霾。

一年的厮混，都快让周维忘记了，自己所追随的老大曾经是天之骄子一般的存在。

周维不禁叹了口气，心里涌上复杂的情绪。

他沿着书架慢慢看，数学竞赛、练习册、文学、历史……

"我说周维，你不来打游戏在那儿瞎打量啥呢？"洪川朝周维扔了个靠枕。

周维嫌弃地将它扔了回去："闭嘴，我在看咱彻哥的书架。"

"我妈也给我整了个书架，被我摆满了手办，上次过年有个亲戚家的……"

洪川喋喋不休，周维觉得他太聒噪了，于是直接忽略了他的发言，继续沿着书架打量。

可以说，每本摆放的书，每个获得的奖，都在无声述说着林彻的优秀。

他到底是为什么会变成现在这样？

连周维这个不学无术的半吊子都感到可惜。

周维注意到旁边的墙上画着什么，在洁白的墙面上显得有些突兀。

原来是歪歪扭扭的一行字，用铅笔写的，看起来有些久远了，但兴许是因为写得很用力，笔迹还非常清晰。

"林彻是个大笨蛋。"他念出了声。

他茫然不解，这到底谁写的啊，不会是大哥自己写的吧？

"你竟然骂老大，长本事了哟！"洪川抬起头，对他笑得一脸猥琐。

"滚！我这是在念墙壁上这句话。"周维白了他一眼，然后扯着嗓子向躺在沙发上一动不动的林彻问道，"彻哥，这谁写的？"

林彻没有回答，动作也没变。

"睡着了？"洪川疑惑地瞟了瞟。

"好像是。"周维立即压低了声音，然后找了个位置坐下玩手机。

两人的对话一字不漏地钻进林彻的耳朵里，他将抱枕挡在脸上，其实一双漆黑的眸子正睁得大大的，他觉得自己此刻无比清醒。

眼里有什么情绪暗涌，他深吸了口气，将眼闭上，睫毛垂下，在他脸上投出一片扇形的阴影。

脑海里倒带似的过着一遍又一遍曾经的画面……

"林彻是个大笨蛋！"顾知栀光着脚丫从他桌上跳下来，肉乎乎的小脸皱成一团，不客气地瞪着她大大的眼睛，冲他嘟着嘴。

他无奈地将桌上的飞机模型零件重新分好，语气有些强硬："你把所有的零件都倒在一起，我怎么可能找得到啊？"

女孩听了，立刻瘪着嘴，眼里扑闪着什么。

他有种不好的预感，于是立马服了软："没有没有，我错了！你可别哭，别哭啊我的祖宗！"

他手忙脚乱地又是哄她，又是摸着她的脸，祈祷着她别哭别哭，哭了他不就惨了吗？

结果，超高分贝的声音如约在他耳边响起。

"呜哇！"顾知栀大哭起来。

眼泪像珠子一样顺着她的脸一颗一颗往下掉，肉嘟嘟的小脸瞬间泪流成河。

与此同时，楼下传来他亲爹的怒吼："林彻！你又把栀栀弄哭了！"

他觉得脑袋瓜阵阵发痛，于是赶紧去掏纸巾，然后把她的眼泪鼻涕都擦掉，低声下气地哄："别哭别哭，我是大笨蛋还不行吗？"

他好说歹说，最后怀里的人才停止了哭泣。

脸上还淌着泪，她擤了一把鼻涕，一边抽泣一边说："我……不管……你要帮我……把……飞机……拼好。"

"好好好，我给你拼。"

"求求你了，别哭了。"

林彻无奈地看了一眼自己那被她的眼泪和鼻涕弄得一团惨烈的衣服，叹了口气，最终选择妥协。

还是先帮她把飞机拼好吧。

那个下午，他都在帮她拼飞机，在一堆零件里黑着脸找需要的零件，不知道他叹了多少次气。

顾知栀绷着小脸，无聊地用铅笔在他的墙上涂涂画画。

她刚学会写字不久，于是歪歪扭扭写下"林彻是个大笨蛋"。

不巧，"林彻"这两个字是他教的，"笨蛋"也是他教的……

林彻觉得，自己后半辈子都要被这么欺负着过下去了。

突然觉得人生好灰暗。

可是再灰暗，还得帮她拼飞机。

唉！

第 23 章　什么都没发生过

回忆逆着时光纷至沓来，曾经的一切都还历历在目。

那都是鲜活且美好的，美好得让人不敢触碰。

突然，清脆的手机铃声响起。

他皱了皱眉，将脸上的抱枕拿开。

"杨子他们来了，彻哥。"洪川举起手机，冲林彻喊了一声。

林彻坐起身，一双长腿随意耷拉在地上，他淡淡地嗯了一声，寻摸着不知道被扔在哪里的手机。

"下去吧。"他找到手机后，垂眸看了下时间，然后将它放进裤兜里。

来的人都是关系比较好的朋友。

一共五六个人，围坐在楼下的客厅，有人点了外卖，有人买了饮料，洪川还找来了游戏机，一时间炸开了。

舒适的环境和高雅的格调，让几人都惬意无比。

"我们以后还去什么KTV，直接到彻哥这里来不就行了吗？"洪川灌了一瓶可乐，手上还忙着打游戏。

林彻淡笑着，但眼神却是空茫的。

他倚靠在沙发上，一双长腿随意搭在茶几边缘，修长又潇洒。

身边热热闹闹，他却觉得心里空得很。

抬眼看头顶，熟悉的吊灯散发着刺眼的光，林彻眯起了眼。

"林彻！"他耳边又响起那个娇嗔的女声，清脆又张扬。

"叫你出去玩不带我！"她不客气地拉住他的衣服，把他往沙发那边拖。

林彻一边安抚一边赔笑道："都是男生，你去了不好。"

"不管不管，你就是出门不带我了！"女生眉头一皱，抓着他的手一松，气呼呼地坐在沙发上。

他这才看到她的手上和腿上好像有什么痕迹，很淡，却在她白皙的皮肤上留下一道粉红。

"怎么了？"他皱着眉将她的手抬起来。

女生眼神局促地躲闪着，然后低低说道："不小心蹭了一下，没事。"

她埋着毛茸茸的脑袋，有些不安地纹着衣摆。

"说实话。"他眯缝着眼，抱着手臂睥睨着她，气势逼人。

她这才小心翼翼地开口："你不是说你的电灯坏了吗，我想帮你换灯泡来着。

"结果凳子没踩稳，掉下来的时候蹭了一下。

"不过不疼哦！还有，你的灯我给你换好了，你晚上就不用担心了！"

她仰起笑脸，眼里灿若星辰。

"谁要你去弄那些东西了？"他大声责怪，眼里却满是心疼。

她小心地对手臂上蹭掉皮的那里吹气，毫不在意地笑着，露出两个小酒窝："怕你回来晚了没有灯会不方便嘛。"

那个时候，他暗暗给自己立下规定，不到万不得已，不能留顾知栀一个人在家。

"傻不拉唧的。"他不禁说出了声。

"彻哥，你在说啥呢？"身边的男声将他拉回现实。

随之而来的还有一阵欢声笑语。

他这才回过神来，家里还有这几号人，大家正在聚会。

整理了纷乱的情绪，他的嘴角勾起一抹若有若无的弧度，眸里的神色看不真切。

他拿了罐可乐，啪的一声拉开易拉罐，然后灌了几口在嘴里。

漫不经心地朝洪川那边瞥了一眼。

"彻哥来打牌不？"

"来。"

他将可乐搁在一旁，迈着长腿朝围坐的那边走去。

"这小桌子好像不太稳啊。"洪川摇了摇一张小木板桌，"我找个啥来垫一下。"

"茶几里有废纸。"林彻仰了仰下巴示意。

洪川拉开茶几的抽屉，在里面翻腾，然后随便拿起个本子："这个，没用了吧？好像是有点儿久了。"

林彻瞥了一眼，然后立马起身将它夺过来，面无表情地从抽屉里取出几张A4纸递到洪川手上："这个吧。"

洪川屁颠屁颠乐呵呵地回去了。

林彻这才把那个本子拿起来，轻轻掸了掸陈旧的封皮，翻开第一页，赫然看到几个写得端正的大字："顾知栀专用练字本，林彻不准碰。"

他垂下的眼眸中透露出一丝柔和。

林彻修长的手指抚摸过那一页，指尖在"顾知栀"三个大字上流连。

"彻哥，来打牌了！"

"嗯。"

林彻将本子重新放进抽屉里，然后一言不发地走过去和他们坐在一起。

几个男生肆意张扬地笑着，好像没有烦恼。

仿佛刚才什么都没发生过。

第 24 章　周末

而这边，顾知栀再次陷入沉思中。洗过澡后，她披散着长发趴在窗台上望天。

星星都出来了，夜色明朗，在澄净的夜空之下，一闪一闪，像在诉说着什么神话。

想到她再次亲手推开了他，不禁觉得胸口处蔓延着一阵揪心的疼痛。于是，她闭上了眼。

手机振动了一下，她拿起来看。

原来是周子茉发的消息。

"早点儿睡觉，明天见。"

她淡淡地笑了一下，纤细小巧的手指在屏幕上敲击。

"好的，明天见！"

然后她把手机扔到床上，连带着自己也一起扑上了床。

思绪混乱，她定然是睡不着的，于是又坐起来，把书包里的练习册掏出来，趴在床上就着灯光一道一道演算起来。

与其胡思乱想不如做作业。

她学会了处理烦心事的好办法，就是投入学习中去。

只要专注到学习中，就不会再有闲心来纠结其他的了。

算了几道以后，果然困了。她慢慢地合上书本，扯过被子直接睡觉。

希望混沌的大脑不要再想林彻了！

窗户闭合，阻隔了室外的吵闹，却挡不住透过窗帘倾泻而进的月光。

明月皎皎，将屋里照得朦朦胧胧，连家具的轮廓都可见，正如同她可以感受到自己的心跳一般清晰。

第二天七点，顾知栀被闹钟叫醒，简单洗漱一番后帮沈奶奶做早餐。

"栀栀，这么早就醒啦？不多睡会儿？"沈奶奶一脸和蔼地看着她，从锅里端出蒸好的馒头。

顾知栀摇摇头，但其实眼皮还在打架，昨晚躺下以后还是没睡好。

"你去叫暖暖，奶奶来给你们盛豆浆。"

吃过早餐以后，顾知栀回房间学了会儿英语，等到陈阳开始在几个人的小群里咋咋呼呼喊快出门的时候，她才慢悠悠收拾好书本，给沈奶奶和沈暖打了招呼以后出了门。

她穿了件蓝色的长袖卫衣，帽子上是个兔子耳朵；下身随意搭配了一条长裙，上面有细碎的花纹，在阳光下细看会有银光；蹬了双帆布鞋，干净又青春。整个人都显得娇小可爱。

约定的集合地点是在一个商圈，离家十多分钟车程，她选择打车。

"小姑娘，是去补课吗？"司机大叔和她有一搭没一搭地聊着天。

顾知栀礼貌地笑着，勉强点点头，也算是补课吧。

等她抵达时，周子茉和肖云越都到了，二人凑在一起说着什么。

肖云越本来是阳光大男孩的形象，在周子茉面前笑起来竟然有点儿不好意思，看起来有些局促。

"栀栀，你来了！"周子茉抛下肖云越，转而挽住她的手。

不知是不是错觉，她觉得肖云越有些幽怨地看了她一眼。

陈阳和姜南是一起到的。陈阳一来到这里，就迫不及待地给肖云越描绘着昨天晚上玩了一款什么游戏，他怎么样才过了关。

姜南则是淡淡笑着，不说话的时候看起来总是温润如玉。

他们的计划是，上午去一家咖啡厅里写作业，中午随便吃点儿什么，下午继续，到了晚上可以一起吃一顿好的。

他们说这是老规矩。

顾知栀第一次和他们一起出来，觉得新奇得很，更多的则是被接受的感激。

虽然陈阳一脸崇拜地对顾知栀说："我们才觉得荣幸，你可是——顾知栀耶！"

"顾知栀是谁？"陈阳夸张地张开了手臂和空气拥抱。

肖云越接上他的话："是——年级女神！"

姜南默默在他们身后比了个"耶"。

嘻嘻……

几人来到咖啡厅后，点了各自的饮品，开始认真写起作业。

大家有什么不会的题会及时拿出来交流。

姜南不愧是年级第一，做题的速度最快，他做完了以后一脸严肃地瞅着陈阳："你这道题，写的什么……"

肖云越老是借题目不会找周子茉说话。

"茉茉，这道题怎么做？"

"茉茉，你帮我检查检查嘛！"

"茉……"

最后被周子茉冷漠果断的一个"闭嘴"给怼了回去。

然后他委屈巴巴地在旁边嘤啊嘤，像只被抛弃的摇着尾巴的大狗。

于是周子茉只能无奈地凑过去，把他的练习本拿过来："哪里不会……"

"嘿嘿，这里！"

有了学习的氛围后，大家的效率都很高。顾知栀也感觉自己投入了不少，仅用一个上午就把所有的作业都做完了。

除了做完作业的解脱感以外，她还感觉到一丝畅快，大概是高效学习后带来的满足感。

"栀栀，你中午有想吃的吗？"姜南滑动着手机屏幕。

他在美团上看周围的好吃的。

"都听你的。"

"把随便二字说得如此清新脱俗，你是第一人。"肖云越冲她竖起了大拇指。

他说的并没错，顾知栀表达的含义和"随便"差不多，但换个说法，就显得更容易接受了。

因此，她习惯把"随便"换成"都听你的"，把"还行"改成"挺不错的"，给身边的人带来舒服感。

听我的？那敢情好。

"那边新开了一家米线店，评价还不错，我们去吃这个吧。"姜南放下手机，环视一圈，是在征求大家的意见。

于是，其余四个人都笑着望向他，异口同声："都听你的！"

姜南不好意思地笑了，操着亲切的东北口音道："整这出，还有点儿嗝瑟。"

由于上午把作业都做完了，于是大家临时改变了计划，把下午的学习活动改成了一起去看场电影。

散场以后临近饭点，正好一起吃饭。

中午吃得简单，晚上就可以吃顿好的。

几个人看完电影后饥肠辘辘，都迫不及待想要饱餐一顿。

"我投火锅一票。"陈阳举手。

"附议。"姜南没有任何意见。

"我投茉茉一票，茉茉吃啥我吃啥。"

肖云越把他唯周子茉论发挥到极致，挥着手在周子茉身边瞎跳，被周子茉一阵嫌弃。

"你闭嘴！"周子茉白了他一眼，"看栀栀的，栀栀想吃啥我们就吃啥。"

顾知栀没有偏好，也就顺着陈阳的选择低低开口："那就火锅吧。"

然后，肖云越笑着告诉顾知栀，在他们四人还在上初中的时候，几乎每次投票都没结果。

一般情形下，陈阳都会胁迫着姜南跟随他的选择，肖云越无条件支持周子茉，遇到二比二的情况，两方毫不相让，最后只能抽签定。

现在不一样了，因为他们这里出现了食物链顶端的人物，顾知栀。

只要顾知栀选什么，周子茉肯定会支持，那么肖云越会跟着她，少数服从多数……

于是，顾知栀就光荣地接受了这个"食物链顶端的女人"的称号。

最后，大家开心地选择了吃火锅。

正值饭点，火锅店生意爆满，好不容易排上了号，等了大半小时才入座。在此之前，顾知栀已经灌了自己好大一杯奶茶了，现在肚子撑撑的。

大家点了喜欢的菜，开始有一搭没一搭地聊天。

"栀栀以前是哪个初中的？"陈阳问，"我们都是育才中学的。"

"我初一初二在师大附属初中，初三的时候回老家读的。"

"附中牛哎，咱们学校很多尖子生都是学校从附中直接要过来的。"

好家伙，说得好像你们几个育才的不牛一样，尤其是姜南，入学成绩年级第一，甩了第二名二十多分。而自己，也才勉强排到第八。顾知栀心想。

不得不感叹，自己生命中出现的人总是那么优秀。比如，林彻就是一个无上限的学神一般的存在。

"你们以后选理科还是文科？"顾知栀问道。

"理科。"陈阳回答。

姜南面不改色地推了推眼镜："附议。"

"别吧，这个还需要民主投票吗？"肖云越笑出声来，"那我也——跟茉茉一票，反正她肯定会选理科。"

周子茉点点头，若有所思地看着顾知栀："难道你想选文？"

顾知栀立即摆了摆手："我只是随便问问，我选理的。"

毕竟，她还要好好学物理，成为一个帅气的女人。

"我学不懂历史的。"周子茉想到历史就头痛。

然后顾知栀给他们讲了自己为什么那么喜欢物理，还讲了教物理的李老师就住自家楼下，大家都觉得不可思议。

"栀栀，能不能哪次路过的时候帮我们看看，李老师阳台上晾的全是格子衬衫吗？"

开学两周了，大家都想知道，为什么李老师每次上课都会穿着IT男标准制服——格子衬衫。

不同颜色，不同条纹，件件不重样。

······

几个人在热闹的环境中都放开了自我，大声地聊着天，几个男生说得面红耳赤。

顾知栀觉得心里暖洋洋的，她有时加入他们的聊天，有时就听他们讲着笑话，觉得很有意思。

她一笑，脸颊就露出两个小酒窝，像灌了蜜一样。

她的皮肤白皙，因为火锅的热气，脸上多了一抹红晕，在红火的灯光下像是微醺后的酡颜。

"阿彻，那边那个妹妹，不是顾知栀吗？"

店里一个角落，两个男生对坐着，听到这句话后，其中一个男生怔了一怔。

他转过头，顺着同伴的视线看过去，是一个乖巧精致的女生，她甜甜地笑着，让人很容易联想到棉花糖。

林彻眼神微动，漆黑的眸里暗潮汹涌。

"是。"

第 25 章　竟然是林彻

在他的视线里，顾知栀斜对着自己，不能看见她对面的人，只看到她现在笑得很开心。

顾知栀衣着可爱，一头长发随意绾起，几缕发丝留在鬓边，显得小脸温柔又恬静，比平时多了一些妩媚。

林彻转过头来，一言不发。他的眼里情绪纷乱，然后就像是饿急了一般，对着一锅菜大快朵颐。

对面的男生慢条斯理："听说她到一高来了？"

林彻扒了口饭，沉沉地嗯了一声。

然后不自主地又往后扭头，漫不经心地瞥了一眼。

"她回家住了吗？"

对面的男生对他们的过去了如指掌，一句一句，虽是关切，却像刀刺在林彻心上。

他似笑非笑，唇边弯起一抹弧度，眼里尽是伤感和无奈。

"没。"

这边两名男生很快就吃完了，林彻去收银台结账。他迈着大步，有些食客很快就注意到了他，纷纷对他侧目。

"你好，一共三百二十元。"收银员小姐姐捂着嘴对林彻露出抑制不住的笑。

好酷的小哥啊！她心里感叹着。

林彻绷着脸，付完钱的手顿了一顿，沉沉地开口，带着一丝冷淡："把那桌的，一起付了。"

他用下巴，指了指远处顾知栀那一桌。

收银员小姐姐不确定地问："是五人那桌？"

五人？林彻这才知道具体的人数，挑了挑眉，冷酷地嗯了一声。

霸气地结完账以后，林彻头也不回地离开了。

"太帅了吧！"收银员小姐姐忍不住和旁边的服务员感叹。

两人走出火锅店的时候，林彻随意地朝顾知栀那边瞥了一眼，她现在背对着自己，只能看见衣领处她一截白皙的脖子以及柔顺的长发。

"我好像看到了一个人挺眼熟的。"陈阳在锅里夹菜的动作顿了顿。

于是大家都顺着他的视线看过去，可是哪里还有人。

"你看谁都眼熟。"肖云越趁他没注意，将陈阳刚下的毛肚夹走了。

"喂，我的毛肚！"

……

出了火锅店后。

"阿彻，你回家还是……"

林彻声音低沉："我等会儿。"

同行的男生凝视着他，有些犹豫。

"还是别总逃课、打架了，这样不好。"

林彻眼里有什么动了一下，欲言又止。

大概是对林彻足够相信，认为他心里有数，所以男生也不再继续劝说，而是拍了一下他的肩膀。

"那我走了。"男生转而挥手离开。

林彻一言不发地点点头，做了个手势。

男生离开后，林彻来到商场楼下，随便找了个栅栏，倚靠在那里。

顾知栀几人吃完以后已经是晚上九点了，以往从没在外面待到过这么晚，她习惯性地有些紧张。可转念一想，以前都是林彻规定着她的时间，现在林彻又不在，他管不到，又松了口气。

去付钱的姜南回来了，他一脸震惊地说："收银员说，有人帮我们把单买了。"

"谁啊？"

"不知道啊，只说是个很好看的帅哥，还以为我们知道。"

这下陈阳一拍脑袋："帅哥？是不是刚刚我看到的那个？我就觉得很熟悉来着……"

"谁啊？"

几人想破脑袋也没想通，到底是谁帮他们结了账，怀着忐忑的心情离了店。

这年头，还有谁那么大方？难道是……田螺小伙？

他们在商场门口道别，顾知栀拒绝了陈阳和姜南送她回家的好意，宽慰道："我打车，直接到楼下，很快的。"

她拦了一辆出租车，转身对同伴挥手。

林彻远远望着她，不发一言，紧跟着追了上去。

"去星城国际。"

"城南一号。"

顾知栀向师傅说地址的同时，她听到一个和自己重合的低沉的声音。

她怔了一怔。

副驾驶座位上什么时候多了一个人，身形颀长，神态冷峻。

"林彻？"

林彻冷哼一声，偏过头来，唇角对她勾起一抹恶劣的弧度："不好意思，我先上来的。"

"到底去哪儿？"师傅催促了。

顾知栀局促地勾着手指，她哪里能想到会在这里遇到林彻，还和他抢了同一辆车。

"那你坐吧，我等下一辆。"她说着就要打开车门。

谁知林彻快速对司机师傅说："先去星城国际，再去城南一号。"

师傅得到指令后，直接油门一踩，连反应的机会都不给顾知栀留。

一路上，很安静。

林彻一言不发地坐在副驾驶座，顾知栀坐在司机身后的位置，从她的角度能看到林彻俊朗的侧脸，鼻梁高挺，嘴唇紧抿成线，连着棱角分明的下颌，形成好看的弧度。

她想了想，准备开口说话，又咽了下去。

毕竟昨天两人才闹了不愉快。

于是她低下头不安地绞着衣摆，手指缠在一起，看起来小心翼翼。

这副模样被林彻从后视镜里尽收眼底，他情绪不明地轻笑一声，冷淡又疏离。

"送女朋友回家？"司机师傅总算开口打破了诡异的安静。

没想到，此话一出，气氛更尴尬了。

顾知栀赶紧对司机师傅解释道："不不不，叔叔你误会了。"

林彻原本听到师傅的话以后心情大好，正默默勾起一抹笑，还没等他眼里的光闪过一瞬，听到顾知栀的解释以后，他的笑容僵在脸上，转而讥讽地舔了舔唇角。

她这么快和人解释，究竟是有多想和我撇清关系？

林彻心里没好气地低骂了一声，眉头紧皱。

而顾知栀说这句话的原因，完全就是怕林彻觉得自己和他绑在一起会反感。

看他现在一脸不愿的表情，果然是生气了。

于是她准备做点儿什么，来打消他的顾虑。

想了想，她踌躇地拿起手机捧在手里，就像兔子抱着胡萝卜一样，紧张兮兮地从后面看着他的侧脸。

"这个，待会儿我把我那部分钱给你，你下车的时候付。"

没想到前面的男生脸更黑了，阴云密布，像是随时能爆发出一股电闪雷鸣，把她劈死。

于是她又补充了一句："我也可以把全部的车费都付了……"

女生的声音软软糯糯，平静且真诚，听起来格外认真。

我缺这点儿车费吗？林彻没好气地想。

顾知栀皮痒了是不是！

没看出来我是想送她回家吗？

他内心狂吼着，脸上黑得能滴出墨。

他不禁感叹，昨天才被变相拒绝，今天他又死乞白赖地送她回家，结果，就这？

自己在下个红灯摔门离开还来得及吗？

第 26 章　记得收钱呀

很想摔门而去的林彻同学，几经调整，最终平静了呼吸。

他抵着后槽牙，对着后视镜里那个娇小的女生，轻启薄唇："行，我不收现金。"

言外之意：加我微信。

"好，支付宝还是微信？"

顾知栀头也不抬地解锁了手机，然后手指在上面戳着什么。

她之前换了号码，微信也换了，还没有加林彻好友。

林彻没有说话。

他们昨天才闹了不愉快，顾知栀以为是他不想理自己，于是自以为非常体贴地来了一句："也可以直接点收付款，你方便一些。"

……

林彻的眉心突突直跳，他觉得自己要是哪天猝死了，说不定是被她气死的。

"微信，你加我。"

他面无表情地将手机扔过去，意思是让顾知栀自己来弄。

顾知栀刚想提醒他，你还没解锁，但又想到了什么，心跳突然加快。

她小心地将手指放在指纹解锁的区域，紧张得手心都出了汗。

一下，解锁了，来到主页。

她的心跳随着那道一闪而过莹白的光快半拍，连呼吸都忘了。

他的屏幕是一片夜空，有些熟悉，她不敢多看，径直点开了微信。

对着他的账号在自己手机上输入，点击添加好友，然后将手机交了回去，动作流畅，不敢有一点儿犹豫。

"加了。"

"嗯。"

林彻修长的手接过手机，冷冷地嗯了一声，然后陷入静默。

"星城国际到了，这个门口下可以吗？"

司机将车稳稳停靠在路边，林彻漫不经心瞥了一眼窗外，看到是在小区门口，又将目光收回。

"好的，谢谢。"

顾知栀将书包提在手里，灵巧地下了车，关车门的时候看了一眼林彻，他漠不关心地盯着前面。

"拜拜……"她小声地说。

林彻目视前方，眼神却如暗潮涌动，放在腿上的手也随之紧握。

司机继续踩了油门，车缓缓向前。

"城南一号，对吧？"他最后再确认一下。

林彻轻咳了一声，眼神有些躲闪，然后带着局促说："回刚刚上车那里。"

"……"司机很迷惑。

本着去哪里都是赚钱的想法，他继续开着车，在下一个路口终于忍不住了。

"小伙子，你就是想送她回家吧？"

林彻绷着脸，偏过头去看向窗外。

高冷的脸竟然有些发烫。

见他没说话，司机觉得是这位男生不好意思了，于是语重心长地说着："我见过太多你们这种小年轻了，喜欢人家直说好了，搞什么非主流。"

……

这么明显吗？

他无奈地叹了口气。

林彻神情微动，然后掏出手机点开微信。

通信录那里果然有一条新的好友提示。

林彻靠在副驾驶座，漫不经心地把玩着手机，窗边的夜色伴随着霓虹灯光倾泻而入，照在他的脸上。

他的手指在同意键那里徘徊半晌，仿佛是不情不愿，最后还是点了同意。

然后，弹出提示的那一秒，他绷着帅气高冷的脸，直接点进她的朋友圈。

他脸上风平浪静，但内心却无比嫌弃自己，天知道自己在做什么，要是被洪川和周维知道了，岂不是要笑掉大牙？

林彻一边骂着自己，一边将顾知栀可见的动态从头到尾刷了一遍。

她不喜欢发动态，最后一条应该是她初中毕业时候发的，有她和同学们的合照。

她对着镜头笑得甜美，一身单调的白色校服在她身上却衬得极为好看。

林彻不禁想到，洪川是怎么形容她来着？

小仙女？

他脑中蹦过这个词，轻笑着调侃自己，竟然觉得这个词配她还挺合适。

他修长的手指在照片上停留一瞬，灵活地点了"保存"。

然后仔细地打量起这张照片。

等等！这旁边的人怎么回事？

照片里，顾知栀站在中间，旁边是个男生，也对着镜头开心地笑着，顺手在顾知栀头上比了个"耶"。

林彻的脸一下子沉了下来。

这男的站得离她那么近干吗？还比个那么蠢的动作。

林彻瞬间觉得，比耶的那个男生简直是，傻极了！

他气不打一处来，直接点开相册，把刚刚存下来的照片删掉。

下车后，林彻冷着脸，径直去了附近的一处网吧，他和洪川他们约好了一起"开黑"。

今天的状态不错，在他绷着脸，一口气拿下五杀带领队伍直接推了对面高地以后，洪川在旁边喊了一声："棒啊，彻哥！"

"你的大龙抢得不错。"林彻冷冷开口。

洪川嘚瑟地比了个"耶"。

林彻觉得这个动作格外刺眼，毫不客气地喷了一声说："这动作太傻了，以后别在我面前比这个。"

洪川一脸茫然，咋了这是？这不是每次胜利以后，自己的招牌动作吗？

正想说什么，就看到林彻摆在桌面上的手机亮了，还有一条提示。

"彻哥，有小孩给你发消息了。"

"小孩"是林彻给顾知栀的备注，和原来的备注一样。

以前初中的时候，每次他收到顾知栀的消息，他同学总会被提示音吸引，然后好意提醒："阿彻，你家小孩又找你了。"

他觉得这个"你家小孩"很中听。

林彻直接拿起手机，向后随意躺在椅子上。

"这把我不来，你们先玩。"

然后不紧不慢地解了锁，她的消息映入眼帘。

小孩：多少钱？

他无意识地挑了挑唇角。

他高冷地打字：十块。

几秒后——

收款提示。

她回得还挺快，看来是守着屏幕的。

林彻轻喷了一声，觉得心情很畅快，刚准备扬起笑容，忽然想到了什么，脸一下子僵住了。

等等，这是值得高兴的事吗？

他未免也太容易满足了吧？

妈的，他觉得自己被伤成这样不是没有原因的。

活该啊！

林彻的眼神倏地一下黯淡下来，将手机扔在一旁。

他一双修长的大手捂住脸，嘴唇紧抿，靠在椅子上，脸色冷峻。

过了一会儿，他又将手机拿起，点开微信，烦躁地准备点"确认收款"。

顿了一顿，他想到什么，冷漠地笑了一声，又将手机放下。

一晚上的时间在几把游戏中消磨得很快。

等他结束战斗后，才慢条斯理地继续把手机掏出来，果然，有新的提示。

半个小时前。

小孩：记得收钱呀。

男生默默勾起了唇角，眼里闪过一瞬得逞后的暗芒。

第 27 章　怎么还不睡

现在已经是晚上十一点，距离顾知栀发消息已经过去半个小时。

林彻这才慢条斯理地点了"确认收款"，接着又状若不经意地回复：好。

又怕她觉得自己回复不够及时，补充了一句：刚刚在玩游戏，没看到。

他一下一下敲击着屏幕，莹白的光透过他骨节分明的手指，照在他的脸上，在手机屏幕上映出一抹浅浅的笑。

顾知栀现在应该睡了，等她再看到这条消息的时候肯定是第二天，据他对她的了解，顾知栀一定会回复的。

她每次没有及时回复别人，不管是什么情况，都会解释一番。

想到这儿，他阴冷的眼里露出狡黠的光芒。

然而，他没算对的是，顾知栀现在并没有入睡。

女生刚洗了澡，一头长发如瀑布一般倾泻下来，显得脸娇小又可爱。

她坐在床上，看林彻许久没有确认收款，于是提醒了一句，然后悄悄点进他的朋友圈。

林彻的朋友圈是全开放的，却一条动态都没有。

好吧，很符合他的个性。

退而求其次，顾知栀开始打量起他的头像来。

他的头像已经换过了，以前是一只猫，现在好像是一张照片。

照片里是黑夜的样子，有个模糊的人影逆着光，只看得见一个隐约的轮廓。

不知道那个人是谁，但看起来蛮有格调。

通过微信来偷窥林彻的生活这个想法算是失败了。

他那寡淡得如同清水一般的动态，和晦暗不明的头像，仿佛对自己说着三个字：

你做梦。

顾知栀轻叹了口气，将手机放在一旁，随便翻起一本书。

这是今天逛书店的时候顺手买下来的小说。

等她从书中抬起头时，才发现已经是深夜。

手机上突然多了几条提示。

是林彻。

林彻：好。

林彻：刚刚在玩游戏，没看到。

窗外的月光透过纱帘倾泻而下，和手机屏幕上的荧光一起交织着，冷白而神圣。

她的眼中有什么东西蹿动着，像火苗一样，冉冉升起。

这一句话就能让她心跳加快，呼吸停滞，她仿佛已经看到了林彻慵懒地在手机上打字的样子。

可是，再怎么激动也不能像以前那样和他聊天了。

于是简单礼貌地回了个：好。

就把手机放在一边。

手机那头，算错的林彻黑着脸，剑眉微挑，瞪着眼在那个字上反复琢磨，像是要把手机给看穿。

顾知栀：好。

简单又粗暴，他还怎么回！

难不成自己老老实实打一个：怎么还不睡？

那不就太明显了吗？不行！

不回了？更不行！

不回的话，顾知栀那个没良心的才不会找自己说话呢。

于是，在网吧里，林彻绷着一张脸，抛下了苦苦等待他的队友，捧着手机看了又看。

最终，他捂着脸，非常没志气地发了一个：怎么还不睡？

他觉得自己没救了。

发完这句话后，整个人瘫软在椅子上。

"彻哥，你还玩不？"

"不玩了，回家。"

得，彻哥今晚心事重重，单相思的男人就是难以捉摸。

顾知栀刚躺下，盘算着林彻应该不会回复，正准备睡觉，手机屏幕又亮了。

林彻：怎么还不睡？

这句话像小羽毛一样在她心上撩拨，那根弦颤了颤。

她躺在床上轻轻地回复着：要睡了。

心里想的却是，你再说话，我可真的睡不着了。

她将手机捧在手中，冷白的光线映照在她精致的脸上，照出她灵动的眸子和因为紧张而微微轻启的唇。

等了半晌，男生还没回复，正当她以为不会回复的时候，提示又响起来，她点开。

林彻：好，晚安。

在看到"晚安"两个字的瞬间，她的脸变得绯红，黑夜隐藏了她的娇羞，只有风知道。

这熟悉的两个字，让她想起曾经。

林彻在她耳边轻轻说着："晚安，栀栀。"

温热的气息扑在她的肌肤上，磨着耳里的那根弦。

时隔一年，久违的感觉像跨越了时空再次出现，虽然没有男生在她耳边低声软语，可那阵燥热却伴着黑夜让她久久不能入眠。

她没有回复，而是把手机放到书桌上，重新爬进被窝里。

然后扯过被子，强迫自己不要胡思乱想。

但是越刻意，反而越清醒，等她沉沉睡去时已经不知道是多晚的时候了。

夜很静，风很轻，那些作乱的情愫和不安的躁动，像是冬日雪夜里的一把柴火，看似安静燃烧着，却在空气中嗡嗡争鸣。

第 28 章　栀栀会去

第二天，顾知栀少见地赖床了，她在迷糊中摁掉早晨六点的闹铃以后，迷迷糊糊又钻进被窝里继续睡觉。

等她彻底醒来时，已经九点。

她赶紧从床上弹起，良好的作息习惯让她此刻惶恐不已。

"奶奶？"顾知栀穿好衣服以后走出卧室，客厅里却没有沈奶奶的身影。

沈暖跷着二郎腿瘫在沙发上啃包子，嘟囔着说："奶奶去打太极了，桌上有包子和牛奶。"

见到顾知栀惶恐忙碌的小身影，沈暖吐了吐舌："少见啊，你起那么晚，还是第一次。"

顾知栀是沈暖见过的最自律的人，没有之一，她可以做到每天晚上抵抗住手机的诱惑准时上床睡觉，早上听到闹钟以后就弹起来，有时还能帮自己去买早餐。

可沈暖不知道的是，因为某人，顾知栀的自律不堪一击。

"暖暖，你绝对想不到，昨天晚上我回家的时候，竟然和林彻哥抢到了一辆出租车。"

顾知栀迫不及待地要将这个惊悚的经历分享给好朋友。其实，如果不是昨天太晚了，她一回家就想钻进沈暖的被窝来个夜谈。

"不会吧？"沈暖提高了声音，"有这么巧的？"

顾知栀瞪大了双眼，一本正经地点头，全然不知这种"巧合"是林彻刻意为之。

她原原本本将事情经过告诉沈暖，板着小脸，一双杏眼波光流转，绘声绘色时还偶尔皱起眉头。

"实在太巧了，我当时都惊呆了。"她最后总结道。

沈暖听得一愣一愣的，确实挺巧。

然后心里盘算了一下，狡黠地冲她笑："你说，会不会是彻哥刻意的？"

不出所料，顾知栀非常坚定地摇头："不可能，林彻讨厌死我了，你都不知道他在学校见到我的时候有多凶。"

她一件一件数着林彻冷漠至极的事迹。

"说什么，我不认识你。"

"还说我瞎认亲。"

"走路不看路……"

顾知栀说着说着，声音越来越小，眉也皱成一团，因为回忆起这些，她突然伤感起来。

沈暖默默叹了口气。

她相信自己的好朋友绝对不会乱说，这些话肯定是林彻亲口说过的，可……林彻真的是那个意思吗？

她表示怀疑，因为林彻有多么在乎顾知栀，她一清二楚。当时顾知栀走之后，林彻发了疯地找栀栀，那副失魂落魄的样子，现在她都记忆犹新。

当局者迷，旁观者清。

他们的误会大了，不知道什么时候才能消除。

顾知栀吃过早饭后，回到房间，将没看完的小说看完。

没想到林叔叔发来了消息。

"栀栀，晚上一起吃饭，有空吗？"

回海城那么长时间了，都没有主动去找过林叔叔，其实她也很愧疚，于情于理都该接受叔叔的邀请。

更为妥帖的做法其实是自己去拜访叔叔的，而不是等到现在，叔叔来"请"自己。

她想了想，如实回复说"好"。

"好，我订好了包间，地址稍后发给你。"

顾知栀看着这行字出神。

林叔叔对她就像对亲生女儿一样，甚至超过了林彻，让她在林家的这些年感受到家一样的温暖。

以前的日子总是让人怀念。

她轻笑出声。

因为过于美好，总是不可追寻。

……

林森和顾知栀联系之后又马上通知了林彻。

林彻许久才接起电话，还带着浓重的倦意，像是没睡醒："有事？"

林森在心里默默骂了一句：小兔崽子，几点了还没起！

"今晚一起吃个饭。"

"不去。"

果不其然，林彻想也没想就拒绝了。

林森冷哼一声："栀栀会去。"

"几点，在哪儿？"

……

林森觉得，自己作为父亲的威严早已荡然无存，养他十几年还抵不上栀栀一个名字管用。

儿大不中留咯！

……

林叔叔很快将地址发给顾知栀，还准备吩咐司机去接，被她强烈拒绝了，又千叮咛万嘱咐她注意安全，这才作罢。

因为是去见林叔叔，她也没多想，好好打扮了一番，时间差不多的时候就出门了。

她穿着一条白色连衣裙，露出小巧的脚踝，一头长发披散，随意在耳边夹了个可爱的发卡，楚楚动人。

当她走出门时，惊艳了不少目光。

等她坐车抵达目的地，看到酒楼奢华的装修以后，才感叹自己稍微收拾一下果然是对的。

林叔叔之前经常带她出去吃饭，少不了高端场所，她自然是不能看上去失态才行。

"你好，竹苑是哪个包间？"

她走进酒楼大厅时，迎宾小姐眼前一亮，心里感叹着眼前的小妹妹好精致，就像瓷娃娃一样。

耐心听她说完以后，迎宾小姐露出标准微笑："您好，是林先生的客人吗？请跟我来。"

这家酒楼装修极为考究，里面参考了苏州园林的设计，环境古朴素雅，令人心旷神怡。

她随着迎宾小姐在园林里七拐八拐，欣赏了好一会儿美景以后，一处小园子映入眼帘。

迎宾小姐做了个请的动作，她礼貌地点点头，然后推门而入。

"林叔叔……"顾知栀开口了，声音软糯。

没想到，园里的石桌旁坐着一名熟悉的男生，他身形挺拔，面容俊郎，一双好看的眼半眯着，挑眉看着自己，嘴角的笑似有似无。

被他从上到下打量了一阵以后，顾知栀紧张地低下头，喊了一声："林彻。"

少女这副模样就像林中的小鹿，一双明眸灵动生姿，像糅进了打碎的星光。洁白的衣裙勾勒出她精致的曲线，一头长发更衬出她的温柔。她微微摇了摇脑袋，连带着头上的发卡一闪一下的，那抹光晃得他失了神。

林彻神色微动，他舔了舔唇角，将头偏向一边，沉沉地嗯了一声。

没想到林彻也会在这里，这出乎顾知栀的意料。

她小心翼翼地走过去，和林彻隔了个位置坐下，然后局促地埋着头看起手机。

两人一言不发。

男生俊逸帅气，女生精致漂亮，往那儿一坐便是一道亮丽风景线，如果这园里还有人的话一定会忍不住往他们身上投去目光。

林叔叔不一会儿就赶来了。

他身着正式的西服，走起路来气势威严，自带气场，在看到顾知栀以后露出和蔼的笑容。

"好久没见栀栀了。"

林森忍不住摸了摸她的头，直接无视了在旁边冷着脸的林彻。

少女甜甜笑着，看起来很乖巧。

但林森却注意到她消瘦的身形和白得近乎透明的肤色，暗自心疼了一下。

栀栀回去照顾外婆，却没照顾好自己，瘦成了这样。

于是他雷厉风行地点了好几个肉菜。

"这家店的鱼不错，你肯定会喜欢。"

"再给你来盘肘子吧？"

"蟹黄小笼包是这里的特色，待会儿你好好尝尝。"

顾知栀忙摆手："够了够了，林叔叔。"

她局促的样子像极了小兔子，可爱极了。林彻默默勾起了唇角，坐在旁边依旧一言不发。

点完菜以后，林森才不紧不慢看向林彻，仿佛现在才发现包间里多了个人似的。

"你，随便跟着吃点就行了。"

谁让你这一年来不省心来着？

林彻面不改色地轻笑一声，听起来冷淡疏离，像羽毛划过她的心。

第 29 章　没打算当哥哥

点完菜以后，林森坐着和顾知栀聊天，又是问她生活得好不好，又是问她学习还适不适应。

"挺好的，林叔叔。"顾知栀如实回答，一是让他放心，二是汇报自己的状态。

林森喝了口茶，眼睛微眯，和蔼地说："你们班主任姚老师说你的入学考试是年级第八，很不错嘛。"然后瞪了一眼旁边事不关己的林彻，没好气地补充一句："哪像那个不学无术的小兔崽子。"

林彻一言不发，置若罔闻地埋着头玩他的手机。

反正，他给他爸的反馈就是混混一般的存在。

"没有的，林彻开学考试还是年级十四呢。"

一个软软的声音响起，似是为他辩驳，让他不由得一愣，朝她看去。

她向林森解释着，少女天真可爱的脸庞上多了几分严肃，看起来格外认真。

那句话的余音在心底滚了一圈，林彻才慢慢收回视线，神色恢复了惯常的懒散。

林森倒是惊讶了："哦？是吗？"

他没主动关心过林彻的成绩，家长会林彻也不让他参加，成绩更是没告知过他，以为定然是垫底了，没想到还能名列前茅，让他不由得惊叹一番。

林森内心虽然稍微满意，但依旧面不改色："那也不能在学校违反校规校纪！"

"他没有……"顾知栀还想为他开脱，但想了想，他确实逃课还打架来着，一时想不到怎么来解释，小脸犯难地皱起来，手指不安地摆弄着裙摆。

林彻闻言，眉眼一扬，清隽的五官间神情淡淡，神色间带点懒散地似笑非笑，给他的语调染上点痞气的味道："没有什么？"

顾知栀喉中一紧，心跳不知道踩到了哪里，竟有无声的惊涛骇浪之感。

小时候每次森爸批评林彻，她都义无反顾地挡在林彻前面为他解释，哪怕是他真的犯了错，顾知栀也始终贯彻能辩驳就辩驳，不能辩驳就胡编乱造，实在不行就一哭二闹的路线，每次都能成功将林彻从林森的"枪林弹雨"中拯救出来。

这是两人的默契，所以刚刚顾知栀几乎是出于本能地为他开脱。

而当林彻似笑非笑地反问她时，她心里竟然没了底气。

于是红着脸将头尽可能埋下，像蚊子声音一样："没有，犯错……"

"你别为他说话。"林森无奈地看了林彻一眼，眼神里毫不客气地写着：看你把栀栀吓成什么样了！

倒是林彻盯着顾知栀埋下的头神思微眩，他眉眼惯常慵懒，只有那微微勾起的唇角看起来有些温度。

就在这时，菜陆陆续续上来了。

由于是普通家宴，顾知栀吃得还算尽兴，可林彻那尊大佛的存在还是让她如坐针毡。

中途林叔叔偶尔和她说话，她都一五一十地回应。

林森想到了什么，突然放下筷子正式地说："栀栀，你住沈家还是有些不方便，不然回城南住，好歹是自己的家。"

顾知栀听到这个"自己的家"神情微怔，眼睛扑闪着转瞬即逝的光芒，她挤起一抹笑："不啦，城南离学校太远。还有，您也别给我在学校旁边安排房子。我住沈暖家还有个伴，挺好的。"

林彻的目光停留在顾知栀身上，她的小动作都悉数落入眼帘，将她的不安暴露出来。林彻拿捏筷子的手不由自主地用力，夹碎了还在盘里的一块鲜美的鱼肉。

下一秒，林森说的话让两人都惊异了。

"那你去和林彻一起住，让他照顾你，林彻也该承担起责任了。"

"责任？什么责任？"顾知栀还在喝水，听到林森的话以后直接将水呛了出来。她不顾打湿的衣服，一边咳嗽一边问道。

大概是被林森这突然的一句话吓到了，顾知栀显得格外震惊，她一双杏眼瞪得很大，深深浅浅的光色在她漆黑的双眸里扑闪，像是落了一整条银河的星光。

林彻的背也僵了一僵，身形与笑意同时一停，拧了拧眉，眯缝着眼朝自家亲爹看过去。

"承担起当哥哥的责任！"林森没好气地看了林彻一眼，"小时候他老欺负你，一点儿也没个哥哥的样子，现在长大了，该承担起责任了吧！"

顾知栀听到这番话后，才舒了口气，林森的话过于惊世骇俗，刚刚没由来的紧张让她的脸微微泛红。

这时，林彻懒洋洋地一掀眼帘，神色间带了懒散的似笑非笑，轻轻开口："我可没打算当她哥哥。"

他的声音偏冷，此刻音调是上扬的，显得戏谑玩味，将他的语气染得暧昧至极。

顾知栀蓦地又红了脸，心狂跳不止，将头埋得更低了。

饶是这句话再随意，在林森耳朵里过了一圈以后，他也听出个什么奇怪的味了。

就说林彻觊觎人家吧，果然果然，这个没良心的东西，竟然敢对栀栀起歹心！突然间，林森像护住自家白菜一样对那头想拱白菜的猪嗤之以鼻，全然忘记了那头"猪"还是自家亲生的。

他正想嫌弃地瞪林彻一眼，却和林彻的目光在空中陡然相接，让他惊讶不已。

因为，林彻一改往日懒散的态度，身形笔挺地坐在那里，认真地看着自己，他一双漆黑的眸子暗潮汹涌，像是无声呐喊着，眉微微皱起，脸上一片坚毅果决。

这小子……

林森心里默默叹气。

林彻这番认真的样子，和之前说着自己诉求的时候一般无二。

从小就教育他，要当一个刚毅、坚强、负责的人，不随意做出承诺，要保护自己所爱。

所以，每次他想做什么的时候，林森都会问："你决定好了吗？做出承诺以后就要尽自己所能去实现。"

小林彻一脸严肃："我决定好了。"然后尽力去实现，不管多困难，他都有着不同于那个年龄段的沉稳。

只要是他认定的，他都会尽其所能去追求和保护。

现在他的神情，和小时候还真是一模一样。

"那就好好守护，知道吗？"林森意味深长地朝他看了一眼。

林彻点头，满是坚定不移。

啧，这小子……林森心里暗自想着，老顾啊，对不住了，我家小子可能要对你家闺女下手了。看在我的分儿上，你别怪他，他会努力让你满意的。

然后少见地喝了杯酒，一饮而尽。

"林叔叔，您少喝一点儿。"

"嗯嗯，只喝一点儿。"林森的话意味深长，藏着的深意，只有林彻能懂。

第 30 章　原因

一顿饭的时间，在家常闲聊中消磨得很快。

大多数都是林森和顾知栀一来一回聊着天，林彻埋着头默默吃菜，只有林森叫他时，他才不紧不慢地回一两个字。

林森还有别的事要处理，吃完以后没多留就走了。

他意味深长地看了林彻一眼："把栀栀送回家，知道吗？"

"不用，林叔叔，我自己可以回去。"

顾知栀开口极力拒绝，眼睛撞入林彻冷漠的眼神中，她脖子缩了一缩，又将头埋下。

在林彻的视线里，她一晚上都快将头埋到桌子底下去了。他神情微动，但还是漫不经心地将眼睛瞥向一边，不情愿的样子："走吧。"

他随意将手插在裤兜里，身形笔挺，侧着身站在门前，居高临下地看着她。

顾知栀的心跳快了半拍，眼神闪烁不定，她慢慢起身跟在林彻身后。

两人一起往外走。

他个子高大，身材颀长，一双长腿迈开，很快将她甩在身后。然后，他又停下脚步，慢悠悠转过身，等她走上前来。

她加快了脚步，白色的衣裙在昏暗的灯光下扬起好看的弧度，这一抹白色像是正在黑夜中翩跹的蝴蝶，让他恍了恍神。

"想怎么回去？"他开口了，声音慵懒低沉，在黑夜中显得格外好听。

她绞了绞裙摆："我打车就行了。"

他轻哼了一声，没多说什么，转身继续走。

出了酒楼，清冷的夜风拂过，让顾知栀感到一阵凉意，她用手搓了搓胳膊。

这一动作不大，却映入林彻余光里，让他的眼神蓦地沉了下来。

"冷？"他将顾知栀清瘦的身体从上到下打量一番，尤其是看到那双光溜溜的腿时不满地皱起眉。

不意外地，顾知栀摇了摇头。

这番小心翼翼抗拒的样子被他捕捉到，心里升起不快的情绪。

林彻忍不住了，走近一步逼近了她，居高临下地看着她。

一时间，充满侵略感的男性气息从头顶压下来，他的气息离她很近，稍微抬眼就能看到他白衬衣微微敞开的领口，结实的肌肉线条隐约可见。

他不紧不慢地开口，声音在夜色中显得格外好听："你为什么……"

为什么躲着我？

为什么很怕我的样子？

好多为什么，将他这几日来所有的情绪都糅杂在一起，反复在他脑海里扰动心神。

因为太过激动，后面的句子都哽在喉咙里，变成无声的质问。

顾知栀不解地抬起头，撞入他纷乱的眼神中，那双乌黑干净的眼睛让林彻怔了一怔。

"什么为什么？"

林彻舔了舔唇角，垂眼看着她，他那张轮廓清晰的脸半明半暗。

"你怕我？"

他离顾知栀很近，温热的呼吸喷洒在她脸上，让她脸不由得一红，于是不露痕迹地后退一步。

注意到她的退缩，林彻拧了拧眉，眼神透露出危险的气息。

怕？顾知栀耳边响起他之前说过的话。

"什么哥哥？不认识你。"

冷漠的语气和疏离的眼神，让她心里的光又暗淡了下去。

已经认定了林彻非常讨厌自己，于是她有些不敢面对他。

她这番模样和曾经截然不同，曾经的她毫不客气地张扬着，骄傲着，像朵向日葵。一年未见，她变得大不一样，收敛了，稳重了，也……更疏离了。

林彻不乐意。

"那就是，你讨厌我？"他步步紧逼，声音低沉带着沙哑，充满了危险。

听到这儿，顾知栀赶紧摇头。

"不，不讨厌的。"

"那你为什么躲着我？"

为什么躲着他……

"不是你讨厌我吗？"顾知栀睁大了双眼，不可置信地看向他，两道目光相接，让林彻有一瞬恍惚。

他几乎是脱口而出："我什么时候讨厌你？"

"你在学校，说不认识我……还说我，自作多情，我……"

顾知栀声音有些颤抖，这就是前几天发生的事，她曾为林彻的冷漠而泪流满面，难道他不记得了吗？

她软糯微颤的声音钻进他的耳朵里，在他脑中炸开，等他在脑子里把这句话反复回味以后，他才蓦地想起什么。

第一次重逢时，她撞到了自己，也是用这种语气喊他，他因为难以接受所以态度很恶劣。

后来，有几次见面，他都是很强硬的样子。

所以她认为我讨厌她？

就因为这个？

林彻一时间不知作何感想，呼吸紊乱了，又好气又好笑。

当时离开的是她，受伤的是他。

更可气的是，明明自己已经放下了尊严去面对她，她注意到的却只是自己强硬的态度，都没发现自己对她的关心。

他将不满化作反问："我就不能生气？"

他伸出手将顾知栀的肩捏住，让她看向自己，因为止不住激动，手下用了力，而让顾知栀肩头一痛。

"你说走就走，连商量的余地都不给我留，我就不能有生气的权利吗？顾知栀！"

他将一年来的情绪都发泄出来，像野兽一样低吟。

一句一句，像刀划在顾知栀的心上。她怔怔地望向他，看着他深邃的眸子，颤抖着嘴唇摇头。

"没有……"她喃喃细语，就快要哭出来。

"你说你要去照顾外婆，那照顾就好了，为什么说不要联系了？"

林彻继续倾泻深埋心底的疑惑，因为情绪过于激动，脸上的表情也逐渐失控，一贯面无表情的脸此刻看起来竟痛苦不已。

"你一点儿机会都不给我，不相信我，难道我对你还不够好吗？"

他的手逐渐收紧，顾知栀感觉到自己的肩头传来强烈的痛感，可是复杂的情绪让她无暇顾及。

"不是这样的，阿彻……"

她的一声"阿彻"，让林彻瞬间失神。顾知栀那双噙满泪水的眼睛直直盯着他，脸上的表情令人心疼，林彻这才后知后觉地将捏住她肩膀的手松开。

像是恳求一般，将语气放软，正如他曾经求她不要离开那样："那你回来可以吗？栀栀。"

她满是泪水的眼里情绪闪烁，最终一抹泪从她眼角滑落，像珍珠一样滴下。

原本总是充满笑意的双眸此刻充满悲伤，还有一丝坚定。

她流着泪，直直望着林彻，离他很近，却让他觉得很远。

她稳住呼吸，轻轻开口："林彻。

"你对我很好。

"好得让我害怕。

"好得我们都不再平等了。"

娇小的身躯后仿佛有种陌生的光，将她整个人都包裹起来，她仰起脸，坚毅果决，这副模样让林彻心里慌乱了一下。

"正如你所说，我全身上下哪样不是你家的东西？所以我越来越怀疑自己。

"自己对于你来说，到底是喜欢还是理所当然地占有？

"你说，我……"不知不觉，她的声音哽咽了，她情不自禁地闭起了双眼，眼泪如雨般簌簌而下。

她颤抖着，继续往下说："我接受了你的好，是不是就成了你的东西？我没有选择的权利？"

这番话如巨石一般在他脑海里激起惊涛骇浪。

林彻不可思议地看着眼前的少女，她如此脆弱，又如此伤心，像是被抽干了所有力气，将她的隐忍一股脑都发泄了出来。

他呆在原地，脑中始终盘旋着这句话，开始回忆自己曾经说过的话语，到底是哪句让她有这样的误解。

连顾知栀转身离开他也忘了追上去。

顾知栀拦了辆出租车，报了地址以后就止不住哭泣。

这副样子把司机都吓了一跳，直接踩油门，把车开得飞快。

等她抬起泪流满面的脸看向车窗外的时候，司机幽幽的声音传来："小姑娘，别难过了。"

说着，还递给她一张纸巾。

顾知栀接过纸巾，抽泣着说了声"谢谢"，然后擦拭眼角的泪水。

司机这才从后视镜里看到顾知栀的脸，心里惊叹了一声，真漂亮啊，像洋娃娃一样。然后又开始不解，究竟是什么让她如此伤心。

车窗外的风景一下掠过，五彩斑斓的灯光应接不暇，属于城市的夜晚才刚刚开始。

不一会儿，天空飘起小雨，落在车窗上，织成一条条斜斜的水线。后来，雨越下越大，让路人猝不及防，明明怎样都会被雨淋湿，却总有人会在雨中奔跑。

等车稳稳停在小区门口以后，雨已经倾盆而下。

顾知栀付了钱，直接从车里出来，不管下着多大的雨，无事发生一样淋着雨从小区门口走到家。

刚好雨水模糊了她的眼泪，也藏匿了她刚哭红的双眼。

等她回到家时，沈暖吓了一跳："怎么都不让我下去接你？"

她扯起一抹笑，宽慰地说道："就淋了几滴雨，不碍事的。"

然后逃匿般钻进浴室。

沈暖感到一丝异常，凝视着她的背影一言不发。

这边，林彻在路边呆站了许久，一遍一遍回忆她说的话。

刚刚顾知栀的情绪让他脑子里一片空白，只知道她好像认为自己对她的喜欢其实是一种占有欲。

至于她说的"我全身上下哪样不是你家的东西"，这句话，他敢对天发誓，自己绝对没有这个意思。

他从来都把顾知栀当成独立的个体，不是依附于自己而存在的人，甚至将她看得比自己重要。

自己以前真的说过这种话吗？如果是的话，那一定是另一种含义……

可是栀栀无疑是因为这句话难过了，所以她才会质疑自己对她的感情，才会不相信他。

当脑海里混乱一团的思绪逐渐厘清，林彻这才明白顾知栀为何离开，他握紧了拳头，懊悔与不甘涌上心头，他真想给自己一巴掌。

他逐渐恢复了理性，开始寻找解决的办法。

站了一会儿，天空飘起小雨，他拦了辆车，然后掏出手机拨通了电话："你到我家来一趟。"

雨越下越大，林彻冷着脸，又担忧地点开顾知栀的微信。

把"你到家了吗"这句话输入又删去。

最后，点开了另一个联系人。

"栀栀到家了吗？"

沈暖收到林彻的短信，有一瞬间感到不可思议，朝浴室那边看了一眼，没有多余的话，回复了一个"到了"。

林彻："淋雨了吗？"

"嗯。"

林彻的脸瞬间阴沉下来，他真的想暴粗口。

等回到家时，已经有个熟悉的人站在他家门口，是个一脸斯文的男生，他甩了甩雨伞上的水，看到林彻一脸狼狈的模样，不掩嫌弃地扬起眉："怎么了？别说这样急匆匆地喊我是又想请我吃火锅。"

林彻没有理会他的话，径直开了门，连湿掉的衣服也没来得及换，就将男生推了进去。

他头发已经打湿，发丝朝下一点一点滴水，顺着他结实的胸膛一路往下，平添几分魅惑。他气息粗重，一双眼漆黑，浓得像化不开的墨，不知道在想什么。

叶凡不由得吃了一惊。

"你感觉，顾知栀在我家生活那么久，她有受过委屈吗？"林彻直接开口，他迫切想要知道答案。

叶凡挑了挑眉，原来是因为顾知栀的事。

他摇了摇头。他和顾知栀还有林彻从小就认识，林彻对顾知栀的好人人皆知，顾知栀被保护得小心翼翼，怎么可能受委屈？

"咋了？突然这样问。"

"你们是怎样看待她的？"

听到这儿，叶凡更摸不着头脑了，于是坐到沙发上一边思索一边回答："不是你的小媳妇吗？虽然她声称是你的妹妹。"

说着还狡黠地看了一眼林彻。

顾知栀念初中的时候总是到林彻的班级来找他，每次都是甜甜地在门口拦住叶凡："叶凡，我找林彻哥哥。"

然后教室里就会传出促狭的笑声："林彻，你的小媳妇又来找你了。"

顾知栀虽然低了一年级，但因为总是到林彻教室来，大家都认识她，不知道的都以为是他的妹妹，知道的都戏谑地称她为"小媳妇"。

这番话一出，林彻的表情更加纷乱了。他怔怔地抬起头，神色黯然，出现了少见的无助。这番模样很是陌生，就跟一年前顾知栀刚离开的时候那样。他看向叶凡，第一次露出手足无措的表情。

叶凡皱起眉："怎么了？"

"我之前无意间说过一句话，让她伤心了。"林彻闭上眼，紧皱的眉头透露着他此刻复杂无力的情绪。

没等叶凡说话，他开门见山："她觉得我们不平等，我没注意到……"

然后林彻将顾知栀的原话复述给他。

"就是这样。"

林彻讲完，脸色颓然，眼角尽是疲惫之感，和平时的光鲜耀人截然不同。

叶凡陷入了沉思："所以，你说过这种很傻的话？"

"大概是的，可是我绝对没有那个意思。"

"大哥，你可能要自作自受了。"叶凡拍了拍林彻的肩膀，有些同情，"她虽然看起来大大咧咧的，其实心思细腻。你想想，她在你家住了十几年，平白接受你家的养育，这些她都自知的。

"你说这种话可能是无心，可她却不这样想，她会因为这句话一直耿耿于怀。

"你还记得小时候吴家的那群小孩怎么说她的吗？'小寄生虫'，你忘了？

"我要是顾知栀，听到你这种话估计心都碎了。

"那也难怪她会说不敢相信你。"

叶凡一连串的话犹如一桶冷水泼在林彻头上，将他浇了个透心凉。

他靠坐在沙发旁，不管身上还淌着水，水滴顺着他的衣角滴在地板上，溅出一圈圈黑色涟漪，清隽的脸上神色黯然，眉间的起伏给他的眼神更添了几丝忧郁。

林彻嘴角掠过一抹自嘲的弧度，然后将头埋进胳膊里。

"我……"他开口，声线沉闷，带着些许沙哑，"该怎么做？"

叶凡瞧见他这副失魂落魄的模样，竟然觉得有些好笑。

这种状态，见一次少一次，不知道把他这样拍下来传给那些同学们，他们会作何感想。

"好好沟通吧。"他拍了拍林彻的肩，像是给多年的好友加油鼓劲。

当叶凡离开以后，林彻独自思考良久。

埋藏在时光里的记忆像被流水冲刷过一般，再次变得清晰起来，在眼前一幕幕展开。

他很久之前就喜欢顾知栀，她像天使一般降落在他的生命中，给他带来光和温暖，她善良、可爱……

虽然顾知栀从小喊她哥哥，但自己深知，他从没把顾知栀当妹妹。

他以为后来的相守是水到渠成，可自己好像，从来没有表明过他的喜欢。

……

由于理所当然的自信忽略了栀栀的感受，直到她离开时，他还傻傻地认为这是栀栀不够相信他，而没想到这都是他一手造成的。这完全源于他的自大、他的狂妄、他的没有情商的语话。

这样想来，他确实是自作自受。

向来光风霁月的少年正年少轻狂，认为世界都是自己的，可这向来自信桀骜的脸上，头一次露出悔意。

第 31 章　发烧了

顾知栀没想到，淋了几滴雨也能感冒。她摁掉七点的闹钟时，感觉到从头上传来阵阵眩晕。当她有气无力地走出卧室之后，被沈暖拦住，一脸惊讶地问："你脸怎么这么红？"

她这才后知后觉感觉全身滚烫，像火烧似的，喉咙也燥热得发不出声。

一量体温，竟然烧到了三十八摄氏度。

"你请个假，别去上学了。"

顾知栀没有反抗，于是又回到床上，她觉得头沉得厉害，连思考的能力都没有了，只想继续睡觉。

给姚老师请过假以后，她又沉沉睡去。

学校。

洪川和周维觉得，彻哥今天很反常。

林彻平时早上到学校不是趴着补觉就是玩手机，根本不会像现在这样，坐在座位上，一言不发，怔怔地看着前方。

这个状态实在诡异，使得周围的人都不敢说话，悄咪咪地看着他。然后，这个气氛传染了整个班，一时间，班上同学都不说话了。

黄河来检查早自习的时候，本以为会和往常一样进入一个闹哄哄的教室，需要他在讲台上大声压制才能安静。

当他靠近教室，怀疑自己耳朵出了问题，本来应该吵闹的教室却鸦雀无声。

走进教室，才发现真的如此。

一时间，竟然有些感动，第一次啊，第一次这么安静。

林彻这个状态维持了两节课，每个上课的老师都感到不可思议。虽然这个授课环境有些诡异，但他们感受到前所未有的畅快，连声音都激昂了许多。

第二节课下课后，林彻终于起身，一言不发地离开教室。

洪川赶紧拉起周维："走走走。"

他们跟在老大身后，看着他一路从教室出发，下了楼梯，然后去了对面教学楼。

"那边不是高一的教室吗？彻哥去找人？"

"是不是高一的人惹到彻哥了，彻哥要给他点颜色？"

毕竟，自家老大此刻走路生风，背影看起来很不好惹。

"有可能。究竟是哪个孙子？气了我们彻哥两节课了都。"

当林彻来到高一（7）班的教室外时，他脚步顿了顿，一双眼微眯，看不清神色。

他身形高大，外表出众，到哪里都是瞩目的存在，周围的同学都对这个浑身上下散发着冷酷气质的帅哥投去惊艳的目光。

好像，这就是传说中帅得惨绝人寰的校园大佬？

他犹豫一会儿，在高一（7）班门口拦下一名刚走出教室的男生。

"同学。"林彻直接挡在那名男生面前，目光微垂，居高临下地看着他。

男生被他凛然的气势给吓到了，直接往后缩了一步，紧张地将练习册攥紧："你，你做啥？"

身边的人都注意到了他们，林彻的表情看起来并不友好，不知道的还以为他要欺负那名男生。

男生只感觉到一股带着侵略感的气息从自己头顶传来，不知道是哪里惹到了这个人。只听到面前很帅的大哥轻轻开口："麻烦叫一下顾知栀。"

他愣了几秒，还以为听错了。

然后才反应过来，好家伙，大哥只是来找人的，不是来打人的。

于是冷静下来，恢复了半成力气，将练习册重新理了理，挺直背："顾同学今天生病了，请假。"

还没来得及平复气息，就见面前的大哥眼睛一眯，脸好像突然沉了下去，浑身上下散发着凌厉的气息，比刚才更甚。

男生直接吓傻了，走也不敢走，可他觉得再待在这里可能会小命不保。

好在面前的大哥最后冷冷地嗯了一声，还说了句"谢谢"。

他捧着练习册，像拿着赦免令一样飞快逃离现场。这个谢谢也太惊悚了，也不知道顾知栀什么时候惹上了这号人。

本来想来找她道歉，没想到却得知她生病的消息，林彻的心一下子就揪起来。

他知道一定是因为昨天淋了雨，她昨天穿那么少出门，现在又瘦成个竹竿一样，肯定抵抗力很差……

下垂的手指不禁蜷起，他眉间轻蹙，似乎有些烦躁。

……

顾知栀一觉醒来已经到了中午，之前沈奶奶给她吃过药，所幸的是烧已经退下了，不过头还是有些隐隐地疼。

喝过一些粥以后，她又躺了下来。

由于昨晚下了雨，今天窗外格外明朗，阳光铺洒进来，给整个房间都镀上一层光晕，看起来暖洋洋的。

她拿起手机随意看看，没想到一个未读消息让她瞬间心跳加速。

林彻："严重吗？"

嗡的一声，思绪在脑中炸开，昨晚发生的事一下子又涌入脑海里，记得自己说出了隐忍许久的话，记得她说这些的时候忍不住哭泣，还记得林彻那句"我什么时候讨厌你"和"回来好吗"。

原来林彻不讨厌自己……

她不禁捏紧了被角，一双小手指节泛白。

那她说的那些，岂不是会让他伤心？

本以为可以深埋心底的情绪，一下子像竹筒倒豆子一样说出来，就像被暴露在空气之下的窘迫，让她无处遁形。

复杂的情绪涌上心头，她和林彻之间就像一团乱麻。

不知道怎样面对他，接下来要说的话也没想好，她假装没看到这条消息，继续躺下睡觉。

林彻等了一天还没收到她的消息，眼神已经危险至极，他一言不发，坐在座位上，像尊雕像一样等待着手机屏幕亮起。

算了，不等了。

他起身，拿起书包转身离开。

"大哥你溜吗？"洪川扯着嗓子，现在还有一节课才放学，但对于逃课来说他们见怪不怪，于是就没多想。

只不过今天大哥属实反常了点儿，在座位上坐了一天，像在等什么。

"你帮我跟老师请个假，我走了。"林彻说完这些就从后门迈着长腿离开了，留下一个高大的背影。

以及……被惊讶得外焦里嫩的众人。

什么？请假？大哥的字典里还有"请假"二字吗？

难道不是随时想走就走？

今天果然很神奇。

第 32 章　耀眼且美好

顾知栀思绪很乱，林彻的话在她脑海里久久不能散去，让本就隐隐作痛的脑袋更沉了。

好在自己不是很清醒，还没完全恢复，最终还是困意占了上风，她又沉沉睡去。

等再次醒来已经是下午五点。

明媚的阳光已经撤去金色光芒，转而像醉了酒一般笼上一层温柔的红，在天边交织着，勾勒出绯色的晚霞。

顾知栀躺在床上，透过窗户将这些一览无余。

她又拿起手机，林彻果然还给她发了消息。

林彻：我来找你。

嗡……她的脑子里瞬间一片空白，他来找自己会发生什么？昨天才说过那些话，她还没想好该怎么面对。

她赶紧回信息：我好了，不用过来的！

林彻发那条消息已经是半个多小时前，好在还没放学，她要阻止他！

林彻收到这条消息以后，已经在顾知栀的楼下坐了好一会儿，得知顾知栀已经好了，他眉眼间的阴霾终于消散。

然后勾起嘴角继续在屏幕上敲击：我已经到了。

在收到他的回复之前，顾知栀抱着手机祈祷着：别来了别来了。

提示音如催命般响起，她忐忑地点开，看了一眼，然后差点儿晕倒。

他已经到了……

接着又收到一句：我有话想对你说。

局促与不安一下子占据她的心神，顾知栀硬着头皮回了一句：那我下来？

林彻：你别下来，天冷，我给你打字。

算了……

顾知栀眸子一沉，轻轻叹了口气，她随便换了件衣服下楼去了。

走出单元门，微风拂过，天边一抹绯红，就像那天黄昏的彩霞一样。

林彻在楼下无声站立着，一身校服也能被他穿出漂亮的身形。他侧着身站着，余光中看到她的身影，眼神明显怔了一怔。

他慢慢转过头，看向不远处的她，她穿得单薄，因为生病，原本白皙的皮肤看起来更没有血色，柔弱极了。

她一双乌黑干净的眼睛盯着自己，眼里有什么东西闪烁着，嘴唇轻颤，看起来很无辜。

林彻的喉咙哽住了，什么也说不出来。

他想了一夜，该怎样对她解释，但当看到她的脸庞时，才发现早已构思好的内容瞬间崩塌，脑子里只有她清晰的脸和委屈的神情。

他走了上去，很想将她抱在怀里。

顾知栀怔怔地看着他，不知为何，眼眶有些发酸。

"我错了。"他喉结滚动几下，找了好久才找到自己的声音，沉沉开口，带着些许沙哑。

"我错了，栀栀。"他再次说着。

顾知栀不可置信地抬起头，撞入林彻的眼神里，他一双深邃的眸像是有暗潮涌动，看不清情绪，与顾知栀对视后，他深吸了口气，眼里的冰冷瞬间决堤，透露出默默的真诚和炽热。

"林彻……"顾知栀轻轻开口，有些不敢相信。

他垂下眸看她，满是深情，就像要将她吸进去。

他继续说话，声音很沉，但非常好听，像羽毛一般在她的耳边拨弄，让她心旌荡漾。

"我想对你解释，或许我当时说过这种话，但绝对不是那个意思。

"你从来都是独立的，不依附于我存在，我对你，并不是只有占有欲。"

他的声音偏冷，但稍微沉下来就像有魔力一般，温柔得过分。

一字一句落进顾知栀的耳朵里，磨着她耳朵里那根弦。

"是我说话没有考虑好，主要还是我，当时太飘了……"他说着，皱起了眉。

"因为能真正把你抱在怀里，能听你说喜欢我，我感到前所未有的欣喜，所以那段时间说了很多没过脑子的话。

"希望你能原谅我。"

他的话字字敲击着顾知栀的心弦，在她心里惊起无声的涟漪。

她突然觉得鼻子也有些发酸，眼眶一热，一滴泪无声落下。

林彻见状，一下子慌了，赶紧轻轻抹去她眼角的泪："我，我错了。你别哭。"想把她揽进怀里，却又怕她不同意，一时间手忙脚乱的。

他皱起眉，一双眼落入她眼里那片如银河般的光芒中，叹了口气，然后一手扶住她的肩膀，另一只手蒙上了她的眼。

顾知栀眼前一黑，只能感受到从他手掌处传来的源源不断的温热，还有耳边他轻轻的气息。

林彻的话语继续传来。

"我以为我们这样下去，以后在一起是理所当然的。但我却忘记了，连喜欢你都没亲口说过。"他像是有些自嘲，嘴角勾起一抹笑。

"我喜欢逗你哭，喜欢看你发呆。

"喜欢你很骄傲的样子，还有你像太阳一般的笑……

"当时我们在一起确实太仓促了，这些都还没告诉你，我还没有表达有多喜欢你。

"总之，我喜欢顾知栀，从小就喜欢。"

他的声音很轻，却坚定不移，一字一句，砸进女孩的心湖里，不知是踩到了哪个鼓点上，蓦地惊起无声的惊涛骇浪。

周围都静谧了，她的耳边只剩下这句话"我喜欢顾知栀，从小就喜欢"，像从很远的地方传来，在她心上荡漾。

他的话像是有魔力，让自己心跳快了半拍，她感受到从林彻的手掌上传来的温度，连带着自己一张脸都灼热起来，血液流动的声音仿佛都能听见。

然后，他缓缓放开了手，深邃的眼眸里暗潮涌动，似无声呐喊着。他郑重开口，无比认真："我会在以后证明给你看的。"

没有山盟海誓，却深入人心。

见到顾知栀满是热泪的脸，林彻又一慌，帅气的脸上露出一点儿尴尬的神色，脸唰地红了。

"这就是我要说的话，最重要的还是希望你能明白，我不是那个意思，你别伤心。"

扑哧……

顾知栀却忍不住笑了，明明眼里满是泪水，却在这一刻眉眼一弯，像打碎了一篮子星光。这是她第一次见到林彻这样认真还害羞的样子，为他能如此在意自己说的话感到温暖。

眼前的他分明是少年的模样，眉眼清晰，鼻梁高挺，可他身后仿佛有明亮的光一般，让他逐渐耀眼起来。

他本就该是这样，没有阴霾，热烈而美好地张扬着。

见到她变弯的眼睛，林彻也不由得露出一抹笑，难得的轻松，然后舔了舔唇角，倏地垂下了眼眸，长长的睫毛给他的眼睛笼上一层柔和，清隽的五官舒展开来，精致又俊朗。

他有些不好意思，将头偏向一边，没好气地说道："你笑了，我就当你听到了。你先别急着回应我，我有耐心的。"

"嗯。"顾知栀点头，眼里灿若星辰。

曾经的灰暗仿佛被清晨的一缕阳光打破，太阳依旧东升西落，正如一日之内有日暮黄昏之愁，也必有晓昼之喜。

两人短暂沉默，林彻还想开口说什么，却见她眼里一惊，像兔子一样缩起来："沈奶奶回来了！"

她半蹲下来，扯住林彻的衣服，躲在他身后。

循着她的目光看去，果然在远处，沈奶奶提着买的菜正往回走。

"我，我先回去了！"顾知栀不知道哪里来的紧张，很担心沈奶奶撞见自己和一个男生在这里，一溜烟跑上了楼。

那动作，叫一个麻利。

林彻挑了挑唇角，看着她消失的背影，有些不舍，一双好看的桃花眼流露出愉悦，仿佛有柔柔的涟漪，一直都带着笑意，像是糅进了星河。

等到彻底看不到顾知栀时，他才转身往回走。

此时，沈奶奶提着菜从他身旁路过，老人在他身上多看了几眼，他礼貌地点点头。

俊美突出的五官给沈奶奶留下了深刻的印象。

回到家还在念叨，这小伙长得真俊啊……

第 33 章 乖

顾知栀回到家以后，心情久久不能平复，她捂住狂跳不止的心口，耳边一遍一遍回荡起他的话。

"栀栀，你起来啦？"沈奶奶开门，见到顾知栀站在客厅里，担心她感冒还没好，有些诧异。

顾知栀点点头："对的，我睡了一天了。"

"好些了吗？"沈奶奶走上来摸了摸她的额头，发现不烫了，亲切地笑着，皱纹也舒展开来。

"不烫了，真乖。"然后揉了揉她的脑袋，转身往厨房走，"奶奶给你做好吃的。"

"好！"顾知栀欣喜回应，想来确实是痊愈了，她看起来红光满面，连声音也清脆了许多。

奶奶做饭的时候，顾知栀在厨房打下手，就听到沈奶奶感叹道："现在的年轻人长得真俊。"奶奶放下了手里的菜，顶着花白的头发，一脸笑意，连皱纹都是柔和的，"刚刚我在楼下，看到一个可帅的小伙，那气质叫一个绝。"

楼下？

顾知栀择菜的手停住了，心跳快了半拍，耳朵倏地变得绯红。

"之前都没在咱们小区见过，不知道是不是新搬来的。"

顾知栀心虚地回应："说不定是来探望朋友的呢。"

"也是。"奶奶将菜放进水槽，"好啦，你别忙了，快去休息吧。剩下的奶奶来择。"

被奶奶赶出厨房后，顾知栀有些无聊地朝沙发走去，突然她想到什么，掏出手机。

林彻果然给她发了消息，她抑制住怦怦作响的心跳，将微信点开。

林彻：好好休息。

他低沉的嗓音仿佛就在耳边响起，温热的呼吸就喷洒在她脸颊上，厮磨着她敏感的神经。

不知为何，看到这几个字，竟然觉得他柔和起来。

久违的感觉像在心中蹿起了小火苗，在胸膛里徐徐跳动着，映出火红的影子，连血液都沸腾了。

她红着脸，颤颤地回了一个：好。

放下手机后，心跳依然如小鹿乱撞，整个脸烧得通红，刚回家的沈暖见她这副模样担忧地摸了摸："难道还没退烧？"

在沈暖的视角下，顾知栀捧着手机笑着，眼睛弯起来，发出"嘿嘿"的笑声，沈暖一度怀疑这个人是不是烧傻了。

顾知栀抑制不住激动，拉着沈暖跳起："暖暖，阿彻刚刚来找我了！"

沈暖一惊，赶紧八卦地问："发生什么了？"

顾知栀一五一十地将发生的事情告诉沈暖，说的时候脸上止不住笑意，一张小脸漾起甜甜的笑，就像棉花糖一样，她的眉毛弯弯的，眼睛里有星星。

和林彻解开误会的顾知栀开心不已，整个人都是飞扬的，沈暖看着她，由衷地为她高兴。

这一年来顾知栀独自面对了许多事，离开了生活多年的林家，经历了外婆的离世，一个人在异地求学……她曾经就像养在温室里的花朵一样，没想到独自经受风雨的时候却能淡然且坚韧。

眼前的少女和曾经天真无邪的样子无二，然而浑身上下都透露着温柔和坚强。

希望她，能一直这样开心下去。

……

第二天，顾知栀来到学校，没想到走进熟悉的教室，大家却都是生无可恋的样子。

周子茉少见地犯了愁："昨天姚老师简直太丧心病狂了，布置了两张卷子！"

"两张哦！"陈阳转过来附和，比了个二的手势。

"周一哎，就这么狠。"

"对啊。"陈阳无奈地叹了口气，也不知道姚老师发了什么疯，"姜南，把你数学卷子给我抄抄！"

大家好像都没有做完，趁着早自习前看看同学的，把剩下的补齐。

"你昨天没来简直太明智了。"周子茉将作业都抽出来码在课桌上，"对了，你感冒好了吗？"

"好了。"顾知栀坐下，心里也感叹了一句，还好昨天没来。

教室里一片忙碌，还有几分钟就要早自习了，顾知栀还是第一次感受到了高中生的压力。

"大哥，大哥，你别走那么快！"洪川看着前面走路带风的林彻表示不解。

他们哪次不是踩着铃声进学校，今天林彻就听周维说了一声，在学校里看到小仙女了，直接一路加速。

林彻面无表情，甚至眉头皱起，洪川甚至怀疑彻哥是要去打架的。

林彻来到高一（7）班教室后门，一眼就看到了坐在前排露出毛茸茸脑袋和一截白皙脖子的顾知栀，他目光微沉，顿了顿。

教室里的同学还在忙碌地补作业，没有注意到教室后门站了个人。

倒是后排的人先发觉到了异样，然后朝他看去，只见一个穿着校服、看起来很帅的男生侧着身往教室里看。

他嘴唇紧抿，俊朗的五官间神色淡淡，看起来带着一丝阴郁，给他的帅增加了一点儿神秘感。

有的人认出来这是很出名的校园大佬，于是在沉迷于他的颜值以外，也不由得感到一阵惊讶，大佬来高一（7）班做什么？

接着，靠近后排的人都安静了，纷纷看向他。

教室里总是会出现这种情况，一部分人安静了，很快，连带着整个班的人都会安静下来，然后开始寻思是不是老师来了，等发现老师没来的时候，又会一瞬间陷入吵闹中。

这次，整个班瞬间安静下来，仿佛掉根针在地上都能听到。

大家纷纷朝教室后面看，没想到不是老师，而是一名帅得惨绝人寰的小哥。

小哥的出现显然比老师的威力更大，大家都默不作声，压抑着惊讶和八卦的心看着林彻。

顾知栀感受到了奇怪的氛围，也循着大家的视线朝后看去，只一眼，心中就泛起涟漪。

林彻似笑非笑地站在后门，神色间带了点慵懒，与她的目光在空气中陡然相接时，他的笑更加意味深长了。

心跳快了一拍，白皙的脸唰地一下红了，她双眼扑闪，带着些小心翼翼。

林彻的笑意更加明显了，他平时一般都神色淡淡，只要是稍微露出一点笑，就看起来好看得过分，现在他唇角那抹微微勾起的弧度，让他的神色有了些许痞气的味道，坏坏的，却很迷人。

他微微张口，说了声什么，很轻，然后转身离开。大家都不知道他什么意思。

只有顾知栀的脸一下子更红了，她捂着脸转过头来，像要把头埋进桌斗里。

在她的脑海里，教室后门，深深浅浅的光色在林彻漆黑的眸里扑朔，像是落了一整条银河的星光，比他身后明媚的晨光都耀眼漂亮。

他对着她，轻轻说了一句："乖。"温柔又宠溺，很轻，很轻，融入空气里，甘之如饴。

第 34 章　奶糖

林彻转身离开，洪川见状，调笑了一句："彻哥，还以为你是去打架的呢。"

林彻浮起一抹笑，不紧不慢地往自己的教室走，步子迈得很大，却看不出急促之感。

得了，您老人家能拿出点刚刚的架势也不至于每天迟到了好吗？

这边。

高一（7）班的同学见到帅气的校园大佬离开后，瞬间沸腾了。

"他就是林彻吗？"

"他来干吗啊？好帅啊！！！"

"林彻""帅""干吗"……这一系列字眼统统落入顾知栀的耳朵，不知道敲击着她心里哪个音符，蓦地奏起清脆的乐章。

她捏住钢笔的手指泛白，耳朵也飞上可疑的红晕。

这番景象当然落入周子茉的眼中，那日她就怀疑两人的关系，今天早上这一幕，林彻分明就是冲着顾知栀来的。于是她八卦地凑过去："脑袋再埋下去一点儿就要成乌龟了。"

连周子茉都注意到了，班上自然也有同学发现林彻和顾知栀刚才眼神的互动，无聊的高中生如果抓住了一点儿八卦的影子，便能激动个半天。

于是……

"栀栀，你和林彻认识？"有同学抱着练习册凑过来问，一脸八卦。

顾知栀此刻很想成为透明人，缩着一截白皙的脖子，脸上不自主飞过一抹红晕。她别无他法，点了点头，笑得勉强："还算，认识吧……"

同学更加来劲了，笑得那叫一个猖狂，手里的练习册在那一刻仿佛不是练习册了，而是记者的话筒。

"你和林彻什么关系？"

她欲哭无泪。什么关系？一起住了十几年的关系吗？

于是稍微想了想，轻轻开口："我们，小时候一起玩过。"她这可没有撒谎，于是说得更加坦然了。

她回答得很淡然，眼里满是认真，问她的同学非常不情愿地相信了这个答案，还以为会有什么八卦，可惜了。虽然有些意犹未尽，但还是回自己的座位了。

因为还有更重要的事情要做，那就是，补作业！

姚老师是踩着早自习的铃声踏进教室的，他面无表情地往教室门口一站，像极了一尊严肃的雕像。有人还未及时停手，被他目睹了"作案"过程，当场抓获，获得办公室教育体验卡一枚。

"高中开学都两周了，马上就要月考，你们都长点儿心。"姚老师在讲台上义正词严。

"高中过得快得很，你们能有几次月考？"

"要不要派个代表去高三教室门口看看人家的学习状态是怎样的？同学们，不要以为高考离你们很遥远，其实一眨眼就到了……"

他说得慷慨激昂，立志要给这些祖国的花朵们施施肥，于是眼神那叫一个诚恳，语气那叫一个真挚，仿佛他们这样势必考不上大学一样。

"老师，你这话上周才说过一次。"

嘻嘻……

有人在下面说出了实话，大家都没忍住笑出声来。

姚老师一拍桌子，扬起一阵粉笔灰，将他铁青的脸都模糊了："你以为上了高中是按照周来过日子的吗？时间不等人，都给我看书学习！你以为……"

还没说完，姜南及时站出来，操着一口熟悉且亲切的东北口音："大家把英语书拿出来早读。咱们别气姚老师了哈。"

"好的好的，早读。"于是大家忍着笑拿起英语书，一句一句大声朗读起来。

姚老师本来还想说点儿什么，一下子被噎着了，觉得好像很不对劲，但也说不出来哪里出了问题。于是只能冷着脸，在教室走来走去，听到琅琅的读书声才觉得：这还差不多。

本来以为林彻早上的出现只是偶然，但当他在课间再次明目张胆站在高一（7）班教室门外时，大家都疯狂了。

顾知栀正拿着杯子去打水，刚出门就被拦下，一股熟悉的男性的侵略感从她头顶扑下来，她瞪大了双眼，有些不可思议地看着面前的男生。

他一身校服穿得懒散，高挑的身材却能穿出合拍的味道，拉链随意拉开，露出精致的锁骨和里面黑色的T恤衣领，一双眼生得极为好看，此刻带着些似笑非笑的玩味，嘴唇轻轻勾起的弧度给他整个人染上几分坏坏的味道。

见到顾知栀，他眼睛微眯，趁她不注意直接抢走了她手里的水杯。

"你干吗？"顾知栀跳起来抢杯子，但奈何林彻稍微把手抬起来一些，她就够不着了。

林彻看起来很随意，甚至有些散漫，但眸里淡淡的笑意让他整个人都生动起来，他戏谑地勾起一抹笑，探出手指轻轻放在她的额间："感冒好了吗？"

冰凉的触感从额间传来，让顾知栀的脸蓦地一红。

"好了。"

"好了？"他的声音沉沉的，此刻往上挑，被他似笑非笑的眼神连带着沾染上一些戏谑的味道。他埋下头，离她更近了，"可是，你的脸看起来很烫。"

温热的气息铺洒在顾知栀的脸颊上，兴许是今日天气有些燥热，让她喉咙发干。

"林彻！"她责怪地瞪着眼，脸上的红晕在她白皙的肌肤上格外明显，像醉了酒一样娇憨可爱。

"再喊一声。"他几乎是脱口而出，说完这句话以后，连他自己都惊讶了。

她的声音清脆温软，像小铃铛一般，余音在他心上滚了一圈，足以让他尝出些甜甜的味道。

顾知栀红着脸，趁他一瞬间的失神，不客气地跳起从他手上将水杯抢回来："过分。"

她红着脸，气鼓鼓地转身走了。

等她走到开水房，将杯子拿出来接水时，才小心翼翼地将手摊开，在她白皙小巧的手掌上，静静地躺着两颗大白兔奶糖。

是林彻刚刚塞给她的。

嗡……她的脑袋又变得一片空白。周围的世界，很安静，安静得可以听到自己的呼吸声和心跳声。

林彻的视线意犹未尽地追随着她的背影，刚才她拿回杯子时几乎是挂在他身上的，只有他自己知道，他的背脊随着女生贴近的身体和传来的清晰芳香，而逐渐变得僵硬。

等他回味过来时，她已经走远了。林彻也没追上去，勾着唇角转身，慢慢悠悠地朝自己的教室走去。

看向周围正好奇打量自己的人群时，他眼神蓦地一冷，阴郁而冷漠，仿佛刚刚的那丝笑意只是错觉。

第35章　有什么好认识的

接完水以后刚好打预备铃，顾知栀赶紧抱着水杯往教室走。

下节课是姚老师的数学课，她可不能迟到。

高一（七）班虽然是实验班，但同学们的课间非常活跃，有的人甚至能趁着十分钟的课间下楼打几局乒乓球，教室里讨论问题的和玩笑打闹的自成一派，竟然形成了异常和谐的场景。

预备铃响起，大家纷纷跑回座位。

姚福全一手拿着掉漆的保温杯，一手拿着数学课本和练习册大摇大摆地走了进来，这时候教室里还没有彻底安静下来，他的脸一下子黑得像口大锅。

几个男生从后门匆匆赶来，手里抱着球，直接吓愣在原地。

"有些人是听不到预备铃吗？"他将杯子放在讲桌上，发出哐当一声，下面一片寂静。

姚老师一副痛心疾首的样子，用着他一贯的碎碎念语气继续说："我就不懂了，有些人下课是跟猴子一样的吗？上蹿下跳，十分钟打得了什么球？还有那些成群结队上厕所的，搞团购？"

嘻嘻……

有人绷着的脸一下没忍住，笑出声来。

"你们应该看看班上那些成绩好的同学，他们下课是怎样的。"说着，姚老师指了指姜南。

说完，大家露出诡异的表情，绷着笑看向姜南，姜南面无表情地把课桌下的球拍往里推了推。

"报告。"一个清脆的女声在门口响起。

大家循声望去，只见顾知栀恭恭敬敬地抱着水杯站在那里，门外的光透过她白皙的耳垂，给她的脸染上一层洁白的光晕，看起来乖巧又安静。

诡异的安静被她这声"报告"打破了，教室里的同学终于憋不住了，笑出声来。

感觉到被打脸的姚福全铁青着脸，无奈地对顾知栀说道："快进去。"

她赶紧回到座位，然后疑惑地看了周子茉一眼，这是咋了？

姚老师没多说，直接拉开黑板开始讲课，数学课节奏很快，大家都打起十二分的精神，当下课铃响时，感觉只不过是一眨眼的时间。

由于下节课还是数学课，姚老师坐镇教室，大家都不敢乱跑，只能在座位上自习，看起来氛围极好。

"我觉得，各位同学最近还是有些浮躁，可能是马上到国庆节的原因。"

顾知栀默默吐槽，国庆节还早呢好吧……

就听到他继续在讲台上念叨："最近教务处老师下了通知，给我们高一年级打预防针。有些同学觉得在高中，对吧，开学两周了，地皮也踩热了，开始萌生一些不正当的念头。"

"什么念头？"陈阳放下笔，露出他招牌式的憨憨笑。

"什么念头？"姚老师瞪了他一眼，"上课不认真听讲的，除了主课以外逃课去操场打篮球的，还有乱搞男女关系的！"

说到这里，大家就来劲了，一下子热烈起来。倒不是反思不正当念头，而是对"乱搞男女关系"这个话题比较感兴趣。

姚老师看到大家那副热切期待的模样，恨铁不成钢地叹气，要是大家上课能有一半这种精神也好啊！于是没好气地说道："教务处最近发现高二高三年级有同学不把心思放在学习上，误入早恋的歧途。高一年级还好，暂时没发现，所以我来打个预防针。"

"同学们啊，早恋对于你们来说无疑是洪水猛兽，是你们求知路上的绊脚石，在你们这个年纪，懂啥子喜欢和爱，首要任务就是，心无旁骛准备高考！"

他在讲台上言辞激烈，仿佛对"早恋"这两个字深恶痛绝，脸上的褶子更深了。

不知为何，顾知栀自然而然想到了林彻，心虚地低下了头，看着练习册上那道题出神，不知道的还以为她陷入了苦战。

等等，顾知栀，你心虚什么？

她和林彻才没有早恋！

她是热爱学习积极向上的社会主义好高中生！

"那姚老师，如果被发现早恋会怎么处理？"陈阳继续没脸没皮地问。

"陈阳同学，你这个问题很令人遐想啊，你有情况？"姚老师瞪着眼反问，让全班同学都把目光放到陈阳身上来。

"嗷嗷嗷嗷……"

陈阳咧着嘴，不好意思地挠了挠头："我就问问，没有别的意思。"

不过，姚老师轻轻笑了："据我多年经验，像你这种是没机会早恋的，还是把心思放到学习上。好的，我们继续上课。"

"扎心了，姚老师！"

……

姚老师继续讲起公式，课堂的气氛一下子就变了，大家都很快进入学习状态，和刚才截然不同。

尽管想到了林彻让顾知栀心情纷乱，然而面对数学课时，内心的想法都只能放到一边。早恋不早恋的她不知道，她知道的是，如果这节课不好好听讲，今天的作业肯定不会做了。

一节课过得很快，老师在讲台上激昂的讲课声、粉笔在黑板上划过发出的摩擦声、同学们奋笔疾书的唰唰声，混杂在热烈的空气里，组成奇异的乐章，此刻，窗外枝丫疯长。

当清脆的铃声响彻校园，同学们纷纷松了口气，可是姚老师依旧气势不减，把铃声掐掉："我们把这道题讲完再下课哈。"

"我赌一根辣条，姚老师绝对是看下节课是体育课才会在下课前开一道压轴题。"

"有道理，我押十根辣条。"

大家一边听他讲题，一边心急如焚地看着时间，快点啊老姚！等他放下粉笔时，大家像解放了一样，大叫着冲出教室。

姚福全浑厚的声音在后面响起："喂！今天的作业是……"

可惜，大家都赶着去上体育课，作业什么的，不着急！

"这帮兔崽子……"姚福全没好气地骂了一声，但看着他们急匆匆离去的背影，又露出了和蔼的笑。

阳光下一群身穿校服的学生肆意奔跑着，从数学课的压力中抽身出来，他们互相追赶，打打闹闹。虽然知道今天的课业很重，但下节课是体育课，不是吗？

"栀栀，你得快一点儿，要领器材。"周子茉提醒了一句。

顾知栀这才反应过来，自己可是光荣的体育委员，她需要上岗了。

另一名体育委员唐誉已经在篮球架下整队，顾知栀赶紧去器材室。

每个班能领的器材有限，如果去晚了可能领不到好的，轮到她端着筐筐在架子前扒拉时，她只想着给大家尽量找一些好的器材，于是踮起脚来去翻架子上的羽毛球拍。

不是脱胶了就是拍面线断了。

她一个一个耐心地找，后面进来了另一个同学也没注意到。

那是名男生，个子高高的，将长袖校服脱掉，只穿着短袖，他有些局促地看着顾知栀，眼神游离，手足无措的样子。

他的身影有些高大，顾知栀余光里发现了他，以为也是来领器材的，于是礼貌地朝里面让了让。

"同学。"

听到男生开口了，带着些微颤，她疑惑地抬起头，手上还抱着羽毛球拍。

少女澄净的双眼看向男生，让他心头一热。

男生原本就紧张的心情更加慌乱了，手也不知道往哪里放，看着一脸茫然的顾知栀，舌头都打战了。

"你是要领器材吗？"

顾知栀轻轻地问，声音软糯，像棉花糖。

男生听得心里一颤。

"对……"他点点头，想到什么又赶紧摆摆手，"不不不，这个不重要，顾知栀同学。"

他认识我？

顾知栀一脸疑惑，眼前的男生应该是第一次见，她确定自己不认识。

但看着他不好意思的模样，她不知道为何突然有种不好的预感，直觉告诉她接下来他要说的话自己不能听。

"顾知栀同学，我叫李昱，是高一（2）班的，能认识一下吗？"

这……

李昱？顾知栀在脑子里飞快地过了一遍，记得不久前貌似收到过李昱的一封信，但她没有看就让人还回去了。

所以这是人家找上门来了吗？

尴尬了。

"同学……"她不禁埋下了脑袋，有些无措，手指不停地摆弄着校服。

就在她不知如何是好之际，一个冷冷的声音响起。

"有什么好认识的？"声音偏冷，沉沉的，在顾知栀心上掠过。

她惊讶地往后看去，一个穿着校服的男生一手抱着篮球，一手随意插在裤袋里，站在门口，眯缝着眼，神色冷漠，不友好地直直看着李昱。

兴许是因为刚运动过，额间出了一些细汗，给他平添几分性感，紧抿的唇角和凛冽的眼神散发着危险气息。

"林彻？"顾知栀有些惊讶地看着来人。

林彻看了她一眼，抬脚走了进来，却是往李昱的方向。

他个子高，走近了比李昱高许多，此刻居高临下地看着李昱，薄唇轻启："要认识一下我吗？"

林彻带着些许笑意，但眼睛却是冷的。

李昱被盯得发毛，心里打起鼓来。

来人他是知道的，大名鼎鼎的林彻嘛，可是，怎么在这儿遇上了？还偏偏是在自己搭讪顾知栀的时候。

"你，你想做什么？"李昱壮着胆子问，可是心里却是虚的，一开口就没了气势。

面前的男生眼里闪过一丝冷意，唇角虽然勾起一抹弧度，可分明是冷漠的样子，看起来更危险了。

他冷哼一声，好看的脸上露出嘲讽："我想做什么？"说完看了一眼顾知栀，又将目光放在李昱身上，轻蔑极了。

"来训练训练篮球队的新人。"说着就将李昱一把拉过来，把他架着往外面走。

训练？李昱是篮球队的，他听说过林彻的篮球打得好，可是，他还帮忙训练篮球队的人吗？

可是不等李昱犹豫，他已经被一股强力的劲道推着往外走，他根本拒绝不得。

"林彻！"顾知栀大喊，她不知道林彻这番举动是为何。

只见林彻顿了顿，偏过头，很不好惹地对她说了两个字："闭嘴。"

什么嘛……

她一头雾水，端起器材筐跟了上去。

"彻哥，做啥呢？"洪川和周维看到林彻拉着个人出来，赶紧上来看看，但到了面前，看到那人的模样，都识趣地统一往后退了两步。

这不是篮球队的李昱吗？

他们经常逃课来打球，和篮球队的人大多认识。李昱这小子是高一新来的，篮球打得不错，就进了篮球队。就是人长得跟个花公鸡似的，最重要的是，他正在追小仙女。

追小仙女是什么概念呢？就是，不知好歹的概念！

只见自家大哥的手搭在李昱的肩头，和他"勾肩搭背"哥儿俩好的模样，冷冷地笑着。

洪川和周维看着心里头发毛。

"来，看看篮球队新人球打得如何。"林彻沉着声，虽然是笑着，但眼神却是冷的。

说着，将李昱推往篮球场中央，骨节分明的手将球在地上重重拍了拍，又稳稳抛出去，正好落进李昱怀中。

李昱呆呆地接住这具有攻击性的球，心里没了底。感觉身处球场中心的自己，恍如置身刑场，而林彻随时一声令下，就可以对自己做出宣判。

他在心里回顾，自己到底哪里惹到了这号人物，难道是……

李昱的视线越过前方的林彻，远处站着一抹纤细小巧的身影，她焦急地朝这边张望，手里还端着器材筐，身边的同学招呼了她几句，她不得不往后面走。

顾知栀？！

李昱脑海里灵光乍现，像被雷劈中一样。这个猜测一旦形成，便再也不能从脑海里摆脱，知道真相的李昱快要哭出来。

真想当场给自己一个嘴巴子，叫你撩人不知道做点儿功课，撩到不该撩的了吧？哪个孙子给的假情报说顾知栀没有对象？

"喂，别分心。"林彻轻轻开口，像自地狱而来。

"大，大哥……"李昱赶紧赔着笑，想上前缓和关系。

可林彻哪里听他的，直接上前将他怀里的球压了下去，随便一投，球飞过一个漂亮的弧度，稳稳落入篮筐中。

"来。"林彻低沉的嗓音像是没有一点儿温度，清晰而果断，压迫着李昱。

李昱硬着头皮接过球，然后……

接下来的四十分钟，他觉得这是人生中最漫长最煎熬的四十分钟了。

不知道多少次投篮被林彻稳稳扣下，他虚脱似的坐在篮球场中央："大哥！我错了！"

第 36 章　你很关注我的排名？

林彻闻言，眉眼一扬，似笑非笑地将球在手里打了个转："错什么了？"

"我不该搭讪顾知栀，要知道她是大哥你喜欢的，我说啥也不敢啊！"

李昱累倒在地上，欲哭无泪，这副狼狈模样要是被他的一众迷妹看见了，那还得了？可他现下也顾不得那么多了。

想他李昱什么时候在女生上吃过亏？这顾知栀算是第一个。

那么多美女撩谁不好，偏偏撩这位大佬的。

林彻轻啧一声，眉眼如剑锋般锐利，抬了抬下巴，将球架在手里，细碎的阳光从他浸润着汗水的发梢中透过，耀眼漂亮。

"走了。"他轻轻开口，随后面无表情地转身离开，居高临下的压迫气息瞬间化为虚无。

李昱如被赦免一般，长舒了口气。

好家伙，太恐怖了！他如是想。

洪川和周维赶紧跟了上去，在他后面吆喝。

"彻哥，回教室还是……"洪川开了瓶矿泉水，刚要仰头送进嘴里，就被周维抢了过去，"喂！"

林彻朝另一半操场瞥了一眼，看起来漫不经心，目光尽头是一抹倩影。

"你们先回去。"

然后抬脚朝目光所至之处走去。

洪川瞅了一眼，心下明了，得了，您老人家现在是单相思上了瘾，说什么做什么都奇怪得很。

"啧啧，彻哥变了。"他咋舌道。

"行，我们回去了！"周维朝自家老大背影吼了一声，只见林彻背朝他们慢悠悠地挥了挥手，周维一把扯着洪川走了，"你懂什么，单身狗。"

"你不是？"

"我是。"

"那你说个屁。"

两人勾肩搭背离开，把刚才发生的事都忘在脑后，仿佛不曾发生过，连点讨论都没有，好像就该是这样。

即将下课，顾知栀守在器材筐面前，将同学们放回来的器材一一清点好，看起来专注认真，可心里却打着鼓。

她一直关注着林彻的身影，等他高挑的身形在视线中放大时，她的心越跳越快，就像踩在激烈的鼓点上。

"栀栀，我们的球拍。"

"好，放进来吧。"

"齐了？"有人问。

"嗯呢。"

顾知栀接过球拍，红着耳朵埋头将它们放好。

视线中兀地出现一双球鞋，随之而来听见沉沉好听的声音。

"啧，小朋友，端得动吗？"

她视线顺着往上移动，目光与他似笑非笑的眼神在空中相接，在他唇边微微勾起的弧度中不由得心里微动，脸蓦地红了。

顾知栀没有回话，不甘心地低下头，将器材码得整整齐齐。

看不起谁呢？

林彻看着她气呼呼的小脸，什么神情都摆在脸上，嘴角的笑意不由得更深了。

她不乐意的时候总是这副表情，明明可爱的脸非要气鼓鼓的，没有一点儿威慑力不说，还多了点儿呆萌。

于是，他垂下眼皮，舔了舔唇角，深叹了口气，然后轻松地将一整个筐都端起来。

他身材高大，一系列动作流畅自然，帅得很合理。

"林彻！我自己可以！"顾知栀直接跳起来，对着他挥舞着手。

她红着脸，有些焦急，在他看来可爱至极。

他懒洋洋地一掀眼帘，勾起嘴角："我帮你。"

一副理所当然的样子，让顾知栀心里又一紧，他本就是人群中的焦点，此刻已经让周围的人目光都聚在他俩身上，有的人还捂着嘴笑着指指点点。

现在是跳进黄河也洗不清了。

顾知栀埋着头，局促地跟了上去："谁要你帮啊。"

声音软软糯糯，在林彻心上滚了一圈，竟听出点娇嗔的意味。

啧，以前的她可不是这么容易害羞的，以前顾知栀在学校每次看见他都大喊着"林彻"，然后屁颠屁颠跑过来，清脆悦耳的嗓音恨不得全世界都知道她要去找他了。

想到这儿，林彻的眼中多了些轻佻玩味的笑意，将他整个人都染上莫名的坏意，然后步子迈得更大了。

到了器材室，他将器材筐放在地上，顾知栀赶紧上前把它夺过来，护在身后，像鸡妈妈护住自己的小崽子一样。

他轻笑着，语调向上，听起来带着些许愉悦。

"跟个宝似的，又没人抢。"

顾知栀瞪了他一眼，然后不紧不慢地将器材都归还到架子上，整齐摆好。

林彻随意靠在架子边上，侧着身看向她，一言不发，看起来懒散又漫不经心，但目光却紧紧追随着她，她的每一个动作，都深刻印进他的心里。

她身形瘦弱，踮起脚放球拍的时候能看到校服在她腰间的空荡，勾勒出纤细流畅的线条，整个人娇小得仿佛一只手就能将她揽在怀里。

他不禁愣了一愣，喉结滚动几下，然后轻啧了一声，将眼睛看向别处。

没等几秒，就听到她悦耳好听的声音在耳边响起。

"林彻，你不上课的吗？"顾知栀疑惑地问。

这句话在他心里停了半晌，他高大懒散的身形一顿，随意垂放的手不禁蜷起，然后拧起眉，无所谓地说："逃了。"

他这副做派太理所当然了。

顾知栀看着眼前的少年，将他的话在心里反复过了几遍，先是有些可惜，后来想到什么，又默默叹了口气。

好吧，林彻这样的人，不上课都能考那么好，她操什么心。

这就是大佬，和她这等凡人不一样。

于是她埋下头，继续整理器材。

她的反应落入林彻眼里，于是似笑非笑地盯着她，眸色有些不明："怎么？"

她仰起小脸，有些生无可恋的样子："也是，你不上课都能考年级十四，我还替你操什么心。哪像我们……"

林彻的眉微微皱起，看向女生的眼神异常认真。

"你很关注我的排名？"

上次吃饭的时候，林森批评他，顾知栀也是这样维护他，现在又提到他的名次。可见她好像很在意这回事。

她没有点头也没有摇头，而是想了一想，一本正经地开口："本来以为你都不学了，排名应该很低，看到还在前面，一开始还有点吃惊。不过……"

她睁大双眼，明媚漆黑的眼睛落入他的视线中，让他恍了恍神。

就听到她继续往下说。

"不过，你本来就这么优秀，一点儿也不奇怪。"

这番话她说得很认真，坚定地仰起白净的小脸，乌黑的眼睛里清澈澄净，像一望无垠的天空，能容纳世间万物。

林彻怔了怔，过了一秒，就像听到了什么笑话一样，轻轻笑了，但眼里却没有一丝笑意。

"你现在还认为我优秀？"

想了想自己这一年来，黑榜都霸了几回了，还优秀？

以前可以这样说，现在，自己可不是那个老师家长口中的好学生。

他咬了咬后槽牙，垂下眼眸，看不清神色，唯有唇边那抹笑看起来玩味又戏谑。

谁料，她平静地点点头，郑重又认真："当然，你做什么心里都有分寸。"

这番话没有过多夸赞，外人听来甚至带着些许苍白，可却直直落入他的耳朵里，在他心里滚了一圈，让他的身形僵了一僵。

他的笑意也停了，看向她白皙洁净的脸庞，一言不发。

突如其来的安静让顾知栀有些尴尬，空气中突然热度攀升，弥漫起说不清道不明的暧昧因子。

她这才反应过来，自己可能说得有点儿多了，不由得低下了头。

下课铃突然响起，清脆突兀，打碎了这番尴尬，也让林彻回了神。他收回视线，又恢复了平日懒散的模样。

"下课了。"他沉沉开口，声音好听。

顾知栀呆呆地点了点头，刚才发生的事好像一个梦，不太真实。

这时，就听到熟悉的声音在门外响起。

"栀栀！"

她知道，这是周子茉在喊她一起回教室。

于是抬眼朝林彻说了句："我回去了。"

他面无表情点点头："不用我送吧？"

本来心跳恢复的顾知栀因为这句话心里又是咚咚作响，红着脸躲避他的眼神："不用！"

然后逃离似的跑出器材室。

周子茉见到一脸害羞模样的顾知栀，挽着她走的时候调笑地往里望了一眼，高大的身形和清隽的五官映入眼帘。周子茉淡淡一笑，重新看向旁边红着脸的顾知栀。

周子茉笑着开口，说出几个乍一听没有逻辑的词汇："顾知栀同学，洪水猛兽，绊脚石啊！"

顾知栀的头埋得更低了，她怎么会不知道周子茉的意思？这就是姚老师在课堂上批判早恋的话，周子茉这是在调笑她呢。

"不是你想的那样。"

"哦？"周子茉挑起眉，恬静的脸上露出不相信的表情，虽然平日里以文静高冷著称，可她八卦起来判若两人，"那什么时候给我说说呢？"

顾知栀挽着周子茉的手不禁抓紧，她不想骗周子茉，于是老老实实说："周末给你说。"

周子茉努了努嘴点点头，她笃定，自己的同桌和林彻之间一定有什么故事，今天林彻来找过她几回了，绝不是巧合。周子茉像发现什么宝藏一样，有些期待听他们的故事。

而这边。

顾知栀和周子茉走远后，林彻面无表情地走出器材室，他低垂着眼，眉间轻轻拧起，看起来有些烦躁。

他不紧不慢地走到操场旁一棵大树下，静静地靠在树干上出神。

耳边回响起女生软糯温柔的声音。

"你本来就这么优秀。"

他轻哼一声，露出一抹讥讽的笑，自嘲似的叹了口气。

"当然，你做什么都有分寸。"

有分寸？

他拧着眉，看起来懒散又随意，似乎还有些不耐烦。

呵。

他轻笑一声，双手插进裤袋抬脚转身离开。

在他慢悠悠走到教室时，已经打了上课铃，可教室里依旧闹哄哄的，学生们各干各的，老师在讲台上像唱着独角戏。

这节课是生物课，高二（4）班的人一般只有黄河老师的数学课上才会稍微听听，其他科任老师的课，很少有人听讲。生物又不一样了，作为"理科里的文科"，对这个班而言约等于自习课。

生物老师姓沈，是个中年男人，长得一脸慈祥，鲜少发火，大家看他这副没有威严的样子，更加放肆。

沈老师对下面的情况已经习以为常，一个人讲着细胞生活的环境，时不时还自问自答，仿佛能自得其乐。

林彻是从后门进来的。

咔嚓一声，随后跟着因为年久失修的门打开的刺啦声，成功让教室安静下来。

老师都不能让教室安分下来，林彻回教室却能有这样的奇效。

大家都屏着呼吸看向他，沈老师拉下眼镜，抬眼见到那个男生，顿了一顿，又继续往下讲。

只见男生面无表情地扯出最后一排的座位，随意地坐下，懒洋洋的，动作一气呵成，一如既往地帅气。

"彻哥，你回来了。"

洪川转过身看了一眼。

林彻皱着眉冷冷嗯了一声，然后抬眼看了一下讲台上的老师，又垂下眼眸。

他这番模样虽然和往常无异，却带着些许不好惹的气息，凛冽和压迫自他身上传来，让整个教室的同学大气都不敢出。

"哟，咱们教室还能这么安静呢？"沈老师翻了一页书，有些开玩笑地说道，"好看的皮囊都是虚无缥缈的，大家不如来点精神食粮，把书翻到第32页。"

下面当然不会有人理会他，但好歹都收敛了，整个教室安静得只有沈老师一个人的声音。

"彻哥，这是……咋了？"

洪川在座位下打着游戏，眼也不抬地用手肘抵了抵周维的胳膊。

周维不耐烦地从书里抬起头，一副看白痴的眼神看着洪川："他刚刚见的谁，你也不想想。"

也是，大哥每次见了小仙女以后都是这副谁都欠了他几百万的模样。

大概这就是单相思的男人吧。

于是洪川咧着嘴对周维笑着："你很有灵性嘛。"小眼神在周维桌上溜达一圈后，又像发现了新大陆一样，凑过去，"不是吧，你在看书？"

这下，洪川直接将游戏机放到一边，脑袋挤在周维身前，不可思议地将书皮翻过来，反复确认，上面赫然写着两个大字——生物。

周维白了他一眼，将书夺回来，沉着脸说："我妈说，下次月考再考倒数，就停我生活费。"

"兄弟，你这也太惨了。"洪川继续拿起游戏机，头也不抬。

"不过，我觉得你与其想怎么逃离倒数，不如考虑考虑让我和彻哥接济你生活费现实一点儿。"

"呸！能不能想点儿我的好。"周维捶了一下洪川的肩膀，然后继续听课。可洪川说得没错，他尝试着听了一会儿，只觉得老师讲的是天书。

算了，还是想想没生活费以后怎么过吧，周维把书扔进桌斗里，不耐烦地掏出一本小说翻看起来。

不过，这小说的有些字也太难认了吧，现在这些作者写东西都往生僻字上写吗？

有次他看过一本书，都看到结局了，连男主的名字都是只认得半边，于是越看越烦躁："什么破书！"

"周维，别挣扎了，我决定下个月资助你。"洪川的声音幽幽传来，把他给浇得透心凉。

第 37 章　生物书借我看看

沈老师在讲台上讲得火热，虽然没人听讲，但好歹有个安静的"输出环境"。沈老师感到了前所未有的畅快。于是在黑板上画起细胞结构时也觉得流畅无比，甚至感觉掉了灰的粉笔也挺可爱的。

林彻垂眸，耳边是沈老师激情澎湃的讲课声，心里掠过顾知栀那句清脆温软的余音，他神情微动，看向了课桌。

空空如也的桌面，上面刻着不知道哪一届同学画的符号，在空荡的桌面上显得有些滑稽。

桌斗里堆砌着崭新的教材，曾经爱不释手的钢笔如今熟悉又陌生。他伸出手指，将笔攥在手里，清凉的触感从指尖传来，他的手微动，阔别已久的沉淀感让他心里不由得一慌。

林彻微微皱起眉头，俊郎的五官掩饰不住神色黯然，他看着手中这支笔，记忆纷至沓来。

那是曾经自己初中数学竞赛获得一等奖后，顾知栀给他买的。

"阿彻，我觉得你最厉害了！"

"我攒了好久的钱给你买的呢，你要好好使用才行。"

记忆像被拦住的洪水，平时无声无息，一旦想起什么片影，就像开了豁口似的，一股脑儿钻出来，倾泻而下。

他不由得眯起眼，将钢笔放在手中，掌心传去温度，很快温热了它。

优秀？林彻脑海里还盘旋着那句话。

曾经还差不多，现在，书多久没翻过了，笔多久没好好拿过了？曾经骄傲的东西，已经全数崩塌。

他深知自己这一年来排名没有太难看的原因，是自己在初中已经学完了高一的内容，所以面对上一年的考试还能游刃有余。

这学期讲的是高二的内容，他很久没有好好听过课了，学习的状态都没有，名次不日就会跌落。

那时候，她还会觉得自己不学都能考得很好吗？

林彻嘴角勾起淡淡的弧度，却看不出笑意，而是冷冷的，像是在笑自己。

耳边依然是静的，只有生物老师高分贝的讲话一直敲击着他的耳膜。

随意靠在座位上的林彻一抬眼帘，俊朗的五官神色淡然，将视线放在老师身上，抿着嘴唇，漆黑深邃的眼眸认真平静。

兴许是他的注视过于锐厉，在纷乱的教室里像一道光一般打在老师身上。

沈老师顿了顿，将眼镜扒拉下来，抬着眼看向男生。

目光在空气中相接，老师讲课声和表情同时一顿。在他的视线里，一名长得极好看的男生破天荒地没有趴着睡觉，也没有埋着头玩手机，而是直直地盯着他。

那双眼，平静得有些反常，甚至带着惊人的睿智和机敏。后门没有关，阳光从男生身后照进来，那张轮廓清晰的脸有些半明半暗，让他整个人都看不真切了。

那个男生的身上，好像有光。

下一秒，沈老师微微收回视线，继续讲着课本的内容。

就这一秒时间，谁也不知道发生了什么。对有些人而言，这一瞬仿佛只是老师讲课时平常的间歇；对另一些人来说，他们沉浸在自己的游戏世界里，连这一瞬间歇也未曾捕捉到。

可对于沈老师来说，在他的脑海里，还停留着男生异常认真的神情，那一刻，仿佛阳光乍暖。

林彻眯起眼，尝试着听课。

好久没学习过了，连听课这件事都感到有些生疏，老师嘴里蹦出的词汇都很熟悉，可自己在脑海里串联时还是感到了吃力。

听了一会儿，他皱起眉。

沈老师一直注意着他，看他皱眉时，不由得将语速放慢了。

林彻抿着嘴，在课桌下翻腾，没找到想要的东西，然后不客气地踢了一脚前面洪川的凳子。

"咋了彻哥？"洪川还在打游戏，此刻手指翻飞，侧着身看后面的林彻。

只见自家老大绷着一张脸，嘴唇紧抿，然后异常认真地开口："把你生物书借我看看。"

洪川没听清楚，疑惑地凑了过去："啥？"

"生物书。"林彻重复了一遍，声音沉沉，带着些冰冷。

"生物书？彻哥你要那玩意儿做啥！"

"屁话那么多，生物书有没有。"林彻黑着一张脸问。

洪川确认自己没听错以后一脸诧异地看着林彻，在老大黑冷的脸上，能感觉到他此刻的愤怒。

嘶……

为保小命，洪川赶紧从垫桌角的几本书里扯出皱巴巴的生物书，游戏也不管了，毕恭毕敬地递到林彻手上。

这，好好的要生物书做什么？

看他这样，难不成想拿生物书泄愤？

洪川疑惑地挠挠头。

林彻皱着眉将那本生物书翻开，翻到老师讲的那一页，然后抬眼继续看着沈老师。

他哪像是要听课啊，分明像是要打人。

看得沈老师心里一毛，但还是继续捧着课本讲下去。

有了课本以后，知识点就能顺畅地吸收了。学习对林彻来说不算难事，跟着老师听过一遍，再看看课本，就能了然于胸。

也许刚开始有些生疏，渐渐地，越来越熟络。

当脑海里的东西都能串成串儿了，厘清来路和去处时，一股久违的畅快感油然而生。

林彻感觉到，不知道什么时候干涸的心境，好像在那一刻，有汩汩泉水流出，浸润着四肢百骸。

他有些澎湃。

再次将手指抚上那支钢笔，温热传来，就像他温热的心头一样。

于是接着往下听……

他静静地坐在最后一排，什么也不说，一动也不动。一开始并没有被同学注意到。

洪川打了几把游戏，确实忍不住了，好奇地转过去，本想看看自己的生物书会被老大怎样拿来解气，结果一看，傻眼了。

他家老大五好少年似的直愣愣坐在座位上，眼睛追随着老师，听得津津有味。

"不是吧，彻哥，你听课呢？"

他声音不小，又是喊的林彻，班上同学半数都转过来看着这一小团地方。

林彻听课？

高二（4）班的同学们直接惊呆了，林彻来他们班上那么久了，啥时候听过课？！

这无疑是直接惊起无声的惊涛骇浪。

林彻皱了皱眉，沉沉地"嗯"了一声，还顺便将书翻了个页。

洪川盯着他手里的生物书，这就是被自己拿来垫桌子的"垃圾"。这一刻，"垃圾"在林彻骨节分明的手指下摊开，内容崭新。

洪川不可思议地压低了声音："老大，你要是太无聊就玩玩我的游戏机呗，为什么要去听课啊？"

林彻瞥了他一眼，轻啧一声，带着些不耐烦："老子听课呢，别打扰。"

"你玩你的游戏吧！"周维将洪川扯过来，将游戏机按在他手上。

余光中，林彻笔挺的身形轮廓清晰，一身校服在他身上懒洋洋的，却很合身。

周维看了看自己手上的小说，小说名很奇怪，他皱了皱眉，将它扔进课桌里，也学着林彻的样子听课。

不过自己听课仿佛在听天书，和林彻的感觉怕是天差地别。

第 38 章　再回城南

"好了好了，有什么好稀奇的！"沈老师将黑板拍得咚咚响，倒是让班上同学成功将视线收回。

他又看了一眼坐在最后一排的林彻，心里没好气地吐槽了一句：这小兔崽子最好能争点儿气。

记得林彻来学校的时候是带着年级第一的光环的，当时谁都说咱们一高来了个天才少年，他也带林彻原来的班，本想观瞻观瞻所谓的天才少年，谁知道这同学和大家描述的截然不同。

成绩好？都没听过课。

好学生？三天两头惹事，他那身校服看起来都比他听话。

只有个长得好和他比较符合。

也不知道林彻刚刚只是一时兴起还是改过自新，但是不论什么情况，他都希望这孩子不要荒废了学业。

沈老师暗自叹了口气："我们继续上课……"

高二（4）班同学什么也不了解，但他们知道了一个情况，就是，林彻要听课。那意味着什么？附近有些安静地搞小动作的男生现在直接和他一样，端坐在座位上，一动也不敢动，生怕自己的一个动作影响了这尊大佛学习。

一个接一个，虽然也有人暗自开小差，做别的事情，但整个班总算看起来有个上课的样子了。

有了和林彻的眼神交流，沈老师再也不觉得这是独角戏了，讲起课来还能有人无声互动，教室里安安静静，他差点儿就要热泪盈眶。

此时，年级主任例行从走廊经过，在高二（4）班教室外停留半晌，里面清风雅静，只有老师上课的声音。他眼里一喜，拍了拍黄河老师的肩膀："你们班这两天听课的状态不错，值得表扬！"

黄河老师笑着："可能是知道了自己的排名。这群孩子还是有荣辱观的。"然后也往教室里看去，心里虽然感到欣慰，可还是觉得有点儿不可思议，他更相信是班上的孩子转了性。

但好歹，总算是没那么让人头痛了。

九月的天阴晴不定，但当一叶枯黄纷扬落地时，这就意味着天气马上就要变得更冷了。

现在穿的是秋季校服，顾知栀在校服里面套了一件短袖，天冷时，隔着衣料偶尔也能感觉到乍然的寒意。

"天气预报说过几天会降温。"陈阳划着手机，转过来对顾知栀和周子茉说。

周子茉点点头，看到他手上的手机后，又皱了皱眉："你怎么在学校把手机拿出来了？"

"嘿嘿，刚刚体育课玩了会儿，还没交给姜南。"

顾知栀默默看着，突然想到了什么。

降温，如果要降温的话，她可能需要一些厚衣服了，可是在沈暖家她都没几件合适的衣服。

得抽空回趟城南。

城南的房子没有人住，她可以拿了就走，应该没什么问题。

顾知栀暗暗叹了口气，继续做数学题。

一天在忙碌紧张的学习中很快过去，到了放学的时候。

这个学校高一没有晚自习，放学时还挺早，今天老师也没拖堂。她背着书包往外走时，看着还未陷入昏黄的天空，越发觉得这是老天爷让自己回城南拿衣服。

回城南只是突发奇想，没想到这么快就要付诸实践。

连顾知栀自己都还没反应过来，只知道自己晕乎乎地就在校门口打了辆车，等她说出"去城南一号"时，司机一脚油门，这才把她拉回现实。

她将书包取下来放在腿上，车缓缓行驶，她不禁捏紧了书包带子。

要再次回到那里……

车外风景点点掠过，她记忆里的风景却一点点汇成一片。

那里承载了她的童年，她小半个少年很美好的记忆，可纵使美好，阔别已久后，她也有些紧张感。

当车拐过一个弯，驶入城南一号时，这种感觉更加强烈了，周围的风景和一年前无异，让她一阵眩晕。

"小同学，停这里了？"司机大叔稳稳地将车停在一栋小别墅旁，趁机打量起周围来。这里不愧是全市最贵的小区，连每棵树都透露着富贵的气息。他咋了咋舌，从后视镜里看到顾知栀还穿着校服，不禁感叹，这是个富贵人家的幸运孩子啊。

"谢谢。"顾知栀礼貌地对司机说，按照计价器上的金额微信付款以后，在下车时又说了声谢谢。

顾知栀提着书包朝一栋别墅走去，每走一步，都像踩在水面上，脚下软软的，身边的一切都似泡影。

开门后，熟悉的场景映入眼帘，记忆里的一幕幕都重新浮现。原来，有些东西不是自己说忘就能忘掉的，时隔再久，那些曾经笑过哭过的记忆，都不会失去它的颜色。

不过须臾之后，这丝情绪就被按捺下去，她径直上了楼，轻车熟路地走进自己的房间。

房间一尘不染，看来是有阿姨经常过来打扫。

顾知栀轻叹口气，将书包放下，去衣柜里翻找厚衣服。这些衣服放了一年多，可能都有些受潮了。

她一件一件收拾，然后耐心地将它们叠好。

将衣服收拾好以后，她坐在一把椅子上，默默打量这间屋子。整个房间是粉色调的，墙纸、窗帘都粉嫩嫩……这是林叔叔给她布置的。

难为林叔叔了，他的夫人走得早，一个人又当爹又当妈地抚养自己和林彻。

少女的目光有一瞬空茫，她失神了一会儿，慢慢走到书桌旁，上面有一个精致的礼品盒。

将它打开，首先映入眼帘的是一张照片，有林叔叔、林彻以及自己。那是在游乐场照的，时间过去很久了，没有经过塑封的照片微微泛黄。

她将照片捧在手上，一一清点盒子里的东西。

一些小书信，一些乱七八糟的饰品，都是以前她装进去的，小时候爱把这些亮晶晶的东西收集起来，觉得那就是整个童年。

想起小时候的一些糗事，她不禁浮起一抹笑。那时候，她就和林彻两人，在这个大房子里打打闹闹，一起长大了。旧时记忆鲜活无比，历历在目。

正当她看得入神，一声清脆的响动让顾知栀一惊，房间门打开了，她抬眼看去，林彻扶着门把手侧身站在那里。

两人的视线在空气中陡然相接，同时一愣，仿佛对对方的出现很是意外。

顾知栀不知为何有些局促，将东西胡乱塞进盒子里，漆黑灵动的眼神忽闪躲避。

她解释道："我，回来拿点儿东西。"

第 39 章　你家就在这里

林彻显然也有些意外，但只是眼里闪过一瞬惊讶，须臾之间，又被隐匿下去。

"我也回来拿点儿东西。"他轻启薄唇，声音低沉，在空荡的屋子里格外好听。

林彻纹丝不动地站在那里，微微垂眸，看不清神色，只是在顾知栀看不到的角落，他扶住门把的手逐渐攥紧。

他确实是回来拿东西的。进门的时候见到门口摆放的一双女鞋，他心都悬了起来，带着欣喜和紧张走到房间门口，里面果然有细微响声。

在开门前，有那么一刻，他多希望顾知栀在里面，像曾经那样，埋着头一脸苦楚地写着作业，听到开门声一下子仰起笑脸："你回来啦！"

开门后，见到里面的人，果然是她。

听到她的来意后，林彻本来有片刻失神，但也很快接受了。

没关系。慢慢来。

他恢复了往日懒散的样子，眯缝着眼侧身靠在门边，微微勾起嘴角，校服被他穿得散漫，露出一小片结实的胸膛，看起来痞坏痞坏的。

"我收拾好了。"顾知栀将东西都放好，把盒子捧在怀里，仰起小脸说道。

林彻扫了一眼她手上的盒子，将门推开，看起来很随意地说："我还没收拾，等我一会儿。"

"哦。"

顾知栀收到他的指令，一脸乖巧。

下一秒，就听到林彻沉沉的笑声，很轻的笑，音调是向上的，声音偏冷但带着些愉悦，显得格外温柔。

她有些好奇，朝林彻抬眼望去。只见他俊朗的五官清隽深刻，他本就好看，唇边勾起的弧度让他整个人都柔和起来。此刻他正眯缝着眼打量自己，深邃的眼眸中深深浅浅的光色扑闪，像是打碎了星光。

见到顾知栀一脸局促，他带着笑继续说："真听话呢。"

他的嗓音离她很近，轻轻拨弄着她耳里那根弦。

顾知栀如白玉般的耳垂瞬间红了，连着白皙的脸颊一起，很快烧得整张脸都通红。她埋着小脸，在林彻的视线下只有毛茸茸的后脑勺以及头上随意耷拉的几缕不听话的发丝。

林彻眉心拧了一下，弯下身子，手臂抵在她身后的墙壁上，伸出另一只手将她的头发轻轻理顺，充满侵略感的男性气息从头顶压下来，她顾不得他的动作，只知道，林彻温热的呼吸喷洒在她的脸上，气息离她很近。

如果说少女怀春是小鹿乱撞，顾知栀觉得自己的小鹿可能都要撞死了。

须臾之间，林彻整理好了她的头发，神色自若地直起身子，玩味地看了她一眼，一言不发转身进了另一间房间。

虽是拉开了距离，林彻独特的气息依旧笼罩在她身边，等她从回味中抽身时，他已经消失在眼前。

顾知栀慢慢走到他房间门口，房门没关，看见林彻在书架上找着什么。

"你在拿书吗？"

"嗯。"他回应道，说完将一摞书整理好以后放进书包里，动作行云流水。

这副做派太理所当然，差点儿让顾知栀忘记，眼前这个男生早都没有学习了。

听完，她愣了半晌。

不过也没过多惊讶，他在她的记忆里，完全就是神一般的存在，他好像就该是这样，拿着书，穿着洁白的校服，身后阳光闪耀，他却比阳光还耀眼。

想到这里，顾知栀黑白分明的眼睛里，瞬间微光闪烁。

不一会儿，就听到林彻低沉的声音在她头顶响起。

"走了。"

两人一前一后走出门，这时天色已暗，暮色四合的夜空泛起深蓝，星线交织的灯火在上空明亮着，投下一点清光。

没想到已经这么晚了。

顾知栀眯起眼看天空，有些怅然地叹了口气，她总是不太习惯天黑了还在外面。

任何时候都一样，每当夜幕降临，她还穿着校服背着书包在大街上走的话，就会有一种莫名的紧张感。

她轻轻的叹息像小羽毛一样，扫过林彻的耳畔。

"怎么了？"

女生耷拉着脑袋，摇摇头，长而卷曲的睫毛遮住了眸光里复杂的情绪。

林彻拧了拧眉，心里没来由地慌了下。

这个家伙，别不是因为见了自己以后才变得心情不好的吧？

他顿时脸上一黑，觉得太阳穴突突直跳。

林彻舔了舔唇角，还没等他想好该怎么说，就看到眼前的顾知棝动了动垂下的脑袋，仰起小脸，有些生无可恋的样子。

"太晚了，我还没回家。"

"还没吃饭。"

"还没给家里人说。"

……

林彻一时无语，她失落的原因竟然是，很晚了没回家？

林彻无声地垂眸，瞥了她一眼，眼神有些黯然。

"都怪你！"女生突然恶狠狠地仰起脸，极为不客气地朝他剜了一眼。

如果不是他从小给自己规定的不准在天黑以后回家，晚回家了必须报备等一系列教条，她至于现在每次在外面遇到天黑就紧张吗？都高中生了，能不能，有点儿志气！

虽然一脸气呼呼的样子，但她的眼神清澈，干净漆黑的眼眸，像亮起了小星星，灵动又迷人，一点儿威慑力也没有。

林彻被她没来由的凶整得一头雾水，但好在不是因为看到了自己才不高兴，于是心里那点儿诡异的烦闷也消失了，转而似笑非笑盯着她，眼里难得地闪过一丝光亮。

他玩味地指了指身后那栋房子。

"你不是就在家门口吗？"

又指了指自己，微微勾起的唇角给他的眼神和语调都沾染上痞气的味道。

"我就是你家里人。"

"所以，别怕……"

他的声调带着点儿戏谑，在夜里格外低沉好听。

顾知棝脸颊蓦地又是一红，抬脚快步离开这里，想要将林彻和这一片好像每一个空气分子都在微微轻颤的狭小空间给甩到脑后。

林彻没有意外，深沉地看着女孩的背影，和从前一样……

傻乎乎的。

他薄唇微勾，深沉的情绪在墨色的眸底熠熠闪烁，向来阴郁的眼神黑白汹涌，等到女孩的背影离自己有些距离了，他嘴边的笑更加肆意张扬。

他抬脚跟了上去，步子很大，几步就追上了顾知栀。

"别走这么快啊！"

两人并肩走在路上，路灯投下清冷的光，将他们二人的影子拉长，影子相互依偎着。

第 40 章　见色起意

天已经黑了，顾知栀赶紧给沈暖打了电话，告诉自己晚点回去，不用等她吃饭。

放下手机时，她看到身边的林彻垂下眸，似笑非笑地看着自己。

他的眼神深邃，被唇边那抹弧度给染上一些似有似无的轻佻，平日里的冷淡疏离在这汪夜色下变得柔和起来。

他轻启薄唇："带你吃饭？"

顾知栀拿手机的手还停在空中，没太听清，此刻一脸茫然，有点儿呆萌。

林彻不等她反应过来，提着她的书包将她整个人一带，就像抓住猫咪的后颈一样，把她提起来。

顾知栀顿时感觉自己双脚重量一轻，身子失了平衡，大叫着："你放我下来！"

其实这不是林彻第一次这样做，小时候顾知栀放学走得慢，林彻也总是不耐烦看她噔噔噔地迈着小腿在后面的。

"能不能走快点儿啊？"小林彻一脸嫌弃。

顾知栀抱怨着："你就不能走慢点儿？"然后就感觉到自己脚下一空，林彻直接提着自己走了，她吱哇大叫，又是拽他的书包，又是扯头发，才让他停了下来。

现在，场景像是再现一般，顾知栀可来不及感慨过去，她大叫着，一脸惊恐地用手扒拉林彻的校服，让他停下。

"阿彻，阿彻！"她求饶似的喊出声，声音软糯微颤。

她脱口而出，以前每次惹到林彻，要哄他的时候，她要么喊"哥哥"，要么喊"阿彻"，林彻都是嘴上嫌弃身体却诚实地原谅，屡试不爽。

她几乎是想也没想，就这样向他求饶。

林彻果然一怔，脚步和笑意陡然停住了。

下一秒，他将顾知栀放下，微眯起眼，居高临下地看着她："你叫我什么？"声音很小，沉沉的。

顾知栀摆脱了束缚，空中有窒息感，现在重新站在地上才感觉到空气是多么清新，她只顾着自己喘气，刚才由于太紧张说的话都没过脑子。

"什么？"她一边整理衣服，一边仰起头看他。

林彻一动不动站在那里，和她对视，眼里的柔情浓得像化不开的墨。

女孩一脸茫然，她平日里不笑的时候总是这个表情，看起来呆萌得很。

他有些恼火，想都不用想，这白痴肯定忘了刚刚她说的什么了。

没良心的……

他心里嗤了一声，但那声温软的"阿彻"在他心里滚了一圈，像棉花糖一样，甜甜的，让林彻感到温热。

竟然同时涌上烦闷和满足交织的诡异情绪。

他立在那里垂眸看着她，薄唇微动，想说点儿什么，但又想到这小没良心的能有什么好的反应？

于是又抿了抿嘴唇，看起来很不客气地回了一句："说你样子很蠢。"

"你说谁蠢呢！"顾知栀皱着眉，大大的杏眼瞪得溜圆，虽然生着气，可眼神里星光点点，像是落了一整条银河的光辉。

"你。"林彻从她的眼神中抽离，漫不经心地看着前面，把她的书包带拉住一起往前走。

她被拉扯着跟在后面，冲他的后脑勺做了个鄙视的表情。

可是她不知，在看不到的男生的脸上，露出一抹久违的发自内心的笑容，于他俊朗的五官间格外深刻，像冬日里久经风霜的雪地中，点燃的一簇火苗。

最后，林彻带着她去了一家小面馆，是以前他们经常去的地方。

面馆老板是个阿姨，这家店在他们小时候就营业着，一直陪着他们走过童年和少年。

刚走进店里，一股熟悉的味道扑面而来，属于面馆的油辣香气混着热浪弥漫在空气中。

老板见到二人，眼里一喜："好久没来了！"

顾知栀甜甜地回应："阿姨好！"

啧，看起来真乖呢，林彻心里暗自想。

找了个地方坐下，老板盛了两碗面汤放在二人跟前，乐呵呵地说："看你们好久没来，还以为搬走了。"

然后看了看顾知栀身上的校服，欣慰地点点头："妹妹都读高中了啊？真了不起。"

老板热络的话让顾知栀有些不好意思，于是腼腆地点点头，看着面汤里放的几粒葱花。

"嗯……之前回老家读了一年。"她低低地说着，还看了看林彻沉得看不清神色的眼眸。

"怪不得。不过啊，好久没见到，又长漂亮了。"老板热切地看着顾知栀的小脸，笑得灿烂。

"老板收钱！"

"来了……你好，一共十二元。"老板过去收钱，然后转过来扬起眉，用嘹亮的声音招呼着二人，"还是两碗牛肉面，一碗多放辣椒，对吧？"

这是他们俩在这里吃面的"标配"，十几年了从没变过。

顾知栀想也没想就应了，还道了谢，然后才想起什么似的，一脸试探性地看向林彻："对吧？"

林彻沉沉地嗯了一声，垂下眸子，睫毛长长的，耷拉下来，看不清情绪。

从下单到面煮好需要一些时间，两人无声对坐了一会儿，顾知栀主动开口打破沉静。

"林彻，你今天回来拿书是为了看吗？"

刚说完，她就觉得自己这个问题好生智障，书不拿来看，难道拿来打人吗？

虽然现在林彻被一口一个大哥地喊，也听说过他打架什么的，但显然也是不需要几本书来当武器的吧……

在她正嫌弃自己问的问题果然很蠢的时候，林彻开口了。

"对。"很平静，听不出情绪。顾知栀看向他。

他继续说："一些竞赛的书……谢谢。"这时，老板把面端上来了，他向老板道了谢。林彻把第一碗移到顾知栀面前，她爱吃辣，每次吃面都会让老板多放一勺辣椒。

这个话题没有继续下去，面前一碗冒着热气的牛肉面，上面几块大大的牛肉块看起来美味多汁，还有一勺油辣子在上面漂浮着，香味四溢，诱人极了。

"吃饭吧。"林彻将筷子递给她。

顾知栀点点头，然后小心地夹起一小筷子面条，小心吹气。

她动作轻轻的，吹气时两边脸颊鼓起，像小仓鼠一样。

然后慢慢地将面送进嘴里，感受到面条的爽滑和牛肉汤的鲜美，眼睛不自觉满意地弯成月牙。

林彻见状，默默浮起一抹笑，大概是真的饿了，眼前的食物看起来格外美味。

……

吃完以后，两人默默走在街上，此刻天已全黑，商店都亮起了灯，街道两旁行人来来往往，虽然是夜晚，也显得十分热闹。

"我送你回去。"林彻开口，声音透过被路灯晕染得暖软的夜色，低沉中带着些蛊惑的气息。

她刚想拒绝，但见林彻陷入半明半暗轮廓的脸，夜灯下，校服微微敞开领口，隐约可见结实的胸膛以及线条精致的锁骨。

兴许刚吃了东西，连带着喉咙都有些干涩。

倦意涌了上来，她在男生似笑非笑的眼神中很没骨气地点点头。

那个词怎么说的来着？

见色起意……

嗯，对，见色起意。

第 41 章　清晨七点的一高

第二天清晨。

顾知栀摁掉了闹钟，迷迷糊糊坐起来，顶着一头鸡窝式的头发开始拿被子当衣服，划拉着在被子里找袖口。

找了好半天，看到手里拿着的是什么才逐渐清醒。

"栀栀，吃早餐了！"沈暖的声音在门外响起。

"来了……"顾知栀一边有气无力地回应，一边爬下床。

果不其然，她又失眠了。

昨晚林彻把她送回来，一路上也没说几句话，可有他在旁边，她周遭的空气仿佛都弥漫起暧昧热烈的因子一般，带着她的心共振。

果然是见色起意的顾知栀。

她默默换上校服，走出房门洗漱。

沈暖在餐桌前朝她招呼。

"难得今天是我喊你起床。"

顾知栀淡淡勾起嘴角，脸上还有些倦意，白皙的小脸带着些许脆弱的疲惫感。

沈暖眉头一皱，觉得她这样没精打采很是少见，声音高扬，有些担忧地问："你昨晚是不是加班赶宣传部的稿子了？"

她知道顾知栀最近加入了学生会的宣传部，那个小破部门没多大，事还挺多，三天两头让栀栀写稿子。

当时她就吐槽过了，高中参加什么学生会，没提升能力的机会，还不是做一些费力不讨好的工作？

可是顾知栀轻轻摇摇头，对她一本正经地说，一高没有文学社，只有个学生会的宣传部还能让我写写东西。

好吧好吧，她知道自家亲爱的顾知栀喜欢写作，最后支持她去了。

结果那个部门总是让她写东西，生产队的驴都不带这样折腾的。

昨天又熬夜了，肯定是加班写东西。沈暖愤愤地想。

然而坐在对面的顾知栀咬了一口蒸饺，神色呆滞地摇摇头："不是呢……"

不是?

不是因为写稿子吗?

沈暖正疑惑,结果就听到顾知栀突然大声叫出来:"天哪,我昨晚没有写稿子!"

顾知栀突然打了个激灵,原本空茫失神的目光猛地一缩,小嘴微张,脸上透露着震惊。

几秒后,她的震惊逐渐转化为一脸生无可恋的样子,将头埋在桌上,筷子上还夹着一只没吃完的蒸饺,欲哭无泪:"我怎么能忘记呢……"

正当沈暖看得一头雾水,又见她猛地抬头,将蒸饺一口塞进嘴巴里,顺势站起身,鼓着腮帮子糯糯地说:"我先去学校补稿子了,暖暖!"

然后抓起书包,像兔子一样一溜烟跑了。

看得沈暖一愣一愣的。

"这女子,最近挺奇怪。"

……

顾知栀背着书包一路狂奔,到站台的时候刚好335停靠,她赶紧挤上车,下了车以后一路小跑。

心里不知吐槽了多少次,自己竟然因为林彻忘了这么重要的事。

到学校很早,天还没大亮,洁净的云层里透着荧白的蓝光,校门口的两盏路灯正明亮,刺破了周围有些朦胧的静谧,让顾知栀头脑逐渐清醒。

原来这就是传说中早晨不到七点的一高?

一种肃穆感油然而生,不禁让她挺直了背脊。

顾知栀踩着校门口铺的大理石地砖快步往前走,此时,一阵铃声响彻整个校园,随之而来的是悠扬的歌声,有小溪流水的轻快感。

歌声结束后,是一段广播,朱自清的散文《匆匆》。

"燕子去了,有再来的时候;杨柳枯了,有再青的时候。

"桃花谢了,有再开的时候。

"但是,聪明的,你告诉我,我们的日子为什么一去不复返呢?"

浑厚的男声声情并茂地朗读着这段散文,余音在校园上空缭绕盘旋,就像来自天边，将沉默的天际划开一道裂口。

此时，清晨的一缕阳光透过云层从浅蓝色的天幕倾泻而下，洒在校园的道路上，白色的大理石板一片清明。沿着这条路走下去，是无声耸立的教学楼，轮廓在半明半暗中像无声的铁骑。

虽然很早，但已经有同学背着书包在校园里匆匆走过，洁白的校服穿在他们身上，正是学生的样子。

顾知栀抬脚继续走，很快就上了楼。

然而在楼梯口的拐角处，遇到了一个不想遇到的人。

"顾知栀同学。"方潇宇应该是出来做什么，刚好在楼梯口遇到了顾知栀，直接叫住了她。

顾知栀心里一紧，直念"不好不好"。

方潇宇送过她礼物，不过她让陈阳还回去了，现在他倒是没怎么找自己，但顾知栀直觉还是不想和他单独接触。

她抓紧了书包带子，点点头。

看他欲言又止的模样，顾知栀礼貌地问："你好，有事吗？"

方潇宇眼神闪烁，后又变得认真，本就黝黑的面庞看起来格外庄重。

他直接走近一步，严肃地说："顾知栀同学，你和林彻认识吗？"

顾知栀一愣，倒不是因为林彻，而是因为能从他的嘴里听到林彻两个字。

但她不知道，林彻来班上找自己以及在操场上和她的互动，已经在各班传得火热，甚至还添油加醋，什么版本都有。

所以方潇宇能把她和林彻的名字放在一起，并不奇怪。

虽然对他的提问有些诧异，但顾知栀还是仰起脸，看着他，认真地点点头："是的，我们认识。"

本来以为他会和别的同学一样，问她和林彻什么关系。

没想到，就听到男生带着些焦虑地说："顾知栀同学，你最好和林彻保持距离。"

他一脸正经，而且还很担忧的样子。

顾知栀皱起眉，疑惑地看向他，她的目光清澈，直直撞入方潇宇的眼里。

方潇宇捏了捏校服，脖子竟然红了，但还是壮着声音继续说："他是坏学生，心思都没放在学习上，经常打架，和咱们不是一路人。"

此刻，教学楼还没什么人，楼梯口更是只有他们两人，方潇宇声音一出，在空荡的转角处竟有点点回音。

却正巧，落入了刚上楼的某人耳中。

林彻今天来得极早，想整理一下课桌里的书，没想到刚上楼，就听到这出大戏。

精彩啊。

他停住了脚步，悠然自得地站在楼梯口，微眯着眼，倒要听听这小孩说自己什么。

而顾知栀听到这番话后，沉默了一会儿。

方潇宇以为是她有所动容，正想继续劝说，却看见女孩抬起头，满是认真地望向自己，轻轻开口，声音清脆却坚定。

"不，他不是坏学生。"

她的眼里微光闪烁，流露出坚定不移的神色，让方潇宇恍了恍神。

林彻听到这句话，满是危险的眼神松弛了下来，嘴角勾起一抹弧度，侧了个身子靠在墙边。

显然，是因为她的话而有些愉悦。

第 42 章　匆匆

方潇宇仿佛对她的话很惊讶，但又不想放弃，不服气地继续劝说："你看他吊儿郎当的样子，身边都是些什么人。

"顾知栀同学，你心思单纯，不要被他一时的花言巧语骗了。"

"方同学。"顾知栀开口了，声线清脆悦耳，很吸引人。

方潇宇抿着嘴听她继续往下讲。

而林彻，半笑着靠在墙头，阴郁凌厉的眼神中，神色纷乱。

"我和林彻一起长大，我比任何人都知道他的优秀。

"他在学校里……"顾知栀犹豫片刻，因为林彻在学校里确实有些不好的行为，但这也不是他被人指点的理由。

"他在学校里，虽然偶尔逃逃课什么的，但他从没有过坏心思。

"他善良、正义、真诚。

"他身边跟着的朋友就能证明，一定是因为他的优点，才会有人愿意跟随他。"

顾知栀捏紧了拳头，她本不想和这个人多费口舌，但如果想踩低林彻来达到追求她的目的的话，她想在这里和他做个了断。

"你不能只凭一面之词就对他偏见那么大。"

方潇宇显然因为女孩的话有些羞愤，令他惊讶的是，原来顾知栀和林彻从小就认识。想到这里，他心里有些发酸。

而且在她的嘴里，不学无术的大佬林彻竟然成了个品行端正的学生，相比之下，自己则是个在背后说人坏话的小人。

他想掩饰自己的慌张，但急于想摆脱小人这个标签，反而因此露了怯，说话也刻薄起来。

于是他高声地、尖锐地说："他们那是一路货色，近墨者黑。"觉得说得不够，必须再找点儿什么来贬低林彻才行，又补充道："学生的本职是学习，你看他哪里学习过？"

三两句不离学习，这人是真的很热爱学习吗？

顾知栀轻嗤。

方潇宇在隔壁高一（6）班，上次开学考试年级第六，读书用功，连班主任姚福全都在班上夸这个隔壁班的小孩。方潇宇带着好学生的优越感，对成绩差的人不屑一顾。

顾知栀本来还对他好言好语，但听他不依不饶，还总是扯到林彻的学习上来，她终于有些恼了。

真懒得和他解释，要说多少遍，林彻学习很好！

她都快被气笑了："方同学，你去看看林彻的排名就知道，他成绩真的很好。"

这倒是方潇宇不曾知道的，他只听说林彻不学无术，想来成绩必然垫底，就算没有垫底，那再好能有多好？

于是想也没想，反驳道："那说不定是他作弊呢？他们这样的人，什么做不出来……"

他刚说完，面前的女生突然一脸震惊，皱着眉头，直直望向他。

她醒悟了？

可她分明是，有些生气的模样。

"同学！"她声音带着怒气，冷漠疏离，和平日里的软暖可爱大不相同。

"林彻不需要作弊。

"他的优秀，超出你的想象。"

顾知栀冷冷地留下这两句话，准备抬脚就走。她又想到什么，走了两步后停下，侧着身目不斜视地对方潇宇说："还有，学生的本职是学习没错，可是一个人的品质才是最重要的。不是吗？

"做好自己吧。"

冷漠的声音像冰锥子砸进雪地里，又像是一串珠玉断了线滚落在地板上，铮铮作响，让方潇宇震惊无比。顿时，低劣的愤怒感涌上来。

广播还在继续，像来自天边，富有穿透力的嗓音缭绕着："过去的日子如轻烟，被微风吹散了；如薄雾，被初阳蒸融了……"

他刚想为自己辩驳，可女生清瘦的背影决绝坚毅。

反而显得自己像个小丑。

他不快地踢了一脚旁边的柱子，留下一个脚印。

像是被羞辱了一样，方潇宇转身就走，他还要下楼去，以至于走得愤恨，没能注意到转角处，刚在他口中所谓的不学无术的林彻正一动不动地站在那里。

林彻个子高挑，五官俊朗，从上到下都是冷漠的样子，尤其是那双眼，垂眸而下，看不清情绪。

因为顾知栀的话，林彻的笑意停在那里，耳边还是她清脆的余音。

他想动，却因为全身僵硬了，几乎挪不动脚。

几秒后，他才缓过来，复杂纷乱的情绪间，有一点儿温热。

"小栀！"他转过转角，对女生的背影喊道。

顾知栀正感叹自己遇到的什么烂人，听到这熟悉好听的男声，想也没想就转过头，脸上还是刚刚绷住的模样。

林彻迈着大步朝自己走来，他抿着嘴，气势凛然。

她心中一喜，刚刚遇到了烂人，现在又看到林彻，这样看起来，林彻果然是无敌顺眼。

于是她的眼睛不自主弯成月牙，波光流转，生动又可爱。

可又因为刚刚发生的事，感到有些不自然，所以看向林彻的眼神忽而躲闪。

林彻看破不说破，假装无事发生地走到她面前，对她扯起一抹笑。

"来这么早？"

"嗯。"顾知栀点点头，"我还有任务没完成。"

说到任务，她刚刚和方潇宇费口舌的时候已经很不耐烦，然而见到林彻却放宽了心，也不着急了。

林彻垂下眼，无言地看向她，然后伸出手，不客气地在她脑袋上一揉，不算温柔，动作甚至有点儿重。

"干什么啊！"顾知栀恶狠狠地将他的手打开，气呼呼地整理自己的头发。

林彻轻轻地笑了，声音带着愉悦，柔和又温暖。

眼里深深浅浅的光亮，像是铺陈了一整条银河的星光，比他身后的初阳更加耀眼生动。

顾知栀微怔，眼前的林彻好像不一样，可又温柔得自然。

"你怎么了？"她怔怔开口。

林彻随意地直起身，居高临下望着她，眼神深邃，仿佛带着什么意犹未尽的情绪。

"没怎么，就是想揉揉你。"

他的声音温柔，让顾知栀红了脸。

"如果可以，还想抱抱你……"

明明是带着些轻佻的话语，却被他说得一本正经。

顾知栀赶紧后退两步，防备地看着他。

林彻见状，忍不住轻嗤一声。

啧，又不是没抱过。

从小抱到大，以前是谁挂着鼻涕在他身上像树袋熊一样蹭？

现在倒不好意思了。

他凝了凝神，薄唇微动，但看到女生像警觉的小鹿的样子，没忍住笑了出来。

"好了，快去教室吧，不是还有任务没完成吗？"他的声音上扬，带着愉悦，温柔得过分。

听到这儿，顾知栀这才后知后觉，她突然意识到大事不好。

"对的，我还得给宣传部写稿子。我先走了！"

林彻点点头，嘴角的弧度愈发柔和，像清晨的阳光。

广播响彻整个校园，浑厚的男声读着《匆匆》的最后一句。

"你聪明的，告诉我，我们的日子为什么一去不复返呢？"

……

正好，天已经全亮了，校园里的每一处都洒满了明亮。

第 43 章 赶稿和广播站

顾知栀一进教室就开始埋头写稿，这个稿子中午需要，她得在上午抽空完成。

于是下课也不出去了，乖乖坐在教室里。

陈阳故意在她座位旁边游荡，打趣她。

"顾知栀小同学，你这般急促，是为何故？"

就像好不容易逮住了学霸补作业，不调侃一番对不起他浑身上下躁动不安的基因。

姜南面无表情从他身边路过，顺便一把将他像拎兔子一样拎走。

"别打扰人家创作。"

姜南一句话就能制服像猴子一般上蹿下跳静不下来的陈阳。

当然，还有周子茉。

周子茉不客气地瞪了陈阳一眼，陈阳立刻闭嘴，乖乖回到座位上。

陈阳挤眉弄眼地说："我也要补作业了，昨天的物理作业还没写完。"

为保他能安分守己，周子茉破天荒地抽出物理练习册，一脸无情地甩到他桌上。

“你还是作业做得不够多。”

陈阳得意地翻看周子茉的练习册，对着题目参考，果然安静不少。

功夫不负有心人，顾知栀掐着每节课下课时间，紧赶慢赶，在中午之前写完了文稿。

其间还让周子茉帮忙参谋，看有没有哪里出错的。

确保内容无误，并且润色到位以后，她才放下心。

吃过午饭以后，本该是午自习和午休时间，但由于宣传部的工作，她得去学生会一趟。

说是学生会，其实更像是一处帮行政老师们打杂的地方。

她所在的宣传部，不是帮老师写发言稿，就是写广播稿……

这届高一只有两人加入了宣传部，高三自动退会，高二原本有三人，但据说因为学习繁忙，主动退了两人。

顾知栀一开始不可置信，但转念一想，如果一高的老师每次发言都需要宣传部帮忙写稿的话，那么，每周一升旗仪式、运动会、艺术节以及加上老师们开不完的会……按照这种频率，不想干了也没什么奇怪的。

满打满算，宣传部现在只有三人，人手奇缺，另一个高一的同学像薛定谔的成员一般，时而存在时而消失，也不指望他能起多大作用。

学生会有专门的办公区域，就在德育处旁边，和德育处共用一间大教室，用柜子隔开，中间留了一个过道。

顾知栀到了学生会，高二的学姐已经在里面等她了。

学姐名叫高艺文，是理科班的，听说学习成绩不错。

高学姐还抱着练习题在做，见到顾知栀来了，一言不发，满脸严肃地继续演算。

顾知栀也不好打扰她，毕竟看学姐是在做数学题，于是随便找了个地方坐下等。

等了一会儿，学姐还没停止的意思，顾知栀微微叹气。

倒是不常出现的会长破天荒地来到了这间办公室，一进来，就礼貌地冲她点点头，然后看了一眼高艺文，微微皱起了眉。

“她每天中午都来这里自习，把学生会办公室当成她的自习室。”会长看着高艺文，侧身轻轻对顾知栀说。

顾知栀这才明白，原来高学姐并不是专门在这里等她，而是跑这里自习来了。

话说，为什么放着教室不待，不嫌麻烦地跑到这里来自习？

顾知栀想不通。

会长默默看了一会儿，也忍不住了，走过去敲了敲高艺文面前的桌子，嗒嗒两声，清脆突兀。

"你的部员等你好久了，有什么任务早点儿交接，完了好让人家回去午休。"

高艺文脸上明显闪过一丝不快，不耐烦地将练习册合起来，看着顾知栀："校长的发言稿写好了？"

"嗯。"顾知栀将发言稿递上去，正准备问她有什么需要改的，就见她一脸敷衍地看了一眼。

"行吧，我有空了再看，有什么问题我直接帮你改了交上去。"

哎，不是自己交吗？

顾知栀不解，不过不需要自己改，那她无所谓。

"那我回去了。"

"等等。"

高艺文叫住了她。

顾知栀转过头，几张A4纸被塞进她手里。

"把这个送到广播站去，他们中午广播要用。"

她点点头，反正去广播站也是顺路。

但会长却有些恼怒地说："今天中午要用的稿，你怎么现在才交？"

"来得及用就行咯，要求那么多。"

高艺文不耐烦地坐下，继续刷题。

顾知栀撇撇嘴，默默离开了，她没和高学姐怎么接触过，新成员见面会时学姐也没来，只是加了她的微信，有什么工作她都是微信找自己。

看来这个学姐挺忙，还挺热爱学习的。

不过知道了手上这份稿件急用，顾知栀加快了脚步。

一般在午餐结束到午自习的这段时间里，会有专门的同学进行广播，说说一高每天发生的事情，也就是她手上通讯稿的内容。

除此之外，还有主持人的诗歌朗诵以及播放同学们点的歌。

一般仔细听广播的人倒是不多，反正顾知栀是没有听过，不过作为一个背景音，在忙碌的午后响彻校园，也是别样的特色。

她很快跑到广播站，里面一名男生见她来了，马上站起来，把她手上的通讯稿接过去，看得出来挺着急。

"终于来了。"

他赶紧坐下，拿着笔在上面圈圈画画。

虽然不是顾知栀的错，她还是感觉到有些抱歉，于是轻轻说了句："对不起啊，同学，希望没有耽误你。"

男生很快勾画完毕，笑着说："没事！"

然后抬眼打量起顾知栀。

这个女生他第一次见，是宣传部的新人吗？倒是比那个高艺文礼貌许多。

于是继续说："一点儿没有耽误。"

顾知栀点点头，这意味着她的工作完成了，今天因为帮校长写发言稿，她下课时间都没好好学习，现在终于可以回去做作业了。

刚转过身，后面的男生叫住了她。

"同学！再帮个忙行吗？"

啊？

顾知栀还没来得及抬脚，一脸茫然地转过头去。

"什么忙？"

只要是她能做的，顾知栀都挺乐意。

男生有些不好意思地挠挠头，笑得勉强。

"有个女广播员同学刚给我发消息，说拉肚子，来不了。"他举起手机，看样子是才收到消息。

"你能不能……帮忙代替她一下？"

他刚听到顾知栀的声音，觉得声线优美，声音甜软，很适合广播站，如果来帮忙广播一次，效果肯定不错。

怕她不乐意，又赶紧补充道："不用说太多，通讯稿我来念，你只需要帮忙念几句话就行！"

看到顾知栀逐渐迷惑的眼神，他焦急地说："中间只有小段对话，我来引导你……这个……同学！求求你了，快来不及了！结束了我请你吃饭好不好？想吃什么都行！"

"这……"

顾知栀迟疑半晌，男生流露出的焦急越发明显，脸涨红，连汗都出来了。

她叹气："好吧。"反正也就这一次，就当体验一下广播站的工作，她也蛮好奇的。

第 44 章　从前慢

见她点头，男生如找到了救世主一般，赶紧把她拉到座位上，激动地向她讲解。

"同学，这些都我来读，你放心。

"开始的发言就跟着这个广播稿就行……"

他给了顾知栀一张稿子，上面用荧光笔勾画出来了内容，都是些开场发言，看起来并不难。

"还有，可以的话能念首诗吗？现成的。"他试探性地看看顾知栀，然后又不好意思地补充，"不愿意的话我念也成。"

他好不容易找到个人肯来帮忙，自然不会过多麻烦别人，于是承担了大部分工作。

"没事。"顾知栀摇摇头，她看到那首诗内容并不多，多念一些也无妨。

男生认真落实完工作，确保顾知栀都理解到位。

心里把顾知栀感激了一遍又一遍，想着，这是什么神仙同学，人美声甜，还热情。

"对了同学，你叫什么名字？待会儿广播的时候会介绍。"

"顾知栀……"她轻轻说出名字，完了还在纸上写下来，"不过，可以不念我的名字吗？"

她不太好意思。

"当然可以。"男生点头，她提什么要求都可以，毕竟现在她可是救命稻草。

"你呢？"

"许豪。"

十二点四十分。

"没时间练习，直接上可以吗？"

"好。"顾知栀也只能同意，暗自吐了口气，攥紧了稿子，眼睛直盯着文字，确保她都熟悉了。

她没广播的经验，初中倒是去主席台上发过几次言，可是性质和这完全不一样。

悠扬的旋律随之响起。

许豪端坐，认真地捧着广播稿，一下子神采飞扬，和刚才判若两人。他缓缓开口。

"亲爱的老师们、同学们，又是阳光明媚的一天，一高之声广播站又和大家见面了。我是你们的老朋友，来自高二（8）班的许豪。"

"为什么要强调老朋友呢？因为我们今天的女主持人可是一名新同学。"

啊这……

还要特意说明吗？顾知栀的心一下子悬起来，感觉到喉咙被遏制住，快要发不出声。

"在这里给大家卖个关子，我们的新同学，人美声甜，不过有些腼腆。你们的老朋友很想让她做个自我介绍，可惜，她不愿意透露姓名。"

许豪看向她，和蔼地冲她笑道："所以，这位不愿意透露姓名的同学，能简单打个招呼吗？"

有了他这句铺垫，顾知栀带着点小紧张慢慢开口："大家好，我是……不愿意透露姓名的顾同学。"

在麦克风面前，她的呼吸都放缓了，轻轻说出这句话后，耳畔能传来辽远的回声，竟然还挺好听。

呼，还好，她松了口气。

大胆说出第一句话之后，顾知栀竟然觉得自己不紧张了，整个人都松弛下来。

许豪接着往下说："咱们的顾同学很温柔啊，大家有没有很喜欢呢？好了，我也不废话了，今天是九月二十日，星期三，天气晴朗，可是已经入秋，各位同学记得加衣……"

不得不说，许豪真的有广播经验，他没有一来就让顾知栀照着发言稿念，而是给她一个缓冲时间，好进入状态。

经过调整以后，顾知栀逐渐平静，耳边是他幽默诙谐的发言，眼前的发言稿也变得生动起来。

"听完了好听的音乐，来欣赏欣赏优美的诗词吧。"

许豪一边说，一边看向顾知栀，用眼神示意她。

顾知栀调整好气息，平静地看着纸上的文字，慢慢开口。

"这是由高三（10）班的李庆同学为他的好朋友——高三（4）班的许林若同学选的一首诗。木心的《从前慢》。"

"记得早先少年时，大家诚诚恳恳，说一句，是一句……"

木心的诗词简单却深入人心，她慢慢念着，仿佛自己也跟着这首诗一起回到了从前，去感受慢生活的样子。

"从前的日子变得慢，车、马、邮件都慢……"

顾知栀的声音经过麦克风以后，除了清脆好听以外，声音里那丝软暖也被放大了，在校园上空悠扬，多了些轻柔妩媚。

她声情并茂，完全进入了状态，连旁边的许豪都不禁惊讶地看着她。

学校里的同学们午饭后，有些在校园里走着，有些在教室里休息。

有人注意到这婉转动听的声音，放下笔，默默倾听。

有的人手挽手走在花园中，因为这首动人的诗，停下了脚步，看一叶慢慢落下，仰起头，是无声的流云。

好像时间真的变慢了，这首诗念完以后，顾知栀的声音留下轻轻的余音。

"李庆同学留言说，记得从前和你一起每天早上在豆浆店门口，等着老板煮好第一碗冒着热气的豆浆的日子。

"从前的日子很慢，而我们却飞快长大。

"高三这一年，时间会流逝得更快。可是，星空很美，在你不停为了高考奋斗的日子里，也不要忘记，停下来，抬头看一看。"

……

"也不要忘记，停下来抬头看一看。"

这句话写进了顾知栀心里。

她突然感觉到心里有什么东西汹涌澎湃。

"谢谢李庆同学的分享。在这里，我也想祝福高三的学长学姐们，愿你们前路坦荡，眼里永远都有光……"

这些话，是从她心里流淌出来的。

她即兴的发言自然妥帖，许豪不禁对她刮目相看。

广播结束后，他郑重地向她鞠了个躬。

"谢谢，真心感谢！"

顾知栀哪里受得了这番感激，马上局促地摆摆手，头摇得像拨浪鼓。

"不不不，学长，还得谢谢你之前引导我，没给你添麻烦就好。"

许豪一脸正经地甩着头，看向顾知栀的眼神里多了份坚定的支持。

"你太谦虚了，顾同学，你很有播音主持的天赋。"连他自己都被女生温柔标准的发音和生动的演讲打动了，于是对她不吝赞赏，"有没有兴趣来我们广播站？真心的。"

没想到他如此认可自己，顾知栀意想不到，心里随即漾起淡淡的暖意。

谢谢他的鼓励后，顾知栀还是选择了拒绝。

"还是不了。"她对播音不是很擅长，而且宣传部的工作已经足够多。

许豪还想继续劝说，问她为什么不试试，可看她一脸坚决，嘴唇嗫动几下，又放弃了，眼里很是失望。

"好吧。今天中午辛苦你了。"

"不辛苦，没什么事的话我回教室啦。"

顾知栀对他礼貌地说完后，离开了广播站。

今天尝试了新鲜的东西，体验感还不错，最重要的是，她在这个过程中收获了很多，心情不错。

一上午被发言稿所压迫的糟糕紧张的心情转眼消逝，她只觉得，今天的天气特别美。

第 45 章　耳根子软很麻烦啊

兴许是因为今天中午的天气和畅，抑或是被广播的歌曲和诗词影响，整个校园都沉浸在平和中。

高二（4）班的同学有个惊人的发现，来自他们班的校霸大佬今天一上午都在很认真地听课。

有的人这才后知后觉，这位帅得惨绝人寰的大佬，当年也是以年级断层式第一的成绩被学校要进来的。

他此刻，看起来依旧冷漠，甚至带着些不近人情的狠戾，但上课时凝神倾听的样子比平时还要帅气。

这就是大佬的魅力吗？

洪川和周维一上午上课都不敢放肆，特别是周维，每节课都和林彻一样乖乖听讲。

他坚信，凭借他的不懈努力，和比洪川高出不知多少的智商，下次月考后生活费依然有指望。

"彻哥都开始学习了，你还有脸考倒数第二吗？"周维拍拍洪川的头。

尽管没理解自家老大学习和自己考倒数第二有什么特别联系，洪川还是呆呆地点了点头，破天荒地没有像平时一样打扰林彻帮自己通关游戏。

中午吃完饭，他们懒洋洋地靠在教室的椅子上，洪川在开着静音自顾自玩手机，周维看小说，林彻则是漫不经心地闭着眼休息。

听到校园广播里传来熟悉的女声，他蓦地睁开眼，有一刻微怔，不过也只是一刻而已，随即渐渐地，他的眼神就柔和起来。

尤其是听到那句"不愿意透露姓名的顾同学"，他半眯起眼，嘴角玩味地勾起一抹似笑非笑的弧度。

女生说的话，一字一句落入他的心里，每一个余音都值得无穷回味。

正当他沉浸于此的时候，很快就听到洪川的声音从前面传来。

"这妹妹的声音真好听，爱了。哎哟……"

林彻心里轻啧一声，朝他的椅子不轻不重踹了一脚。

"彻哥，你干吗？"

林彻拧了拧眉，不客气地伸出右手，按在洪川的额头上，一脸冷漠地说："你属金鱼的？几秒爱一个。"

……

顾知栀圆满完成这次任务后，觉得一身轻松，这周应该没有稿子需要写了，她总算可以……偷偷懒。

然而当她还没来得及窃喜的时候，高艺文学姐又找到了她。

在下午第一节课下课后，高艺文直接来了班上。

顾知栀听到外面有人找，有些疑惑地走出门后，看到是高学姐，第一时间感到有一点儿惊讶。

毕竟那会儿在学生会办公室，她看起来很忙碌，像是个不会放弃任何时间学习的人，能有空来找自己？

所以，顾知栀直觉，她来这里，必然不会有什么好事。

事实果然如此。高艺文见到顾知栀，脸上先是露出近乎刻薄的不屑，在顾知栀走近以后又隐匿起来。

她直截了当，端起了部长和学姐的威严："今天到国庆结束，每天中午广播站的通讯稿都由你来写。"

说得风轻云淡，不知道的还以为是在唠家常。

顾知栀做好了被她压榨的准备，她都想好了，大不了这周再给哪个老师写发言稿。

但没想到学姐竟然能狠到如此，连自己的工作都要交给她？

她皱了皱眉，露出疑惑："可是，学姐，这不是你的工作吗？"

高艺文明显有些不快，眼睛瞟了瞟别处，冷冷地说："我和你交换，这段时间如果有老师让写发言稿，就我来。"

为了让顾知栀同意，她还扯出了宣传部另一名同学。

"我跟胡杨杨打过招呼了，你们一起。"她很是凛然，想必是做了充足准备，"就每天中午去学生会写，很短，一天两三段，一百字不到。你今天中午不是看过吗？"

虽然如此，顾知栀心里还是不愿意，高艺文这番说辞听着轻松，可直觉告诉她，没那么简单。

"你能告诉我为什么吗？"

高艺文本以为顾知栀看起来柔柔弱弱的，说话也很轻，应该脸皮很薄，不好拒绝人的，没想到还反问自己。

于是她不耐烦地提高了声音："我这段时间忙，国庆完了有月考，考差了可能会滑出实验班。"

顾知栀不解，她考试跟自己有很大关系吗？

为什么一副理所当然要求自己的样子？

如果不能协调好学习和宣传部的工作，为什么不退出？

可她知道这句话不能说。

写通讯稿不是她的工作，如果要答应的话，得思考一下，于是沉默半晌。

高艺文见她这样，心里默默念了一句：假惺惺，交换一下又怎样？这点儿忙都不肯帮，自私！

但为了让顾知栀同意，高艺文还是缓和了神情，硬的不行来软的。

她露出难色，有些祈求的样子："学妹，我真的是没办法了才拜托你的。等我考完试了，通讯稿还是我来写，发言稿我也可以帮你分担。"

她这样说着，都快哭出来了，看起来真的很着急。

顾知栀被她反转的态度惊异到，确实，顾知栀不太禁得起别人这样求她，心里竟然软了下来。

分班确实挺重要的，学姐担心也是难免。

"好吧。"顾知栀最后还是同意了。

听她总算松了口，高艺文如被解救一般，拉着顾知栀的手一直道谢。

"谢谢，真的特别感谢学妹！"

和她刚刚刻薄的样子判若两人。

顾知栀依旧没反应过来，但面对她的道谢，还是礼貌地回了一句："没关系。不过学姐，以后还是要换回来。"

高艺文听到这儿，眼里闪过一丝不自然，但依旧笑着点头："当然，当然。"

和她的交流让顾知栀感到怪怪的，不知道为什么，感觉虽然表面是这样和谐的样子，却哪里僵硬得很。

让她觉得和这位学姐说话真累。

好在高艺文可能比她更想离开这里，待她同意之后，片刻也不多待，马上接着说："我还有事，先走了。"

顾知栀松了一口气，默然点点头。

和她再多接触片刻，自己的不适感就愈发强烈。

看着高艺文转身离去，顾知栀也回了教室。

但她不知道的是，在自己走远后没几步，上一秒还苦苦哀求自己的高艺文转过头来，轻蔑地瞪了她一眼，嘴里还轻声念着："吃软不吃硬，虚情假意！"

第 46 章 要一起走走吗？

顾知栀刚进了教室，屁股还没挨在板凳上，就听到有人喊："顾知栀，外面有人找。"

陈阳笑嘻嘻地对她说："哟，你的业务还挺繁忙的哇，顾知栀小同学。"

顾知栀无言地看了他一眼，心下也很疑惑。

究竟还有谁能找自己？

叫她的同学仿佛还没回过神来，心思停留在外面那个一脸冷漠的男生身上。

顾知栀走出门，见林彻侧着身站在那里，一双长腿随意叉开，明明是单调的校服，在他高挑的身材上也能穿出别样的帅气。

见到顾知栀以后，他神色逐渐柔和，一道深邃的眼神追着她，一眼也没离开。

顾知栀疑惑，林彻眉眼间的温柔落入她心中，在某个不知道的地方，蓦地掀起淡淡涟漪。

她轻轻喊了一声："林彻。"

林彻眼角的笑意更加清晰了，明明平日里淡漠的神色，此时在这里却能恍若染上初阳的痕迹。

"找我做什么？"见他没说话，顾知栀疑惑地问。

两人隔得很近，顾知栀都能闻到他自上而下弥散开来的熟悉的气息。她悄悄红了耳朵。

林彻微微挑眉："一天没见了。"

言外之意，来见见你。

"一起走走？有时间吗？"

面对他的邀请，顾知栀心跳又是快了半拍。

他的声音恍若带着些蛊惑的味道，总能一次又一次让自己失去理智。

感觉到连身边的空气都好像变得热烈起来。

顾知栀点点头。

大课间有二十五分钟的休息时间，现在距离上课还很长。

他们来到操场，沿着跑道一直慢慢地走。

此时操场上人来人往，打篮球的、散步的，全都在这里。

两人往那里一站，就是一道明媚的风景线，捕获了一众视线。

顾知栀有些不好意思地埋下头，看着脚尖，一步一步踩在红白相间的跑道上。

林彻的声音在耳边响起："不愿意透露姓名的顾同学？"

他的声音低沉，此刻带着浅笑，温柔得过分。

顾知栀的头埋得更低……

原来，被他听出来了。

就听到林彻继续在她旁边说："挺好听的。"

"啊？"顾知栀抬起头，不可思议地望向他。

林彻被她这副小猫似的样子逗笑，宠溺地摸了摸她的头。

"我说，你今天中午，广播得挺好。"那道余音足足在他心里滚了一中午。

不过，在他心里，顾知栀哪样都好。

顾知栀不好意思地捏紧了校服，低声嘟囔着："还以为你听不出来。"

林彻闻言，眉眼一扬。

自己怎么可能听不出来她的声音？他常常思念着她，甚至在梦里都百转千回。

不过这些，他可不愿意说出来。

于是自然地换了个话题。

"你的任务完成了？"

他指的是今天早上顾知栀告诉自己的，她急匆匆来学校，说要完成什么任务。

顾知栀点点头。

"帮校长写发言稿……"她有点生无可恋地拉长了尾音，糯糯的。

"真不知道他们为什么有发不完的言。"

她只是随口一说，小脸有点儿愤愤的样子，看起来呆萌得很。

林彻轻笑："帮校长写发言稿，挺棒的呀。"

不过，他眯缝起眼，颇有些介意地想了想她后面那句话。

顾知栀不是一个喜欢抱怨的人，她甚至比一般人更能容忍。

所以连她都这样说，那肯定是真的觉得累了。

于是林彻沉下声来问："你经常写？谁找的你？"

一般来说，老师不会找高一的新生来帮忙写东西，除非是栀栀加入了某个组织，这个组织负责这些乱七八糟的事。

顿了顿，他皱起眉："学生会？"

他突如其来的认真，让顾知栀都恍了恍神。

果然什么都瞒不过他，自己随便说的什么话，他都能带着理智去分析，然后直击要害。

"是的……"顾知栀像点头娃娃一样啄着，毛茸茸的脑袋瓜子一点一点，带着头顶几簇随意散落的头发在呆呆地飘。

看到林彻逐渐冷厉的眼神，她马上补充道："也不是经常啦，就是……就是偶尔！"

看她这副急于解释的模样，不用想都知道，她是故意这么说的。

典型的报喜不报忧。

林彻心里一沉，但懒得戳破她，用安稳的声音说："嗯。如果很累，要学会拒绝，知道吗？"

他太懂顾知栀了，不会拒绝，老好人，经不得别人求她。一个社团那么多人，她能忙成这样，肯定又是瞎答应别人的请求。

林彻心里冷嗤。

如果这小丫头能用当初拒绝自己的那种果断来拒绝别人的请求，也不至于这样。

也不知道哪里让他觉得不平衡了，竟然做起这样的类比。

想到这儿，林彻又想起当时被她拒绝的模样。

心里又是一恼，他能趁现在顾知栀就在面前，揍她一顿吗？

"不过，我接下来几天都不用写发言稿了。"

直到顾知栀软糯的声音从旁边传来，将他诡异的小怒火浇灭后，他的心头才一暖。

对顾知栀的工作不甚了解，所以他挑了挑眉，扬声道："哦？"

"接下来这几天我每个中午都会去学生会写通讯稿，不用负责写发言稿了。"

林彻点点头，但心里又不客气地吐槽了一句：什么破工作，还得每天中午过去写。

但见顾知栀一脸欣然的模样，他也不再介意。

突然，想到什么，他眉眼一扬，唇边勾起一抹玩味的弧度，连带着眼神都犀利了起来。

"你说，每天中午，学生会？"

顾知栀有些疑惑，这有什么问题吗？

她点了点头，然后就见到林彻那抹笑意更加放肆了。

她心里闪过一丝不好的预感，总觉得林彻的笑带着些许狡黠，一定有什么事情他没告诉自己。

于是怔怔望过去："怎么了？"

谁知道林彻只是摇摇头，可那眼底忽闪的微光分明透露着不简单的意味。

她更加好奇了。还想追问，预备铃在此时突兀地响起，飘荡在学校上空。

操场上的同学们都不约而同地一停，然后急忙往教学楼的方向跑。

林彻脸色一沉。

好吧……

时间竟然过得这么快吗？

他感觉才过了几分钟而已。

于是意犹未尽地看向旁边的顾知栀，她显然是因为预备铃响起了，神色匆忙。

"要上课了！"她拉着林彻的校服快步往教学楼走。

林彻由着她使劲拽着自己，唇角微微勾起，慵倦散漫地跟着走。

她的小手抓着自己的衣服，林彻心里微动。

很想把她的手攥在手里捏巴捏巴。

可是现在还不能这么做，他讪讪地舔了舔唇角，看向她匆忙的身影，露出宠溺的笑。

第47章　来写检讨?

两人急匆匆地随着人群往前走。

不对，其实应该是顾知栀一人急匆匆往前走，像拽了块大石头一样拖着不紧不慢的林彻。

这番动作，在别人眼里又是不一样的理解。

许多人的眼神都黏在他们俩身上。

当顾知栀伸手拉住林彻的衣服时，不少人倒吸了口凉气。

竟然有人这么勇猛，敢去拉林彻的衣服？

之前的一幕场景可是轰动了全校。

……

记得还是上学期吧，漂亮的校花蓝凌雨追求林彻很久，一直没有得到回应。

不甘被无视的她有一天壮着胆子，直接去了林彻教室，在他旁边的座位坐下。

"林彻，你在做什么？

"林彻，你为什么不说话？"

蓝凌雨声音温柔，跟能掐出水一样。

林彻看她是女生，没有动手，冷冷回了一句："滚。"

蓝凌雨看他没有别的话，很自信地认为，只要自己够主动，林彻一定会被她拿下。

于是她胆子更大了，直接娇羞地拉了拉他的袖子："别嘛，林彻。"

不少同学看热闹似的盯着他们，有人认为林彻肯定不忍心拒绝漂亮的校花，但班上更多的人则是为校花捏了一把汗。

果然，林彻直接嫌弃地将袖子扯了过来，然后将旁边的椅子不客气地往外一推。

像扔垃圾一样随便。

他拧了拧眉，看也不看满脸不可思议的她，冷冷地说："把她扔出去，然后把这把椅子拿走，太脏了。"

洪川和周维立马对校花好言好语："妹子，我们彻哥不吃这一套的，还是走吧。"

"不然待会儿你可能会被揍。"

他们态度够好，可更显得蓝凌雨丢人，她显然被林彻的冷漠反应刺激到了，羞辱地哭着出了教室门。

这一幕很快传遍了学校。

所以，顾知栀拉林彻衣服的时候，很多人都不禁想起校花的事情。

大家都看好戏地期待着接下来发生的事。

然而，接下来的一幕出乎所有人意料。

顾知栀随意地拉着林彻的校服。林彻没有拒绝，反而是很享受的样子，任由她拖拽。

走了几步，林彻慢悠悠的样子显然是让顾知栀不耐烦了。

她皱着眉，不客气地转过头，瞪了林彻一眼，还催促着："你走快点儿啊！"

林彻则是懒洋洋地笑着，加快了步伐，还很宠溺地说："知道了。"

两人分明是，打情骂俏的样子啊！！！

顾知栀是新生，虽然名字已经传遍了学校，可还是有人没见过她的脸。

于是就有人猜测，这么漂亮的妹子到底是谁。

到底是谁能对林彻大佬这样？

也有人认识顾知栀，见到这一幕更加抑制不住八卦的心情。

"之前林彻就去高一（7）班找过顾知栀，两人在走廊上可暧昧了！"

"我就说他们肯定有什么。"

学校里什么消息都可以传得不快，唯独这八卦不行。

这些话再传回顾知栀耳朵里的时候，已经是几天以后，甚至被添油加醋变了味。

......

有了写通讯稿的工作，顾知栀中午的饭都吃得很快，吃完之后马上往学生会走。

周子茉劝她多吃点儿，她胡乱扒拉几口，就摇摇头："我吃饱了。"

然后匆忙离开，留下周子茉以及陈阳等人在食堂。

看得陈阳十分不解："为什么她能做到这么有活力？不就是个小组织吗，还是费力不讨好的那种，需要这样认真对待？"

姜南嫌弃地拍了拍他的肩："阳啊，你还是作业太少，想太多。"

"栀栀对什么都很认真。"周子茉默默扒了一口饭说道。

大家对这句话倒是都信服。

确实，不管是面对学习还是其他工作，顾知栀任何时候都非常投入。

学习工作一连串下来，是机器也该休息了吧？可她却像是有用不完的精力。

不仅如此，她积极的态度就像是阳光一般，不仅温暖着自己，也照耀着他人。

周子茉和她做了两周同桌，被她影响了不少。

周子茉讨厌物理，做不出来的题就会放弃，顾知栀经常笑着劝她，再想想说不定就做出来了。

总之，顾知栀的正能量正是大家所需要的，任何人都需要这种养分。

姜南望着栀栀的背影若有所思，然后转过头来对周子茉说："咱们给她带点儿吃的回去呗？"

周子茉点点头："嗯，我也是这样想的。"

．．．．．．．．．．．．

来到学生会，没想到另一个同学胡杨杨已经到了。

"你吃得真快。"他说。

望着他手上的面包，顾知栀微怔："你没吃饭？"

胡杨杨点头，然后告诉顾知栀等他一会儿，很快把面包吃完。

他竟然对这件事如此上心，顾知栀很吃惊。

没等她多想，他直接说："刚刚我把昨天和今天上午的一些事都整理出来了。"

"我们分一下？"

"好。"

最后，顾知栀两条，他三条，每条一百字左右，很容易完成。

不过，经过他这一整理，顾知栀才知道，其实要播报的内容不少，只是平时学姐负责写通讯稿的时候一般都是两条，有时候甚至一条。

顾知栀也好奇，这些内容都是怎样获得的？学校里发生的事可大可小，要整理出来也不容易。

比如，老师们开了什么会，什么主题；再比如，哪名学生在哪项竞赛上获了奖励。

听胡杨杨说了以后，她才知道，这些事需要有人来宣传，有老师专门指导学生会，哪些是需要公布的，然后由宣传部发布出去。

而之前，都是胡杨杨来整理，再交给学姐，但是学姐每次只选一条来写。

他叹气："还不如我来写。也搞不懂她既然这样不负责，为什么还待在这里。"

这句话不就是昨天顾知栀心里想的吗？

但她没有说出来。

两人分好工以后就各自开始。

德育处和学生会共用一间屋子，之间用半面墙的柜子隔开，顾知栀趴在中间的小桌子上写。

德育处显然就没那么和谐了，这时一名老师正一脸生气地批评面前的男生。

"又逃课!你开学到现在逃课几次了?"

男生像是早就习以为常,不在意地翻了翻眼皮:"我知道错了……"

老师哪里会信他的鬼话,这样的学生很难调教。

正准备继续大声输出时,门口突然响起整齐的几声:"报告!"

顾知栀、男生和老师都朝门口望去。

然后,顾知栀的心就像踩在了某个鼓点上,突然猛跳。

只见林彻似笑非笑地带着周维和洪川站在门口,毕恭毕敬的样子。

"你们来干什么?"老师见到这三个人,眼前又是一黑,这三个人可是学校一等一的令人头痛的人物。

上次他们逃课的账还没算完呢,又来这里做什么?

不用想都知道,又惹事被叫来训话了吧?

等等,他没叫他们啊!那他们为什么会主动出现在这里?

洪川扭扭捏捏,有些不情愿,吞吞吐吐地开口了:"我们来……写检讨。"

第 48 章　写检讨还是约会呢?

写检讨?

老师直接愣住,手里的笔不自觉掉落。

活见鬼,这年头,还有自己主动请缨来写检讨的?

同时惊讶的还有顾知栀。

她呆呆地望着林彻,林彻漫不经心地看了老师一眼,然后偏过头冲她勾起一抹笑,很温柔。

洪川则是觉得脑门子突突的,他很想哭,但哭不出来,只觉得自己现在像头很烫的猪,还是燎了毛的那种,无奈得很。

鬼知道彻哥脑袋抽了什么风,他今天上午一脸期待地问自己和周维,最近有没有犯什么错。

洪川一拍脑袋:"彻哥啊你记性不是挺好的?咱们犯的错还少吗,彻哥你这么快就忘了?上次逃课的处分不还没消?"

坐在洪川旁边的周维也一本正经地抬起头,细数光辉岁月一般掰着手指数他们仨的种种"事迹"。

把高三一个满嘴喷粪的刺头给"请"进医院。

和隔壁职高的学生小巷子里"放学见",最后把对面几人打得喊爸爸。

……

说着说着,画风逐渐变得不正常。

逃课被路过的教导主任发现,追了三条巷子,最后教导主任假发追飞了,露出光洁锃亮的"地中海"。

还有,洪川开学考试的时候,在自己的座位上突然站起来,说是去上厕所。结果走出教室把校服脱了,大摇大摆走进隔壁班考场,一脸凛然地假装监考员巡查,像模像样地看了别人的卷子,还煞有介事地点头……

说到这里,周维就想翻个白眼。

这是洪川跟着网上的段子学的,本来正常人都只看一乐和,没想到他还真的付诸实践了。最要命的是,他三天两头被老师训话,谁能认不出他来?他要去看别人卷子也就罢了,好歹找个学习成绩好一点儿的考场啊,隔壁考场成绩倒数第二,洪川纯粹吃饱了没事干。

洪川挠头:"为什么你把这些事说出来以后,我觉得我有点儿蠢?"

周维翻了个白眼:"可不是嘛,你干过多少蠢事,把咱们仨的脸都丢完了!是吧彻哥?"他瞥了一眼坐在后面的林彻。

然后,就见到自家老大突然笑了,笑得寡淡,可别有深意。

周维不懂老大的笑什么含义,只觉得,心里发毛。

事情不简单。

果然,中午就听林彻一本正经地说:"我们去德育处。"

这副轻飘飘漫不经心的模样,仿佛就跟"我们去上个厕所"一样随意。

"啥?大哥,好端端地去德育处做啥?不会是想去把德育处给炸了吧?彻哥,虽然我也很想这么干吧,可这事还是不太那么容易。"

"写检讨。"林彻神色如常,说出三个稀有的字。

洪川想说,不是吧,大哥你在说什么?

结果就见自家大哥的眼神越来越犀利,他知道反抗不得。

然后他们三人,就大摇大摆地,气势汹汹地,来到了德育处写检讨。

这是起因。

洪川无语地望向德育处老师，对着他褶子上几粒晶莹的汗珠皱了皱眉，然后把眼睛放空。

老师显然还没缓过神来，于是洪川不耐烦地转了转眼珠子，这一转可好……

一下就看到了在办公室角落露出的半截课桌上，探出的半个脑袋。

这不是大哥的小仙女吗？

洪川恍然大悟，她也来写检讨啊？

洪川这才明白，原来大哥说什么来写检讨都是借口，人家想来陪小仙女才是目的。

单相思的男人好生难懂。

……

"你们，犯了什么错？"老师强忍住抽搐不止的脸，还是威严地说。

但是这句话说完，又觉得哪里不对。

林彻眯起眼，稍微皱了皱眉："您指的是哪件？"

苍天可鉴，他的态度恭恭敬敬，确实是一副真诚的模样。

可他声音冷冷的，此番，倒不像是来认错，而像是来打架。

老师一听，这还得了，活脱脱的挑衅啊！

好啊好啊，林彻，平日里不敢教育你，今天自己送上门来。

于是一拍桌子，中气十足地吼着："全都给我进来，好好反省！"

"纸在那边，笔在桌上自己找！写检讨是吧？一人一千字，不写完不准走！"

林彻闻言，面无表情地迈着长腿走进办公室，洪川跟周维讪讪地跟在后面。

这时，正在被训的办公室里的男生突然抬起头，对林彻恭恭敬敬喊了一声："彻哥好。"

林彻看了他一眼，懒懒地仰了仰下颌示意。

"什么彻哥！"老师把桌子拍得砰砰响，气得朝这个男生扔了一个文件袋，"你们不好好学习，尽搞这些社会上的东西！"

"对得起学校教育，对得起你们父母不……"

男生被砸得低下了头，又十分敷衍地回了一句："我知道错了……"

这句话似曾相识，好像刚刚才说过。

只要他道歉够快，老师的板子就追不上他，男生如是想。

而老师听罢，则是眼前一黑，觉得血压瞬间飙升，就快要离开这个美丽的世界。

……

林彻拿了纸笔，几步走到顾知栀面前的小课桌旁。

顾知栀眼见着他一步一步走近，眼里带着笑意，老师喋喋不休的教训声还在身后，他置若罔闻。

好像那些批评，一个字都没落在他身上，他那身校服，依然洁白光鲜。

她恍了恍神。他见她一脸呆滞的模样，那抹笑不禁更清晰了。

他轻轻叩了叩桌面，慢悠悠地说："小同学，能分个位置吗？"

他的话带着玩味儿的宠溺，从上至下扑面而来，让她感到窒息。

顾知栀红着脸，默默将笔下的纸往旁边移了移，分出半边桌面。

林彻含着笑，将几张白纸放在旁边，弯下身子凑在她跟前。

男生的气息一下子靠近了，那是属于林彻独特的味道，熟悉又温热，连带着这方狭小空间里，每一个空气分子都在暧昧地跳动。

他眼里深深浅浅的光亮透着笑意，嘴边柔和的弧度也被沾染上蛊惑的气息。

"小同学，没有打扰到你吧？"

林彻轻轻开口，声音低沉好听，温热的气息直直喷洒在她面颊上，像羽毛飘过。

顾知栀心里激起无声的惊涛骇浪。

她脑子嗡嗡的，耳边一片寂静，仿佛能听到自己咚咚的心跳。

她的脸已经红得发烫，摇了摇头，又立刻将头稍微埋下，不再看林彻。

可她又分明听到了来自耳边的一声轻笑，是上扬的。平日里他的声音冷冷的，但是只要稍微沉下来，就温柔得过分。

顾知栀尽量将注意力放在面前的通讯稿上，余光里，男生骨节分明的手指握着笔，也开始在纸上写字。

他的字体苍劲有力，行云流水般写下两个大字"检讨"。

还真的是来写检讨的？

顾知栀疑惑，可奇怪的是，看到他那正在一笔一画洋洋洒洒写着字的手，听到笔摩擦在纸面上的声音，她的心竟然逐渐平静下来。

她重新回到通讯稿的写作上，很认真地继续往下写。

两条通讯稿很快就写完了，当她落下最后一个句点时，才注意到，对面的林彻不知什么时候已经停下了笔。

他的纸面上只有一小段话，肯定是没写完的。

顾知栀疑惑地抬起头，只见林彻半弯着腰，一手扶在下巴上，笑意盈盈地看着她。

他完美的五官间神色柔和，尤其是那双黑眸里扑闪的光色，就像糅进了一整条银河的星光。

他看得格外认真，好像已经有一会儿了。

当顾知栀和他的视线暧昧相接时，他没有移开眼，而是稍微半眯着双眸，嘴唇微微勾起，笑得宠溺。

午后的暖阳似烫金，洋洋洒洒流淌一地。

空气中的尘埃轻轻飘飘地落定。

第 49 章　天地万物因你颤动

她不清楚为何一个人身上专属的味道会那么清晰，淡淡的柠檬香。

只要是他出现在周围，属于他的气息就立刻强势而霸道地占据她的世界。

血脉下心脏明晰又剧烈地跳动着，她仿佛能感受到血液流过的声音，眼睛里，是他眼尾压着的笑。

"小同学，写完了？"

林彻随意瞟了一眼她手下按压着的纸，上面娟娟小字整齐排列，落笔干净，和主人安静恬淡的性子倒是很契合。

顾知栀点了点头："你不写了吗？"

林彻扯了扯嘴角，漫不经心的样子："不想写。"

"不是说好的不写完不准走吗？快写！"她睁大了双眼，有些担心，很是认真的模样。

"好好好。"林彻一边笑一边拿起笔，倒是很爽快。

老师刚刚接了个电话，现在已经出门去了。

走的时候特意恶狠狠瞪了一眼百无聊赖抠手指的洪川："好好写！"

办公室里渐渐安静下来。

两人的声音不大，他们凑得很近，像是互相在对方耳朵边磨。

但就是这样，却让整个办公室都像激起了不安分的因子。

老师不在，照理说怎么都不该这样安静才是。

事实却是如此。

这边，两人嘀嘀咕咕，而那边，靠着墙边办公桌的一个小角落里也悄悄不安分着。

洪川和周维两人支起耳朵，想听听自家大哥怎么和小仙女"打情骂俏"的，恨不得脖子伸出几米长。

特别是洪川，挤眉弄眼的，左手搓右手，仿佛当事人是他。

大哥什么时候还会这样说话了？

那句迁就的"好好好"声音不大不小，尾音还带点倦懒，一字不差地溜进他们耳朵里。

激起他们一身鸡皮疙瘩。

这叫什么，白日见鬼？

不，白日见鬼已经不能够形容这样惊世骇俗的场面了，这分明是白日万鬼出动恐吓世界。

周维觉得自己是在做梦，因为彻哥这样子太惊悚了。

他想掐掐自己，确认一下是不是在做梦，便用力往大腿上一掐，好家伙，真没感觉？

于是又继续加大了力度。

"掐个锤子，你掐的是我的腿！"洪川压着声音将他的手打开。

"哦。"

两人不安分的骚动也没影响这边两人眼里只有彼此的顾知栀和林彻。

林彻埋着头认真书写，哪怕是写个检讨也能这么帅气。

顾知栀一不小心，眼里忽有微光闪动。

林彻不经意地一瞥，就看到她在笑，光线洒在她的脸颊上，镀上一层温软的光晕，衬得她整个人白皙又剔透，单纯无瑕。

视线相接，她不好意思地躲开头，像林间被猎人发现的小鹿。

忽然有一瞬间，林彻觉得身边什么在动，好像，电灯在动，阳光在动，世间万物都在动。

尤其是他那血管下压着的心脏，也好像在猛烈跳动。

"咳咳！"他状若无意地咳嗽了声，舔了舔嘴唇继续写。

真是的，这手也在抖动。

顾知栀见状，疑惑地眨眨眼："怎么了？"

大概已经被冲昏头脑，林彻说出了平生最智障的一句话："有点儿站不稳。"

顾知栀这才想起，林彻一直半弯着腰趴在桌子上。

他本来个子就高，这课桌对于他而言显然不大匹配，这样肯定很累。

于是她从隔壁学生会找了把椅子，拖到他跟前。

"你辛苦了，坐会儿吧。"

声音糯糯的，一不小心就融化了林彻的小心脏。

他直接不客气地坐下，一双长腿在桌下伸展不开，于是随意叉开着，显得这空间更小了。

"我也有点儿站不稳。"身后的洪川故意掐着嗓子，阴阳怪气地学林彻说话。

林彻蓦地沉下眼，一眼凌厉地扫过去，洪川立马噤声。

"你以为大哥的温柔会展露给你我吗？天真！"周维用笔戳了戳洪川的堆堆肉。

洪川委屈地瘪着嘴："我的维维……人家也站不稳……"

"腿没用就锯了，长来凑数的？"周维说。

好吧，洪川总算发现了，三人行，他地位最低。

广播站不是可以点歌吗？他真想给彻哥和周维点一首《我不做大哥好

多年》。

老师接完电话，推开办公室的门进来，本以为这群兔崽子已经闹翻天，没想到竟然都乖乖的。

哟？真是难得。

他立马绷着脸回到办公座上。

顾知栀瞥见老师走进来，眼神忽闪着对林彻说："我到旁边去等你。"

看她眼底带着疲惫，林彻皱起眉："你不回去休息？"

顾知栀摇摇头，淡淡地笑着："我等你。"

小脸白净又无辜，说出这话时声音软糯，带着些俏皮的尾音，在林彻心里又是一颤。

林彻觉得，天地万物又开始不自主颤动了。

妈呀，不会真地震了吧？

……

这边，胡杨杨也将通讯稿写完了，两人将稿子凑在一起。

他说："我送去广播站吧。"

顾知栀也没反对，礼貌地说："那明天我去。"

胡杨杨走后，学生会的那半边教室就只剩顾知栀一人。

她找了个地方坐下，随意翻看着桌上的一本书。

沿着书将视线往上移，林彻俊逸笔挺的身影就在那里，专注认真地伏案书写。

光从他身后投射进来，明晃晃地漾在地砖上。

时间像静止了，她的眼里只有他。

不过，这番静谧不久就被来人打破了。

高艺文学姐照常带着练习册来到了学生会，见到顾知栀在，不自觉皱着眉："写好了？"

顾知栀点头。

高艺文没说什么，冷着脸一言不发地到她常坐的位置。

突然注意到角落里露出的一截长腿，高艺文疑惑地望去。

看到是谁以后，她竟有些欣然地喊了声："林彻？"

林彻闻声抬头，眼前的人他并不认识，于是面无表情地继续埋下头。

被无视的高艺文明显脸部表情僵硬，她愣了半晌，才一脸愤恨地将书放在桌上。

"嘁，不学无术的混混！"

声音很小，只有她自己能听到。

不过顾知栀却有些疑惑，高艺文学姐认识林彻？

她抬起眼，有些好奇地看了看二人。

好吧，这不是废话吗，林彻谁不认识？

然后自顾自地摇了摇头，继续看书。

其实真相是这样的，高艺文所在的高二（1）班是高二的实验班，林彻当时也在那里。

他们当过一个月的同班同学，后来林彻就去了高二（4）班。

高艺文原本以为作为曾经的同班同学，她成绩不错，他会对自己有些印象，于是打了招呼。

没想到林彻根本就像不认识她一样。

她翻了个白眼，果然是混混。

……

一会儿，听到隔壁办公室，老师不大不小的声音传来。

"这就是你写的检讨？"老师捧着洪川献宝似的递上来的一页纸。

上面歪歪扭扭写了几行字，开头就是"我错了"，这几个字清晰用力，还算工整，到后面越来越乱，看不清写的是什么。

下面索性画了幅画，画上好像是个人。

"这是教导主任。"洪川指了指。

别说，还挺像。

老师看了看："那这是什么？"

一团黑黑的。

"他的假发。"

……

第50章 郎才女貌

老师气得跳脚："放肆！你怎么能这样诋毁教导主任！"

洪川马上赔笑着上前："老师，我这是非常认真地向他道歉，上次把他假发揪掉了，我一直心有……"

在周维憋不住的笑声里，洪川也忍着笑，继续说："心有愧疚。"

老师才不相信，但也没继续发作，瞪了洪川一眼。

旁边的周维一直在忍笑，但洪川实在太搞笑了，他真的很想笑，他绷着脸，一不小心没有控制住。

于是，像放屁一样的声音诡异地从他嘴里传来。

老师成功被这声惊天屁响吸引了视线，一拍桌子对周维大声道："笑个屁，笑！你的检讨呢？"

还真的笑得像放屁……

周维咧着嘴将检讨递上去。

老师眯起眼，看着上面的鬼画符。

认真看了一会儿，实在忍不住了，抬起头问："你认识几个字？"

这群人，是故意来气他的吗？洪川在检讨上画画，周维的检讨上稀稀落落的，中文字之间夹杂着拼音。

"老师，这不是拼音，这是英文。"周维一本正经，"写不来的字就用英文了。"

老师皱起眉，不可思议地重新打量起他这份检讨。

还真是……他的中文写得难看，中间的英文倒还有模有样。

"行吧。"老师懒得和他们继续掰扯。

反正这几个富二代每天想一出是一出，也不知道他们今天来德育处写检讨是为了啥。

兴许只是一时好玩。

老师无奈地摇摇头，看向角落里的林彻。他此刻安安静静坐在一旁，神情淡漠。

如果不是因为黑榜回回榜上有名，这样看林彻，还真的就像个好学生。

啧啧。

老师最后收下了林彻的检讨，他不多不少写了一整页，字体流畅漂亮，看起来工工整整。

老师随意扫了一眼，准备待会儿细读，于是对他们仨无奈摆摆手。

"行了，走吧走吧，回去好好消停……"

本来他想说，回去好好消停一下，结果"一下"两个字还没说出来，洪川就拱蛆似的将二人推了出去。

"走走走着，回去打游戏！"

老师噎住，看着他们仨的背影，差点儿一口气没上来。

……

走出办公室后，林彻对他们俩说："你们先回去。"然后漫不经心地将手插在裤袋里，神色平静地往后面的办公室里一瞥，就见顾知栀纤弱的小身子探出来，带着笑意朝他走来。

两人会意，促狭地对望一眼，笑得挤眉弄眼。

"我送你回教室。"

这办公室到小仙女的教室不过几分钟，路上是有什么洪水猛兽还是山贼，还要送回去才行？

"好呀好呀。"顾知栀眼睛弯成月牙形状，里面似有微光闪烁。

这下周维和洪川两人彻底忍不住了。

彻哥和小仙女是集体智商下降了吗？

没等他们二人吐槽，顾知栀和林彻便转身离开。

看着他俩并排着慢慢走，男生个子高挑，女生乖巧可爱，两人这样凑在一块儿，还真的有点儿那什么郎什么才的味道。

洪川吐吐舌，不禁笑得猖狂。

"你干吗？"周维惊悚地看着他，洪川又吃错什么药了？

"那成语怎么说的？郎什么才？"

"什么郎什么才？"

洪川推了推他，指着林彻快要消失在走廊的背影："就，形容彻哥跟小仙女，郎什么才！！！"

周维一头雾水，在他贫瘠的词汇库里，搜出一个有点相似的词，怔怔地说："你说的是，豺狼虎豹？"

这边，顾知栀和林彻并排走着。

还没到午自习时间，走廊上偶有来去的同学，看见他们两人时都忍不住多打量一眼。

他们本就很突出，放在人群里都能马上被捕捉到，凑在一块儿更加抢眼。

林彻似笑非笑，望着身边的女生。

她慢慢地走，被一身校服裹着，更显娇小，头发高高束起，从他的视角里，刚好可以看见她露出一小截洁白的脖颈，还有些软软的头发覆在上面。

不禁让他心里一漾，眼神也不自主柔和下来。

……

接下来几天，每个中午顾知栀都去学生会写通讯稿。

而一如往常地，林彻那三人总能如约出现在隔壁的德育处。

第二天时，老师正在看一份文件，见到那三个伫立在门口，很是不解："你们又来做什么？"

洪川生无可恋："写检讨……"

后来几天，他们每天都来写检讨，老师已经习以为常，只当那是富二代不务正业外，业余的乐趣。

一连写了几天，他奇怪了，这些人犯了多少错也该写完了吧？

于是问了一句："你们到底犯了多少错？"

林彻一言不发，弓着背，但看向面前的顾知栀时嘴边的笑意越发张扬。

两人无声对视着，偷偷窃喜。

周维心里吐槽了一下自家老大，慢悠悠地说："就当是以前的利息吧，可以吗？"

好家伙，检讨都能有利息的？

老师不解，但还是点点头，他们在这儿安安静静写检讨也总比出去"上房揭瓦"强。

又过几天，他们每天在这里，估计也让老师烦了，因为每天都要被洪川的"画作"气得吹胡子瞪眼。

"你们以后不准来写检讨了！调戏了花园里的猫算什么错？什么乱七八糟的都往上写。"

洪川心想，这可不行，不能来写检讨，他们家大哥还怎么和小仙女"约会"？

于是一拍大腿，小心翼翼地问："那我先把检讨写下来备着，以后犯了错好用？"

"人才啊！"周维对他竖起大拇指。

老师觉得自己血压陡升，如果不是因为在德育处待了多年，心脏足够强大，就快要被气得离开这个美丽的世界了。

第 51 章　哥决定来罩你

学生会的会长要卸任了。

这是传统，每一个人到了高三都得把所有社团退掉，即使是会长也不例外。

部门里的人员设定会有一些变动，从升上高二年级的部长里选一个当副会长。

会长这个职位不太一样，是由全校投票选择的，是为了选出学生之间最受欢迎的人，在学生间有号召力，有榜样的力量。

前几天学校论坛里就有时不时刮过的风，讨论下一届学生会会长是谁。

到了这几天，更加沸沸扬扬，还有人做了个投票，不少同学都去凑了热闹。

"下一届的会长不是高二（1）班的叶凡，我当场表演倒立洗头。"

叶凡可是学校里的名人，高二年级第一，人长得帅气，温润如玉，家里还有钱。

不少妹子明里暗里喜欢他，把他当成暗恋对象。

说到叶凡，就总有人拿林彻出来和他比较。

因为，说到高二年级最帅的是谁，毋庸置疑的，大家都会承认是林彻。

他是当年入学的年级第一这回事已经逐渐被人遗忘，可他俊朗的五官和天然带着的冷漠疏离，让他依然是女生们活跃讨论的对象。

好像林彻和叶凡是一个初中的吧，两人关系还挺好？

林彻长得帅，有个性，家里还有钱，成绩……成绩也还挺好的。

怎么都是男神级别的人物啊！

如果说叶凡身上笼罩的是好学生的光环，林彻就是带着冷厉的阴郁，有强烈的侵略性美感。

于是就有人在论坛上畅所欲言："林彻是学生会会长的话，我也乐意。"

"发帖的是妹子吧？林彻这种三天两头被处分的人，当了学生会会长，你是乐意，学校会乐意才怪。"

"咋的，我们林彻不配？"

于是你一言我一句，论坛里讨论的话题就从下一届学生会会长是谁，变成了林彻的优点一二三辩论大会。

"那啥，别只说林彻啊，我投我的女神菲菲一票可以吗？"

"滚！"

洪川捧着手机笑得打滚，他扯了扯周维的袖子，把手机扔过去："竟然有人想选我们彻哥当学生会会长。"

这不是天方夜谭吗？彻哥当了会长，那黑榜是变成红榜了吗？

周维好奇地挠挠头，一边说着"不是吧"一边拿起他的手机，然后脸上表情变化得丰富多彩。

"哈哈哈哈真的欸！"

两人一起对着手机傻笑，对论坛里夸赞自家大哥的话念念有词。

总结下来，彻哥在他们口中，从一个不良少年瞬间变成了帅气多金成绩好只是有些许叛逆的大男孩。

"哈哈哈哈哈哈哈哈哈哈……"洪川笑得眼泪都快出来了，这些说的好像是实话，可是听着怎么那么奇怪呢？

尤其是配上彻哥那张阴沉沉的脸，"叛逆"两个字往上一安放……

哈哈！

林彻看了眼书，前面两人笑得发抖，连带着林彻的桌子一起抖。

他皱起眉，不客气地踢了一脚洪川的椅子："给我往前挪点儿。"

洪川抹着笑出的眼泪，将手机凑到林彻跟前："大哥，你还是下一届学生会会长的人气选手呢！"

"关我屁事。"林彻神色寡淡如常地垂下眼皮，继续看书。

周维突然想到什么，眼前一亮："彻哥，你要不要去竞选一下？"

林彻轻嗤一声，看白痴一样看向周维，将手按在他脑门上："也没发烫啊。"然后听到他用凉薄的声音继续说："你怎么变得和洪川一样白痴？"

"彻哥，这你就不懂了吧？"周维将他家大哥的手小心地托回去。

"顾知栀小仙女不是学生会的吗？"

周维说出了顾知栀三个字，林彻果然神色微动，冰冷的眼神瞬间柔和。

洪川和周维心想，大哥听到小仙女果然就会变得……很惊悚！

"你看啊，你当了会长，去了学生会，那不就是小仙女的上司？"

"这样，一个办公室，咱也不用每天去隔壁写检讨让你们见面了啊。"

好像有道理。

林彻微眯起眼，散漫如常，眼中却闪过一瞬暗芒。

可让他当这学生会的破会长他依然不愿意。

全是些乱七八糟的事。

"而且，你看，小仙女被压榨得这么惨，你去了，不就能罩着她？"

周维继续煞有介事地补充，看见自家大哥的脸紧绷着，声音不禁越来越小。

我是不是说错话了？他如是想。

就见林彻眉眼一扬，一本正经地问："什么流程？"

他声音很散漫，漫不经心似的，却在洪川和周维心里激起惊涛骇浪。

好家伙，他还真同意了？

他们这位一向冷漠疏离、目中无人、冷冷淡淡、无情有义、不近人情、洁……洁身自好的大哥，竟然真的同意为了顾知栀去竞选什么劳什子会长！！！

这简直堪比小行星撞地球！

周维又想掐大腿了，洪川似乎预感到了他的动作，将腿往里收了收，谨防被误伤。

不如看看今天的太阳是不是打西边出来的？

此刻天气正好，晴空万里，可下一秒，突然天边劈了道闪电……

看吧看吧，就说这不正常吧！

……

可是太阳依旧东升西落，没有因为谁而改变轨迹。

经过昨晚的一阵大雨，整个校园都洁净如洗，阳光变得更和煦灿烂，涌入的风还混着泥土清新的味道，空气也不闷热。

而原本安静的校园却因为一件事突然变得异常热闹。

"林彻要竞选学生会会长?!"

几乎所有人都沸腾了。

这是什么概念？是他真的想选，还是只是纯粹想挑战一下学校的权威？

不少人带着看热闹的心态，但更多人则是支持。

"林彻怎么就不能选了？"

"要我说，一高把林彻的照片当成下一届招生海报，我估计愿意来的同学能绕海城一个圈儿。"

顾知栀抱着水瓶去接水，在开水房这个专门生产和传播八卦的地方，将这一讯息完完全全听进了耳朵里。

林彻要选学生会会长？

她第一时间觉得不可思议。

不管是以前还是现在，林彻都是冷冷淡淡，对什么都不感兴趣的样子，以她对他的了解，他会去竞选才怪。

"不会吧，林彻会去竞选？"前面接水的一个女生说出了顾知栀的想法。

另一个女生说："真的，我同学就是负责这个的，看到林彻都让人把他的报名表交上去了。"

这一下，犹如晴天霹雳，将顾知栀雷得外焦里嫩。

于是在中午例行写通讯稿，和林彻例行写检讨的时候，顾知栀装作无意的问了一嘴。

听到林彻懒洋洋一句："对啊，你会给我投票吗，栀栀？"

顾知栀心里一怔，这才不可置信地接受了这个事实。

他漫不经心似的，但眼尾又压着一点儿笑，让他整个人都像浸在阳光里，柔和得过分。

见到顾知栀长睫微敛、一脸惊异的模样，他眉心微蹙："怎么，你不会投我？"

有些像小朋友没有得到家长的鼓励，一下子变恼的意味。

顾知栀赶紧温柔地扯了扯他的袖子，安抚着说："没有，我怎么可能不支持你？"

她的声音软糯，有些像撒娇，林彻那一丢丢不高兴的情绪瞬间化为乌有。

"不过，你能告诉我为什么吗？"

林彻神色如常，凑近她，一双略弯着弧度的眼带着点儿笑，声音沉沉。

"你人太好，总是被欺负，别人都把工作交给你。哥决定来罩你。"

说着，他嘴角的笑意越扩越大，连那双平日里薄凉的眼里都有些痞气，却分外好看。

第 52 章　害羞了害羞了

他说得风轻云淡，甚至带着些不正经，可眼里那些深浅的微光点点闪烁，很难让人不相信他。

"哦？"顾知栀长睫敛了敛，像蝴蝶的翅膀一般扑扇。

她仰起脸来，睁大了双眼，认真地看向他："可是，我没有被欺负呀？"

余音带着些软糯，在林彻心上滚过一圈。

他皱了皱眉，有些孩子气地别过脸："不管，我就要来罩你。"

声音很轻柔，漫不经心似的，却又在句子里添加了几个重音，末了，音节往上扬了扬。

有些像赌气的意味，和他平日里冷漠疏离的样子有极大反差。

还有些萌。

就像草原上行走的狮子，凶猛惯了，却因为和煦的天气愿意躺下来，露出白乎乎圆鼓鼓的肚皮，稍微将爪子一耷拉，就萌得过分。

顾知栀忽然一笑，黑白分明的眼睛里瞬间微光闪烁。

"好好好，罩我。"

可不是嘛，都是当大哥的人了，可不得嚣张一些？

话说，他那几个朋友是怎么叫他的来着？

彻哥？

顾知栀眼神狡黠，玩味地勾起嘴角，看向林彻，黑得摄人心魄的双瞳直直地望着他。

她故意将声音柔下来，软软地喊了句："彻哥。"

她的声音本就软糯，这会儿带着些故意的娇嗔，简直是要命的温柔。

林彻只觉嗡的一声，脑袋涌上一股燥热，快要冲破他的脑门似的，在他脑海里叫嚣着。

全身的血液怕是都汇聚于此了，他甚至能听到流淌的声音，以及在热血偾张下剧烈的心跳。

他直接呆愣在原地，眼里暗潮汹涌，身体更是热血澎湃。

几秒后，他缓过神儿来。

血脉中的跳动仍然清晰仍然深刻，像是刚刚进行了一场生死逃亡。

他喉结滚动，声音里带着些克制和压抑："不准这样喊我。"

顾知栀眼神一暗，有些委屈："怎么不能这样喊你了？"

她双眸波光流转，带着点儿可怜楚楚的意味，小嘴微嘟，本就可爱无邪的脸上此刻一脸无辜。

要命了！

林彻沉着脸，收回目光，像一只蛰伏的野兽。

"不为什么，就是不能喊。"

他冷厉严肃，带着些本能的克制。

"你不是害羞了吧？"

见他这般，顾知栀玩味地看向他的脸。

只见他眉心微蹙，眼底暗潮涌动。

"才没！"

他眉间皱得更深了，像是抚不平的山川，不知道的还以为他很烦躁。

顾知栀故意不说话。

林彻垂下眼眸，咬了咬后槽牙，心里暗骂着顾知栀没良心，就知道瞎撩自己。

当平复了因她而激动不已的心境以后，发现顾知栀突然不说话了。

她不会是生气了吧？

林彻心里一慌，赶紧重新看向她。

她小脸呆呆的，嘴唇紧抿，一双眼无辜又清澈。

他终于妥协，一脸嫌弃地承认："害羞了害羞了。"

说完，没好气地深深叹了口气。对着她，他真是没辙。

幸好那俩孙子今天不在，不然自己可能晚节不保。

还在怀疑人生的林彻，忽地听到旁边的女生发出扑哧的一声。

"哈哈哈哈哈，我故意的。"

顾知栀没忍住笑出来，一双眼睛弯弯的，脸颊的小酒窝漾开来，像装了蜜一样甜。

她笑得放肆，眼底像是装满了日月星辰。

林彻没好气地骂了一句"小没良心的"，然后伸出手不轻不重地往她脑袋上一按，扒拉了几下，打乱了她的一头秀发。

她瞬间像兔子一样被惊得乱窜。

见状，林彻不自觉地露出一抹浅浅的笑，宠溺又无奈。

……

既然他们家彻哥决定要竞选学生会会长了，周维和洪川瞬间就打满鸡血。

他们家彻哥一开始只填了申请表的名字，剩下的部分，他们好说歹说，林彻才不情不愿地写了几个字。

"这种东西就是破事多。"林彻一脸嫌弃地写下一个字。

"对对对，破事多。"洪川和周维哄着顺着，看他把这个字写完后，又吊起一口气，"彻哥彻哥，这里还有一栏，兴趣爱好。"

然后看着彻哥的笔尖，望眼欲穿。

大哥大哥，快写啊，兴趣爱好！！！

他俩保证，此生从没如此操心过。让人不禁怀疑，他们要是对自己的学习能有这半分认真，怕都不是这个成绩。

林彻顿了一顿，笔尖在纸上停留，漾开一个小墨点。

两人的心立即悬到了顶点，他们生怕彻哥一个不乐意，把笔摔了，来一句："不选了，爱谁谁。"

想想还真像他们家这位爷能干出来的事儿。

"大哥，我都帮你想好了，你看啊，篮球肯定是你的兴趣爱好吧？"周维小心翼翼地说。

都给你想好了，你就写上吧！

林彻倏地皱起眉，想到什么，目光沉沉。

不是吧，大哥难道真的要摔笔了？

他们心里打着鼓。

就见林彻迟疑了一会儿，漫不经心地说："我会写的，你们先别看老子。"看起来有些不耐烦。

周维立刻将洪川扯过来："行行行，不看不看。"然后冲洪川挤眉弄眼。

洪川立刻会意，转过头，假装没看林彻。

偶尔偏过头，余光里林彻真的在写着什么。

两人恨不得眼睛长在后脑勺上。

"行了，够了吧？"

林彻沉沉的声音在背后响起，两人一喜，赶紧转过头。

他面无表情地套上笔帽，将申请表扔到两人面前，气势逼人。

不知道的还以为他刚签了单几百万的生意。

洪川像看到了孩子出生的接生婆一样，激动地捧着林彻写好的申请表。

看得感慨万千，含情脉脉。

姓名：林彻

性别：男

……

兴趣爱好：喜欢顾知栀

？？？

"大哥，你认真的吗？"

林彻一本正经："没有什么能比得过这个了。"然后收回目光，神色如常。

两人直接被雷得说不出话。

这番义正词严，简直霸气极了有没有！不愧是大哥！

两人默默竖起大拇指。

洪川忽地站起来："那我去帮你交了哈，彻哥！"

怕林彻反悔，洪川矫健灵活地钻了出去。

第 53 章　这份检讨是给你的

"走过路过，不要错过，看看我们风流倜傥的彻哥！"

林彻的申请表交上去以后，竟然很快通过了审核。

"这到底是人性的扭曲还是道德的沦丧？"洪川啧啧称奇。回忆起那天，他将申请表拍在收报名表的同学面前时，对方被吓得瞠目结舌的表情。

"小妹儿，关照一下。"他眨眨眼。

同学颤颤地将表收下："我们……会根据情况筛选的。"

啧啧啧。

现在距离正式投票还有一天，两人在操场边帮林彻拉票，乐此不疲。

周维逮住一个女生："记得投我们彻哥一票。"

说着，将一张照片塞了过去。

女生看了一眼，心动地笑着收下了。

"好帅哦！"

"我能多要几张吗？"

洪川发完一轮照片后，得意地冲周维咧嘴笑："我就说，这种方式很有效吧？"

"比那些做展板的有效多了。"

其他竞选的同学有专门的展板，上面写着姓名和简介，就放在公告栏旁边，大大的一块。

本来在展板前面围着很大一群人，洪川拿着林彻的照片一吆喝，大部分人都挤了过来。

照片还是昨天拿去彩印的，是林彻埋着头看什么时两人偷拍的。

瞧瞧，这恰当的角度，这冷漠的神色，这完美的五官。

男神啊！

"来来来，各位记得帮我们老大投票啊！"

"看看我们风流倜傥、玉树临风、仪表堂堂的林彻，入股不亏啊！"周维用的几个成语，是今天抄的，他在操场边现学现卖。

一会儿，照片就发完了。

"各位，照片没了。"洪川搓了搓手，"感谢支持！"

人群里传来一阵嘘声："喊，就没了啊？"

"记得帮我大哥投票啊！"

这边围起来的一小撮人吸引了路过的教导主任。

他刚吃了饭，和德育处老师在操场边上散步，就看到身边的好多同学拿着什么照片。

教导主任好奇地问："这是在做什么呢？"

德育处老师看了一眼，笑着说："主任，他们应该是在给林彻拉票呢。"

"林彻？"教导主任拔高了声音，"拉什么票？"

"你不知道，最近我办公室旁边的学生会都在忙这事呢，选新的学生会会长呀！"

像发现了新大陆一样，主任瞪大双眼，一脸惊异："林彻？这都什么跟什么！"

谁不知道林彻是个令人头痛的角色？他要是当了学生会会长，这还得了？

"他要是当了会长，不得带着学生造反啊！"主任看了一眼来去的学生，觉得十分荒唐，连声音都高亢起来。

德育处老师安抚着："算了算了，孩子都还小，年轻气盛的。让他们去折腾吧。"

主任没好气地哼了一声，背着手摇头继续走。

德育处老师看了一眼他的背影，心想，不愧是主任，果然不怒而威。

再看看他的脑袋，又想起洪川画的画，画上那光洁的秃头……

唉，没眼看！

再也不能直视主任的假发了。

……

顾知栀吃过午饭后，往教学楼走。

路上看到好多人手上都拿着照片，觉得照片上的身影有些熟悉，于是凝神多看了几眼。

这不是林彻吗！

她心里一紧，他们为什么会有林彻的照片？

抬眼一看，不远处围着一小群人。

照片好像是从那小团人群里传出来的。

她想也没想，抬脚走过去。

凭借她娇小的身子硬生生挤到前面，只见洪川和周维像在卖菜似的吆喝。

"你们在做什么？"她不禁问道。

声音清脆，不大不小，却让两人注意到了她。

洪川率先凑过来，笑着对她挤眉弄眼："小仙女，你来啦！"

周维立马补充："我们在给彻哥拉票。"

"这样拉票吗？"顾知栀有些茫然，呆呆地望着他们。

这一望还得了，两人瞬间紧张起来。

好家伙好家伙，小仙女在看他们，真好看啊！

"对啊，我们……"他俩支支吾吾没说完，就看到面前的女孩突然笑了。

她眼睛一弯，像月牙，里面星星点点，无比动人。

她甜甜地开口："辛苦你们啦！"脸颊还露出两个小酒窝。

"不辛苦不辛苦，咱们都是为了彻哥。"

顾知栀依旧礼貌地朝他们笑，然后突然睁大了眼，俏皮地眨了眨："你们稍等一下。"

然后转身跑开了，身影娇小，头发在空中扬起好看的弧度。

两人看得入神，嘴角不自觉都快咧到耳根子了，望着她的背影，怔怔地说："小仙女笑了耶。"

"嘿嘿，对啊，真好看。"

没过多久，顾知栀又跑回来了，看起来是跑得很急，此刻在二人面前还有些喘息。

人群已经散去，只剩他们二人。

顾知栀轻轻吐着气，一边笑着一边分别递给他们一瓶水："那么大声地喊，嗓子肯定累了，喝点儿水吧。"

她一双眼睛干净清澈，笑容澄净，没有一丝儿杂质，却能摄人心魄。

这下，拿根羽毛都能将二人打晕。

他们颤颤地接过水，内心澎湃，这是不是大哥都没有的待遇？

"我还要去写东西，就先走啦！"顾知栀朝二人挥挥手，又很快跑开。

她本来就生得可爱，总让人有种忍不住怜爱的感觉，此刻温柔地笑着，看得洪川和周维两人失神了。

洪川喝了口水，觉得甘甜清冽，痴痴地说："我连以后该送多少份子钱都想好了，嘿嘿！"

"你为啥不再勇敢点，把他俩孩子的名字也顺便想了呢？"

"这个我不敢。"

……

然而当事人林彻全然不知发生了什么，坐在德育处里，构思着今天该给犯的哪样错写检讨。

不经意一瞥，顾知栀熟悉的身影出现在余光里。

他眉眼一扬，看向她，视线温柔。

"还写检讨呢？"顾知栀朝他走来，将手指覆在纸上，"林彻同学，你到底犯了多少错呢？"

她有些疑惑地将尾音往上扬了扬，有些玩笑的意味。

林彻心想，若不是为了来陪你，我至于吗？

于是扯了扯嘴角，似笑非笑："小同学，说出来可能会吓到你。"

本来是带着慵懒的意味，可他这样一说，反而有些痞里痞气的味道。

一下子，给他俊朗的五官镀上一层坏得迷人的光晕。

看得顾知栀心微微颤，差点儿被他那深不见底的神色给吸了进去。

她不禁怔了怔。

"阿彻。"她轻轻开口，像清泉流过，"你实在不需要为了我天天来这里写检讨的。"

她有些心疼。

林彻轻笑，本来想说没关系的，但看她逐渐委屈的眼神，心陡然一软。

"好，那我再写最后一份，好吗？"

"好。"

于是，这个中午，林彻安安静静地写着他最后一份检讨。

午后阳光和煦，静静投射进来，照耀在二人身上，铺洒在洁净的地砖上。

时间好像变长了，犹如高山大川，连绵不绝。

可对于二人而言，又很短，像白驹过隙，转瞬即逝。

今天他的检讨没有交给老师，老师也不管，因为实在不愿意看到他们几个了。

林彻将顾知栀送到教室门口后，从兜里掏出那张纸，塞到她手中。

在顾知栀疑惑茫然的眼神里，他邪邪一笑，眼里带着迷人的坏。

"这是交给你的。"

他垂头，就这么吊儿郎当地俯身凑近她，声线低沉，带着点儿愉悦的情绪，听起来温柔得过分。

像被蛊惑一般，顾知栀收下了，再抬眼时，林彻迈着长腿大摇大摆离开了："回去再看。"

他的背影高挑，气质向来淡漠，此刻有些不正经的坏。光看，就能想到他嘴角勾起的那抹意味深长的笑。

顾知栀小心翼翼展开这张纸。

林彻飘逸好看的字体映入眼帘。

第一句就是："亲爱的顾知栀小朋友。"

顾知栀心里猛地咯噔一声，她按捺住狂跳不止的心，继续往下读。

"一年前，把你弄丢了，现在，我为我的行为做深刻检讨……"

读到这里，顾知栀抬起眼，轻轻吸了一口气，控制住有些发热的眼眶。

林彻的背影已经快消失在走廊尽头，走廊外天气正好，外头阳光明媚，光圈浮动，正好将他包裹起来。

有轻微的喜悦和感动传递到她的神经末梢，漾开一阵极为舒适的感觉。

手中的那张纸分明是轻飘飘的，可又拥有着沉甸甸的重量，是一种她能感受到的满足。

"林彻！"顾知栀大喊一声，清脆悠扬的声音传过走廊。

来往的同学，听到她喊的名字以后都好奇地朝她望去。

林彻明明已经走得很远了，可像是能在所有噪声里捕捉到她的哪怕是一丝半点儿的呼喊，不假思索地转过身，扬着嘴角看向她。

只见顾知栀举着那张纸，跳起来冲他挥了挥手，很开心，甚至有些傻气，他心里柔软下来。

"明天见！"她大声喊着，蹦得老高，然后嗖地一下钻进了教室。

林彻轻笑，向来寡淡的眼角蓦地往下一压，带着些弧度，眼里闪过清亮的光芒，就像温暖的阳光。

心里回荡着顾知栀软暖的声音。

明天见？

那太久了，不可以哦！

第54章　一起挤公交

林彻慢悠悠走回教室。

敏锐地捕捉到路人奇异的目光，他早就习惯如此，所以神色如常，并无他想。

刚回到教室，就见到洪川和周维两人狗腿子似的围上来，向他夸张地说着今天发生的事。

"就咱们彻哥这颜值，妥妥的。"

"对啊对啊，你不知道照片被抢得多快！"

可是他们二人越激动，就见到自家老大脸上越黑，很快就阴云密布，感觉瞬间能劈死个人。

"谁让你们发我照片的？"他轻启薄唇，神色冷漠，像没有一点儿情绪。

糟糕！

洪川心想大事不好，赶紧戳了戳周维，两人一个激灵闭上了嘴。

"那啥，大哥，我们错了，我们下次再也不敢了！"两人说完逃命似的从后门溜出去。

林彻皱起眉，轻啧一声。

两个缺心眼的。

他有些烦躁地掏出一本书，随便翻了几页，依然情绪纷乱。

他知道自己背着处分，要是真当了那什么破会长，那才叫搞笑。

比如，万一带坏小孩，给别人错误的引导。

他是不学无术，可又不是没有分寸。

当时同意得还是太仓促，主要是被一口一个顾知栀给喊得恍了神。

罢了，他们两人应该也掀不起什么风浪，由他去吧，省得一天到晚在耳根子旁边叨叨。

林彻垂下眸，感觉到一点儿困意，随意地趴在桌上，准备睡会儿。

此刻，班上坐得离他近的同学如获赦免般长长地嘘了口气。

这尊大佛终于睡觉了，他们也可以暂时不用配合着他假模假样捧着书读。

林彻最近学习挺上心，不知为什么，看他在看书，大家竟然都不敢开小差。

于是，本该不学无术的纨绔子弟们竟然暂时放弃了"营业"。看林彻终于睡觉了，他们才放心大胆地掏出手机。

静音游戏。

没事，他们已经知足了。

……

下午放学时，顾知栀像往常一样，收拾好东西等着和周子茉一起走出学校。

在整理书包时，周子茉突然拍了拍她的肩膀。

周子茉对她轻笑："嘿，你的小洪水猛兽来了。"

她愣了一下，后知后觉地朝后门处望去，果然，林彻正面无表情地站在那里。

视线相接，他陡然一笑，像瞬间被治愈了一般。

"你怎么来了？有事吗？"顾知栀赶紧放下手中的东西往他那里走。

林彻嘴角含笑，眼尾闪过烁光，见她走近，神色愈发柔和。

"送你回家。"他开口，又怕顾知栀拒绝，立刻状若无事补充着，"我们好久没一起放学回过家了。"

"可是……"顾知栀有些茫然，声音逐渐迟疑。

面前的男生瞬间脸色一沉，好像刚刚的温柔只是错觉。

她竟然要拒绝我？

她竟然不肯让我送她回家！

林彻嘴角的笑瞬间僵硬，心里蓦地奏起不和谐的小鼓点。

正当他内心已经磨刀霍霍的时候，顾知栀温软的声音响起，从下而上。

"好呀。可是我答应了和同学一起出校门，你不介意的话能一起吗？"

"可以。"他几乎是脱口而出，不留一点儿余地。

不是想拒绝我就好。林彻心想，然后不太自然地皱了皱眉，对自己刚刚的小气劲无比嫌弃。

这种诡异的情绪实在可怕，好在顾知栀没发现。

他舔了舔嘴唇，眼神微闪，但依然面不改色，居高临下地对顾知栀说："你去收拾吧，我等你。"

顾知栀点点头，噔噔噔地跑回教室。

他的眼底瞬间柔和，得意极了，甚至觉得她的步点踩在了自己的心上，软乎乎的。

顾知栀回到座位上，立马加快了速度。

周子茉意味深长地看着她："我就不打扰你们了，明天见。"

说着，拽起陈阳："今天顾知栀小同学不和你一起坐335了，自己哪儿凉快哪儿待着去吧。"

"为啥？哎……你别拽我书包啊，哎哎哎！姐……"

状况之外的顾知栀整理好东西，可周子茉哪里还有半点儿影子。

只有在教室后门外，懒洋洋伫立在那里，无声炫耀着帅气十足的林彻。

"好了？"他见顾知栀慢慢走出，神色微动，下垂的手不禁捏了捏裤边。

顾知栀点点头，仰起白净的脸，浅浅一笑："走吧。"

这一笑轻浅、恬淡、自然，一下子把他带回曾经一起每天上学放学回家的时光。

须臾间，林彻按捺住微微躁动的心脏，神色如常地说："走。"

在车站时，两人凑在一起等车。

他们都是学校里的名人，颜值突出，站在一起格外吸睛。

车站有很多同学，有意无意朝他们二人看来。

"信女愿后半生荤素搭配，求他们二人原地结婚！"

这些词汇像小珍珠落在地板上，发出清脆的响声，一个字一个字往顾知栀耳朵里蹦。

她不好意思地红了脸。

忽然想到了什么，她疑惑地看向林彻："林彻，前段时间我见你也坐的335，你现在的家在哪一站啊？"

她指的是上个星期偶遇林彻后，他把伞给自己，然后也去了公交车站，最后还和自己上了一辆车那次。

本以为以后可以经常在路上遇见他，可惜也就那一次，后面再也没有在车上见过他了。

林彻闻言一僵。

想起那次自己做得很没面子的事。

他家在相反方向，那次纯粹是想跟着顾知栀，才和她上的同一辆车。

这种丢脸事当然不能说出来。

林彻面无表情地咳嗽了一声，将视线移向远处，沉着声碰了碰女生的肩："335来了。"

顾知栀瞬间打了个激灵，赶紧拽着他的袖子往前走："我们得站前面一点，不然挤不上去。"

她一本正经地传授着挤公交车的经验，还得意扬扬地挑起眉："你一看就没怎么坐过公交车，跟紧我。"

她瞬间忘记了刚刚自己问过林彻什么话。

幸好她比较好糊弄，林彻如是想。

任由她拉着自己，他迈出步子紧跟在她身边，稍微侧身将涌动的人群隔开，默默将她护在身旁。

上车后，封闭空间内燥热的气息扑面而来。

"前面的人往后面走！"司机在前面喊。

顾知栀一点一点往中间挪，林彻小心注意着她脚下，他知道她走路不太爱看路的。

好不容易到了比较宽敞的空间，顾知栀畅然吐了口气："好多人啊！"

她眼睛弯成月牙，里面黑白分明，透露着星星点点的喜悦。

"抓好。"

见她手中空空，身子随着缓缓启动的汽车晃动，林彻眉心微蹙，将她的手拉向自己。

他单手抓住上面的扶手，侧身将顾知栀护在一个角落里，让她抓住自己的校服。

公交车突然加速，由于惯性，顾知栀就快要往后倒去，于是忙不迭抓紧了林彻。

他又靠近了点儿。

车上拥挤，由于空气不畅通，混杂着各种气味。可由于被护在这一方狭小空间里，她只能感受到从头顶压下来的林彻那熟悉而又令人安心的气息。

后面有人挤过，顾知栀不得已往前挪动一小步，这下子，和林彻就快要贴在一起了。

他的气息愈发浓烈，抬眼就能看到他微微敞开的领口以及隐约可见的结实胸膛。

顾知栀觉得，公交车里好像有些燥热，连带着喉咙都有些干涩。

林彻垂眼看她，在他的视角下，顾知栀白皙的脸庞自下而上露出红晕，连带着流畅细腻的脖颈都红得诱人。

他不禁喉结滚动，带着克制和压抑。

扑通扑通……

心脏清晰而有力地跳动着。

女生的呼吸平缓，且离他很近。

公交车缓缓停靠在站边，车上的人又开始了一轮躁动，不知谁挤了他一下，他很自然地顺势往前。

然后，带着点儿狡黠的刻意，轻轻将顾知栀的头按在怀里。

只是一瞬，很快放开，像什么都没发生过。

"人有点儿多，你站好。"

他一本正经，脸上看着风轻云淡。

林彻，你什么时候这么无耻了？他抓紧了扶手，一面嫌弃自己刚刚的行为，一面回味着女生香软的脸颊。

柔软的触感点燃了他的指尖，即使是放开了，也让他手指微微发烫。

"哦。"顾知栀红着脸，怔怔点头，脑子里一团糨糊。

第 55 章　花努比

她刚刚突然眼前一黑，埋进了林彻怀里，瞬间贴近了他的胸膛，心跳声就在耳边。

虽然只是一下子，但也让自己呼吸一乱，脚软了似的站不稳。

皇天在上，她保证自己绝对不是故意的。

希望林彻不要觉得自己是个小流氓才好。

一路无言……

可顾知栀觉得，自己心里热闹得很。

等重新站在地面上，呼吸着新鲜的空气，她才瞬间感觉被释放了一般。

刚才身上每一个细胞好像都在不安分地涌动，此刻舒展开来，竟觉得无比畅快。

"其实你不用把我送到家的，这里很近了。"她喘了口气。

林彻不紧不慢开口，声音好听："把你送到楼下。"

"你待会儿还得等一次公交车，挺麻烦的。"

"没事。"

反正待会儿他还得打车往回走。

……

第二天。

学生会会长竞选正式投票的日子。

洪川跟周维被自家老大警告以后，选择放弃了这种夸张的拉票方法。

化繁为简，也学着其他人那样，让学生会帮忙搞了个展板。

这是请教了叶凡才知道的。

昨天两人凑在一起想破了脑袋。

"要是大哥不愿意这样，我们该怎样拉票呢？"

"对啊，他最拿得出手的不就是他那张帅脸吗？"

然后，就听到一声嫌弃的嗤笑从背后传来。

只见叶凡不客气地讥笑着，推了推眼镜。

"闷骚凡，你笑什么？"

洪川朝他推了一下，叶凡不露痕迹地闪开，但小身板依然一颤。

他皱起眉，嫌弃地揉了揉肩膀："两个土匪。"也不知道他们是怎么能跟着林彻混那么久的。

然后优雅地吐了口气："你们跟着林彻那么久，难道不清楚吗？他哪样拿得出手？"

洪川没懂，茫然地摇摇头，像拨浪鼓。

周维则是若有所思，想了想："大哥打架确实很拿得出手。"

我的天。

叶凡翻了个白眼，也不想和他们虚与委蛇了，对待这两个土匪，还是直接点儿好。

"林彻本来就很优秀啊，他拿过的奖往那儿一摆，都能吓死个人。"

对他们耳提面命一番，两人终于明了。

特别是洪川，后知后觉地捧着叶凡列下的林彻的奖项，小眼睛瞬间放大，发着不可思议的光。

"大哥这么牛吗？"

"能不能别动不动就牛呀牛的，没点儿别的形容词？"

他二人对林彻的了解只开始于高中，也知道大哥是个蛮优秀的人。可是，这光辉的过去，也真的太令人瞠目结舌了吧！

手上的纸沉甸甸的，大哥好像一瞬间鲜活起来。

他们总算能理解林彻仿佛能藐视一切的气质从何而来了，那是源于他的底气。

不是因为家境优渥而无所畏惧地浮躁，而是因为足够优秀，见惯了荣誉，而对大多夸赞都宠辱不惊。

"所以，你们家大哥完全不需要这种形式上的东西，整那么多花里胡哨的干吗？"叶凡朝他们挥挥手，优雅地迈着步子离开，"去了，二位，有什么需要帮忙的来找我。"

所以，当他们让学生会把展板做好，往那里一摆的时候，身边又是一阵沸腾。

简简单单的一块宣传板，没有照片，甚至连配色都显得土气，可上面的内容却熠熠生辉。

没有过多的繁复形式，也没有什么虚头巴脑的感言。

仅有一个名字和几句介绍，却足以让经过的人侧目。

"中考状元。"

"全国初中数学竞赛一等奖。"

"……"

其实，很多人都知道这些，可太久了，再加上林彻平日里展现出来的叛逆，逐渐让大多数人忘记，甚至开始嫉妒和怀疑。

他们想要从平日里他的所作所为中找到蛛丝马迹，比如一次逃课，一次冲突……只要是林彻做过了，他们就会逮着这个机会：你看，他又被处分了，不过如此吧。

所以，这些荣耀的光芒逐渐被他的另一面所掩盖。在别人眼里，他那是堕落，没人想过，这只不过是他人格中的一面而已。

正是有这些，才组成了林彻这个活生生的人。

他不是生来就必须手捧着书背负荣耀，站在阳光之下昂首挺胸，也是可以有他本能的乖戾和阴郁的。

"林彻这么厉害？"有些高一新来的同学不可思议地吸了口气。

"对啊，我和他一个初中的，那个时候他就可厉害了。现在也还挺好的。"

"其实他好像也没在学校里干出多出格的事。"

"……"

不知是因为拥有足够多的追随者，还是有人因为他的荣誉而动了仰慕之心，最后投票出来的结果并没有出乎多少人的意料。

林彻以断层的优势当选了新一届的学生会会长。

这一结果至少是大多数人都接受的。

哪怕教导主任最后怎么拍桌子瞪眼，说着荒唐荒唐，可转念一想，也还行吧，再怎么也不可能真的造反吧？最后也接受了。

关于林彻当选会长的结果，学生会特意用了一张红色的纸打印出来，贴在公告栏上。

好巧不巧，就贴在黑榜旁边。

上次林彻被处分的公告还没撤去，旁边就赫然多了一张关于他当选会长的公告。

一白一红，挺突兀的，如果有不知情的人去对比细读，说不定还会感到一丝荒诞不经。

洪川深藏身与名似的站在两张公告旁边，让周维帮他拍了张照。

两人都很激动，恨不得偷偷将公告撕下来带回家藏着。

"这是我第一次理解了，为什么我妹妹让我帮她投选秀节目的票。"

"这结果，太让我感动了！"洪川瘪着嘴，假装挤出眼泪，"维维，此情此景，不值得拥抱一下吗？"

"滚！"

洪川也没介意，若有所思地打量着这两张布告："我觉得，这个黑榜有点儿单调了。"

他掏出笔，在处分布告上画了一只狗狗，说是什么史努比，生动诙谐。

"你画得还挺好。"周维看着这只狗，越看越觉得怎么有点像自己？然后不客气地按住他的头，"臭洪川，你故意的吗？"

"没有，我真的是画的史努比！"

"滚蛋！"

两人掐着脖子走远了。

顾知栀趁他们走远后，探出头，在红榜面前仔细端详，一不小心就喜上眉梢。

兴许是因为今天早上起得早，天气不冷也不热，早上还吃了最喜欢的小笼包。总之，她心情不错，连这一刻时光也变得耀眼起来。

史努比的项圈应该是红色的。她左看右看，确保没人以后，在史努比的脖子上画了个红色项圈。

然后做贼心虚地一溜烟跑远。

也有人路过公告栏，在下面驻足打量，然后继续走。

没过几天，"黑榜"就俨然成了画板，有人路过，觉得好玩就给它涂了色，花花绿绿的，成了"花努比"。

两张布告再也不是一白一红了，而是一彩一红。

第 56 章　钥匙放你兜里

会长的竞选就这样在"花努比"旁边的红色布告下画上了句点。

成为会长的林彻，生活轨迹并没有太多变化，反倒是身边的洪川和周维跟打了鸡血一样，成了学生会的常客。

林彻表示，他没有经验，于是将指挥权都交给了副会长，大摇大摆当起了甩手掌柜，身后还有两个上蹿下跳的"打杂民工"，偶尔只需要去露个面，象征性威慑一下。

不过他确实一上任就让洪川去高二绑来——不对，是招来了几个新的宣传部的同学。

顾知栀的工作也轻松不少。

这就是被大哥"罩"着的感觉？顾知栀偷笑。

日子无声，可在校园里的每一个角落都是有痕的，一片叶子落地，一棵花草枯萎，都在诉说着时间的流逝。

"小同学。"顾知栀从办公室回教室的路上，一个熟悉的声音在身后响起，她眉眼一弯，看向来人。

林彻大摇大摆侧身靠在走廊的栏杆上，他正在看楼外的风景，余光里顾知栀的身影突然翻跹而过，于是勾起嘴角，懒洋洋地看向她。

她比风景更好看。

"是你呀。"顾知栀走了过去。

和他并排站好，也学着他的样将手随意耷拉在栏杆外，感受着暖暖的风穿过指尖。

林彻淡笑，两人无言地站了一会儿，他不经意看了一眼身边的人，只见她看外面看得出神，便玩味地将她的手拉过来。

一板一眼地说："来，让我检查检查你有没有什么违禁物品。"

顾知栀确认自己没听错后，睁大了双眼，一脸诧异地看向他。

黑白分明的眼睛里，溢出了满满的疑惑："你在说什么？"

林彻依旧散漫如常，就这样弯着腰凑近了顾知栀，与她清亮的双眸平行，直直看向她，沉沉的声音在她耳边响起："顾知栀同学没听清楚吗？我要检查你有没有违禁物品。"

说着，将她手臂轻轻拉过来，纤细的胳膊不盈一握，很容易就抓在手里。

顾知栀无奈地看着他这番作为，当了会长就是不一样啊，谁不知道最该查一查的人就是你？

索性也不管他，眨巴眨巴眼，乖乖地轻微张开双臂，任由他下一步动作。

"你查吧，有什么不合格的物品请一定不要留情。会长——"她故意将最后两个字说得重重的，拉长了尾音，显得软糯可爱。

男生甚是满意地点了点头："顾知栀同学挺懂事的嘛。"

然后压低身子凑近她，手臂绕过她的双手，朝她的校服兜里探去，假装搜身，还玩味似的挑起眉："我好像摸到了什么东西。"

"喊，我口袋里只有一支笔。你难不成还能给我摸个炸弹出来？"

他假装拧了拧眉心，在兜里停留一会儿，意犹未尽地抽出手："好吧，没有什么违禁物品，你通过了检查。"

德行！

顾知栀刚想说他幼稚，顺势将手放回校服口袋里，没想到就被他拦下了。

她有些茫然地抬起头，面前的男生突然露出一抹意味深长的笑，她更觉得疑惑了，继续往里伸。

"别，放了点儿东西在你兜里，回教室再拿出来。"

他微微勾起的唇角与懒散半垂的眼，带着不正经的玩味，俊朗的脸上多了些少年气，让顾知栀心底不知什么情绪荡了一下。

"什么东西？"

"回去看了就知道了。"

他嘴角的笑意越扩越大，顾知栀感觉，那比外面的阳光还要夺目。

她回到教室，迫不及待将兜里的东西掏出来，在回来的路上已经感受到里面有磕碰的声音，很清脆。

像一串什么。

摸出来一看，竟然是一把钥匙，上面套了个钥匙扣，是她喜欢的叮当猫。

她捧在手里端详半晌，小脸皱起，想破脑袋也想不出，这到底是把什么钥匙。

"你傻啊，他的意思是，这是你打开他心房的钥匙。"周子茉悄咪咪凑过来，狡黠地冲她眨眼睛。

啊？

顾知栀疑惑地皱起眉，不禁感受到一阵麻酥酥，林彻才不是这么肉麻的人呢。

打死她也不信会是这个。

看来只有下次问问啦。

正当她对着手心里那把钥匙神思微眩时，前面的陈阳转过头来，对着她和周子茉挤眉弄眼。

"姐妹们，国庆去哪里玩？"

顾知栀顺势将钥匙一收，放在兜里，拿起笔抄黑板上的作业："国庆完了就是月考，我可不敢出去玩。"

上学的时候最悲痛的事情莫过于好不容易遇到一个假期，结果告知假期结束后有考试，这感觉或许就跟小偷铆足了劲偷了人家的钱包，结果发现里面都是假钞一样。

虽然很想心疼，但谁让他是小偷？

顾知栀也一样，虽然很想心疼心疼自己，可谁让自己还是个学生呢，考试就得全力以赴，不是吗？

"不是吧大姐，国庆七天假期呢！"陈阳用手指头比了个七，意思是，七天你都要全部拿来学习？

不可思议！

"那不然，你说说，我能去哪里玩？"顾知栀誊抄完了作业，把笔放下，耐着性子看向他。

周子茉和她想的一样，于是附和道："我也不敢出去玩，我爸甚至还想给我报个补习班。栀栀，干脆国庆的时候我们出来一起学习吧。"

"好啊，我也是这样想的，我们可以一起总结，再做点练习题……"

两人瞬间就把话题带走，从上一秒的去哪里玩，变成下一秒去哪里学习。

陈阳看着面前的两名女生，表示不懂，非常不懂，这就是学霸吗？

"我说，你们要不要去我姥姥姥爷家玩？"他被无视后，终于忍不住了，直接趴在她俩的桌子上，很想把面前两人给撬开。

一天到晚凑在一起，说那不是爱情他都不信，啧。

"什么？"

"你说什么？"

两人终于停下交流，齐齐看向面前生无可恋的陈阳。

"我姥姥姥爷在乡下有个民宿，那里风景可好了，想不想去玩？"他一下子恢复精神，手舞足蹈给她们介绍。

"满山的果树，果子硕大又香甜，田间小野花色彩缤纷，现在稻子正盛，田间遍地金黄色稻浪。去不去玩儿？去不去玩儿？"

"而且路途也不远，坐汽车三个小时就到了。

"你们可以换个地方学习，对吧？那里空气清新，多适合学习！

"走嘛走嘛，两位姐姐，叫上姜南和肖云越，我们去好好玩玩儿。"

他描述得绘声绘色，两人刚开始还微怔，后来听着，竟然还真有些心动。最后，陈阳直接搬出了学习这个筹码，一下子就把她们给吸引住了。

"我问问爸妈，他们应该会同意。"周子茉思考着。

"我……"顾知栀顿了顿，如果大家都去的话，她也挺想去，"那我也去吧。"

她出门比较自由，不需要征求谁的同意，沈奶奶毫无疑问会支持她所有决定。不过……

顾知栀脑海里竟然浮现出林彻那张臭脸，以前出门玩儿，他总是婆婆嘴地念叨不完。

"不准吃陌生人给的东西。

"不准去靠近水的地方。

"不准很晚回家。"

"林彻！怎么全部都是不准不准不准，你准我什么？！"她忍不住了，跳起来不客气地环住他的脖子，试图遏制住他命运的咽喉。

结果就被林彻无情地拎下来，握住手，居高临下睥睨着她："哼，我准你把我带上一起去。"

这······

要不要给林彻说一声，顺便问问他钥匙的事？

第 57 章　敢跟这小子走，我就揍你

这样的思虑在脑海里停留了一段时间，又很快因为几人热火朝天的讨论给抛诸脑后。

一旦决定了要一起出去玩儿，周子茉的心都不知道飞到哪里去了。

像是要跃出墙的小花瓣，一阵风吹来就四散飘扬。

"我要把裙子带上，去稻田里拍照。"

拜托，你刚刚还在说要好好学习！

姜南发作业本的时候走过来，拉住陈阳正胡乱飞舞的手，用他东北汉子的绝对身高优势把陈阳按在身下。

"你要是敢把咱带去什么鸟不拉屎的旮旯地儿，咱就把你就地解决了。"

"你相信我，那里绝对好玩儿。"

其实不仅仅是顾知栀他们几人，临近假期，班上都笼罩着可以感知到的热烈气息，大家紧绷不安的神经一下子松懈下来，躁动的分子在教室上空跳跃着。

姚福全已经跳着脚批评过几次了，让他们不要想入非非，这还没放假呢。

"那边的天气怎样，我需不需要带厚衣服？"顾知栀下楼上体育课的时候看到了在贩卖机前的陈阳，便上去问。

既然是要去住好几天，得有所准备才行。

"和这里差不多，以防万一还是带一两件长袖吧。"

"对了，牙膏牙刷都不需要带的，家里有。"

"好。"顾知栀认真听他说。

陈阳显得格外激动，因为是第一次带同学去他乡下老家玩，一不留神就又说得热烈了，声音逐渐高亢。

"家里还有狗狗，不过应该都长大了，很亲人的，你叫它一声，它就摇

着尾巴过来扒拉你。"

远处，林彻投射一个漂亮的三分球，在一阵欢呼中，视线里出现一个娇小的身影。

他目光追着她，眼神不自觉地柔和，扯起衣服随便擦了一下脸上的细汗，性感地吐了口气，走到篮球架下拿起一瓶水，直接灌下。

他随便吞咽两口，水流顺着他的喉结往下，流畅地隐匿到衣领中。

"大哥还打吗？"周维开了瓶汽水，汽水瓶里噬噬冒出气泡。

林彻看着远处在自动售货机后面若隐若现的身形，漫不经心地回了声："等我一会儿。"然后抬脚朝场外走。

"大哥，干吗去？"

"买水。"他头也不回。

买水？他手上不是有水吗？

林彻走近了，光是看到她一小截校服，他嘴角就止不住笑意。

小孩子在干吗呢？在售货机前站半天了，别不是因为太矮，连售货机都够不着吧？

那倒也不至于那么矮。

林彻唇边的笑意越来越浓，连带着眼尾都往下压，温柔又宠溺。

他刚打了球，身上还淌着汗，晶莹的汗珠顺着他的发梢往下滴，经过微绷的下颌，勾勒出流畅的线条。

走近售货机，刚准备悄悄吓一下顾知栀，就听到女生软软的声音响起。

"那我还需要带什么？"她那细软清脆的声音，尾音往上扬，听着格外乖巧。

原来是在和别人说话。林彻扬了扬眉，准备到旁边等她，脚还没抬，她的声音又传来。

"对了，我需不需要给你姥姥姥爷准备礼物？毕竟是去他们家里住。"

林彻呼吸微顿，她要去哪里住？不禁皱起眉，眼睛微眯，静静听她继续说。

一个男声传来，瞬间让林彻心里咯噔一下。

"没事，他们不会介意的，放心去住就行了。"

？？？

一时间，他仿佛天旋地转，心里一个声音叫嚣着，越来越大，越来越大，就快漫过自己的脑袋。

顾知栀，要去这个男的家里住？！

什么？！

无名的火焰从心中蹿起，林彻黑着脸，觉得现在要被气炸了。

她不回家里和自己住，去什么朋友家，他都不计较了，结果呢，现在要去那个男生家里住？

隐藏在血管之下的脉搏倏地开始疯狂跳动，他握住拳头，想要抑制住由于愤恨而变粗的呼吸，眼神瞬间变得危险又可怕。

脑海里只有顾知栀要去那男生家里住这一件事，这种情绪很快填满身体里所有缝隙，压迫着他的神经，将理智什么的全然排空。

"顾知栀！"他握紧拳头，皱起眉，一脸凶狠地向售货机走去。

果然，顾知栀正和一名男生站在一起。

呵呵，还有说有笑！

顾知栀见到来人，很明显愣了一下，她没想到林彻会出现在这里，一脸的疑惑。

"林彻，你怎么在这里？"

我怎么不能在这里了！你在这儿和别的男生有说有笑还商量着去家里住，被我逮到了，你不给我解释一下，这件事没完你信不信！

林彻一连串话语像洪水一般倾泻，在他心里怒吼。

他眯起眼，先将那名男生从上到下打量一番。

这，不是公交车上那小子吗？他们还搅和在一起？

一时间，他手臂上血管收缩，青筋暴起。

他一下子把顾知栀的手臂拉住，往身前一拽，恶狠狠瞪了一眼陈阳，让陈阳打了个哆嗦。

"顾知栀！"他又喊了一声，声音带着些颤抖，但更多的是止不住的怒气。

没在意她眼里的茫然，他像竹筒倒豆子一样把愤愤不平的话全都说了出来。

"小时候谁给你换的尿布？

"你流口水了谁给你擦的？

"看鬼片吓得睡不着是谁哄你睡觉？

"你今天，要是跟这个小子走，我就揍你，你信不信！"

他一口气说完，还是不解气。

林彻重重地呼吸着，灼热的气息喷洒而出，胸膛里还是压不住的怒火。

怒气熊熊燃烧，林彻还感到无边的委屈。

他的顾知栀竟然要去别的男孩子家里住！

他从小操心到大的崽子，翅膀硬了要抛弃他了？

而林彻突如其来的一连串反问，让顾知栀一头雾水。

"你在说什么？"她疑惑地抬起头，林彻眉间已经紧紧皱成山川，怕是能夹死一两只蚊子。

林彻不语，纵使她的声音好听，每次都似有奇效一般能安抚自己，但现在也不好使了。

反正这事儿你不给我解释清楚了我就要你好看！林彻如是想。

见林彻像尊雕像一样纹丝不动站在那里，眼神还可怕至极，顾知栀开始寻思是什么让他不高兴了。

跟这个小子走？她细细品味这句话，然后心里开始有种隐隐不安的感觉。

显然，林彻误会了什么。

"哎，你想什么呢！"顾知栀拉了拉他的袖子，哭笑不得。

"我和同学商量国庆节去哪里玩呢，陈阳邀请我们去他姥姥姥爷家里，有好多人的，不是去他家里住。"

她的声音清脆婉转，像泉水淌过，把林彻的怒火给灭得七七八八。

听她说完以后，林彻逐渐恢复理智。

"是吗？"

他恶狠狠瞥了一眼在那边瑟瑟发抖的陈阳，然后又将视线落在顾知栀身上。

她此刻面露微笑，显然是因为林彻的失态而感到有些无奈，但还是像哄小孩一样宽慰他。

"是呀，我干吗没事去别人家里住呀？"她眼睛一弯，像月牙一般，里面星辰闪烁，又让林彻心里一漾。

全部的阴郁都化为乌有。

"不跟他走的，别气别气。"

她的声音本来就软糯，这会儿带着安抚和娇嗔，简直近乎哄了，就像是抱了个小婴儿在怀里唱摇篮曲似的。

爹毛的林彻一下子被这个声调弄得脾气全无，身心俱畅。

甚至还有种自己是不是赚了的错觉。

好吧。

他这会儿开始重新捡回智商。

就说嘛，顾知栀怎么可能会跟别的小子走呢？

他家顾知栀那么听话，那么可爱，那么黏自己。

于是，紧绷的脸瞬间柔和，嘴角一扬，眉眼带笑，一下子亲近起来，就像是躺在阳光之下的——大狗狗。

第 58 章　留下来陪陪孤寡老人呗

林彻态度转变之快就像变脸，看得陈阳一愣一愣的。

上次公交车上对自己恶狠狠的也是他。

什么？换尿布？擦口水？

不禁让他开始思忖，这位雄赳赳气昂昂的大哥，是顾知栀同学的什么人？

陈阳一脸茫然，但更多的是对于周遭低气压的消失而感到身心舒畅。

他刚刚就快要被这位大哥的眼神给千刀万剐了。

于是，他长舒了口气，觉得校园里空气清新，阳光正好，顾知栀同学很和蔼，这位大哥……

大哥看了他一眼，他心里又一紧。

顾知栀见林彻无恙，这才有些尴尬地看向陈阳，刚刚林彻一定吓坏他了。

本就该介绍他们认识的，可惜一直没机会，正好遇见，不如就现在吧。

"这是林彻。"她将林彻拉到身前，又指了指陈阳，"林彻，这是陈阳，我班上的同学，关系很好的。"

林彻心不甘情不愿但还是乖乖嗯了一声，从鼻子里发出，听着有些小傲娇。

喊，关系很好？

"你好你好，大哥。"陈阳往后缩了缩，这就是传说中的一高大佬吗？总是存在于女生的八卦间，今日一见，果然……

果然是有点儿霸气。

感觉到大哥的情绪，陈阳很有自知之明地找了个理由，说要先去打球了，然后溜之大吉。

见到他急匆匆的背影很快消失成一个点儿，顾知栀这才忍不住笑着拍了拍林彻的手臂。

"你干吗那么凶啊！"

林彻垂眸一瞥，就能看到顾知栀笑得合不拢嘴，眼睛弯弯的，闪烁出银河一般璀璨的光辉，一下子就让他心里陡然被治愈一般，软了下来。

想起刚刚自己说的话，林彻突然觉得好生丢人。

遇上顾知栀的事情，他就像是脑子都没了，什么都不能理智思考。

蓦然，向来霸气冷漠的大哥林彻不自然地咳嗽了声，视线放空看向远方。

老天，刚刚自己好傻。

但好在他家顾知栀比较好糊弄，于是他状若无意地说："给你的钥匙要放好。"

果然，顾知栀一下就被带到了这个话题上。

"这什么钥匙啊？"

林彻狡黠地勾了勾唇："你猜。"

"我猜不到。"顾知栀皱起小脸，满是疑惑，像是很认真地在思考，"是你现在的家的钥匙吗？"

"算是吧。"林彻得逞后，脸上的笑越发张扬。

手上的半瓶冰冻过的矿泉水经过一段时间，瓶身上布满因为热气而凝结的小水珠，顺着瓶子往下滴。

啪嗒，啪嗒。

一滴一滴，滴在地面上，溅起小水花。

如果再安静一点儿，说不定还能听到水滴落下砸在地面上的声音。

可两人胸膛下那炙热的心脏怦然跳动，心跳声占据了整个耳畔，就连身边的喧嚣都置若罔闻，更何况是这种微不足道的声音呢。

……

盼星星，盼月亮，盼新娘子过门。

总之，国庆节就这样被望眼欲穿地等到了。

"开学就是月考，你们任何时候都不能松懈！"姚福全在讲台上语重心长，对着下面一群祖国未来的花朵施肥浇水。

可是花朵们早已心神荡漾，看向他的眼神格外期待，数着秒等待下课铃声响起。

"同学们，时间过得很快，这次月考过了，意味着这个学期已经走过很长一段时间了。"

姚福全依然发表着他的"时间不等人论"。

他下一句话说什么大家都能猜出来。

"不要以为高三离你们很远。"

姚老师说出这句话，本来想以此来震慑震慑这群没心没肺的孩子们。

结果一出口，发觉自己的声线之下还掩盖着重合的声音，竟和他说的话一模一样。

姚福全气息一敛，看向下面那群憋着笑的小孩。

"陈阳，你学这些乱七八糟的学得那么快，怎么不好好学习语文数学！"

"姚老师，不只是我啊，你干吗每次都只骂我！"

这时，放学铃声如期响起，在校园上空缭绕。

"嗷嗷嗷嗷嗷……"

教室里原本坐得规规矩矩的同学，瞬间像炸了锅似的，欢呼雀跃。

"记得好好复习，好好复习！"

姚老师对着他们赶着放学的背影嘶吼，可哪有人理自己。

哼，一群小孩！姚福全冷笑。

哈哈哈哈哈，国庆节了！终于能休息休息了！他绷着冷脸如是想。

……

顾知栀几个人的安排是，十月一号直接一大早坐车去乡下，五号回来各找爸妈。

给自己留两天收心的时间，以防玩脱了忘记复习。

林彻倒是欣然同意了顾知栀他们的安排，甚至更多的嘱咐都没有。

这倒是让顾知栀感觉到诧异。

"你就没点儿什么要给我交代的？"顾知栀在自家楼下，疑惑地看着林彻。

面前的男生笑得意味深长，他弯下腰凑近，慢悠悠地在她耳边说："交代什么？你都多大了？"

是吗？

不可思议！

"那好吧，我上楼了啊，下次见面可能就是开学的时候了。"顾知栀埋下头，轻轻地踢着脚下的石子。

"舍不得的话，就别去了，留下来陪陪我这个孤寡老人呗。"

他依旧笑得吊儿郎当，嘴角的笑意愈发不正经，痞里痞气的。

"那是不可能的。拜拜了您嘞！"

顾知栀转身，蹦蹦跳跳地朝他挥手，那叫一个干净利落。

小没良心的。

林彻如是想，可笑容依旧不减，甚至带着几分狡黠，藏着秘密。

晚上，她不紧不慢收拾东西的时候，收到了林彻的消息。

"真的不考虑留下来吗？"

还有一个委屈巴巴的表情包，和他平日里那副高冷的样子截然不同。

顾知栀心里微漾，勾着嘴唇慢慢打字，屏幕上莹白的光印在她脸上，皎洁又干净。

"林彻同学，好好庆祝一下祖国妈妈的生日，我们要建设新时代中国特色社会主义，少想些乱七八糟的。"

林彻收到她的消息时，正在胡乱往包里塞东西，手机振动声响起，他笑着点开。

果然，没良心的顾知栀。

男生脸上温柔不减，反而是嘴角那抹笑意在屏幕光的映射下，更加意味深长。

第 59 章　熊瞎子想把你抓去当媳妇

第二天清晨，顾知栀一大早就醒了，甚至都没等着闹钟响。

兴许是假期的原因，清晨空气格外清新，浅浅初阳透过窗户洒在地面上，透亮的光斑随着窗帘流动着。

陈阳已经咋咋呼呼在群里吆喝了，敢情大家都抑制不住激动的心情，起了一个大早。

"我和肖云越昨天晚上就没睡，通宵打游戏。"陈阳得意地在群里说。

然后就看到周子茉的消息弹出来。

周子茉："你少带着肖云越通宵。"

陈阳："拜托，大姐，到底是谁带谁，这你要弄清楚。不然我跳进黄浦江都洗不清。"

过了一会儿，肖云越开始在群里刷屏，顾知栀感觉到自己的手机闪得格外欢快。

"就是陈阳带的我。"

"他自己技术差，所以想抱我大腿。"

"茉茉茉茉茉！"

"歪歪歪？"

"我错了！"

他们的群名字本来叫"美女与野兽"，顾知栀加入以后，群名被陈阳换成了"到底谁是单身狗"。

顾知栀始终不懂这个群名的含义，难道是因为五个人里面，可以两两组队，所以有一个单身狗吗？

她去问陈阳，可见到姜南在他身后笑得意味深长。

怎么想都有点儿奇怪。

收拾好以后就出门了，她打车去车站，约好了和他们车站见。

刚下车就见到广场上四个人已经站在那里，大家都背着书包，周子茉还提着行李箱。

好巧不巧，顾知栀也提着行李箱。

"我说，你们一开始不情不愿，结果现在比谁都像是要去度假的。"陈阳看着她们手里的箱子一脸嫌弃。

顾知栀和周子茉立马反驳道："我们女孩子用的东西比较多。"

"对啊，我还带了医药箱，万一磕碰着了呢，就有作用了。对吧，栀栀。"

顾知栀一本正经点头："我带了床单被套花露水，到时候可以用。"

"你咋不带上锅碗瓢盆呢，姐姐？"肖云越揶揄道。

周子茉白了他一眼，然后打开手机确认时间："行了，我们差不多可以去候车了，陈阳把车票发一下呗。"

结果陈阳脸上的笑陡然停住，他看向顾知栀，眼神有些不自然。

"等等啊，我们还有人没到。"

还有人？顾知栀满脸疑惑。

疑惑的还有周子茉，但其余两名男生都是掌握一切的样子。

"来了来了！"陈阳看着远处突然一喜。

顾知栀顺着他的视线望去，只见广场边上，人群之间，朝这里不紧不慢走来了一名男生。

他身材高挑，面容出色，在人群里一眼就能被发现。

身后还跟着两人勾肩搭背，一胖一瘦。

林彻？

顾知栀呼吸微顿，望着他逐渐走近的身影，耳边静得只能听见自己的心跳声。

他迈着长腿一步一步朝自己走来，穿着一身黑色外套，一双腿修长，每一步都像踩在她心上。

两人的视线相接，他似笑非笑，可眼里分明闪过一瞬光芒，带着点儿狡黠的欣喜，差点儿就隐匿在清晨稀薄的雾气中。

他笑得散漫，走近了一本正经地对大家说："抱歉啊，有点儿堵车。"

声音沉沉，带着天然的疏离感。

"对不起，可他给得实在太多了……"陈阳把顾知栀拉到一边，悄悄对她说。

林彻昨天把他拦在学校小角落里，居高临下气势汹汹地对着他。

不知道的还以为要揍他一顿。

结果只见面前冷着脸的帅哥轻启薄唇："你们要去哪里玩儿？能带我吗？"

这请求的话从他嘴里说出来竟然还挺好听，就是差点儿没让陈阳下巴惊得脱臼。

大哥问自己能不能带他玩儿？

他支支吾吾："可是，我得给他们说一下……"

林彻皱起眉，眼睛微眯："所有费用我出。"

"我们约好了去我乡下老家，姥爷开的民宿，带他们去玩儿！"陈阳眼睛一眯，恢宏大度地，"欢迎做客！"

"好。"林彻淡淡勾起唇，拍了拍陈阳的肩，非常满意，"明天见。"

陈阳愣愣地看着他，待他转身之时，没忍住叫了一句："这位兄弟！"

林彻停下离去的动作，居高临下看着他，垂眸间分不清眼里的情绪。

陈阳咽了咽口水，颤颤地问出了一直想问的话："那啥，你和顾知栀什么关系啊？"

"我是……"林彻挑了挑唇角，清隽的五官神色淡淡，看起来倦懒至极，"她的监护人。"

然后不紧不慢，迈着长腿转身离去。

监护人？

后来陈阳把这件事给肖云越他们说的时候，没想到肖云越一点儿也不震惊。

"阳啊，你别担心，顾知栀肯定会答应让他去的。"

"对啊，这不都是监护人了吗？"

于是，趁他们还在热火朝天讨论行程的时候，这边陈阳已经和林彻暗自悄咪咪交易上了。

"你不会杀了我吧？"陈阳戳了戳顾知栀的胳膊，小心试探。

顾知栀抬眼就能落入林彻沉沉的目光之中，他似笑非笑，就这样伫立在清晨时分沁人心脾的空气里，连带着整个人都神清气爽的样子。

怪不得他昨天对自己的安排一点儿说法都没有。

按照以前，他早都开始碎碎念了，原来是有这样的打算。

"没事，你们没意见就行。"

"没意见没意见！"身边四人忙把脑袋摇得跟个拨浪鼓似的，尤其是陈阳，他内心暗暗飘过：这费用都全包了，能有意见吗？

于是他先顾知栀一步把林彻带到他们面前："那啥啊，这位哥是林彻，是顾知栀的……监护人。"

监护人？顾知栀闻言后，奇怪地眨眨眼，看向林彻。

林彻清隽的五官间神色自若，沉沉地说了一声："你们好。"冷淡又自持。

"你好你好！"这边几人极力打破尴尬，礼貌地回应着。

"我是洪川，彻哥的朋友。这是周维。"洪川露出他标准的眯眯眼微笑，脸上的肉肉都堆成了褶子山。

于是，几人又是："你们好，你们好！"

一时间，此起彼伏的你好、你们好在八人之间频频传开，路过的行人都不禁侧目，这在开认亲大会呢？

"人齐了，那我们去候车室吧？"陈阳率先将局面拉回来，然后带着人浩浩荡荡往车站里走去。

原本计划的五人行突然变成八人行之后，总算勉强拉开了旅行的帷幕。

"你怎么来了？"顾知栀拉住林彻的手臂，挑起好看的眉，压低声音问他。

林彻看似无辜地皱皱眉，顺手又将顾知栀的行李箱拉在手里，脸上看着还格外委屈："小孩大了，不听话了，出门都不带哥哥。"

什么鬼！

顾知栀想起小时候，他很多时候出门玩都不带自己，还好意思在这里说不带他？

"你咋不说说你以前出门玩不带我的时候呢？"

女生的声音软糯娇嗔，听着虽然是在数落的样子，可带着天然的柔和，一点儿威慑力也没有。

林彻一笑，宠溺得一塌糊涂。

"我这不是来保护你的吗？乡下不比城里，万一遇上个熊瞎子，把你抓回去当媳妇咋办？"

顾知栀很想对他翻个白眼，她没好气地转过脸，将身上的书包也顺势取下来塞到他怀里，留给他一个愤怒的后脑勺。

"你才是熊瞎子！"

可在林彻的视角里，她的头发细细软软，这姿势一点儿也不凶，甚至奶了吧唧的。

他非但没有恼，反而是勾着唇角，慢悠悠将她的包单肩背在身上，粉粉的书包上挂着一个毛绒玩具，随着他不紧不慢的脚步，一摇一摇。

望着他家平日狂转酷霸炫，如今背着一个粉书包还得意极了的大哥，洪川捂住脸。

"我觉得，大哥可能比熊瞎子更想把小仙女抓回去当媳妇。"

周维眯着眼，点点头："大哥是熊瞎子本熊。"

不过这个不能被他知道，于是压低了声音，只有他俩能听见。

第 60 章　乖乖睡觉吧

从这里到目的地需要先坐三个小时的汽车到一个小县城，然后再转乘城乡公交，到陈阳的姥姥姥爷家。

几人上了车以后，找了位置坐下。

顾知栀在前面先上车，她找了中间靠窗的位置，然后看着他们一个一个上来。

没想到，包括周子茉在内的人，上车以后都对她灿烂地笑着，点点头。

然后，在她热烈的目光下，果断经过她旁边的位置，在别的位置坐下。

林彻是最后上车的，他走上来后面无表情地扫视了一眼，气势逼人。

不知道的还以为要来打架。

"监护人请。"陈阳从顾知栀后面探出头，做了个请的动作。

林彻点点头，然后几步走过来，在顾知栀旁边坐下。

他的气息扑头盖面而来，一下子就笼罩在她的周围，占据每一寸空间。

车缓缓驶动，大家怀着兴奋不已的期待心情，一路雀跃跟着车向前出发。

后面几个男生都已经哥儿几个好地搅和在一起打游戏了。

尤其是陈阳，抱着洪川的游戏机爱不释手。

"大哥，我一直想买，可是没钱。"

"那给你玩儿，拿去拿去！"

陈阳摆摆手："不了，借我玩儿一下就行。"然后几个人凑在一起看他操作。

"你怎么还在玩儿这个游戏啊？几百年了没见你通关，不知道的还以为你要跟这游戏洞房花烛了。"

……

一时间整个后半截的车厢都热热闹闹。

对比起他们，顾知栀和林彻这边安静沉稳得吓人，就像一湾寂静的潭水。

顾知栀在埋头玩手机，看着屏幕目不转睛。

"小朋友，坐车别玩手机了，会头晕。"林彻将顾知栀手上的手机抽出来，放在兜里，一点儿也不客气。

顾知栀手上瞬间空无一物，待她反应过来后，愤愤地探出手，想去抢回来。

结果一只手被林彻给无情地握在手心。他没用劲，反而是轻轻松松的，顾知栀赶紧挣脱开。

"你自己都在看手机，还说我！"

看着她气得像个小河豚的模样，林彻笑了笑："小孩和大人能一样吗？"

"你还我！"

"不行。"

顾知栀坐长途汽车会晕车，他一清二楚，尤其是坐长途车还玩手机，每次都难受得要命，不长记性。

"那我能做什么吗？"她反抗不成，开始缩回自己的座位，委屈巴巴地揉着衣角。

林彻将她的头发丝理顺，一副管教自家孩子般的语气说："睡会儿觉，待会儿叫你。"

顾知栀睁大了眼，里面像铺满闪亮的星星："我能拒绝吗？"

她一脸委屈巴巴期待的模样没有换来林彻的心软，对方反而直接伸手，将她埋进他的怀里。

林彻的气息瞬间充满她整个鼻腔，是熟悉的柠檬香以及属于他身体的温热，暖暖的，很安心。

顾知栀挣扎两下，可被他一只手臂将她整个人揽在怀里，挣脱不开。

"睡会儿。"他的声音就在她耳边，离她很近，轻轻拨弄着她的耳垂。

沉沉的声音，带着点哄睡的意味，宠溺得过分。

她像被抽离了所有力气，只能感受到从他身上传来的源源不断的温度以及近在咫尺的心跳。

扑通扑通……

整个世界被他包裹住。

那就睡吧，顾知栀换了个舒服的姿势，靠在座位上不客气地闭起眼。

林彻无言，继续埋头看手机，余光里女生的头发细细软软，有几缕发丝就和她一样调皮，不安分地乱飘。

他轻轻勾起一抹笑，揽住她的肩膀，手掌慢慢拍打，就像哄小孩子睡觉一样。

就这样从小哄到大的，很是熟练。

没过一会儿，她的呼吸平稳了，一张白净的小脸此刻恬淡又安静，轻轻呼出的气息喷洒在他手臂上，像羽毛抚过。

睡着的时候还真乖。

林彻满意地抽回手臂，将顾知栀的脑袋瓜靠在他肩上，继续埋头看手机，动作轻柔。

"大哥，来开黑吗？"

洪川在后面戳了戳他的手臂。

"不来。"

果断又无情。

"来嘛来嘛！"洪川头也不抬，操纵游戏里的人物一个走位，骗了对方一个大招，他得意地大叫起来，"我太牛了！"

然后，就见到自家大哥转过头，黑着一张脸，直愣愣看着自己，仿佛欠了他几百万。

"大哥在认真地当熊瞎子呢，你别打扰。"周维将洪川的嘴捂住，然后勾住他的肩，"对面来人了。"

只见，想当称职熊瞎子的林彻一脸冷漠地扫了他俩一眼，然后收回视线，神色寡淡。

接下来，又抬起另一只手，轻轻地，温柔地，将顾知栀几缕不安分的头发理顺，末了，还宠溺地拍了拍她的头。

他俩心里慢悠悠飘过一句话：这一年的情爱与时光，究竟是错付了。

……

当汽车稳稳行驶上高速以后，城市的风景就这样被扔在身后，单调的高速公路旁偶有开阔，但大多数都是重复枯燥的景色。

清晨的雾气已经散开，太阳也慢慢升起，日头不一会儿就毒辣起来，明晃晃照射着窗外，纵是有青山绿水也被晒得褪了颜色。

兴致盎然的一群人也逐渐无聊起来，今天起得早，有的人甚至一晚上没睡，一会儿就感到了疲倦。

所以很快就收拾了游戏的残局，蔫头耷脑地靠着座位睡起大觉。

整个车厢都安静下来，只能听到此起彼伏的呼吸声。

在梦里酣畅不知多久。

汽车在公路上平稳行驶，偶尔会撞入一望无垠的平原中，单调的景色逐渐变得丰富多彩。

土地平旷，房屋俨然，像是一片村落，平原间整齐地铺着金黄的稻田，田埂像棋盘一样，将稻田整齐分开，错落有致。

有人迷迷糊糊地睁开眼，将这一切都印入脑海中，默默欣赏着。

"怎么堵车了？"车厢里有不大不小的声音传来。

把大部分人都吵醒了。

包括顾知栀，她迷离地睁开惺忪的睡眸，动了动僵硬的脖子，头发扫过身边的林彻，林彻也随之睫毛轻颤，皱了皱眉睁开眼。

还真的是堵车了，前前后后已经在路上排起一列长龙，看不见尽头。

"前面出了小车祸，一会儿就好。"司机大叔在前面吆喝着，让大家不要担心。

"没事儿，师傅，你稳点儿来。"有乘客和他攀谈起来，说国庆节出门的实在太多了，一定要注意安全。

于是，经过短暂的休养生息，原本安静的车上又恢复了活跃。

第 61 章　原来是青梅竹马

周子茉开始分她带的零食。

"栀栀，吃饼干吗？"她递了块饼干过来，顾知栀接下后说了声谢谢，然后又顺便问了声林彻，他摇摇头，表示不要。

顾知栀将饼干拆开，胡乱咬了两口，鼓着腮帮子一嚼一嚼，此刻她还带着点儿刚睡醒的呆愣，整个人像只放空的仓鼠。

林彻给她准备了牛奶，插上吸管后递给她。

她怔怔喝了一口，又是放空一会儿，才逐渐恢复清醒。

她刚睡醒就是这副模样，林彻见惯了，所以面无表情地看着她将牛奶一口一口喝下去。

"还有多久到啊？"她问。

林彻看了看手机，估摸了一下时间，沉着声说："不堵车的话，大概还有一个小时。"

"那很快了。"她一喜，开始在座位上翻书包里的东西。

"我带了水果。"她果然从包里端出一个透明饭盒，里面整齐地摆放着各种切好的水果。

顾知栀站起来，将饭盒往后面传："你们要吃吗？"

"谢谢……"

"哎，有柚子啊，我要。"肖云越见到饭盒里剥得干净的柚子一喜，伸出手来。

顾知栀笑着看他，很是温柔："挺好吃的，不过你要给我留一点儿哦。"

最后，柚子剩了大半，顾知栀笑嘻嘻地捧着饭盒，看向林彻，眼里星光点点，压抑不住的欣喜。

"幸好我准备了柚子，恰好是你喜欢的。"

林彻不爱吃甜，水果什么的也不偏爱那些甜的，柚子倒符合他的口味。

林彻正在玩游戏，两只手都忙不开，任由顾知栀塞了一口柚子在他嘴里。

"你就是不爱吃水果，得多补充点维生素呀。"

林彻点点头，看着屏幕格外认真，手指灵活地操控着他的角色，一大口柚子就被他含在嘴里。

他紧致清瘦的脸突然就鼓起来，还挺可爱。

过了一会儿，他才将柚子嚼了嚼，咽下去。

然后接过顾知栀递给他的饭盒，在她的注视下将剩下的柚子都吃掉。

末了，她满意地点点头。

"这才乖嘛。"

恢复了交通后，一路畅通无阻，很快就抵达了县城。

等到达目的地时，已经过了中午，陈阳的姥姥姥爷已经在院门口等着，乐呵呵地迎接他们。

顾知栀仔细打量着周围的风景，这里果然空气清新、青山绿水，眼前就是大片的稻田，成熟的水稻像是金黄的浪花在田里随风翻腾。

这里虽然是乡下，但已经是发展得很好的村落了，所有种植都是现代化，当地还大力开展旅游业，把整个村都打造成度假的景点。

真的和城里人工打造的度假村有得一比，还多了些朴实和亲近感。

"走吧，先去放东西。"陈阳带着他们进院门，一栋别致的小楼映入眼帘。

装修简洁美观，陈阳说这是特意为了做民宿而翻新的。

因为还有其他的客人，家里的房间不够用，得分四个人去隔壁许阿婆家住。

于是林彻三人以及肖云越，他们四个人一起去许阿婆家。

"彻哥，你为什么不留下来和小仙女住一栋楼？"

林彻轻啧，不客气地拍了洪川的脑袋："废话咋这么多呢！"

"我这还是第一次到乡下，有点儿激动。"周维对着这些景色左右打量，眼睛放光。

他俩都是从小在城里长大，没见过这些，一听林彻要去乡下，直接挤破了脑袋似的，说什么也要跟着一起来。

他们倒是没有一点儿富二代的架子，见了许阿婆热情问好，逗得阿婆哈哈大笑。

"小伙子精神哦！"阿婆和蔼地笑着，连皱纹都充满着喜悦。

洪川眯起小眼睛："精神，精神！"

大家放下东西以后，去陈阳姥爷家吃午饭，围坐在一个大桌子前，好不热闹。

兴许是舟车劳顿，大家都饿了，对着面前的菜肴大快朵颐。

顾知栀觉得那道红烧鱼很美味，于是多夹了几筷子。

林彻见状，默默将几块鱼夹到自己碗里，把鱼刺剔干净以后放进顾知栀的碗里。

"人笨就是得多吃鱼。"

他声音很轻，带着笑！

顾知栀刚准备向他道谢，还没张嘴呢，就听到林彻这句话，于是愤愤地将一整块鱼肉塞进嘴里。

什么嘛，竟然说自己笨。

接下来，顾知栀有意避开那道菜，倒是林彻一直在给她夹，鱼肉堆成了小山堆。

她皱起眉嫌弃地说："我不要，我才不笨。"

"不笨不笨，我错了，你多吃点儿。"

行吧。顾知栀继续没骨气地将他夹给自己的鱼都吃掉，还是感觉到一丝愤愤不平。

吃完以后，几个男生说太累了要去睡个午觉，留下陈阳带周子茉和顾知栀两人去后山摘果子。

现在葡萄和梨子当季，后山的葡萄架上已经结满了晶莹硕大的葡萄，令人垂涎欲滴。

梨树也硕果累累，微风徐徐，树叶摇动，能嗅到满山的香甜。

"栀栀，你和林彻到底什么时候认识的？感觉你们很熟悉啊。"周子茉剪下一串葡萄，放在篮子里。

顾知栀不假思索："三岁，我三岁的时候。"

这番话直接把周子茉给震惊到了："原来你们是青梅竹马啊？"

顾知栀不好意思地低下头，垂眸看着颗颗晶莹剔透的葡萄，眼神不自觉就软了下来，柔和得像是暖阳。

她的声音温软悠扬，让人很容易联想到棉花糖。

"我在爸妈去世以后就去了林彻家，在他家长大的。"

说完，她轻轻一笑，眼里柔和成星辰，可又带着几分怅怅之情。

周子茉和陈阳的表情瞬间凝住了，没想到栀栀的爸妈已经过世，对主动开启这个话题感到抱歉。

面前的女生平静恬淡，像是已经对此坦然自若。想到她平日里甜甜的笑，温柔又坚忍的性格，他们不禁开始心疼起她来。

空气中有几秒安静。

"没事啦，你们别这样看着我。"

顾知栀笑着在周子茉面前挥挥手，把她失神的目光给抓回来。

周子茉回过神，眼前是顾知栀灿烂的笑容，好看得像那初升的暖阳，还是葡萄味的。

她笑着说："这么多，够了吧？"

顾知栀指的是篮子里的葡萄。

"应该……够了吧。"

"那我们再去摘些梨。"

"好。"

刚才的一瞬落寞隐匿在漫山遍野的果香之中，大概只有这片山才知道了。

第 62 章　你喂我的，我就吃

顾知栀他们端着一大筐的果子回到院里时，那群男孩子早在许阿婆家玩起了游戏。

这里接了网线，网速还挺快，洪川他们带了各种游戏设备，不知道的还以为把网吧搬到了村里。

几个人凑在电视机前，外接了游戏主机，现在正在一对一。

"周维，帮我打死他！"洪川对于被肖云越这个小屁孩打败的事实耿耿于怀，拉着周维帮他报仇。

周维一脸嫌弃地摆弄手柄："你玩儿了那么久的游戏，被人家新手给秒了，丢不丢人！"

"我那是失误，失误！你懂吗？"

周维几下操作把肖云越给打趴下后，得意地说："看见没？这才是高手应该有的操作。"

然后把手柄给陈阳，陈阳不出意外被肖云越打败，不服气地在沙发上打滚。

"肖云越他才不是新手，他早就玩儿过这个游戏了，我们一起玩儿的！"

"好啊，我就说嘛，这个人一看就不是新手！"洪川总算找到了一个借口，还在努力为他自己找回自尊。

"人菜还不承认。"清冷低沉的声音传来，带着些微的嫌弃。

是林彻，他正埋着头玩手游，莹白的光印在他清冷的五官上，好看又疏离。

他对他们几个像打了十二斤鸡血的行为非常不理解。

在林彻开口后，没人反驳，于是洪川就被贴上了"菜鸡"的标签。

顾知栀慢慢走近林彻，在他旁边坐下，把端来的葡萄放在面前的茶几上。

"吃葡萄吗？"她问。不过想来林彻应该不会吃。

谁知道林彻懒洋洋挑起眉，颇有耐心地看向她："你喂我，我就吃。"

顾知栀神思微漾，但还是笑着垂眸，帮他剥葡萄皮。

陈阳叫来姜南帮他报仇，肖云越一看是姜南，于是跳起来，指着陈阳："你竟然搬救兵！"然后突然神情一变，看向坐在后面的周子茉，笑着露出两颗小虎牙："茉茉，快来帮我，他们趁你不在都想欺负我。"

"哎呀，我要吐了！"

"谁欺负谁呢？"

众人对肖云越瞬间变脸的行为表示强烈嫌弃。

尤其是洪川跟周维两个，就这小子，就这？这么漂亮的妹妹，他哪里来的脸啊！

周子茉白了他一眼，恨铁不成钢地将肖云越的手柄接下："姐姐教你玩儿。"

虽然是女孩子，但她游戏玩儿得相当好，当时跟陈阳他们认识，也是因为打游戏。

她打游戏时眼神瞬间犀利，正如她的操作一般。

于是，陈阳站在姜南身后手舞足蹈："姜南！到了和女生对打的时候了，不要心软！"

"大妹子不要怪我了啊！"

"谁打谁还不一定呢！"肖云越抱了个枕头上蹿下跳，然后又凑到周子茉跟前，给她捏肩捶腿，"姐姐，给我揍他！"

两人进入状态后打得激烈，屏幕上各种光线乱窜，噼里啪啦，电光四射。

陈阳和肖云越两人在后面给他俩加油。

一时间，明明是两个人的比拼，最后逐渐在身后两只"猴"的嘶吼下变成了看谁声音大比赛。

"这就是传说中的输出全靠吼？"周维静静地靠在旁边看着他们。

"好恐怖的高一学生。"洪川看呆了，"不过年轻真好啊，嘿嘿！"

顾知栀一边将这番热闹尽收眼底，一边给林彻剥葡萄，不自知地露出笑容。

林彻早就将手机放下了，望向她，看她的脸颊隐在温柔的暗影中，神情很惬意。

"给。"她递了一颗葡萄过来，笑着看向他。

如水葱似的手指间夹着一颗晶莹剔透的葡萄，果肉多汁饱满，顺着她的指尖流下一点儿汁液。

林彻垂眸，喉结滚动着，眼里跳动着不知名的火苗，抬眼只是女生恬淡的笑容，他瞬间感觉自己能被轻易吸入其中。

他眼中暗潮澎湃，于是果断埋下头，想把那颗葡萄含在嘴里。

没想到顾知栀的手往后一缩，弯着眼朝他笑得明媚："自己拿着。"

然后在林彻繁复纷乱的神情中，她将那颗葡萄递到他手上："我再给你剥。"

林彻愣愣地看着手上的葡萄，脑子已经一片空白，心脏此刻正明晰剧烈地跳动着。

他向来逻辑缜密的大脑，就因为她的一个动作而变得机械僵硬，只能任由她支配。

"吃呀。"见到林彻面无表情地举着一颗剥好的葡萄纹丝不动，顾知栀挑着眉继续看着他。

"哦。"林彻呆呆点头，然后一股脑儿把葡萄塞进嘴里。

很甜。

"好吃吗？"她问。

"还行。"林彻皱起眉，点点头。

"是吗？"女生显然是因为他的话而感到欣喜，"那我也尝尝。"

林彻收回视线，胡乱扯了张纸将手上的汁水擦干净，然后又忙不迭把顾知栀的手拉过来，若无其事地给她擦手。

兴许是因为心跳过于剧烈，连带着他的呼吸也变得不再平稳，温热的气息喷洒在她手上，让她痒痒的。

"你怎么了？"顾知栀总觉得刚刚林彻反应有些迟钝，于是担忧地问。

她的声音像小铃铛在他心里那根弦上摇，把他整得晕乎乎的。

"坐久了，有点儿晕。"

"坐久了也会晕吗？"顾知栀不解地偏起头，但看面前男生这副呆滞的模样，还是有些不放心，"那你……站会儿？"

林彻起身后，对刚刚自己的反应表示非常不齿。

这脑子，好好的，怎么说生锈就生锈了呢？

"栀栀，来玩儿这个。"陈阳和肖云越对吼得难舍难分，终于感到嗓子累了，作为游戏黑洞的陈阳，迫切想找个人怒刷存在感。

于是他把目光放在了旁边安静的顾知栀身上，他知道，顾知栀是他们几个里面的另一个游戏黑洞。

他递了个游戏机过来："我们一起玩儿。"

"咦，我才不要，我玩儿得可差了。"顾知栀看到面前的游戏机就头大，她之前和陈阳玩儿过几次，每次都被他嘲笑。

要的就是玩儿得差啊，不然我赢谁。陈阳如是想。

陈阳的小算盘打得噼里啪啦，把游戏机往她怀里推："好姐姐，来玩儿嘛。"

顾知栀万般推辞，还是拗不过他。

"行吧，就一会儿哦。"她将游戏机抱在怀里，睁大双眼盯着屏幕看，光线洒在她脸上，映照出她因为紧张局促而紧抿的嘴唇。

突然，她手里一空，怀里沉甸甸的感觉瞬间消失不见。

林彻居高临下地看着他俩，对陈阳露出一抹笑，轻轻地开口，懒洋洋地说："我陪你玩儿。"

声音低沉，带了些沙哑，很好听。

却让陈阳背后瞬间起了一层冷汗。

"别了哥。"陈阳像兔子一样抱着游戏机，瑟瑟发抖。

林彻笑眯眯地在他旁边坐下，高大的身子瞬间挡住他大片视线，整个空气都被林彻压住似的。

"没事，我第一次玩儿，你教教我。"那语气，别提多礼貌了。

"好家伙，他明明都把这游戏刷通关好多次了，还好意思说第一次玩儿？"洪川在旁边悄咪咪对周维眨巴眨巴眼。

周维像看白痴一样轻喷一声："你傻啊，这不是在小仙女面前树立高手的形象吗？"

余光里，陈阳慢慢往和林彻相反的方向挪动，像个小团子。

周维赶紧看热闹不嫌事大地笑着凑上去，将陈阳拦住："兄弟，别害怕啊，我们彻哥又不会吃了你。"

"嘿嘿，小兄弟，你的东北小哥没空管你，来和我们一起玩玩儿呗？"

洪川见状，立刻明白，和陈阳哥儿俩好似的勾肩搭背。

几人都笑得灿烂，只有陈阳，被林彻在游戏里狠狠虐过几次后流下艰辛的泪水。

"你不是第一次玩儿吗？这么厉害？"

林彻淡淡一笑，神情自然，甚至还有些无辜："没办法，太有天赋了。"

顾知栀笑着看他们，不说话。他们玩儿得开心，好像没有一点儿烦恼。

眉宇间意气风发，都是少年的样子。

知道轻重的玩笑，善意的打闹，听起来没心没肺的互嘲……

心里不知哪里被触动了，她觉得此刻的欢声笑语，很美好。

第 63 章　升温

最后，快乐的游戏因为到了饭点而告终。吃过晚饭以后，顾知栀回到房间，将行李箱里的东西都整理出来。

她带了床单被套，因为自己有认床的习惯，所以走到哪里都会带上她的枕头。

现在她整个娇小的身子就埋在一大张被套里，迷茫地找着拉链，一边找还一边说："拉链呢，拉链呢？我记得就在这头啊。"

"笨哪。"林彻见她拾掇半天都还没找到头，终于看不下去了，从门口走进来，牵住被子大手一挥，顺便把顾知栀给拎起来，放到旁边。

他动作流畅地几下就把顾知栀的床给铺好，最后把枕头往上一扔，那叫一个潇洒。

"我想给你鼓掌。"顾知栀捂着嘴一脸崇拜，"你太会了，简直是完美的……"

"完美的什么？"林彻挑起眉，玩味地看着她，将这句话掰开来回味，期待着她下一句话。

"完美的老妈子。"顾知栀一本正经，鼓励地拍拍他的肩，"再接再厉。"

女生的余音在他心里绕着弯。行呗，老妈子。

林彻无奈地笑了笑，他从小到大不就是伺候她伺候过来的吗？

给顾知栀换床单被套啥的，他早就习惯了，甚至熟练得令人心疼。

明明只比她大一岁多，却承担了小小年纪不该承担的辛酸。

唉，革命还未成功，同志仍需努力。

争取早日从老妈子晋升！

……

乡下的夜晚宁静祥和，躺在院子里看天，星星低垂，好像伸手就能触碰到。

微风拂来，裹挟着清新泥土的气味，稻浪随风摇摆，簇拥着发出飒飒声，诉说着即将收获的喜悦。

田间的小动物和谐地叫着唱着，整个夜晚都有了温度。

顾知栀惬意地数着星星，感受着夜晚的风徐徐从脸庞拂过，怡然地闭上眼。

"把外套穿上。"不知什么时候，林彻拿了件衣服过来，在她身旁站着。

林彻望向她，她双手撑在背后的椅子上，柔和的面庞在夜晚和星空的交融下朦胧地半明半暗，睫毛微垂，看起来安静又恬淡。

也不知道为什么，那一瞬间，他的心脏倏然柔软，像是被治愈了几分，本来就愉悦的心情，更加惬意。

她张扬地张开双手，像是还在享受这番景色："好美呀。"

顾知栀的声音轻轻上扬，在安静的夜里显得悠然。

林彻低笑，走过去将外套披在她身上，最后还将她柔软的头发从被压着的外套下抽出来，轻轻理顺。

外套上有林彻的气息，她整个人都被笼罩在里面，格外安心。

她没觉得害羞，也没因为他的触碰而反抗，好像这一系列动作都是理所当然的。

也许在外人看来两人暧昧至极，可是其他人不知道这样的互动对于他俩来说，平常得寡淡。

林彻在她旁边坐下，一条长椅上，两人的身影彼此靠近，轮廓清晰。

"阿彻，你喜欢这里吗？"她轻轻问。

田间呱呱声此起彼伏，像要疯狂踩住夏日的尾巴，不然当第一缕秋风吹来时，它们就要沉寂了。

适应了黑夜以后的双眼格外清明，顾知栀的面庞柔和恬淡，期待地望着林彻，一双眼明亮得好像天上的星星。

他本就被柔软的心，又软了几分，如果再注视着她脸庞的笑，他的心或许会被融化成水。

"喜欢。"他望着顾知栀，眼底似有旋涡。

喜欢这里，更喜欢你。

得到了他的答案，顾知栀好像格外开心，此刻的蝉鸣也不再聒噪。

"你喜欢就好呀，怕你觉得这里不好玩儿。"她偏着头，有些俏皮。

林彻轻轻一笑，眼里微光扑闪。

怎么可能不喜欢呢？有她在，哪里都喜欢。

"咦，这是什么？"顾知栀摸到外套里有个坚硬的东西，好奇地拿出来，举起来就着星空端详。

"打火机。"林彻看了一眼，沉沉开口。

顾知栀还是第一次碰打火机，于是有些好奇地小心按动了边上的点火按钮。

须臾间，伴随着啪的一声，一丝火苗蹿出，在黑夜下跳动着。

她的脸庞瞬间被照亮，五官在跳动的火光下被映衬得愈发精致漂亮，一双眼干净清澈，摄人心魄。

她又按动几下，像是把打火机当成了玩具。

林彻侧着脸垂眸看她，心里被触动了一般，喉结滚动，垂在一边的手不自觉微握。

他看向顾知栀，眼神暗涌着。

顾知栀又好玩地按开一簇火苗，此刻，林彻弯着身子慢慢靠近她，在火苗前定住，垂着眸，近距离地看向她。

借着这道微光，林彻轮廓分明的脸就这样映入眼帘。

挺直的鼻梁，半垂的眼，清晰的下颌线，在昏黄的光下若隐若现，火光描摹下，带着亦正亦邪的性感。

充满侵略感的属于他的气息铺天盖地地从头上压下来，让她暂时忘记了喘息。

林彻抽回了身子，将打火机从她手上拿走，声音低沉沙哑："小孩子别玩儿这个。"

这声音在黑夜里，格外好听。

她捂住狂跳不止的心脏收回视线，乡下的夜晚竟有些燥热，兴许是夏天还没完全离开的原因。

顾知栀咽了咽口水，继续望天。

只是藏在胸膛下的那颗怦然的心，一直不安分地跳动着，干扰着她，让她再也数不清天上的星星。

那些星线就像交织在一起，密密麻麻，繁复耀眼。

第 64 章　哟，还没追上呢？

两人无言地坐了一会儿，林彻好听的声音传来："你该睡觉了。"

"几点了？"

"快十一点了。"他举着手机，在顾知栀面前停留一瞬，然后收回，带着不容反抗的气势，站起身，看着她。

女生乖乖地跟着他站起来，然后将外套在身上裹得严严实实，随着他的步伐，慢慢走回屋子里。

"我明天要早起，还得学习。"

她真的带了很多书过来，就算是放假也不能松懈。

林彻点点头："好，那快去睡觉。"

顾知栀走到房间门前，将外套脱下还给林彻，只着一件短袖的她，赫然露出雪白的胳膊。

"晚安。"

林彻俯下身，在她耳边轻声细语，气息离她很近，在她耳垂旁吹拂。

"晚安。"

望着瞬间钻入房间里，然后砰的一声把门关上的顾知栀，林彻勾起一抹笑，在昏暗的夜灯下，涌上了一丝不明的玩味。

他这才幽幽转身离开，走出陈阳姥爷家的小楼，然后踏着星光，慢慢走向隔壁那栋楼。

上楼后，耳边瞬间响起一阵笑声，热切而肆意。

那群小子又在一起玩游戏了，他感到耳膜被震得乱跳，轻喷一声，迈着长腿走进大厅。

"彻哥回来啦。"洪川抬头对他挥着手，然后扔出几张牌，"我炸！哈哈哈哈哈！"

"大哥快来玩儿！"那边几个人招呼着。

他神情冷淡地走过去，在地毯上坐下，叉着腿靠在沙发边，随意开了瓶汽水。

"小仙女睡啦？"周维八卦地冲他挤眉弄眼。

他漠然掀了掀眼皮，嗯了一声，沉沉的。

陈阳插了一句话："那正好，快来加入我们男子汉的游戏。"

"今晚不通宵，天理难容！"

他们特意去村里的小卖部买了一堆零食，然后把游戏设备什么的都打开了，直接把这里整的跟游戏厅似的。

还是附赠饮料那种。

"通宵?"肖云越打了个激灵，赶紧裹了床被子，"不行，我不能通宵，茉茉知道会杀了我的。"

"你就这点骨气!"洪川嫌弃地看了他一眼，这恋爱的男人就是这么难以理解。

这个小子这样，自家大哥更是这样。

"啧啧，如果谈恋爱就意味着失去自由的话，我宁愿单身一辈子。"洪川摇了摇头，状若叹惋，深情望天。

"你可闭嘴吧，谁每天把美女挂在嘴上?"

肖云越红着脖子，挤出一句颇有文化的句子。

"如人饮水，冷暖自知。"

"嘁。"众人嫌弃地别过脸，没眼看。

倒是陈阳，特意揭了自己好友的底："他自知个毛线，他哪里谈恋爱了啊哈哈哈哈，人家周姐没答应他，啊哈哈哈哈哈哈!"

朋友嘛，就是拿来两肋插刀的。这里的刀，是菜刀。

"哟，还没追上呢?那我是不是有机会哦?"洪川笑得嗳瑟，眼睛一眯，看起来像只树袋熊。

"滚!"肖云越直接把被子扔陈阳脸上，然后冲他吼着，"早恋是不对的!"

"行行行，早恋是不对的。"

"哎，那彻哥和小仙女是什么情况?"周维适时问了一句。

本就热闹的空间里，他这声提问竟然没有被其他笑声压下去，此言一出，整个房间都静了。

大家都八卦地看着坐在一边神情冷峻的林彻，眼里的期待都要溢出来了。

林彻心里一沉，脸瞬间黑了下来。

想起傍晚，顾知栀和他拜把子似的那句"老妈子"，他的脸就又阴沉几分。

然后，众人只见林彻愤愤抬起头，露出好看的五官，冷冷说了一句："早恋是不对的。"

说完，皱了皱眉，喝了一口手里的可乐。

"哈哈哈哈哈哈哈哈!原来你也没追到啊?哈哈哈哈哈哈!"

"还监护人呢，多自信啊!哈哈哈哈哈!"

没管他们说什么，林彻自顾自地喝着可乐，几口就见了底。修长的手指轻轻一捏，可乐罐瞬间被捏扁，神色间带着些不耐烦，他将罐子随意扔到垃圾桶里。

"球进了！"洪川在旁边顺着他的动作大喊，"彻哥来玩儿！"

"来了。"

最后，几人不知道玩儿了多久，直到天边露出一抹鱼肚白，远处传来一阵辽远的鸡啼。

陈阳揉巴揉巴眼睛，伸了个懒腰："我得回去帮我姥姥烧饭。"

"去吧去吧。"

肖云越卷好铺盖卷，万分后悔状："各位大哥，千万别说我通宵了。"

"知道了知道了，没骨气的。"

众人一哄而散，回到各自房间去补眠，一下子热闹的大堂只留下一片凌乱的垃圾。

林彻冷着脸，把洪川拎出来："垃圾收了再去睡。"

"我不干啊大哥，一起扔的垃圾，别人都不收拾，怎么就我收拾？"洪川不情不愿，但还是在他家彻哥冷厉的眼神下屈服。

"我不是人？"林彻面无表情地提起垃圾袋，这袋垃圾在他手上显得格外滑稽。

洪川想着，得了，您这尊佛都主动收拾了，我还能说什么呢？

于是整理完后，还破天荒找出拖布把大厅里拖得干干净净。

林彻走出院子，夜风让他脑子清明不少，耳边传来田间虫子不懈的叫声，夜空更显得宁静。

天没亮，夜色正浓，深黑的天幕边缘有一抹浅浅的蓝，很快就要被撕裂似的。

环顾四周，村落里竟然大多数人家都亮起了灯火，在一片朦胧夜色中，微弱闪烁着。

顾知栀被一声鸡叫吵醒，一看手机，竟然才早上五点。

再也睡不着了，她起身换好衣服下楼。

没想到姥姥姥爷早就已经起床，他们正在厨房烧火做饭。

见到顾知栀起床了，姥姥乐呵呵地笑着说怎么不多睡会儿。

然后给她递了杯露水茶，和她在灶台前聊起天来。

"现在的年轻人起得晚，不像我们以前，天不亮就要去干活喽！"

姥姥的皱纹舒展开来，和蔼的双眼眨了眨，分明是老年人，却没有年迈体弱的姿态，反而精神矍铄。

顾知栀问他们为什么不用天然气，家里不是已经装了这些设备吗？

结果姥姥直接摇摇头："柴火烧饭和燃气灶还是不一样的，天然气方便，不过还是柴火饭更好吃。"

"那我来帮您烧火吧？"顾知栀自告奋勇，凑到灶台边。

姥姥往旁边挪了挪："来来来。"然后笑着看她，合不拢嘴。这小姑娘真俊啊，人又礼貌又乖。

她将柴火扔进灶里，火焰瞬间熊熊燃烧着，偶尔发出噼里啪啦的爆炸声，火光红红的，映在她的脸上。

没一会儿，陈阳回来了，见到顾知栀坐在灶台前认真地握着烧火棍，一脸严肃，不禁笑出声。

"姐，你干吗这个表情？"

顾知栀抿着嘴，没理他，一心一意将灶火烧得旺盛。

"你去帮我拿两捆柴吧，就在外面的柴火垛。"陈阳将她的烧火棍拿过来，坐在她旁边。

他很有经验的样子，能把灶火烧得又旺又均匀，不禁让顾知栀有些崇拜。

"哇……"她羡慕地张大了嘴，跳动的火焰在她眼里映出闪烁的光芒，"好厉害！"

"这有啥？"陈阳指了指外面，"柴火垛那有点儿黑，注意看路啊姐姐。"

顾知栀点点头，像接到什么了不起的任务一样，一个转身钻了出去。

她很容易就找到了柴火垛，然后抱起两捆柴，像抱着什么神圣的奖杯。

不知道为什么，她觉得这种感觉很真实，木柴在火焰中燃烧发出的声音，像在她耳边漾开，从神经末梢处传来能感知的满足。

这种噼里啪啦的节奏，像是生命的律动，像是生活的纽带，还有热切的期盼。

第 65 章 监护人大哥，我们能带她出去玩儿吗？

当她抱着两捆柴往屋子里走时，旁边的黑暗中传来熟悉的男声。

"你在做什么？"

林彻踏着黎明即起的第一缕薄阳，在朦胧的雾霭中朝她走来。

她心里一喜，眼睛也弯成月牙，男生的身影隐匿在黑暗中，只能看到一个隐隐的轮廓。

但那高挑俊逸的身姿，她一眼就能捕捉到。

"你来啦！"兴许是因为心情很好，她的声音也悠扬往上挑，"我在给陈阳拿柴火。"

余音带着点儿软乎乎的腻味，在男生心上滚过一圈。

他挑了挑唇角，垂眸看着眼前的女生，在夜色与灯火交相辉映处，她的五官显得格外精致，眼睛灿若星辰，怀里紧紧抱着两捆柴，就像抱着什么宝贝。

他伸出手臂，将她的柴拎在手上，仰了仰头："走吧，我帮你拿。"

"好。话说你起这么早做什么？"

林彻本来想脱口而出"通宵了"，但想到肖云越一副痛心疾首的模样，愣了愣，淡淡开口："睡不太着。"

其实就是没睡，嗯。

"我也没睡太着耶，刚刚听到公鸡打鸣了，你听到了吗？好大声的。"

……

大家一起吃早饭的时候，不知道为什么，觉得几个男生的步伐都飘飘忽忽的。

几人面面相觑，心照不宣。

林彻走得四平八稳，看起来神清气爽，还心情大好地帮他们搬东西。

"为什么彻哥精神那么好？"肖云越觉得自己脑袋已经空了。

洪川一副这你就不懂了吧的表情："小朋友，通宵可是我们的常见操作，你还嫩得很啊！"

吃过饭以后顾知栀和周子茉要学习，在二楼的露台上，一边呼吸着新鲜空气，一边看书。

肖云越拖着反应慢半拍的身子，强打着精神，捧了本书在周子茉旁边："茉啊，我陪你复习。"他笑着把疲惫压下去，然后瞪大了双眼，像猫头鹰。

周子茉皱了皱眉看向他，没说话。

林间的风声缓缓而过，小鸟清脆啼鸣，初阳透过层云铺洒在田间，稻穗被雾气压弯了腰。

深吸一口气，空气中涌来薄荷香。

清新的空气让他们大脑一醒，顾知栀很快进入状态，专注地复习着。

过了一会儿，林彻不紧不慢走来，在她身旁的椅子上，拿了台平板电脑，写着什么。

"我陪你复习会儿。"

顾知栀凑近，屏幕上被他凌乱地写着几个公式。她疑惑地皱起眉，林彻沉声道："一些竞赛的题。"

他是纯粹没找到别的事做，才会想着来做会儿题。

顾知栀没有说话，回到座位上继续埋头学习。

没过多久，本来安静得只有翻书声的空间，突然传来一阵鼾声。

肖云越趴在桌子上，不知道什么时候睡着了，几根头发翘起来，诉说着自己的置身事外。

周子茉嫌弃地用笔头往他胳膊上一戳，他一个激灵坐起，捧着书，仿佛无事发生："早啊！早。"

"早你个鬼！你昨晚偷牛去了？"周子茉白了他一眼，继续看书。

"没，没，我没偷牛。"他挠了挠头，冲她笑得不好意思。

顾知栀见状，轻轻偷笑，然后垂眸继续做题，突然想到什么，她缓缓转过身。

林彻坐在椅子上，埋着头，安安稳稳的，手上还捧着个平板电脑。

她凑近了看，只见他合上了双眼，眼眶下还有丝丝疲惫，鼻梁高挺，嘴唇紧抿，呼吸平稳……睡着了。

虽然是睡着了，但他仍绷着背，一副很投入的模样，不知道的还以为他在认真看着什么。

顾知栀轻叹了口气，将他轻轻扶到靠背上，把他的耳机取下来，和手上的平板电脑一起放到旁边。

"睡吧睡吧。"顾知栀轻轻摸了摸他的头。

林彻在睡梦中竟然也皱着眉，和他平日里那副臭着脸的模样一般无二。

不会做梦的时候也在揍人吧？

她浅浅一笑，又回房间找了床被子盖在他身上。

……

一上午的时间过得很快，高效学习会带来充实的满足感。

到了下午大家都精神十足，咋咋呼呼地说要出去玩儿。

"栀栀，我们去田里玩儿吧。"周子茉邀请她，身后还跟着陈阳几个。

顾知栀欣然答应："好啊！"

正在起身时，他们赶紧把她稳住，陈阳直接一个用力把她按回椅子上。

他们看着旁边面无表情的林彻，试探性地问着："那啥啊，监护人大哥，我们能带栀栀出去玩儿吗？"

"喂，问他做什么？"顾知栀挣扎着起身，不服气地将陈阳推开，"你让开，谁都不能阻挡我出去！"

林彻正坐在那里玩手机，一言不发，可浑身上下都散发着不容忽视的气势。

他闻言，抬起头，五官间神色淡淡："去吧。"

收到指令后，他们才架着顾知栀往外走。

"为什么都听他的话，你们问的应该是我好不好？"

女生不满的娇嗔从门外传来，清脆悦耳，林彻向来神色寡淡的脸庞浮起一抹笑。

第 66 章　追赶大鹅

天气不冷也不热，阳光洒满田间，像金子一样，稻穗宽大的叶脉上挂着来不及蒸腾的晶莹露珠。

田埂上偶然有什么东西忽地蹿出来，又消失在一片稻禾里。

"茉茉，我来给你拍照。"肖云越举了个相机，凑到周子茉旁边。

"好啊，栀栀来，一起。"

村里通了公路，有村民骑着三轮车满载着粮食穿梭来往。

他们找许阿婆借了辆三轮车，姜南面无表情坐在前面，三轮车车厢里坐着兴奋的四个人。

"咱不会骑这玩意儿！"姜南温润的脸上露出急色，东北口音都飙出来了。

陈阳拍了拍他的肩："就当是骑自行车，老班长，加油！"

"加油！"

姜南无奈叹了口气，一双大长腿蹬起了三轮车。

两个轱辘的都会骑，为啥这三个轱辘的就这么令人难受呢？

他脚一蹬，三轮车往前挪了一点儿。

"嗷嗷嗷嗷！"陈阳像猴子一样手舞足蹈，站了起来。

"你别动，别动！"

姜南痛苦地蹬着脚镫，一个倾斜，觉得三轮车的平衡更难掌握了。

但好在歪歪扭扭骑上了路。

公路两旁就是大片稻田，路面平整，纵使再艰难，也一点一点靠着摸索，将脚镫子踩得呼呼的。

他好像找到了窍门，车速逐渐加快，身边风景绮丽，耳边的风也不再那么喧嚣。

"瞅瞅咱这水平，不得在这屯子兜一圈？"

"屯子？"顾知栀问。

陈阳帮她翻译："就是村子，他膨胀了。"

他们骑着三轮车，碾碎阳光下斑驳的树影，路过道路两旁低垂的稻穗，在流云下追赶归家的羊群。

他们从村头一路向前，最后对着田间劳作的机器露出震惊的表情。

"注意安全！"陈阳姥爷在村口打牌，对他们招手。

"好玩儿吗？"姜南自信地蹬着三轮车。

"好玩儿好玩儿！"

"不愧是老班长。"

这个村子已经非常现代化，田间农作都有机器，村民们都生活得很安逸。

几只大鹅昂首挺胸从路面上横穿而过。

姜南按了按铃："喂喂喂，这大鹅闯红灯！"虽然没有红灯。

"你试试骑过去，吓吓它们。"陈阳提了个馊主意。

姜南说着"好嘞"，自信地脚一蹬，向来温柔的脸上此刻露出一抹转得跟二五八万的笑。

三轮车一个加速，带着几个人朝那几只大鹅冲过去。

大鹅们直接扑腾着"喔喔"地往旁边跑。

"哈哈哈哈哈！"众人大笑。

姜南觉得自己的车技简直太牛了，朝那几只昂首挺胸的鹅露出不屑的神情。

随后，他的脸瞬间僵住，瞳孔骤缩。

大鹅们非但没有被吓走，反而扑棱着翅膀，对着他们的三轮车一路追来。

在车轮子后面迈着脚丫子，雄赳赳气昂昂，落了一地鹅毛。

"妈呀，这鹅这么凶残的！"陈阳急了，拍着姜南的背，"你快加速！"

"得得得！"他赶紧用力蹬着三轮，因为着急，没控制好重心，方向偏离。

"啊！你快加速啊，它们追上来了！"陈阳缩在三轮车厢里，那几只鹅脑袋气势汹汹地靠近了他。

"别动啊，别动！"

姜南涨红了脸，使劲蹬着脚镫，然后在众人的尖叫中、大鹅的追赶中以及旁边路人见了鬼似的目光中，朝旁边的水田拐去。

"哐当！"

连人带车栽进了田里。

"糟糕！！！"

三轮车半截扎在水里边，剩下半截卡在田埂上。

因为惯性和倾斜，后面四人往前一倾。

顾知栀狠狠抓住了三轮车身，但是陈阳站了起来，大家眼看着他在惊呼声中掉进田里。

她想也没想，站起来伸出手去抓他，车身更倾斜了，她没抓住陈阳，反而往前跌下去了。

然后就在两声惊呼中，她和陈阳一起栽进了水田。

水田里没有别的农作物，只有厚厚的淤泥，他俩扑倒在泥潭中。

大鹅在岸边扑腾几下，朝他们昂了昂头，转身扑腾着成群结队离开。

姜南骑在三轮车上，肖云越和周子茉在三轮车后面，他们仨愣愣地看着田里的两人。

五人面面相觑，没有说话。

"你这是什么走位！"陈阳对着姜南大喊。

周子茉赶紧伸出手："快上来吧，栀栀。"

顾知栀呆滞地点点头，然后伸出手，陈阳眼看着周子茉起身，他大喊："别动！"

可是为时晚矣，周子茉起身后，三轮车又往前倾，接下来，整辆车又往田里陷了陷。

"嘶……"

风无情吹过，诉说着几人的尴尬。

最后，村民们帮忙，将他们连人带车拉回了路上。

陈阳和顾知栀身上沾满了淤泥，尤其是顾知栀，她连脸上都溅上了泥点。

在村民们打量傻子的眼神下，他们悻悻地回了家。

姜南看着他俩，不好意思地咽了咽口水。

"战况惨烈啊。"

"陈阳，你没事干吗要去惹那群鹅！"肖云越没好气地拍了下陈阳的头。

"我哪里知道鹅这么恐怖啊！"

"你们村子里的鹅，你还不了解吗？"

陈阳欲哭无泪："我们村里的鹅我就该了解吗？

"那我们村里的母猪我是不是还得帮忙算算生辰八字天干地支啊？！"

顾知栀浑身上下沾满了淤泥，一言不发，神色近乎呆滞，还在那里傻笑，被弄花的脸上，露出两个小小的酒窝。

刚刚发生的事让她措手不及，好在没出什么大问题。

这种体验很少，甚至让她感到新奇。方才在三轮车上他们很是惬意，虽然最后被大鹅追赶，可这样的经历都是鲜活的。

"这孩子傻了？"周子茉在她眼前挥挥手。

陈阳将裤腿上的泥弄下来，结果一不小心又掉了一坨在顾知栀脚上。

"我连夜滚回城里还来得及吗？"陈阳不好意思地说。

顾知栀被牵回家，等她逐渐回过神来时，已经赫然站在了脸黑成煤炭的林彻面前。

他放下手机，居高临下看着沾满泥浆的顾知栀和陈阳："你们去插秧了？"

……

最后，几人知趣地溜了，只留下顾知栀和林彻两人在院子里。

"阿彻，我们刚刚去骑三轮车了。"她笑着，眼里星光点点。

林彻叹了口气："那你是怎么跑到田里的……"

顾知栀笑着，白皙的脸上溅了几个泥点，手上脚上也全是淤泥，像个花猫。

她抬起手，在林彻光洁帅气的脸上一摸，他的帅脸瞬间多了个泥巴手印。

林彻有些嫌弃地皱眉，可垂眸间是女生因为偷笑而半弯的杏眼，流露着狡黠与得意。

于是他心里陡然被治愈几分，觉得这团黑乎乎的泥也变得可爱了。

他无奈地舔了舔唇角，又是一声叹气："快去洗澡换衣服吧。"

"好。"

林彻嫌弃地打量着她全是污泥的外套。

"衣服鞋子扔了啊。"

谁料顾知栀一摇脑袋："不，我念旧得很，不想扔。"

他闻言，脸上瞬间沉下来，比这团淤泥还黑，太阳穴直抽抽。

最后拗不过她的什么衣不如旧说，黑着脸端了个盆去给她洗衣服。

在院门口，林彻坐在不匹配于他身高的小板凳上，叉着两条大长腿，面色铁青地搓着一条小牛仔裤。

众人见状，这是青天白日活见鬼了？大少爷还会干这个呢？

"彻哥，你是下乡体验生活的吗？"

林彻轻嗤，将他们的嘲笑都抛在脑后。这是他造的孽啊，小时候就不该开这个头。

说到林彻小时候，顾知栀刚来家里还是个奶娃，家里特意给顾知栀请了保姆。

但是他那时候不知道是脑子哪里进了水，每次都抱着顾知栀不肯撒手。

"这是我的妹妹！你不准碰！"

众人望着豆丁样的小林彻，牵着路还走不稳的顾知栀，在家里不停游荡，心也悬在了嗓子眼。

"好的好的，不碰，少爷，你快把她放下来吧，危险啊！"

顾知栀衣服弄脏了，阿姨要帮她拿去洗，小林彻面色铁青。

"我妹妹的衣服，我来洗！"

这完全就是他童年时期的黑历史，可每长大一点儿，他亲爹总是适时打趣他，让他回忆起来。

太丢人了！

……

最后，几人的假期就在乡下田野间欢快溜走，幸好他们没干出什么上房揭瓦、放火烧山的壮举。

等他们在回程的车上时，都觉得这几天的光景就像做梦一般。

窗外还是乡下的怡然风景，怀里是沉甸甸的……陈阳姥姥送的土鸡蛋。

"回去还得复习啊！"

"我说姐姐，你能不能别提复习了？我脑壳痛。"

顾知栀回到星城国际的小区里的时候，都觉得这四角林立的高楼有些不太适应。

"我回家啦！"她向林彻挥了挥手。

林彻没说话，而是笑着看向她，眼里藏着什么秘密。

"怎么了？"

他懒洋洋伫立在那里，一动也不动："上次给你的钥匙在身上吗？"

顾知栀皱起眉，有些疑惑地望着他意味深长的笑容："在家里。你没带钥匙吗？"

他点点头，让顾知栀赶紧回家放东西，然后再送自己回去。

虽然听着挺合理的，可顾知栀下意识觉得林彻不会是忘带钥匙的人，不会是有什么事情瞒着她吧？但她依然加快了速度，回家放下了东西就下来找他。

"走吧。"

林彻带着她，转身往外走。

可是他走了几步，并没有离开小区，而是径直走向对面那个单元。

"你住这儿？"顾知栀不可思议地仰起头，声音都拔高了，显然是不敢相信。

林彻嘴角的笑意越来越浓，眼底压不住温柔。

"才租的，我还没住进来。"他声音里带着些许愉悦。

最后林彻领着她，去了他新租的房子，一进门，顾知栀就心下了然了。

从他家窗台往外看，对面远远的不就是自己卧室外的阳台吗？！

"林彻！你搞什么？"

"体谅体谅每天送你回家的哥哥好吗？"他扔下行李，一屁股坐在沙发上，两条腿随意叉开，看起来又细又长。

"每天送你回家还得打车回我自己家，累啊！"他假装很累的样子皱起眉，可看着顾知栀一脸嫌弃的模样，立刻露出了狡黠的笑。

他老早就想搬过来了，又怕顾知栀不同意。

至于什么时候想搬过来，就是那次在出租车上，看她回家那一晚。

虽然那时候两人还有着误会，可看着女生一个人下车，娇小的背影隐匿在夜灯下，影影绰绰。

他那时候就想啊，如果能天天和她一起回家该多好。

第 67 章　大哥考得咋样？

假期这几天就像个正态分布的函数似的，只剩最后两天的时候，就像来到了函数的尾部。

那一丢细细的尾巴，嗖的一下就被描摹过去。

还剩两天，好在之前在乡下也保持着学习状态，回到家里继续学习的时候也能很快进入状态。

每天睡觉前，林彻催命般的微信提示就响起。

"怎么还不睡啊?快去睡了。"

林彻站在自家阳台上，眺望着对面那栋楼的一扇窗户里在黑夜中点亮的灯光，噼里啪啦发着消息。

顾知栀赶紧把灯灭掉，躺在床上打字。

"睡了!"

早上起来时，拉开窗帘，她站在窗台边呼吸新鲜空气，对面不远不近的阳台上就会出现一抹高挑的身影。

男生随意倚靠在窗台边，冲她挥挥手。

隔得不近，可从他那倦懒的姿态上，她已经能想象到男生那轻轻上扬的嘴角。

同时，手机提示响起，她点开。

林彻: "早安。"

沈暖知道以后，感慨地挤在窗台前，连连叹气。

"这就是万恶的资本家追女生的方式吗?"

顾知栀偏起头，认真思考这句话，最后冲她严肃否认道: "不，要真的是资本家，他已经把对面买下来了，而不是租下来。"

事实确实如此。

林彻其实没什么零花钱。

家里虽然有钱，可"穷养儿，富养女"的观念在他们家贯彻得很彻底。

小时候，顾知栀的零花钱可是他的三倍多，每次他要出去玩，没钱了都得找顾知栀接济。

顾知栀不解: "林彻，你怎么这么能花钱?"

"你零花钱多，当然不能理解我的痛苦。"

"你得存下来呀。"她一本正经地睁大双眼，颇认真地看向他，"不然你以后怎么娶媳妇？"

……

不情不愿地，国庆假期结束了。

回到学校就进入紧张的月考中。大早上，大家还没去各自的考场，而是在教室里复习。

果然，整个班级的空气都陷入低气压之中。

"完了完了，我国庆七天都玩儿去了，这次肯定很惨。"

"对啊，我也是！"

诸如此类的低语频频传来，直到姚福全铁青着脸站在门口，才安静些许。

顾知栀他们几个在第一考场，要背着书包去二楼。

下楼的时候，有同学低声问顾知栀："栀栀，你有复习吗？"

顾知栀点了点头："有的，希望能考好一点儿吧。"

"真羡慕你啊，我一点儿都没复习。"同学很苦恼地瘪着嘴。

顾知栀有些不解，真的有人一点儿都没复习吗？

考号是按照入学成绩排名，姜南无疑就坐在第一排第一个，他往那里一坐，气质非凡。

前提是不开口的时候。

周子茉在第四个，她隔着过道和顾知栀遥望，喊着加油。

除此之外，顾知栀还看到了高一（6）班的方潇宇，他和顾知栀目光相接，有些不自然地别过头。

考试的时间过得飞快，顾知栀认真答题。她感觉自己状态不错，特别是物理，有些题甚至就是她练习册上做过的原题。

一共考了两天，每考完一科就能听到同学们的哀号。

"数学最后一道选择题选的什么？"

"我选的B，你呢？"

"糟了糟了，我选的C啊！"

他们一回教室，就有同学凑上来对答案，没过多久……

"这是姜南版数学答案，快来对啊！"

"我的天，咋前面几个一个都对不上呢？"

"你傻啊，这是数学，你对的是物理！"

闹哄哄而热烈，紧张的考试就在这喧闹声中宣告结束。

接下来就是各种讲评，很快就能出成绩。

他们第二天在一起吃午饭的时候，肖云越问了一句："你们考得咋样？"

顾知栀老老实实回答："好像还行。"

"姐妹，听我一句，以后千万别说自己考得还行。"陈阳颇有经验地劝导她。

"把目标放低一点儿，你会发现有更多惊喜。"

周子茉白了他一眼："你以为栀栀是你吗？"

几人讨论得热烈，顾知栀轻笑，想埋头继续扒饭，却见余光里不紧不慢走近一个熟悉的身影。

她漾起笑容，视线一动不动朝着来人，末了，俏皮地眨眨眼。

只见林彻嘴角淡淡地扯起一抹弧度，然后又很快敛起来，依旧是平日里那副冷淡的模样。

他面无表情地走近，端着餐盘垂眸看向五人。

身后的洪川和周维笑得吊儿郎当。

顾知栀眼里抑制不住喜悦，刚想给旁边几人说林彻来了，就看到身边有两人神情突变。

那叫一个精彩纷呈。

比如陈阳，他完全没想到大哥还愿意来和他们玩儿，没有因为假期完了就独自美丽了。

再比如肖云越，他看到了洪川，这个人老是看谁都美女美女的，于是马上一个激灵，把周子茉挡在身后。

林彻颇有气势面无表情地坐下来，就在顾知栀对面，周维和洪川顺势坐在旁边。

吃饭时，陈阳可能是吃了豹子胆，竟然问林彻："大哥，你考得咋样啊？"

虽然他可能是不要命了去问，但此话一出，大家都按捺不住内心同样的好奇。

特别是顾知栀，她瞪大双眼，追切想知道林彻的回答。

她知道林彻根本不会在意排名那些东西。

可她想让所有人都明白，这个人，真的很优秀，请停止对他一些乱七八糟的诽谤。

林彻看了陈阳一眼，神色自若地收回视线："不知道。"然后与顾知栀视线相接，他沉下目光，轻轻说了一句："快吃饭吧。"

没有得到想要的答案，顾知栀心里始终有块石头没有落下。

接下来几天，她一直等待着高二的排名公布，比等待她自己的成绩都还着急。

"红榜出了！"有人从楼下跑上来，在教室后门大喊。

顾知栀想也没想就拉着周子茉冲到楼下，从一众人群中挤进去，在高二那一栏踮起脚搜寻。

她直接从上往下看，心脏怦怦直跳，期待着林彻的名字出现在那里。

第一名：林彻。

简单的两个字赫然映入眼帘，突然，她因为激动而眼眶一热。

她一直惴惴不安，终于等到了想要的结果，感觉比自己拿了第一名还激动，这一刻已经让她等了很久了。

就像是一个寻宝者，终于能骄傲地举起手里蒙尘的遗珠，告诉所有人，自己站过的地方，是真的有宝藏。

"栀栀，你这次第四耶！"周子茉在高一的榜单那里，看到顾知栀的成绩，正激动地来向她报喜。

却看到女生仰头看着高二那一栏，眼里噙着泪水，像是有星河涌动。

周子茉顺着顾知栀的视线往上移，在那里竟然看到一个熟悉的名字，她终于明白这几天顾知栀为什么对何时公布排名这么着急了。

周子茉也终于明白，为什么自己的小同桌总是坚定不移地说，林彻是最优秀的。

她不禁咋舌，感叹着这世道真是不公啊！

顾知栀这才从喜悦中抽离，看向旁边的周子茉："你说什么？"脸上淡淡笑着，漾起甜蜜的酒窝。

"说你第四。"周子茉拉着她往高一的榜单走去。

虽然这几天老师讲评卷子的时候，顾知栀就感觉到其实自己考得不错，但当切实发现自己进步以后，还是会感到抑制不住的满足。

姜南还是第一，顾知栀第四，周子茉第六。

"继续加油啊！"

两人牵着手，默默看向名单上那一笔一画。

高中的日子无声，可这些笔画，都是这段时光流淌过的痕迹。

第 68 章　我来给顾知栀开家长会

考试是前几天考的，成绩是隔几天公布的，家长会是这周五开的。

一说到家长会，本来就凝重的气氛，更加沉重了。

就像一座茅草屋，本来就破破烂烂，突然还要来场大雨。更难受的是，明知道大雨要来了，这茅草屋还补救不了。

以上比喻，对考得好的同学除外。

林森第一次踏进一高的校门，他特意推迟了会议，甚至早早做了个发型。

当他从车上走下时，几名校领导竟然已经在原地等着了。

"林总好！"教导处主任上来握手，"我是一高的教导主任。"

林森衣着简单，却看得出低调中带着奢华。他气势威严，虽然带着笑意，可总是让人不由得产生敬仰之情。

"你好。"

教导处主任听说林森要亲自来参加家长会，整个人都激动了，像要有什么领导莅临检查一样，早早做了准备。

他很是欣慰地同林森攀谈："林彻这次考得真好啊，林总真是有个好儿子。"

没想到林森脸上有片刻迟疑，他竟然皱了皱眉："是吗？"

好家伙，不知道孩子考了多少吗？教导主任内心震了震。

难道这是凡尔赛家长的标准发言？

不过依然笑得和蔼："是呀，我带林总去林彻教室哈。您还没来过吧？"

然后，林森接下来的话足以让他震惊一百年。

"不，主任，我要去高一（7）班。"

去高一（7）班做什么？这当爹的太忙了，不知道孩子已经高二了吗？

"林总啊，林彻现在已经高二了，在高二（4）班。"他好心提醒。

林森点了点头："我知道，主任。我要去高一（7）班，给顾知栀开家长会。"

他的话让主任措手不及。这功课没做到位，顾知栀同学是哪里蹦出来的？

"顾知栀是我闺女。"林森不同他计较，依旧平和地说。那神情，还充满了骄傲。

"她这次考了年级第四呢，厉害吧？主任你不知道吗？"说着，露出一抹笑，很慈祥。

主任僵了僵。不过自己也曾教学多年，应对这些还不成问题。于是拿捏着姿态，一副深藏身与名的样子点了点头。

"我知道，顾知栀同学嘛，成绩很好！林总真是有个好闺女。"

不过跟在后面的黄河老师直接凌乱了，那自己现在杵这里做啥？

幸好教导主任帮他问出了心中所想："那林彻那边……"

黄河支着耳朵，听林森往下说。

"不管他。"

行吧行吧，那我走了！黄河老师摇了摇头离开了。

……

顾知栀在门外等着林森来开家长会，和她站在一起的还有不耐烦的林彻。

"为什么非要我在这里啊？"林彻幽幽开口。

顾知栀瞪了他一眼，一张小脸愤愤的："你已经多久没见过林叔叔了，就不想他？"

"不想。他又没缺胳膊断腿。"林彻懒洋洋地靠在走廊外的栏杆上，吸引了来往同学的目光。不经意一瞥，见到走廊尽头的林森被几个老师簇拥着走过来。

他轻嗤一声，又不是什么领导，至于嘛！

"前面就是高一（7）班，林总我们就不过去了。"

教导主任看见教室外黑着脸的林彻，生怕他们父子俩当场上演什么家庭教育大戏，马上顿住脚步，瞬间不想挪动过去。

"栀栀啊！"林森径直走到顾知栀面前，欣慰地摸了摸她的头。

顾知栀乖巧地喊了一声："林叔叔好。"

这声音清脆又甜美，听得林彻心里一漾。

真乖呢！

林森又看了一眼林彻，直接无视一般收回眼神，满意地看着顾知栀："你考得真好，英勇，英勇。"

顾知栀不好意思地笑了笑，露出两个小酒窝。

刚好，肖云越转着篮球从旁边经过，见到顾知栀和她旁边的中年男人，非常礼貌地喊了声："叔叔好。"

"你好你好。"林森对他点了点头，"小伙子还挺帅。"

肖云越个子高挑，看起来一副阳光大男孩的模样，是长辈们都喜欢的那种类型。

这时，在后面默不作声的林彻轻笑一声，听起来不屑极了。

林森闻声，不太开心地皱起了眉。

肖云越听到林森开口以后，不好意思地挠挠头，说着谢谢叔叔谢谢叔叔，一把拉起林彻就要离开。

林彻没反抗，任由他拉着，听他语重心长地"教育"自己。

"你在栀栀爸爸面前怎么能这个表情呢！

"笑笑嘛，给人家留个好印象。

"别这么凶，不然人家爸爸不喜欢你。"

谁能知道那个人就是林彻亲爹本人呢？

……

开完家长会后，林森捧着顾知栀的物理成绩单，眼里满是骄傲。

"栀栀的物理太棒了，你们物理李老师老夸你，说你认真。"

顾知栀不好意思地垂下头，然而眼神倏然一沉，物理老师就住她家楼下，自己每天都能和他在楼梯口相见。

偶尔遇到他，他还能当场来一个辅导，拿空气当黑板，比着受力方向。

"这个方向啊，是这样的，两个物体，相反……"说着，手臂一开一合。

顾知栀在旁边跟着他一起，一开，一合。

路过的买菜大妈都以为他俩在打太极。

"继续加油。"林森鼓励道，然后颇有威严地眼神一扫，"林彻呢？刚刚不还在这里？"

"好像下楼去了。"

因为今天要开家长会，最后两节课没有上，顾知栀特意等着林森结束。

这时，林彻慢悠悠出现在走廊尽头，见到林森后，又皱了皱眉，最后绷着脸走近。

"没惹什么大事吧？"林森直接开口，好像林彻只需要活着，他就不需要担心的模样。

林彻不耐烦地轻叹一口气，末了，舔了舔嘴唇，看向林森："没事就去结个婚，哪有那么多问题。"

"兔崽子！"林森没好气地骂了他一句。

最后，两人在父慈子孝中结束了交谈。林森还有要事，没有一起吃饭。

林彻和顾知栀两人慢慢从教学楼往外走，此时正值黄昏，天边洒下金光，太阳不饶人地迟落，夕照晚霞还未隐去，留下一抹酡红。

"你好棒呀，林彻！"顾知栀踢着石子，一点一点跟着他的脚步，把石头踢在他的脚后跟上。

林彻无言，任由脚后跟传来不安分的摩挲，心也跟着轻快起来。

两人路过公告栏时，顾知栀特意在黑榜前留意，"花努比"已经五颜六色，并且还有人给它画上了背景。

黑榜旁边不远处就是红榜，那里的第一名赫然写着两个大字：林彻。

她的目光在"花努比"上流连，不经意瞥到黑榜下方有一行小字，浅浅的。

凑近一看，是用黑色签字笔写下的一行话——"我要考上一本"，顾知栀心里一软，感觉哪里被触动了。

在那行字的旁边，又有一行用红色笔写的，字迹截然不同的两个字"加油"。

陌生人之间无声的鼓励竟然就被这张"黑榜"所连接，那上面分明五彩斑斓。

第 69 章　我倒要看看怎么绝配的

当踩着校园里第一片掉落的碎叶，发出清脆细密的响声时，就知道秋天真的要来了。

忙完了月考，校园中紧绷的氛围稍有缓和，随着即将到来的艺术节变得雀跃。

高一（7）班虽然是高一年级学习氛围最好的班，但在遇到这样的活动时，大部分同学也都表现出异常的积极性。

好不容易能放松一下，谁还能放弃这个机会呢？

"不然我们排话剧吧？"文艺委员在讲台上吆喝，下面一众热烈回应。

大家被这个提议打开了话匣子，最后，经过各种讨论，《罗密欧与朱丽叶》成为大家的首选。

"谁演朱丽叶？"有人目光开始在教室里扫射。

顾知栀明显感觉到有许多热烈的目光径直落向她们这边。

"还用说吗？顾知栀或者周子茉，咱们班的排面啊！"

周子茉这时凑过来，悄悄对顾知栀说："交给你了。"

说完，她笑着看向周围的同学："我请缨，出演朱丽叶的奶妈。"

于是，一下子定好了两个角色。这时，一个新问题出现了。

谁演罗密欧呢？

大家的视线和笑意突然变得暧昧起来，好不容易逮着点儿乐子的小同学们哪里会轻易放过这个机会？

个个都恨不得化身月老的红线，把连中的人五花大绑。

"老班长，上！"陈阳扔了个纸团，直接一个抛物线扔进姜南脖子里，"我们班男神。"

说完，大家都"嗷嗷嗷嗷"地打趣。

"读一段吧。"不知道谁提了个建议，结果大家都喊着让姜南读一段。

姜南皱了皱眉，但还是站起来，接过别人递给他的一段剧本。

他穿着洁白的校服，个子高挑，戴着眼镜，看起来斯斯文文。

非常温柔地开口……

"啊！"他声情并茂，温润中，带着些许大碴子味，"你就这样，离我而去？"

"你可知……你们故意的吧？"姜南再也读不下去了，放下剧本，直接一屁股坐下。

"哈哈哈哈哈哈哈！差点儿把我送走。"

姜南当男主角的提议就这样被他接地气的东北口音劝退了，最后众人选出另一名男孩子来当罗密欧。

"唐誉，你和栀栀都是体育委员，可以哟！"

"嗷嗷嗷！"

……

确定好角色和分工以后，众人商量着每天自习课去排练。

有一次排练，他们路过一间空教室，竟然遇到了洪川和周维两个。

"小仙女！"他们两人见了顾知栀，热情地吆喝着上来打招呼，手里还抱着几瓶矿泉水。

"喝水吗？"洪川递了一瓶给顾知栀。

"谢谢。"顾知栀接下了水，好奇地看向他俩，"你们在做什么？"

洪川眯眯眼笑着："排练呀。艺术节。"

顾知栀有些惊讶，不可思议地睁大双眼："没想到你们俩也会对这个感兴趣。"

女生颇为惊异的神情让他俩有些得意，洪川挺直了背，一本正经道："那可不，我们俩还是后勤呢。"

想不到平日里向来懒散惯了的两人还会为班集体做贡献，顾知栀有一瞬间惊讶。

不过想了想，她又觉得不算奇怪，因为之前一起去乡下的经历，让她对洪川和周维两人有了新的看法。

他们都是热心而且很正直的人。

"你们班表演什么呀？"她不禁有些期待。

两人狡黠地对视一眼，随即露出放肆的大笑："黄河大合唱，哈哈哈哈哈哈！"

"我们班主任叫黄河。"怕她不了解，周维还特意解释一下。

"哈哈……"

她不知，如果班上大部分人在舞台上激昂地唱着那句"黄河在咆哮，黄河在咆哮"，他们班主任黄河会作何感想？

三人在这里交谈，洪川不经意抬眼一看，走廊处出现一抹熟悉的身影。

于是他小眼睛一转，对着顾知栀放光。

"彻哥来了。"他喊着彻哥，但却是对着顾知栀说的。

林彻不紧不慢迈着步子走过转角，见到那抹娇小明艳的身姿后，嘴角淡淡勾起一点弧度，眼神也逐渐柔和。

"你来啦。"顾知栀眼神微动，转过头去，看着男生走近的身影不自觉露出笑容。

身后的洪川和周维推推搡搡，然后隔着几米冲林彻喊道："彻哥我们先走了啊！"然后脚底抹油似的溜了。

"你这白天跑哪里去了？"林彻淡淡开口，他刚才从顾知栀教室回来，没有找到她人。

一连几天，她就跟捉迷藏一样，总是找不到。

"我去排练了嘛。"顾知栀等他上前后，和他并排一起慢慢走。

"朱丽叶？"林彻没好气地轻哼。

什么《罗密欧与朱丽叶》，无不无聊？男男女女，情情爱爱，哼！

这声冷哼不大不小，好像故意似的钻进顾知栀的耳朵里。

她闻言，眼睛一弯，随后柔声道："你别介意我出演朱丽叶了，我们可认真了，不值得鼓励吗？"

她的声音软暖，带着些许轻抚的意味，像哄小孩一样。

林彻突然意识到，自己是不是吃醋吃得太明显，于是状若无意，神色如常地说："行，鼓励你。"

他老早就注意到顾知栀提着一袋东西，于是将她手里的袋子很自然地接过。

"我帮你提。"

"好呀，这是我们排练需要的道具，你和我一起送过去吧。"

顾知栀他们借了一间空教室，在学校顶楼。这一层现在几乎都是借给学生们排练用的，走近就能听到各种歌声喊声。

林彻把她送到这儿，没有走进教室，而是看着顾知栀进去以后，一下子被她的同学给簇拥住。

他挑了挑唇角，转身准备离开。就听到后面一个不和谐的声音传来。

"唐誉，你和顾知栀演一对简直绝配啊！"

绝配？

他都准备离开了，听到这句话后，蓦地回过头。

我倒要看看怎么绝配的。

第70章　看你排练

一群人在教室里围着分道具，一派热烈景象，余光里走进一道清冷的身影。

众人朝门口望去，只见一个帅气的冷着脸的男生站在那里。

他扶着门把，逆着光，像是居高临下睥睨着他们。

"怎么啦？"这边的人堆里传来软软的一声。

是顾知栀，她放下手上的东西，朝男生走去。

不知道是不是错觉，众人只觉得，那位冷着脸的男生眼神好像随着她的走近，而变得柔和了。

甚至，他脸上还浮现出一抹笑意，本就好看的脸，被他这种情绪渲染得格外迷人。

顾知栀有些疑惑，抬眼看向林彻："是有什么东西落下了吗？"

刚走了又回来，顾知栀只能想到这个理由，因为以她对林彻这臭脾气的了解，他才不会闲得下心来看她排练呢。

林彻拧了拧眉，被她清澈透亮的目光注视着，不禁有些走神。

她后边就是一群同学，正好奇地看着他俩。

"我陪陪你。"他舔了舔唇角，沉沉开口，声音好听，直直传入后面一群吃瓜的同学耳朵里。

末了，只见他一道凌厉的目光扫来，像是询问着大家的意见："可以吗？"

虽是询问，却带着不容拒绝的气势。

"可以可以！"众人点头，敢不同意吗？

陈阳几个人也在这里，这时候好意给大家解释："这位大哥叫林彻，是咱们学校的学生会会长。"

林彻的大名传得响亮，知道他的人可太多了，所以大家并没有多惊讶。

只是好奇他和顾知栀同学这眉目传情似的，到底啥关系？

也有人恍然大悟，一些徘徊在边缘的吃瓜群众如梦方醒般回过神来。

原来这位哥，就是林彻啊！

传说中的校园大佬，又是学生会会长，关键人家月考还是年级第一。

帅得惨绝人寰，智商还高得离谱。

啧啧啧，众人不禁眼里放着光，看着这位哥一步一步走进教室。

"彻哥，你在这儿啊！"洪川和周维挤着脑袋从门外往里看。

看到顾知栀和陈阳他们几个，还点头笑着。

他们去发完了水，路过这边，刚刚看到一道身影很像他们家老大。

进来一看，果然是他老大。

此刻林彻正绷着脸，在别人班排练的教室后面站着。

这副不近人情的模样，如果换成考试的场景，说他是监考老师也不过分。

于是他俩也挤进教室，在后面和林彻站在一起。

桌椅板凳全部都堆在后面，林彻随便靠在一张桌子上，一双长腿随意支棱着，看起来散漫又慵懒，可这目光却凌厉得骇人。

"那啥啊，就是舞台剧而已，你不要介意。"顾知栀排练前特意走过来，在林彻旁边轻轻地说。声音软暖温柔，带着些不确定。

林彻轻轻笑着，无所谓地将手往后放，倚在桌上，大大咧咧地冲她点了点头："我就随便看看，哪有那么小气！"说着，还把顾知栀轻轻往前一推："快去排练吧。"

"对啊对啊小仙女，快去排练吧。"洪川跟周维笑着冲她摆摆手。

顾知栀一步三回头，确认林彻不会干涉之后，走回教室前面。

第一幕就是罗密欧与朱丽叶舞会相遇的场景。

唐誉，也就是罗密欧的扮演者，需要在一支舞后，看见了顾知栀以后上前约她跳舞。

"如果我这双俗手上的尘污，亵渎了你神明的庙宇。

"这两片嘴唇，含羞的信徒，愿用一吻来祈求你的宽恕。"

然后轻吻朱丽叶的手，再深情抬头。

他们当然不会真亲，只是做一个亲吻的动作而已。

唐誉最开始有些腼腆，排练几天以后被大家的氛围影响，放得更开了。

于是他熟练地弯下腰，将顾知栀纤细的手捧在手心，然后慢慢俯下身子。

距离顾知栀的手还有一段距离时，旁边突然啪地传来一声响。

众人朝教室后面望去。

只见那位林彻大哥黑着脸，犹如晴天霹雳似的，手上的动作僵在那里。

林彻刚刚不紧不慢掏出了手机看时间，听到他们那文绉绉的台词不禁皱了皱眉。

可是作为一个阅读理解能力正常甚至过人的好青年，他一下子就捕捉到了里面那个"吻"字。

耳边突突的，然后倏地抬起头，果然就看到一个小子捧着他家顾知栀的手。

淡定淡定，这是舞台剧，假的假的。

越凑越近，他的背脊随着唐誉的动作逐渐僵硬。

"啪"，手机掉在了地上。

身边的洪川和周维倒吸了一口凉气。

他们哪晓得会是这种场面，早知道是这样，他们就不该来凑这个热闹。

"会长大哥，咱们剧本有什么问题吗？"唐誉挠了挠头。

他刚刚听陈阳介绍，知道这是会长，只以为是来监督他们排练的。

可会长好像对他们的剧本有点儿不满意。

他礼貌地看向林彻，希望能得到他的点拨，毕竟这可是艺术节，还有校领导要看的。

万一剧本真的不合理，他们也好早点儿改。

林彻无言，脸依然黑得像煤炭。

身边的洪川不愧是他家大哥的一级学者，一下子就拿捏起架子，一副领导莅临检查的模样摆了摆手："哎呀，你们怎么能传播这种……"

"这种……"他想了想，想不出个好词，于是挤眉弄眼，看向周维。

周维赶紧接过话："怎么能在神圣的校园传播这种少儿不宜的东西呢。"

林彻听完眉眼一扬，挺直了背，并没有否认他们的话，而是静静地看着前面的一群高一学生。

一副我就这样看着不说话，你们懂什么意思的样子。

"少儿不宜？"这边一些人都疑惑地皱起眉。

《罗密欧与朱丽叶》可算是经典，而且大家都是高中生了，也不是不能接受吧？

这边陈阳几个，都感到有些头痛地捂着脸。

明明这位大哥最想和他们可爱的顾知栀少儿不宜，啧，没眼看！

这时，一群善良上进并且听话的高一学生们面面相觑。

"好像确实，我们还是学生，这样的动作就省略了吧？"

"好，那改一下动作。"

"只是改一个动作而已，不影响。"大家热烈地商量该改什么动作。

"拥抱，试试拥抱？"有人提议。

顾知栀听着这个主意，心里依然没有底气，因为林彻依旧冷着脸。

在和唐誉慢慢凑近，马上碰在一起时，她率先往后退了一步。

感觉拥抱这个动作比吻手更暧昧啊，她自己都做不到。

林彻刚刚已经把手机捡起来了，可怜的手机屏幕已经被摔得裂了口子。

他继续看着前面的顾知栀。

看到那个男生的手再次伸向顾知栀时，他又是一僵，手机再次滑落。

眼里暗潮涌动，像是在旋涡中心。

第 71 章　我考了第一，有什么奖励？

"还是，再换一个吧？"顾知栀提议。

"换。"林彻冷着声音开口了。

众人只见他动作僵硬，神情不自然，如果他不开口，就像一尊雕像。

现在雕像开口了，可又带着些许轻颤。

"哎呀大哥，"陈阳无奈地冲林彻摇摇头，"这再怎么改，也少不了肢体接触啊！"

"还有什么动作比较礼貌、单纯，而且，不少儿不宜吗？"

哪里有什么少儿不宜，分明就是林彻假公济私！

林彻没好气地再次把手机捡起来，这次，屏幕上又多了一道口子。

他皱着眉，有些赌气的意味，可又觉得自己在这里理不直气不壮。

一方面他不想干扰顾知栀他们排练，可另一方面他又忍不住想把那罗密欧的爪子给打开。于是现场陷入诡异的矛盾中，诡异中还带着点儿酸。

"怎么没有单纯的动作了？"他将手机揣进裤兜里，皱起眉，"握手不就很单纯？"

此言一出，连带着身边的洪川、周维两人都陷入沉默。

空气里滑过几秒诡异的沉寂。

"握手？"

"大哥你认真的吗？"

众人一愣，一副"你认真的吗"的表情望向林彻。

顾知栀内心倒吸了一口凉气，开始了开始了，幼稚傲娇的林彻上线了。

林彻懒得管那么多，他突然想起自己还是个什么劳什子会长。

是不是有权利、有义务，来纠正艺术节表演的不正当风气？

一旦有这个想法就停不下来，他觉得此刻自己相当有底气。

于是反问着："握手怎么不行？"

然后看了看旁边的洪川，洪川会意，马上附和道："那相当行！"

"礼貌、单纯，而且……"洪川绞尽脑汁，补充了一个，"而且，友好。"

既然这尊大佛都开口了，饶是多离谱，他们都认了。

握手就握手吧，试试。

既然都要握手了，那对话也得改改。

"愿我这双俗手上的尘污，不要亵渎了你神圣的庙宇。"

"请你接受我友好的握手，诚挚地邀请你，和我共舞一曲。"

唐誉绷直着背，一本正经地伸出手，有点儿那么正气凛然的味道。

"这你们是要拜把子，还是要喊同志啊？"

"哈哈哈哈哈哈哈哈！"

有些奇异，这好好的剧本，怎么突然变得正气满满？

而握手提议者本人，却十分满意地点点头。

不错不错，很和谐，很礼貌，很有分寸。林彻心想。

最后，众人竟然觉得，按照传统的剧本走向，反而没有这种喜剧效果。

于是干脆弄个浩然正气版的《罗密欧与朱丽叶》，算是一种创新。

这个想法得到了广泛支持，于是大家开始改起剧本。

经过一番魔改以后，这个剧本几乎找不到原剧情里动人悲怆的影子，反而是一股搞笑的味道。

……

"你捣什么乱呢！"

几次都忍住和唐誉拜把子喊兄弟的顾知栀，在排练完以后，娇嗔地拍了一下他的背。

林彻内心"嘁"了一声，垂眸看向身边的女生，露出一抹笑。

有些得逞的意味。

他知道顾知栀没有责怪他的意思，于是开始转移话题。

像个等待大人奖励的小孩一样，他舔了舔嘴角，笑着看向顾知栀。

"我这次考了第一，有什么奖励吗？"声音沉沉的，余音偏又往上扬，带着些许愉悦的感觉，很温柔。

顾知栀被他这副模样逗得心底一软，也配合着他的语气，偏了偏头："奖励？想要什么奖励？"

她的声音本就带着些许糯糯的感觉，此刻裹挟着温柔的安抚，让林彻心脏倏然柔软下来。

像置身旋涡，好像很轻易，就能被吸附进去，深陷其中。

他动了动唇，有那么一刻，他恍惚着，真的想要向她伸手要点儿什么。

女生依旧笑意盈盈，望着他不语，但眼里璀璨如星辰般夺目。

他这才回过神来，轻笑着自己在想什么呢，还真能向这个小丫头要奖励啊？于是摇摇头，准备带着她继续走，结果袖子被拉住，青葱般纤细的手指轻轻攥住他的衣袖。他垂眸，是女生狡黠的笑意。

"那我正好有东西奖励你。"傍晚的阳光洒在他脸颊上，镀上一层温软光晕。

他们就这样伫立在阳光之下。

"哦？"林彻挑眉，轻笑着问，"什么东西？"

"什么东西？"顾知栀一边重复着他的话，一边将手伸进兜兜里，像是在掏什么，还微微皱起了眉，一副认真的模样。

"我找找。"

望着她一本正经的动作，林彻被撩拨着，竟然有些好奇。

会是什么呢？

"找到啦。"

女生惊喜的声音传来，清脆悠扬，在他心上滑过。

"把手伸出来吧。"她攥着拳头，里面像是有宝贝，像哄小孩一样将手伸出。

林彻眼神微颤，觉得自己这副样子多半有些幼稚，可又压不住内心的触动。

像是被她温软娇嗔、又近乎哄的语气给安抚得失去了抵抗。

被蛊惑般，他竟也伸出手，大大的手掌在她的小拳头下摊开。

眼前的女生望着自己，弯起眼睛，脸颊上露出两个小酒窝，单纯无瑕。

"收好啦。"她将手打开，手中藏起的东西顺势落入林彻宽大的手掌中。

她将手收回，藏在身后，继续笑着看向他。

林彻心脏怦怦直跳，深陷于她眸中的视线收回，望向自己的手。

他的手上，正静静躺着两张……糖纸？

他没好气地轻笑，将糖纸收回自己的校服口袋里。

小没良心的。

"帮我扔掉吧，求求啦！"顾知栀得逞一般，对他漾起笑容。

傍晚的阳光，是金色的。

夕阳似颜料，洋洋洒洒描摹一地。

"行吧。"

林彻露出自己也没发觉的温柔笑意，他只知道，现在所有的情绪都被抚平。

她的一颦一笑，紧紧牵动着自己。

"你的礼物我会准备的。"顾知栀竟然执着于这个话题。

她也对林彻的每句话，都上心着。

可林彻还能真要她的礼物不成？于是宠溺地解释道："我开玩笑的。"

谁知道顾知栀竟然一本正经："不，当然得给你奖励。"

闻言，林彻嘴角的笑意更深了，他无奈般点点头："听你的听你的。"

第 72 章　朱丽叶斯基

艺术节晚会是在礼堂举行，在周五的晚上。

不得不说，学校这个安排很人性化，看完了艺术节表演就可以放周末。

所以到了那天下午，大家早已心猿意马。

顾知栀他们的剧本已经从凄美的爱情故事改编得正经中带点儿搞笑。

他们是这样安排的：在这里，罗密欧与朱丽叶不再是意大利贵族，他们诞生于俄国十月革命前。

那时，一战给俄国人民带来了深重苦难，二月革命推翻了沙皇政府，出现了工农兵代表的苏维埃和资产阶级临时政府两个政权。

罗密欧叫作罗密欧斯基，他是坚定的布尔什维克主义拥护者。

朱丽叶叫作朱丽叶斯基，家里是资产阶级临时政府庇护的贵族。

他们相遇在舞会，罗密欧斯基一下子就被朱丽叶斯基的美丽给迷住了。一支舞后，他们都为彼此倾心。

可是两人处于不同阵营，他们的相爱被资产阶级的贵族家庭阻碍。

最后朱丽叶斯基被伟大的社会主义思想感化，有了坚定的信仰，成为一名共产主义战士！

两人参与十月革命，在伟大的工人阶级领导下，一举推翻帝国主义统治，取得社会主义革命胜利。

"资本主义必将走向灭亡！"两人依偎着站在苏联的土地上，望着那革命的星星之火，庄严宣誓。

......

"真的没问题吗？"顾知栀在后台换衣服时，看到彩灯林立的礼堂以及乌压压坐满人的观众台，不禁有些心虚。

唐誉已经进入状态，他挺直背脊："别害怕，我的朱丽叶斯基，工人阶级无所畏惧！"

"好吧。"

她穿上了华丽的礼服，是一条浅色及地的长裙，上面装饰着繁复花纹以及暗光下细碎的点点水钻。

裙子上半身是露肩抹胸，此刻一头秀发披散而下，倾泻在双肩，白皙的皮肤若隐若现。

周子茉给她整理裙摆，她则光着脚站在地面，手上提着高跟鞋。

等林彻来到后台时，就看到这样一幅画面。

顾知栀一手捞起长发，露出半截香肩以及雪白骨感的后背，身材曲线玲珑有致，另一只手提着高跟鞋。

她踮起脚，偏着头往后望，朱唇微微张开，弯翘的长睫微颤，垂眸间投下一片温柔暗影。

那一瞬间，他的心脏又开始怦怦直跳，眼前少女的脸庞清晰恬静，耳边是外面缭绕的歌声。

歌声震得他的耳膜突突跳动，透过五彩斑斓的光线，少女裸露在黑暗空气中半明半暗的曲线，开始变得模糊。

模糊了他的眼，让他的呼吸也跟着错乱，血脉中的剧烈跳动像是天地变换。

"大哥，你咋了？"

身旁的洪川将他拉回现实，他顿了顿，才逐渐恢复清明。

他将手插进裤兜里，收回目光，神色寡淡如常，只是声音还带着点儿沙哑："没事。"

顾知栀见到林彻，先是一愣，随即露出一抹笑，眼睛弯成了月牙。

"你怎么来了？"

后台人来人往，都急匆匆的，外面的气氛热烈，这边一片纷乱。

隔着人群，林彻朝她走来。

顾知栀将鞋子放在地上，伸出脚穿进去，穿好一只鞋后，她瞬间感觉自己增高不少。

世界都不一样了。

她摇摇晃晃，踮起另一只脚，准备穿另外那只鞋。

林彻看着面前左摇右摆的顾知栀，不禁皱了皱眉："你想做什么？我帮你。"

于是蹲下身子，将一只鞋捧在手里，另一只手轻轻扶住她的脚。

他的手指冰凉，触碰在顾知栀的肌肤上时，让她不禁往后一缩。

她的脚小巧白皙，踮在地面上，秀而翘，脚腕和脚踝都美妙天成，肌肤细腻，如出水芙蓉。

他将顾知栀的手放在自己肩上，沉声道："站稳。"

然后继续埋下头，重新轻轻捏住她的脚后跟，将高跟鞋为她穿上。

感受到从他身体里源源不断传来的热流，顾知栀心头一暖，觉得四周万物都变得温暖安心。

"好了，你小心点儿。"林彻起身，将她扶住。

顾知栀没怎么穿过高跟鞋，所以还不太熟练，好在训练过几天，已经能够驾驭。

她小心翼翼地挽着林彻，觉得平稳后，松开了扶住他臂膀的手。

"走吧，栀栀。"周子茉牵过她，"要开始了。"

"我走啦。"顾知栀回过头，冲林彻笑着。林彻点点头。

混乱的后台，忙碌纷乱，可大家都注意到，在一个角落，男生在他的女孩面前蹲下身子，为她穿上那水晶般的高跟鞋。

"我有种错觉，刚刚像是亲临了婚礼现场。"

……

"我亲爱的小姐，在我的手上，是触摸过伟大的布尔什维克主义火种的希望。

"请你接受我友好的握手，诚挚地邀请你，和我共舞一曲。"

唐誉站在聚光灯下，向顾知栀优雅地伸出手。

下面一片安静，大家都瞪大双眼，看着舞台中央两道靓丽的身影。

"好的，这位礼貌的先生，愿你的双手，能洗净这尘世的污浊。"

女生轻启朱唇，笑容恬淡。

"这是要……革命？"

"哈哈哈哈哈哈！"

大家都没看过这样的《罗密欧与朱丽叶》，所以不禁觉得好玩儿，不时发出哄笑。

当最后舞台上奏起《国际歌》，他们绷着脸大喊"资本主义必将走向灭亡"时，全场沸腾。

"好！"

教导主任坐在第一排，朝隔着座位的姚福全点点头："你们班的孩子真有创意。"

"他们就是喜欢瞎胡闹。"

演出还在继续，探照灯的光柱紧紧追随着上面的表演者，或歌或舞，精彩纷呈。

"下面，有请高二（4）班的同学为我们带来《黄河大合唱》！"

黄河坐在第二排，前面就是教导主任。

听到这儿，周围的老师都朝他投来目光，比聚光灯还热烈。

那一刻，他觉得自己成了个巨型灯泡，背后发着烫。

高二（4）班有许多艺术生，一部分人合唱，一部分人伴舞。

不知道是不是错觉，在唱到"黄河在咆哮"时，"黄河"两字格外高亢，黄河清了清嗓子，重新坐稳。

"黄河在咆哮！"

他又顿了一下，如果歌声能穿透实体，他可能已经千疮百孔。

舞台上的孩子们都洋溢着青春的笑容，他们高声歌唱着，放肆且热烈。

"黄河在咆哮！"

这群孩子……

也不知为何，在那一瞬间，黄河的心脏倏然柔软，像是被重新焐热了一般。

那些孩子，有些在平日里让自己头痛无比，可是他们现在的笑容却是那么可爱。

教导主任转过头，对黄河露出欣慰的笑容，眼里是压抑不住的和蔼亲切。

"你们班的孩子，精神真好。"

"精神，精神！"

黄河的视线有些模糊，耳边还是喧嚣热烈的伴奏，记忆如走马灯般，他想起自己刚接手高二（4）班的时候。

那是他第一次当班主任，有着年轻老师的一腔热血。

"道之所存，师之所存也。"他无数次念着《师说》，可却被现实浇了一盆盆冷水。

"你们班实在不像话……"有科任老师拍着他的肩头，向他反馈。

"小黄，别管他们了……"也有人同情安慰。

一直以来，他都感觉自己是在黑暗中独自行走，背负着沉重的责任。

他拽着这群不知天高地厚的孩子们，想带他们去畅游知识的海洋，去探讨未来的真谛。

却只感觉，自己越来越累，越来越累。

这时，有一道光从黑暗中穿刺而来，明晃晃照亮前路。

他相信，这道光会越来越明亮，越来越明亮……

第 73 章　我明明缺个对象

顾知栀表演完后，马上换下了衣服。

她和林彻约好了，待会儿去天台上看星星。

这是她第一次看见夜晚的一高，迫不及待想要在校园里探索一番。

等她一鼓作气爬上六楼天台时，林彻已经在那里，他靠在栏杆旁，看着手机。

她的眼睛还没适应黑暗，只感觉远处的男生，整个人被黑夜模糊成一团。

能看到他手机发出的光以及被照亮的鼻尖延伸至脖颈的流畅弧度。

他的身姿高挑，黑夜与灯火交织下的轮廓半明半暗。

兴许是听到了窸窣的脚步声，他抬起头。

"我来了。"顾知栀率先开口，声音在黑夜中悠扬婉转，隔着风传进林彻耳朵里。

他望着来人，勾起唇角。

夜晚的风安静轻柔，静静地流淌过一高上空，拂动着整个校园里的树叶，也带来城市夜晚的喧嚣。

顾知栀朝他走近，和他一起并排站着，趴在天台边的扶手上，望着远处。

她闻到了周围淡淡的柠檬香，那是林彻身上特有的味道。

属于他的味道强烈而霸道地占据了整个空间，哪怕是有流动的风吹过，她也感觉自己被他的气息包裹着。

"没有星星呀。"她抑制住有些惴惴的内心，开始抬头望天。

漆黑的夜空，像一块黑色绸子，静静铺陈在头顶，洁净如洗，一颗星星也没有。

听到她带着些许失望的声音，林彻赶忙安慰道："这里看不到星星的。"

"下次我带你去别的地方看，好吗？"这样询问的语气，像是在哄。

他富有磁性的声音钻进她耳朵，伴着宠溺，顾知栀的耳根开始密密麻麻地灼烧。

心跳又快了半拍。

"没事，看看咱们学校也行。"顾知栀将视线落在校园里。

从这个视角望下去，一高一半的光景都能映入眼帘。

校园里几盏大灯明晃晃高挂，勾勒出教学楼端正、棱角分明的轮廓。

一栋栋教学楼，像无声的铁骑，整齐排列着，好似训练有素，正迎接着战场上的冲锋号响起。

最边上有栋楼，此刻灯火通明。

"那是高三的楼。"林彻眯缝着眼，顺着她的目光看去。

高三还在上晚自习，他们没有参加艺术节。

顾知栀了然地点点头，看向操场那边的一栋单独的楼，有几层也亮着光。

那边她好像没去过。

"那是实验楼。"林彻为她解释说明。

"实验楼现在还有人？"顾知栀不解，抬起头来，剪水双瞳轻轻眨了眨，专注地看向林彻。

难道大晚上的，还有人做实验？

林彻对上她的目光，心底又是一软。

他顿了顿，继续沉声道："那里有竞赛班的自习室。"

"这样啊。"顾知栀像是接收到了什么新的知识点一样，乖巧地点点头。

实验楼叫作"晓知楼"，他以前老爱去那里。

"话说，你是不是重新回去参加竞赛了？"

"是的。"

他的声音平静沉冷，在黑夜里格外好听。

顾知栀心里微动，她觉得自己那万般笃定的少年，始终挺直身子，大步向前。

他永远都是意气风发，永远都能神采飞扬。

顾知栀想到什么，在兜里摸索着，然后掏出一个小盒子。

"林彻。"她扬起声，像是有惊喜，"答应给你的礼物。"

林彻心里一软，有些好笑般配合着她，垂眸朝她手里看去。

盒子里静静躺着一块手表。

"不知道送你什么。你好像什么也不缺。"她将手表取出，轻拽起他的胳膊，将手表往他手腕上戴。

林彻心里想着，我明明缺个对象，就是你。

倏地，手臂上传来冰凉以及可以感知到的沉甸甸。

他凝视端详，那条不宽不窄的表带，正缠绕着他的手腕。

他眉心微蹙，这哪是缠绕着他的手腕啊，这分明是把他心都套住了。

她依旧笑意盈盈地望着他，眼睛干净清澈，摄人心魄。

"喜欢吗？"长睫落下的阴影铺在眼尾，那双眼眨呀眨，在朦胧的夜色中闪动着，一下又一下。

哪怕是处在清凉的黑夜，也突然升起一股燥热。

林彻下颌半仰不仰，喉结滚动，他心里一热，有个想法冒出来。

等待着他回应的顾知栀依旧仰着脸看着他，白皙的小脸单纯无瑕，眼神透亮，像藏了星星。

一旦有了这个想法，他就觉得自己的心开始止不住狂跳。

"嗯？不喜欢吗？"

终于，她有些茫然地皱了皱眉，余音像小羽毛在他心上挠。

本能的克制和隐忍瞬间化为乌有，他弯下腰，凑近她的脸庞。

在她近乎呆滞的神情下，轻轻在她耳边落下一吻。

一瞬间，犹如天旋地转。

心跳不知道踩到了哪个节拍上，奏起惊涛骇浪。

"喜欢。"他敛了敛眼神，将慌乱与局促都隐藏在他清冷的视线下。

可他那眼里分明抑制不住得逞的狂喜。

顾知栀还愣在原地，刚刚发生的事情出乎意料。

她的耳边还是酥酥麻麻的，残留着属于他的温热气息。

一颗揣在胸膛里的心不得安生，不知道该往哪里放。

"我，我走了！"她突然一个激灵，捂住灼烧得通红的脸，一溜烟跑下楼。

她的背影消失成一个白点儿，最后被黑暗吞噬。

他这才长叹一口气，隐藏在血脉之下的跳动，好像述说着刚刚经历的生死逃亡。

他按捺住错乱的心跳，手指落在嘴唇上停留一瞬，刚刚那片柔软的感觉，充斥着整个大脑。

第 74 章　拒绝别人很难吗？

这边还在热烈地举行着艺术节，已经到了结尾部分。

姜南在到处找着顾知栀。

"咱朱丽叶斯基呢？待会儿要去领奖啊。"姜南逢人就问，但对方都是摇摇头表示不知道。

这时，周维出现在姜南眼前，他也在搜索着什么："老大呢？待会儿会长要发言啊。"

消息也不回，电话也不接，老大去哪儿了？

洪川挤了过来，脑洞一开。

"别不是两人私奔了吧？哈哈哈哈哈哈！"

顾知栀红着脸一路狂奔，周围的景致都看不到了，她只能感觉到耳根密密麻麻在灼烧。

就像是塞了个水壶在耳边，哔哔地沸腾。

"你脸干啥玩意儿这么红？"姜南逮住了顾知栀，把她脚底生风的步伐给拦下，"走吧，去领奖了。"

还没来得及平复心情，顾知栀就被拖着到后台去准备。

林彻慢悠悠从天台上走下来，有些得逞的欣喜，也有些心动的紧张。

更多的其实还是对于刚刚自己没能克制住的反思。

不过，他也开始期待着以后，觉得生活，好像挺有盼头。

回到礼堂，周维和洪川已经急得像热锅上的蚂蚁。

"老大，你再不回来，我们就贴寻人启事了！"洪川见到步伐轻快的林彻，眼前一亮。

自家老大好像心情不错。

会长任性，直接把发言给撂了，副会长接下了这个担子，现在在舞台上激情演讲。

林彻抬眼一瞥，又收回视线，嘴角微勾。

周维率先注意到他的手腕，于是凑近瞅了瞅："老大你什么时候戴的手表？"

说着就要伸出手去触碰。

林彻将手臂猛地抽回，还顺势将袖子拉下来，挡住手表，冷着脸回应："不准碰。"

"老大怎么突然这么小气？"

他的这副做派实在诡异，因为三人相识一年多，林彻虽然性子冷淡，脾气也臭，但对大家伙都是很大方的。

他的东西，特别是功能性的东西，一般都可以随便用。

周维抽了抽嘴角。

接下来发生的事，可以震惊他一百年。

林彻刚刚把袖子拉下来，后来想到了什么似的，又皱了皱眉，小心翼翼将袖子捞上去，把手表露出来。

"得让人看见才行。"他低声嘟囔着。

周维迷惑了，大哥捡了宝？

……

学生会的工作渐渐顺利，有了林彻会长罩着，顾知栀什么累活都没有。

她甚至觉得自己的工作太清闲了。

通过和胡杨杨的接触，顾知栀发现，他其实是一个很负责的人，对写作充满热情。

"之前几次开会都不见你。"

胡杨杨挠了挠头："我没有收到过通知。"

"那之前的发言稿，你是真的没空写吗？"顾知栀不解。

"我也在疑惑，为什么学姐不给我安排工作。"

最后两人一交流，才知道，原来哪里是胡杨杨不想写稿子，分明是高学姐故意把稿子都交给顾知栀写。

她一来就感觉到高艺文对她那种格外排斥。后来几次接触，这种感觉越发明显。

"而且，她一直留在宣传部不想离开的原因，其实是想占着学生会的办公室偷偷刷题。"

胡杨杨对顾知栀说，这是他无意中从别的部门听来的。

他还说，这个学姐，就是传说中的"学婊"，每次都告诉别人自己没有复习，结果偷偷刷题，比谁都努力。

听到这里，顾知栀不解地皱起眉。

至于吗？

不过在背后议论别人不太合适，她也没多说，而是很快换了一个话题。

后来没过几天，高艺文找上了她，就在学生会的办公室外面。

她对顾知栀说："这周的稿，你能帮我写吗？"

"马上又有考试，我想好好准备一下。"

她依然是苦苦哀求的模样，让顾知栀十分纠结。

顾知栀心底是不想接受的，虽然写作是她的爱好，可总有种被道德绑架的感觉。

顾知栀想拒绝，可不知道怎么开口。

眼前的学姐很是焦急，她好像算准了顾知栀吃软不吃硬，于是语气更加诚恳了。

一时间，顾知栀埋下头，绞着校服，不知道怎么说。

林彻去顾知栀教室找她，没找到，所以寻思来学生会看看。

没想到在这里刚好碰上顾知栀被人求着办事儿。

他可太了解顾知栀了，脸皮薄，不知道怎么拒绝，每次都是很好说话的样子。

好的人都会记着她的帮忙，说顾知栀真是个热心的同学。

不好的人就会三番五次利用她的善良，对她进行道德绑架。

想到这儿，林彻轻嗤，总算让自己碰上了。

"我倒要看看，是什么人，脸大得能容得下千山万水。"

他薄唇轻启，慢慢走过转角，赫然站在两人面前。

听到这声好听的男声，顾知栀和高艺文都抬起头，朝男生看去。

"你怎么来了？"顾知栀问。

"我怎么不能来？"林彻没好气地将她往身边一拉，居高临下地看着高艺文，眼神冷漠。

高艺文显然没想到会是这样的情况，她知道这个林彻很是袒护顾知栀，于是神情开始变得不自然。

林彻皱起眉，无视般从高艺文身上收回视线，然后异常严肃地看向顾知栀。

"你现在给我拒绝她。"声音冷厉，带着不可抗拒的气势。

是他对自己少有的严厉。

顾知栀一怔，抬头望向他，只见他认真地看向自己。

"可是……"她心里微动，可是这个"不"字，好像有千斤重，她怎么也开不了口。

林彻的眉心拧得更深了，他继续厉声道："你不喜欢的事情就拒绝，明明不想接受，为什么不拒绝？"

他的声音直直砸进她的心里，带着力量。

林彻继续说："顾知栀，你勇敢一点儿，我在这里。"

"说，你拒绝她。"

耳边像是有无声的浪涛，她心里咚咚作擂。

高艺文面色已经不好看了，不悦地望向她。顾知栀深吸了口气。

"学姐，我不想帮你写。"她终于开口了，声音带着轻颤，"以前我不好意思拒绝你。但是这次，你还是找别人吧。"

她的声音软糯，细如蚊蝇，明明是拒绝，却又有些赅气。

高艺文得到这个结果，羞愤地看向顾知栀，又看了看她旁边的林彻。再也不想待在这里，于是转身走掉。

望着她远去，顾知栀心里开始没了底。

"说'不'很难吗？"耳边还是林彻轻飘飘的声音，"拒绝不喜欢的会死？"

他说得漫不经心，可好像又带着无穷力量。

顾知栀开始不再担心高艺文会对自己有什么不好的印象了，因为对方本来就不喜欢自己。

不过她还是感到抱歉，因为好像自己刚刚是在仗着林彻欺负她，这对女孩子来说有些不太好。

看到陷入沉思的顾知栀，林彻心里又是没好气地想：这没良心的，能把当初拒绝我的那股倔脾气用在拒绝别人身上，怎么会沦落成这样？

第 75 章　我想你了

林彻有时会去竞赛班上课，他在物理竞赛的自习室有个专门的座位。

靠着窗，外面就是一块小草坪。

重拾物理竞赛的林彻简直风光无限，一入竞赛班，就以绝对优势碾轧了那群学了一年竞赛的同学。

他就是众人口中的天赋型选手，别人优秀靠努力，他优秀靠基因。

"非人哉，非人哉！"

有一天，林彻在自习室刷题，旁边的窗台传来窸窸窣窣的声音。

他别过头，发现洪川跟周维两个鬼鬼祟祟蹲在窗台下，冲他挤眉弄眼。

"大哥！"他们压低声音轻喊。

林彻挑了挑眉，站起来，就见这俩放了个桃子在窗台上，然后滚到了林彻桌上。

"大哥，你辛苦了，吃桃。"洪川努努嘴，看着那个桃子一直滚到桌上，最后被林彻拿起。

"这是洪川从牙缝里省出来的。"周维补充道。

林彻拧了拧眉，一头雾水，这俩干吗呢？

他俩刚刚路过一班，看到了叶凡。

听叶凡说物理竞赛很苦，两人一寻思，这还得了？大哥一个孤家寡男，又苦又累，他们又不在身边。

于是赶忙回教室找了找余粮，只找出个桃子，来给大哥送温暖了。

桃子就桃子吧，都说千里送鹅毛，礼轻情意重，一个桃子不比鹅毛重？

"大哥，不要太感动。男儿有泪不轻弹，我知道你……哎，大哥，别关窗户啊！"

洪川和周维在外面张牙舞爪，教室里的同学听到他们的动静，不友好地看过来。

林彻没好气地将桃子放在桌子一边，继续刷题。

不经意一瞥，绯红的桃子上有些洁白的茸毛，还挺可爱。

……

除了洪川跟周维两个人经常不走寻常路，出现在窗台下面以外，顾知栀偶尔也会去自习室找林彻。

不过她才不会想着悄悄去窗台下，又不是搞什么破坏，为什么要跟做贼一样呢？

她端着小饭盒在自习室后门口，轻轻推开门之后，发现林彻静静坐在最后一排，靠着窗户。

暖暖的阳光从窗外倾泻而下，给他笼上一层光晕。

他清冷的五官此刻多了一些柔和，洁白的校服神圣又干净。

她挥了挥手，在门口不安分地蹦跶着。

林彻偏过头，见到是她，合上了书页，迈着步子走出来。

没等他开口，手里就被塞上一个饭盒。

"你辛苦了。"顾知栀笑着看向他，示意他把饭盒打开。

竟然是剥好的柚子，柚子皮已经被处理得干干净净，晶莹剔透的果瓣整齐地摆放在里面。

"要多吃水果呀。"

林彻点点头，准备伸出手拿起一瓣，结果就被顾知栀的小手一下拍开了。

她一双眼乌黑清亮，带着些许责怪的意味。

"洗手了吗，你就吃！"说着，她掏出一张湿纸巾，将他的手抓过来，仔细给他擦干净。

清凉的触感从手掌心传来，分明是幽幽的凉，末了，涌上心头的却是温热。

"好啦。"她将林彻的手放下，继续认真地看着他。

林彻这才拿起柚子，塞了一口在嘴里。

见到顾知栀一脸期待的样子，他又拿起一瓣，塞了一口在她嘴里。

"好吃。"

她的小嘴瞬间就鼓起来，像小仓鼠，眼睛弯成月牙，里面有星星扑闪着。

她嚼巴嚼巴咽下去："你做题的时候想起来就吃一点儿。"

林彻点点头，正准备再拿起一块喂她，上课铃却猛地响起。

眼前的顾知栀一个激灵，像是被雷劈中一般。

"我去上课了！"然后倏地转身，狂奔离去。

林彻的手还停在半空中，看着瞬间就消失成小白点儿的顾知栀，无奈地笑了，眼里是压抑不住的宠溺。

小没良心的，每次听到上课铃响就把我抛下。

他如是想着，恋恋不舍地望着她离去的方向，将柚子塞进嘴里。

嗯，好吃。

这时，叶凡从隔壁的生物竞赛自习室推门走出，看到林彻，先是挑了挑眉。

见到他手上的柚子，哟的一声凑了过去。

"看不出来你还这么细心呢。"他一手搭在林彻肩上，一手准备伸进饭盒里，蹭一块柚子。

结果林彻直接无情地将饭盒盖子合上了。

"想吃自己买。"声音冷冷的，带着嫌弃，"这么欠呢！"

然后直接转身走进自习室，冷漠极了。

"林大少咋这么小气了？"叶凡推了推眼镜，一头雾水。心里吐槽了一阵，却勾起嘴角笑了，然后恢复了往日的斯文样，面无表情地往楼下走。

……

日历一页一页翻过，时间就从每天撕掉的那页日历中，点点流逝。

好像前不久才踩碎秋天的第一片落叶，现在校园里已经铺满了金黄。

顾知栀每天和林彻一起上学、放学，给他讲自己班上发生了什么。陈阳过生日，自己送了什么礼物。

"你可别说也送了他手表。"林彻听到礼物这两个字，首先想到这个，心里涌上诡异的酸楚。

陈阳那个小子，和顾知栀走得近得很。

还每天和他家顾知栀勾肩搭背的，喊什么姐姐妹妹！

顾知栀闻言，轻轻拉着他的袖子，露出甜美的笑。

"你又在乱想什么呢？"她的声音一如往常轻柔，"我送了他一副新的耳机。"

林彻这才哼哼地作罢。

……

到了晚上，顾知栀写作业写累了，揉揉眼，看向手机。

正好有林彻的消息。

她轻笑着，点开屏幕，竟然是他发的一张照片。

是他的书桌，上面摊开了一本竞赛书，旁边几页散落的草稿纸。

他还附了一行文字："我太努力了。"

顾知栀无语望天，这句话听着怎么那么欠打呢？

她和林彻一起长大，对他离谱的智商非常艳羡，他也没怎么学习过，稍微努努力就能考个比自己漂亮很多的成绩。

她也深知，自己成绩还算优秀的原因，一部分来源于她也有一套方法，另一部分就是不懈的努力和坚持。

可偏偏就有人，生下来就有过人的天赋。

林彻就是这样的。

世道不公啊……她轻轻叹气。

放下手机，走到窗边，隔着不远的距离，看到对面的窗户中透出莹白的灯光。

是万家灯火中的那一小盏，不明亮，甚至微弱。

她呆愣了一会儿，想回去继续写作业，这时，对面的窗户里突然出现一个身影。

清瘦高挑，逆着光，看不清脸庞，但轮廓清晰无比。

他冲她挥了挥手，同时她的电话应约响起，正是林彻。

她接起后，就听到电话里传来他低沉富有磁性的声音。

"栀栀，我想你了。"

第 76 章　那继续啊

说完，没等她反应过来，林彻沉声笑了笑。

经过听筒后，他本来深沉的声线更有磁性，像是升温剂，一下子让她耳根泛起隐隐灼烧感。

她顿住了，一颗心在黑夜里不得安生。

"瞎说什么呢！"

林彻在那头望着，对面的女生一动不动地站在窗台边，头还往下耷拉着。

他也不继续逗她了，转而温柔低声问："你在做什么？"

"做作业……"女生细软的声音从电话里传来。他看到对面的她好像换了只手撑在下巴上。

两人一来一回讲了几分钟，夜风淌过，带来丝丝凉意。

顾知栀拉了拉外套，挡住了领口袒露的雪白肌肤。

"快回去，别着凉了。"

"好。"

她乖乖将窗帘拉上，重新回到书桌前，视野瞬间就从一片宽阔的秋夜，聚焦到窄窄书桌上的几本练习册。

林彻见到她的身影消失在窗边，意犹未尽地继续凝视着她刚才站过的地方，目光深邃。

两人又有一搭没一搭地讲了几分钟。

满心思念的人就在离自己直线距离不到二十米的地方，可他偏偏只能隔着窗户相望。

当时选房子的时候就该选个更近点的，比如，她家对门。

想到这儿，林彻皱了皱眉，这破小区，楼和楼之间隔那么远干吗？

兴许是夜深了，也或许是做作业太累了，顾知栀觉得眼睛有些发涩，大脑也变得沉起来。

林彻说了几句话，她都没听清，只感觉眼皮打架打得激烈。

挂了电话以后，她赶紧洗洗睡了，今天有点儿困。

那句话怎么说来着？春困、秋乏、冬眠、夏打盹。现在是秋天，她理所应当会感到疲乏。

拉过被子，她又仔细琢磨了这句话，那敢情一年四季都在睡觉呗？

……

一阵秋风一阵寒，海城仿佛只有夏冬之分，秋天尤为短暂，气温直线下降，深秋踏着落叶的轨迹到来。

等顾知栀抱着新领的一摞卷子站在走廊边，看栏杆外寂寥的校园中庭时，才发现，不知不觉，高一上学期已经走过大半。

她也渐渐熟悉了高中的节奏，在这竞争激烈的环境里，也感到一些压力。

不过好在身边的人都鼓励自己，经过摸索，她也总结出了一套方法，有条不紊地学习着每一科。

两次月考，她的排名都稳定在第四名，值得骄傲的是她的物理，竟然每次都能拿到年级第二名。

她想起那句话："在高中，能把物理学好的女生是很帅气的。"

她抱紧了卷子，站在灌着秋风的走廊边上，突然感觉到了一股力量。

自己离成为帅气的女人又更近了一步呢。

顾知栀，加油！

"顾同学，来发卷子了，你在那边愣着干吗？"

很不巧，被人撞见了自己的呆萌时刻。

"哦，来了来了。"她理了理被风吹乱的头发，赶紧钻进教室里。

发完卷子之后，教室里一片哀号。

白花花的卷子就像那鹅毛大雪一样，铺到每个人的座位上。

"唉声叹气做什么！"姚福全喝了一口茶，将茶杯哐当蹾在讲桌上。

"再过不久就要期末考试了，你们看看你们的水平！"

"再不努力，咋个考大学？做张卷子就要死要活……"

他的话翻来覆去就那几句，大家听得耳朵都长老茧了。

大家愁眉苦脸数着卷子的张数，小心脏拔凉拔凉的。

"什么时候卷子能跟人民币一样，人见人爱？"陈阳嘟囔着，像数钞票一样把卷子翻得哗啦作响。

"那估计是做梦的时候。"周子茉回应着，看了看旁边一脸平静的顾知栀，感到无比羡慕。好像她的小同桌对卷子什么的一点儿也不反感啊。

"栀栀，你家监护人月考又是第一啊。"她轻叹了句。

顾知栀闻言，整理卷子的动作没有停，她一边点头，一边说："是的，他总分比上次还高。"

大佬已经所向无敌，和别人没有什么比较的必要，只能开始纵向比较上次的成绩。

世道不公！她很想把林彻的脑子撬开，看看里面的结构有什么不一样。

她想起上次去看红榜的时候，特意去看了"花努比"。

林彻的逃课处分已经撤了，可是"花努比"还在，上面花花绿绿，空白处写满了留言。

已经看不清黑榜最初的内容，学校好像也把"花努比"留了下来。

竟然还有人在月考前特意去上面留言。

"林彻保佑我考试顺利。"

她可是坚定的唯物主义者，可竟然有一刻也动了心，于是特意在月考前摸了摸林彻的手。

借点儿他的力量。

趁他不注意，又摸了摸他的头。

他的头好用，借来使使。

她如是想着，笑容更加狷狂，手上的动作也加重了。

林彻被她的小手挠得心痒痒的，于是反手将她的手捏在手里。

"你想做什么？"他勾起嘴角，骨节分明的手轻轻包住她的整个手掌。

说着，他还特意弯下腰，将头低了下去。

"趁考试前，沾点儿你的光。"

她不好意思地将手抽出来，放回校服兜里，讪讪地低下头。

"哦？"林彻眼尾压着笑，将她的手拉过来，重新扣住，握在手里不肯放开，"那继续啊。"

最后，学霸之力借到没有，顾知栀不知道。

她只知道自己心里的小鹿又要撞死了。

第 77 章　教你遗传学

顾知栀的几门学科都还不错，可是生物和英语两门就像是缺了缝的门牙一样，漏风。

尤其是生物，她的沈老师已经几次三番找过她谈话了。

"顾知栀同学，你让老夫压力很大啊！"沈秀刚细细打量着她的理科成绩。

其余两门都是接近满分，只有生物79分。

这个成绩单独拿出来，说差也不差，可放在这三门里面，不就显得像个瘸子吗？

她黯然垂下脑袋，看着鞋子上的鞋带失神。

生物不像化学那样，有严格的方程式；更不像物理，有各种定理和计算。

生物需要背诵，还需要理解。

她是典型的理科思维，应对别的学科游刃有余，偏偏生物好像还没找到窍门。

"生物比其他两门容易多了，你应该可以学得更好的。"沈老师语重心长。

"知道了，老师。"她细细回答着。

这时，林彻竟然走进了办公室。

他们是同一个生物老师。

他推门而入时，看到沈秀刚面前的女生熟悉的背影，不禁心里一软。

她的小脑袋无精打采地耷拉着，看着脚尖一动不动，看来是在走神。

"你来了。"沈秀刚见到林彻，招呼了一声，"答案写好了？"

"嗯。"林彻沉声回答，然后将卷子放到老师的桌上。

顾知栀听到耳边那富有磁性的嗓音，动了动脑袋，然后眼前的桌面上赫然出现一只手。

手指修长，骨节分明。

林彻的声音偏冷，那声"嗯"带着属于他的独特的磁性。

她悄悄一瞥，果然是林彻。

林彻将卷子放到桌上后，眼神一直追随着她。这下两道视线相接，他眼里闪过一瞬光亮，俊朗的五官神色清冷，此时带着柔和，整个人都生动起来。

"行，辛苦你了。"沈秀刚看了看他写的卷子，欣慰地点点头。

这是别的省份的统考题，难度较大，他没有标准答案，又懒得自己写，索性就让林彻写了。

林彻不动声色地点点头，没有离开。

两人并排站着，在沈秀刚面前一言不发。

沈秀刚看了看顾知栀，又看了看林彻，突然一拍脑袋，灵光乍现。

"顾知栀同学啊，你知道旁边这位同学是谁吗？"

顾知栀被他这声给拉回了思绪，不过更加茫然了。

老师这是什么意思？

她看了看林彻，又看了看老师，一头雾水。

于是她呆呆地点点头，目光中带着些许疑惑。

沈老师笑着，格外和蔼："对吧？你也知道这是高二的年级第一。"

他好像对林彻很是满意，又欣慰地补充道："他生物都是满分。"

沈老师看向林彻，像是在嘱托，指了指顾知栀："这个同学，是我带的高一班上的，生物遇到点问题。"

"你教教她怎么学生物。"

他这句话分明是老师对学生的托付，可话音一落，两人又互相对视一眼，都没说话。

林彻挑挑眉，看向顾知栀，她涨红了脸，看起来愤愤的。

他眼神倏然深邃，玩味地凑近她，在她耳边轻声细语："好呀，我教你学生物。"

此话一出，就见到她如玉般的耳垂瞬间灼烧得通红。

她还杵在原地，林彻直接揽住她的肩膀，把她往外带。

身后还有沈老师和蔼可亲的声音。

"对对对，你好好向林彻请教一下。"

如果沈老师再仔细观察一下，也许就能发现两人好像格外亲密。

可惜他被眼前那张卷子吸引了，上面是林彻写得满满当当的答案，工整大方。

"这个题做得漂亮！"他满意地点点头。

……

顾知栀僵硬着身子，被林彻连推带揽地带出办公室。

办公室外清冷的空气瞬间让她脑子一醒，然后愤愤然将林彻推开，炸毛感十足。

"谁要你教？"她气鼓鼓地别过头。

被林彻撞见自己在老师面前垂头耷脑的样子，不知怎么的，她局促不安起来。

那种感觉，就像请家长一样。

于是她骄傲地只留给他一个凶巴巴的后脑勺。可惜，她那副气鼓鼓的样子一点儿威慑力也没有。

林彻被她的样子给可爱到了，清冷的面庞上露出宠溺的笑，声音也格外温柔。

"听话，小朋友。老师不是说你遇到问题了吗？"他的声音很轻，偏又尾音往上扬了扬，满满的诱惑感。

看到面前的顾知栀没有说话，他微微蹙起眉，回忆了片刻。

"高一学的细胞和遗传学吧？你哪里不懂？我教你。"

他初中毕业就学完了高一的内容，对到底哪本书是上册，哪本是下册，没有多大印象。

"是遗传学不懂吗？"他思忖片刻，重新看向她，印象里遗传学比别的内容稍微难一些。

"我教你遗传学……"林彻挑了挑唇角，望向女生，神色自若。

他说出这句话时，并未感觉不妥。

等说完后，撞入女生清澈如水般的眸子时，他突然想到了什么。

身形和笑意陡然停住，嘴角的弧度僵在那里。

他瞬间噎住。

自己在说什么呢！

但幸而顾知栀没有过多的想法，她只是轻叹了口气，慢慢走着。

"没事，我自己再摸索摸索。"

她那副蔫了吧唧的样子，像被霜打的茄子。

林彻这才长舒了口气，蹙起眉，幸好她没多想。

不过见她这样无精打采，他几步追了上去，揉了揉她的脑袋。

"我相信你，乖。"

……

等最后一片落叶被风吹起、在地上打着旋时，富有肃杀之意的凛冬也悄然而至。

天被冷流压得低沉，乌漆漆一团，树枝光秃秃的，枝丫张牙舞爪着。

气温逐渐变低，顾知栀穿上了毛衣，秋季校服已经不足以抵抗寒冷，她换上了厚厚的冬季校服。

她一边哈着气，一边搓着小手，在教学楼门口等着林彻。

林彻出来时，见到前面不远处的女生，她像小精灵一样将下巴埋进围巾里，露出一双清澈扑闪的眼睛，穿着厚厚的衣服，非但没有臃肿之感，反而显得小巧可爱。

她一脸无辜地哈着气，调皮地在旁边的玻璃上弄出一团雾，然后在上面画出笑脸。

周围本来尽是寒意，可在那一瞬间，他的心就像被焐热了一般，竟也觉得这冬天温暖可爱起来。

他抬脚走过去。

顾知栀的余光里出现了这道身影，于是将玻璃上乱画的东西给涂成一团，噔噔噔小跑到林彻跟前。

"阿彻！"

她欣喜地喊着，像精灵在跳动。

林彻揉了揉她的脑袋，摸了摸她的手，确保是温热的之后，又将她有些拉开的校服拉链给拉上。

"回家吧。"

第 78 章　明天我要去见你

入了冬，沈奶奶说要给顾知栀和沈暖包饺子，在厨房乐呵呵地擀着面皮。

客厅里的电视放着《情深深雨濛濛》，沈奶奶一边忙着，一边听。

听到何书桓那句："我不是天底下唯一一个为两个女人动心的男人吧。"她咦的一声皱起眉。

"什么人啊简直是！"她非常嫌弃地走出厨房，手里还提着擀面杖。

屏幕里那个看起来人模狗样的男人，居然能说出这种话？于是沈奶奶的脸直接沉下去，中气十足地对外面两位小女生喊着："栀栀、暖暖，你们找对象可千万别找这种！"然后骂骂咧咧就又进了厨房。

两人相视一笑，彼此心照不宣。

"你和你彻哥最近怎么样？"沈暖打趣着，她可是知道这位爷为了追顾知栀，还特意在对面住了下来。

顾知栀有些不好意思地埋下头，脸上飞过一丝红晕，眼里像是有星光扑闪。

这时顾知栀的手机屏幕亮了，她拿起来一看，是林彻的消息。

"你有乖乖吃饭吗？"

"哟！"沈暖促狭地凑过去，看着顾知栀的脸越来越红。

顾知栀将手机放到一边，娇嗔着皱起眉："你别光说我啊，说说你。"

话音刚落，沈暖的手机竟然也亮起来，两人同时一愣。

这手机声控的？

沈暖看了眼屏幕，眼神瞬间变得柔和娇羞："家明学长找我了。"

说完，她笑着捧起手机，一点一点敲击着屏幕回消息。

一下子就全然进入了她自己的世界里。

望着她洋溢着幸福的笑容，顾知栀也淡淡笑着，觉得心里暖暖的。

索性将这片小世界留给她，顾知栀起身去了厨房，帮沈奶奶包饺子。

奶奶包的饺子皮薄肉多，圆鼓鼓的，一个一个排列在一起，饱满得像小元宝。

旁边还摆了一些其他花式的饺子，好似一道柳叶，上面的花纹精致细密。

这样花式的饺子她只在饭店里吃过，一直都很好奇是怎么包出来的。

沈奶奶挑了一勺肉馅放到饺子皮中央，手指灵活地捏了几下，一溜花纹就被带出，她都没看清楚，一个饺子就包好了。

"我还会包好多样式呢，要学学吗？"沈奶奶将白胖的饺子放到盖帘上，笑纹舒展开来。

顾知栀立刻将头点得像小鸡啄米一样，洗了手以后也学起奶奶的动作。

"圆鼓鼓的，对，就是这样……哎，露馅了。"奶奶一边指导她，一边包着饺子。

她学着包了几个，觉得怎么都挺难看，只好选择放弃。

重新回到客厅里时，沈暖全身都像在冒着粉红泡泡。

她抱着手机跳起来，拉住顾知栀的手转圈圈，然后将她带到阳台。

"家明学长说这周末请我看电影。"

说完，她抑制不住激动，眼眶也泛起粉红，眼里像是淌着银河。

因为喜不自胜，沈暖感动得快要哭出来。

顾知栀也跟着她高兴。顾知栀知道沈暖喜欢家明学长，那是她从小就暗恋的男生。

"我明天去剪个头发！"沈暖想到什么，突然摸着自己的头，很焦急，"刘海太长了。

"我需不需要再买件衣服啊？"

突如其来的约会安排，让沈暖陷入了无尽的自我怀疑中，又是担心自己最近胖了不好看，又是担心发型影响颜值。因为要见喜欢的人，所以从这个时候开始，她小心翼翼憧憬着。

……

大概是沈暖洋溢的热烈因子影响了自己，顾知栀吃完饭之后，撇头看了一眼对面。

属于男生的那扇窗现在关闭着，微弱的灯光透过窗帘，安静流淌。

他旁边的那几户人家都将窗帘打开，耀眼的光直接流出。

那几户人家热闹极了，好像还在看电视，显得林彻那边有些清寂。

也不知道他在做什么，吃饭了没，吃的什么。

林彻早上不吃饭，顾知栀哪里肯同意，所以会顺手给他带早餐，或者在路上监督他吃东西。

晚上他说他点外卖。

这一年来他都是一个人住，肯定都没好好照顾自己。

她想了想，突然升起一个念头，溜进厨房，将还在锅里放着给她当消夜的那份蒸饺端了出来。

"暖暖，我出去一趟啊。"她小心将蒸饺装在饭盒里，捧在手上，"奶奶问起的话，你就说我马上回来。"

然后一路雀跃着，蹦蹦跳跳往楼下走。

到了林彻家楼下时，她先打了个电话，电话瞬间被接通。

"喂？"

属于他那低沉好听的声音顺着听筒传过来，她已经做好了准备，但仍像是触电般，全身都酥麻了一阵。

她压抑住怦怦跳动的小心脏，轻轻问："我到你家送东西，你现在方便吗？"

可哪怕她抑制住了心跳，也抑制不住上扬的嘴角，她捧着饭盒，眼睛不自觉弯起，心里也跟着期待起来。

林彻闻言，心里自然是一喜，敛了敛眉，看了下时间。

晚上九点半，天已经全部黑了，他眉心微蹙，走到窗前："方便。你出门了吗？我去接你，衣服穿好别着凉了。"

他直接拿上钥匙准备出门，就听到女生软暖的声音从手机里传来。

"我都已经上楼啦，还有大概五秒……"

林彻顿了顿。

"好啦，开门！"

电话那头清脆的笑声和自家的敲门声同时响起，他无奈笑着，走向门口。

打开门后，女生捧着个饭盒，像小白兔捧了个胡萝卜在手上似的，见到他，一下子笑起来。

"惊喜！"

声音清脆悠扬，让林彻也跟着欣喜，好像很多话，经她说出来，就无端变得可爱。

林彻摸了摸她的头："进来吧。"

然而顾知栀却愣了一下，眼里闪过一瞬茫然："我可以进去？"

她准备把饺子送到了就走的。

"为什么不能进？"

林彻直接将她往里一拽，顺势将门关上，"砰"的关门声紧随着顾知栀"啊"的惊呼。

她一下子进入一个密闭的空间，属于林彻的气息铺天盖地而来，强势霸占了她的周围。

她红着耳朵，心里像有一支笔，画出一个惊叹号。

第 79 章 你能养我吗?

为了掩饰住紧张，她状若无事地抽身去了厨房，在里面翻箱倒柜："有碗吗？"

然而空空如也。不过想来也不奇怪，林彻又不做饭。

最后在一个柜子上，发现了没拆封的外卖餐具：一双一次性筷子。

她拿出来，将饺子打开，放到林彻面前。

里面的柳叶饺整齐排列，晶莹剔透，饺子香喷喷的，还冒着热气。

林彻看了半晌，没说话，看到在一堆花纹漂亮的饺子里，混杂着几个一看手法就很生疏的"异类"。

他饶有兴趣地夹了一个，放到眼前，玩味地勾起嘴角："你包的？"

顾知栀不好意思地点点头，有些局促："对，我包得不好看。"

林彻挑着眉看了饺子几秒，直接送进嘴里，鲜香的肉馅混着软糯的面皮，碰撞出美味的口感。

"还不错。"

他吃了一个，又夹起一个送进顾知栀嘴里。

顾知栀双手托着下巴，一双眼睛溜圆地看着林彻，嘴角止不住上扬。

她陪林彻坐了一会儿，感觉时间不早了，准备回家。

林彻随便拿起一件外套，将钥匙塞进口袋里，先她一步来到门口："我送你。"

"就在对面，有什么要送的？"

"怕你走半路被熊瞎子拐了。"他笑了笑，声音在黑暗的楼道中显得格外低沉好听。

她又仰起头去看他，只见他眼底压着笑，凝视着自己。

那双眼深邃又迷人，像是能把她所有杂念清空。她脑子里唯一的念头就是，跟着他走。不管遇到什么，跟着他走就可以了。

两人慢悠悠地踏着夜色走到沈暖家门口时，顾知栀才如梦初醒。

倒是林彻盯着看了她两秒，眼尾倏地往下一压，轻轻摸了摸她的头："回去吧，明天我来接你。"

顾知栀像是被蛊惑般点点头，准备转身去开门。

林彻下垂的双手动了动，真想抽出手拉住她，然后将她抱在怀里。

这股念头尽管汹涌澎湃，还是被他克制住了，双手紧握成拳。

顾知栀掏出钥匙准备开门，还没把钥匙送进锁眼，门突然被打开。

瞬间，屋子里透出温暖热烈的光线，同时传来热闹的电视剧的声音。

沈奶奶提着袋垃圾扶住门把，和顾知栀直直面对面。

"哟，知栀回来了？"奶奶声音洪亮，她笑着看向门口的顾知栀，又把目光放在林彻身上，疑惑地皱起眉，"这个小伙子……"

这个小伙子好眼熟。

不知怎的，顾知栀心里竟然一阵慌乱，像是被撞见了什么见不得人的事情一样，支支吾吾局促起来。

"这，我……我哥。"她将林彻拉到跟前。

"奶奶好。"

林彻礼貌地向奶奶问好，站直了身子，一本正经。

沈奶奶是知道顾知栀家里的事的，于是也没多想，和蔼地笑着："是知栀的哥哥啊？快进来快进来。"

她乐乐呵呵的，喜笑颜开，又是去给林彻找拖鞋，又是给他把外套挂好。

"小伙子真俊！"

奶奶对林彻的到来很是开心，说着知栀哥哥好不容易来一趟，便转身去找家里的零食。

林彻拉住顾知栀的手，趁沈奶奶没看过来的空当，将她拦在进门后的小空间里。

居高临下地看着她，嘴边的笑意不明："什么哥？"

没想到他对这个称呼还如此敏感，此番轻佻的模样竟然像极了流氓。

见她不说话，林彻越来越靠近，他们已经来到门口，然后他双手一撑，将她抵在门背后。

她整个鼻腔和大脑都被他的气息强势占据。

"我……"顾知栀瞬间头昏脑热，如果大脑里面运行着程序，那么自己肯定是在哔哔哔地报错。

"你说，我是你什么哥哥？"林彻饶有兴趣地看着身下像受惊的兔子一样的顾知栀。

她的耳朵越来越红，像樱桃。

他这才轻轻一笑，从她身前起身，和她拉开距离。

逗一逗就脸红，可爱极了。

他的呼吸刚才就喷洒在她耳边，现在随着他拉远的距离，她感觉到身边的空气都变得清新。

已经死机的大脑这才逐渐恢复运行。

她打了个激灵，将他手臂一推，像兔子一样钻进客厅。

林彻不急也不恼，追随着她的背影，沉着声轻笑。

向来清冷的他，这一笑，竟有些春水初融的味道。

……

"小伙子，你叫，林……"沈奶奶在阳台收衣服，望向客厅里坐得端正的林彻，露出和蔼的笑容。

"林彻。"他礼貌回应着。

此刻他这副模样，像极了五好青年，谁能想到他刚才的流氓样？

顾知栀撇了撇嘴，不说话。

"对对对，林彻。"奶奶的笑纹舒展开来，"欢迎你到我家来做客。"

"栀栀住我家，你就放心吧。"

林彻喝了口水，点点头，眼神格外认真："当然放心，谢谢奶奶照顾我家栀栀。"

明明是很正常的一句话，他非要在"我家"这两个字上加了重音，像是故意的，让顾知栀耳朵又一红。

沈奶奶对林彻这孩子的回答显然十分满意，笑得合不拢嘴："谢什么。"

然后呵呵呵地笑着，收了衣服走进卧室，响亮的声音从里屋传来："你家知栀可听话了！"

正在喝水的顾知栀直接一口呛住，眼里噙着泪，咳嗽起来。

林彻赶紧拍了拍她的背，扯了张纸将她弄湿的手擦干净。

"本来就是我家的，你害羞什么？"

"你快回去吧！"她坐立不安，很想把林彻往外面赶。

不巧，沈奶奶走出来了。顾知栀恢复了刚才的模样，往旁边挪了一点儿，捧着杯子面无表情。

沈奶奶和林彻又是一番谈话，不管奶奶说什么，林彻都能礼貌回答，奶奶一直都在笑。

有那么招人喜欢吗？顾知栀不解。

"我有几次在小区见过你。"奶奶思忖着，"是找知栀的吗？"

"是的。"林彻望向沈奶奶，平静又真诚，"我现在也住这里面。"

奶奶疑惑地皱起眉："听暖暖说，你们家不是在城南？"

"我搬过来了，就住对面楼。"

"一个人吗？"

林彻点头："对，一个人。"

就见沈奶奶竟然有些心疼，皱着眉，"咦"地摇摇脑袋。

"一个人住哪里行？都还是学生呢，怎么照顾自己？吃饭怎么安排的？没安排的话来我家吃饭吧。"

顾知栀看着这谈话朝一个诡异的地方越偏越远，想赶紧替林彻拒绝。

就听到林彻轻快爽朗的声音响起："好啊，谢谢奶奶。"

她不可思议地偏过头，看向林彻，他刚好也在看她。

只见他淡淡挑了挑唇角，很是温柔。

就这样，林彻竟然答应了每天过来吃饭的邀请。

还为了将这件事落实下来，离开前加了奶奶的微信，转了两千块的伙食费。

"我现在没钱了，栀栀。"

他似笑非笑地将手机屏幕在顾知栀眼前晃了晃，假意中掺着几分真情。

"你能养我吗？"

顾知栀白了他一眼："资本家还能没钱？"

林彻长叹了口气，假装有气无力地将头靠在她肩上，嘴角的笑意却不减。

没钱了还能特别开心。

"我才不是资本家，我的身家性命不都在你身上吗？"

说着，还往她身边挪，头抵在她的肩上不肯松动，在她耳边沉声笑了笑。

第 80 章　抱抱

还没到寒冬，却能感受到无尽的肃杀之意，随便哈一口气，就能吐出白雾。

顾知栀站在阳台上，望着楼下的树木发呆。

树叶凋落，每棵树都光秃秃的，一阵风吹过，像能透过衣服，袭来寒意。

然而这周围的气氛影响不了沈暖，她一大早就在家里风风火火试衣服。

今天的沈暖，要去见她的廖家明学长，心早都不知道飞去了哪里。

"你还是多穿一点儿啊。"顾知栀看着沈暖光秃秃的腿，皱起眉，"好歹穿个厚一点儿的腿袜。"

谁料沈暖坚决地摇摇头："不，为了风度，不要温度！"

"厚腿袜不好看。"她补充着，在顾知栀耳边疯狂科普。

行吧，坠入爱河的女生是没有理智的，顾知栀无奈点头。

但最后还是不顾她的抗拒，给她搭了条围巾："真的要多穿一点儿，着凉怎么办？"

沈暖盛装打扮过一番，出门前激动地和顾知栀拥抱："祝我成功！"

"成功？"顾知栀偏头，"你要干什么？"

"成功俘获学长的心啊！"沈暖笑着去开门，身姿雀跃，期待溢于言表。

顾知栀立马握拳，给她加油打气："你一定可以的！"

沈暖蹦蹦跳跳出门了。

顾知栀特意去阳台看着她一路小跑着，直到单薄的背影消失在视线中。

收回视线时，不经意往对面一瞥，林彻随意地靠在阳台边，身形清瘦。

他应该是在看自己，因为她抬起头时，他也随着她的动作偏了偏头，貌似在笑。

……

今天的学习任务还很重，顾知栀想多花点时间整理生物笔记，于是很快投身到学习中。

她买了各式各样的荧光笔，将生物书勾画得满满当当。

可那些字眼怎么就不能进脑袋呢？

她挠着头，又去整理了知识框架，还在笔记上将图画得工工整整。

最后做了点儿练习题，感觉应该会好很多。

一口气不能吃成个胖子，她选择循序渐进。

给生物的复习时间用完后，她又捧起物理练习册做起来。

还是当个帅气的女人更让她心潮澎湃啊……

半天的时间过得很快，黑夜慢慢踏着轨迹到来。

今天沈暖不在家吃晚饭，所以只有顾知栀、林彻、沈奶奶三个人。

林彻过来吃完晚饭以后又回去了，看他行色匆匆的样子，不难发现他有事情在忙。

听说他最近要去参加一个市里的物理竞赛，应该是在为这个做准备。

天赋型选手一旦认真起来，怕是骇人得过分。

"加油啊！"她将林彻送到家门口，拉了拉他的袖子。

林彻"哦"了一声重新站好，望着眼前的她，饶有趣味。

"那不如给我个抱抱？"

他站在原地，垂眸看着她单纯无瑕的面庞，宠溺地笑了笑。

结果就被顾知栀一个用力推了出门："再见了您嘞！"

"砰！"下一秒，门被用力关住。

他望着孤零零的门，此刻楼道里还袭来一阵冷风，无奈地揉了揉眉心。

小没良心的。

……

顾知栀继续回到书桌前，准备投入学习。

结果手机屏幕亮起，她心里动了动，心想着，林彻又要说什么呢？

然后笑着捧起手机，划开屏幕。

出乎意料的是，发消息的不是林彻，而是沈暖，只有简单的几个字。

"我回来了。"

顾知栀感到疑惑，她看了电影还会和学长吃饭的呀，怎么这么早就回来了？

于是正准备发一个：怎么了？

沈暖的消息又传了过来，这次比较长。

"我回来再给你说。你能在楼下等我吗？想在下面坐会儿。"

"我简直是傻子！"

"学长他都有女朋友了！"

她断断续续地发，顾知栀看着她跳动的消息提示，不禁为她担心起来。

饶是再碎片的语言也能拼凑出个大概，沈暖和学长的约会当然不完美，甚至可以说很糟糕。

而且，还有一个事实就是，沈暖喜欢的学长，有了女朋友。

这对沈暖来说太残忍！于是顾知栀再也不能静下心。

收到沈暖快要到楼下的消息后，她赶忙出门，告诉沈奶奶是去找林彻。

等她到楼下时，沈暖已经在长椅上坐着等她了。

沈暖身形单薄，明明是寒冬，但为了看起来不臃肿，也只穿了两件。

特意新打理的发型经过一下午也变得有些凌乱。

沈暖耷拉着头，见到顾知栀来了，有气无力地笑着，脸色苍白。

顾知栀赶紧将自己的外套脱下来，披在沈暖身上。

"怎么了？"

然后听她慢慢往下讲。

"廖家明已经有女朋友了，他还每天和我聊天……"沈暖无力地笑着，声音颤抖，"今天我们看电影的时候……"

"他还说我真漂亮。你知道吗，我当时有多高兴。"

"我喜欢了好几年的男生，说我漂亮。"沈暖扯起一抹笑，却是苍白无力。

"结果他一直和别人打字聊天，我问他是谁，他说是同学。"

"我瞄了一眼，看到对方给他发了个……"

她声音轻颤，像是哽咽了。顾知栀抱住她，轻轻拍打着她的背。

所有旖旎的幻想都成泡影，从憧憬到崩溃，也不过一天时间，这段长达四年的暗恋，竟然是以这样荒诞的结局，画上句点。

顾知栀记得沈暖当初拉着自己，顶着二百度近视，在人群中搜索她心心念念的学长的身影。

她还偷偷在学长打饭的窗口后面排队，制造偶遇，只不过每一次"偶遇"，都蓄谋已久而已。

那时候，无意间在人群里瞧见学长一眼，她都会激动得不得了。

这些青涩而美好的回忆，竟然破碎了，被风一吹，就仓皇四散。

身边还吹着寒风，夜色不知不觉变深，小区里亮起几盏路灯，却在黑暗中显得格外清冷。

顾知栀抱着沈暖，静静听她说，想通过拥抱，给她温暖和力量。

在这样安静的环境里待了不知道多长时间，怀里的女生突然噌地一下坐起来，气愤地皱起眉，眼里像是有火苗蹿动。

"呵呵，简直就是当代何书桓，垃圾！"

这副气势汹汹的样子，和刚刚简直天差地别，顾知栀被她逗笑，可心里却感觉沉沉的。

谁都不是铜墙铁壁，这段经历，对沈暖来说无疑是沉重的打击，饶是再能自我安慰，也会伤心难过吧。

"对，他就是垃圾！"顾知栀握住她的手，"记得奶奶怎么说的吗？"

"找对象千万不能找何书桓这样的！"

两人对视着，沈暖竟然破涕为笑。

等她收拾好情绪，两人准备回家去。

这时，从对面楼道里出现一道熟悉的身影，是林彻。

沈暖仰了仰下巴示意，告诉顾知栀她先回去了，然后先一步离开。

顾知栀还坐在原地，看着朝她一步一步走近的男生。

他走得随意，甚至漫不经心，可视线却紧紧投落在她身上。

四周有萧瑟之感，连带着心里也沉闷得慌，可男生的出现，就像是在冬夜里点燃了一簇火苗。

林彻手里还拿了件衣服，他在阳台上瞧半天了，这两人在楼下不知道说什么，能说那么久。

顾知栀还不穿外套，胆儿肥了？

等了半天，看她们还没有要回家的意思，林彻决定下来给顾知栀送衣服。

本来想着下来好好教育教育她，可见到她那消沉无辜的脸，心里一慌。

怎么了？

他皱起眉，赶紧大步走过去。

到她跟前时，女生仰起脸，乖乖地冲他笑着，明眸皓齿，世间万物为之失色啊。

"阿彻。"她轻轻喊着。

她的脸洁净无瑕，在黑暗中温柔恬淡。

林彻心里陡然一软："我在呢。"

给她把衣服披好以后，他坐在她身边，还将口袋里的一盒牛奶拿出来，他特意加热过的。

顾知栀捧着牛奶，感觉到了源源不断的热流从掌心传来。

明明是冬夜，明明刚才还这样失落，可男生的出现总能带来温暖，有些冰冷的心，像牛奶一样，被温热了。

她淡淡笑着，看向林彻，他五官俊朗，眉眼清晰，望向她时神情柔和。

那句"我在呢"，像是包含了无尽力量。

有人说，初恋就像彩虹糖一样，又酸又甜，你永远不知道下一刻会是什么味道。

可好像在自己的这段感情里，林彻一直都在极力让她感到甜。

不知怎么，她突然鼻头一酸。在自己需要他的时候，他都在呢。

"阿彻。"她又轻轻喊了一句，声音细讷，让林彻不禁担忧起来。

"怎么了？"他皱起眉。

顾知栀朝他那边挪了挪，感觉到属于他的味道慢慢贴近，整个人都被他那令人安心的气息包裹住。

"抱抱。"她嘟囔着，听起来还有些委屈。

林彻还没反应过来，她软软的身体就贴近了他，然后将他抱住。

心跳好像快了半拍，他僵硬着身子，惊喜来得过于突然。

垂眸间，她的脑袋安安静静埋在他的胸口，他心里已经惊起汹涌澎湃的浪花。

林彻沉着眸子，眼底深似旋涡，他有些控制不住颤抖的双手，慢慢抬起手臂，将她揽在怀里。

她的体香扑鼻，乱了他的思绪。

"抱抱抱，我在呢。"他轻轻拍打着她的背，像哄小婴儿一样，下巴抵在她的头上，轻声问，"怎么啦？"

第 81 章　想带你回家过年

他们就这样相互依偎着，不够热烈，却也安稳。安稳之下潜藏着强烈的悸动。

就像飓风之后的海洋，风平浪静，而底下随时潜伏着汹涌翻腾的力量。

顾知栀觉得，这样的欢喜不是空的，而是可以感知到的沉淀。

有那么一瞬，时间仿佛停止了，她只想和林彻相互拥抱着，就算是如此寂寥的冬夜也都不再难熬。

……

理想中的期末考试，应该是在准备充分之后，踏着新年的轨迹缓缓到来，所有的同学都望着、说着。

而不是像现在，就在几个周末、几次测验之后，一眨眼就到了。

任由学生苦苦哀号，期末考试都雷打不动如期而至，急匆匆敲门。

没有过脑子的知识点，就像肥皂泡，未破裂时五光十色，结果经不起实战检验，就马上破碎，渣都不剩。

也像顾知栀做得满满当当的生物笔记，连细胞的图她都画得五颜六色，书大概都被她标满了，但作用微乎其微。

最后，考试成绩出来了，她的生物有了微弱的进步：81分。

"顾知栀同学，你对老夫有意见？"沈秀刚捧着她的卷子，十分不解。

另外的物理和化学两科，几乎没扣分，就这生物像被打得骨折了一样。

"这次寒假回去，好好总结一下，看看有什么办法没有。"沈老师语重心长。

眼前的女生乖巧懂事，垂着脑袋看不清神色。

沈老师相信她，一般成绩好的同学，生物总是不会差的，她一定只是暂时遇到了困难，早晚会突破。于是沈老师也没有过多言语，笑着鼓励道："不懂的就问我、问问同学。"

"好的，老师。"顾知栀轻声回应。

最后她哈着气，慢慢走出办公室。门外的空气清新，带着寒意。

光秃秃的枝丫，安静地张牙舞爪着，在花园里声息全无，看来不觉得热闹。

倒是红榜前围了一堆人，挺热闹的。

她刚才已经去看过了，自家老大哥林彻，以绝对优势蝉联高二第一名。

另外，关于林彻上次参加的物理竞赛结果也出来了，他获得了"海城杯"物理竞赛一等奖，贴了张喜报在旁边。

她自然不能跟天赋型选手比，只知道自己需要不懈努力，毕竟总不能真指望玄学，把林彻的脑袋分给自己用用。

正当她沉思之时，身后冷不丁传来沉缓的低音："在干吗呢？"

她转过头去，只见林彻站在身后看着自己，挑着唇角，眉目帅气。

"路过。"她回应着说，"刚刚去了趟办公室。"

说着就要往教学楼走去，然而却被林彻拉住了。她怔了怔，看着林彻意味深长的笑。

"放假回家吗？"他低沉着声开口，语调最末，非要往上一扬，带着十足的蛊惑。

见顾知栀还没反应过来，他补充道："过年了，回家吗？"

这时，她才明白，原来林彻的意思是问她回不回城南。

她点了点头，很是认真："要的，林叔叔之前给我说过了。"漆黑干净的眸子，像不含杂质，声音也平静淡然，却听得林彻心里一凉。

都不是因为自己才愿意回去吗？

于是他不满地皱起眉，心里又开始泛起那股奇怪的酸楚。

顾知栀哪里知道这个男人想的什么，轻眨双眼，一双眸子含笑带梦，轻轻说："我们一起回家吧。"

简单一句话，像是有安抚的魔力，把林彻的小心思全都熨得平整。

他马上抛却刚才的小气劲，勾起唇角："好。"

确实应该回城南过年，因为严格意义上来说，她的家在那里。

要带的东西不多，她回去收拾了寒假作业、课本，还有几件衣服以后，和沈奶奶及沈暖拥抱着，说下学期见，就出门了。

林彻已经在楼下等她，他的东西更少，所以直接将她的书包背在背上。

"放假想出去玩吗？"林彻揉了揉她的脑袋，很是温柔。

顾知栀思忖片刻，非常认真地摇头："我要好好学习。"

"放假了还学习什么？"林彻不解。

这句话直接刺到了顾知栀神经，她就像被踩了尾巴的猫一样，炸毛了："不懂凡人的苦就闭嘴！"

这番义愤填膺的话把林彻逗笑了，他压着笑，迁就着："好好好，学习，我陪你学习。"

……

顾知栀和林彻回城南后，林森也回来了。

家里叫了阿姨来打扫，换了新的窗帘，顾知栀也换了新的床单被套。

空荡的屋子有了人气，温馨许多，一切就跟以前一样。

"家里总算热闹点儿了。"徐阿姨收拾着厨房的碗筷，"之前我每次来打扫的时候，就在想你们什么时候能回来。"

"想着，暑假吧，结果暑假你们也没回来。"

阿姨将一摞碗擦干净，转过头对顾知栀笑着："阿姨都想你了。"

顾知栀心里一暖，走过去拉住阿姨的手。

徐阿姨在这里做工很久了，对顾知栀很好，他们已经亲如一家人。

"给你做糖醋排骨吃。"阿姨摸了摸她的头，扯起一抹温柔的笑。

一年未见，徐阿姨还如当初一样亲切。

顾知栀走出厨房，看着这偌大的房间，温暖的阳光透过新窗帘，铺洒在地砖上。

每一块，都是自己曾经站立过的地方。

中气十足的男声一下子把她拉回现实。

林森站在二楼，手里抱着一个毛绒熊，朝她扬了扬："栀栀，你的熊怎么在这个柜子里啊？"

她眼睛一弯，笑得灿烂："我柜子放不下了。那里空间大。"

"行，给你塞回去了啊。"林森又抱起熊不紧不慢走回去。

林彻慢悠悠从房间里出来，砰的一声带上了门。居高临下地翘起下巴，脸臭臭的。

"放不下为什么不放我那里？"

"你那破柜子能装几个东西？"顾知栀哼了一声，转头钻进厨房，去帮徐阿姨。

徒留林彻一动不动站在原地，太阳穴突突直跳。

她说的好有道理，自己的房间都比她的小，柜子什么的，当然也比不上她的。

他有时怀疑，顾知栀才是他爹亲生的吧？自己是捡来的，或者充话费送的？

第 82 章　活得像一块望妻石

寒假时间短，尤其是高中生，本来就不长的假期，还缩了水。

顾知栀算了一下，这假期掐头去尾，只有二十天。

她要好好规划一下才行。

陈阳在群里哭诉，他家长给他报了补习班。

"这大过年的，上什么补习班啊！"

顾知栀从他那夸张的描述中就能脑补出他现在痛哭流涕的样子。

肖云越不放过任何一个落井下石的机会："你这成绩是该去补补了。"

正当顾知栀笑着准备打字安慰陈阳的时候，不爱在群里发言的姜南竟然开口了。

"在哪个地方？我陪你吧。"

"好人一生平安！"

陈阳马上就来了精神，有了姜南陪伴，他倒是很快就接受了去补习班的安排。

看着跳动的信息，顾知栀陷入沉思，她竟然也想报名。

于是，不太确定地打字："我也来一个？"

"那敢情更好！"

你一言我一句，谁也想不到，陈阳一个人的补习班，最后竟然成了五个人的。

林彻知道这件事时，不可置信地用那张帅脸盯着顾知栀，缓缓开口："你们去团建？"因为他实在不能相信，连上个补习班，五人都能组团。

林彻拗不过顾知栀，还是同意了。

他本来想的是，两个人好不容易能在家里多待一些时间，结果现在顾知栀每天还得出门补课。

可是有什么办法呢？不同意的话，她又要用那双水汪汪的大眼睛盯着自己，无辜又可怜。

"你不同意？你竟然不同意？！"

"同意同意！"林彻皱起眉，黑着脸，"你想补什么都同意。"

然后顾知栀就一改可怜的表情，笑得跟朵花一样："我就知道你最好了。"

她笑得灿烂，眼里微光扑朔，就像是有星辰大海。

饶是再怎么不情不愿，他听到这句"你最好了"，也瞬间脾气全无。

甚至觉得自己赚了。

……

由于有补课，所以即使是放假，她也没有松懈，一直在学习状态。

顾知栀喜欢这种被知识充盈的感觉，更喜欢每天和好朋友在一起的感觉，每一天都极其有动力，像是被打了润滑剂的马达，连轴转也不会疲惫。

林彻每天去接送她上学放学，她在上课的时候，他就在外面的商场找个地方等着。有时候是咖啡厅，有时候是书店。

"我的老大怎么活得像一块望妻石了？"洪川知道后，猖狂地笑着。

洪川已经飞去了海南，去那里过年，每天在海边吹吹小风，捡捡贝壳，好不惬意。

周维走得更远，他转眼奔到了美国。这里日头正盛，美国却已进入夜晚，这会儿周维估计还在睡大觉。

林彻皱了皱眉，他现在在一家咖啡厅坐着，旁边两个幼儿园小孩为了争一个玩具，开始在地上打架。

"你是哥哥，你要让我！"

"我是哥哥，所以你该听我的安排！"

杀猪般的惨叫往他耳朵里钻，小孩的话一个字一个字蹦进来。

向来冷漠无情的林彻，竟然开始同情这个当哥哥的小孩子。

他不道德地暗暗想着，加油，哥哥的威严是从小树立的。

"老大，你那边怎么那么吵？"洪川悠闲地踩在细软的沙滩上，看海浪慢慢冲上他的脚踝。

林彻没有理他，看小孩打架竟然入了神。

"喂？"洪川举起手机，看了看信号，"彻……"

还没喊完，电话就被林彻无情挂掉，只听到机械的嘟嘟声。

"奇了怪！"

算着顾知栀该下课了，他慢悠悠起身，结了账以后去她补习学校门口等。

不得不说，现在的补习学校生意真好，一群背着书包的人从楼里出来。

林彻在边上站立着，期待着她的身影出现在视线里。结果他往那边一站，许多人都把视线放到了他身上，不自觉打量起这个帅哥，发出被惊艳到的感叹。

顾知栀和周子茉他们一起出来，在校门口竟然听到有人喊她。

"顾知栀？"一个迟疑的女声。

她转过头，循着声望去，竟然是她？

女生单肩挎着背包，见到顾知栀，脸上明显出现了一丝不自然。

但还是仰着下巴走过来，有些高傲地看着她："真的是你。"

这个女生，顾知栀认识，不仅如此，还让她记忆深刻得很。

林彻初中的同班同学，代晴荷。

那时，顾知栀正和林彻不光荣地早恋着。

当初他们的爱恋轰轰烈烈，在热烈地喜欢之后，因为她的敏感和不自信，她感觉到和林彻两人存在极大的不平等。

又因为林彻说的一些话，让自己对他们的关系产生怀疑。

正当这个时候，这名女生出现了。

不得不说，代晴荷当时的那些话，给了顾知栀沉重一击。

代晴荷的五官清秀，还带着股美艳高傲，此时就这样看着顾知栀，颇有些盛气凌人的味道。

"是我。"顾知栀转过身去，直直面对着她。

她平静又大方地开口，一双摄人心魄的杏眼，凝视着来人。

这番镇定自若的模样，让代晴荷不由得一怔。

代晴荷记忆里的顾知栀，分明就是一个只会躲在林彻身后哭哭闹闹的小孩。

眼前的这个人，是顾知栀的样子，可那股子从内而外散发出的坚忍大方，让她看起来又不太一样。

代晴荷不知道为什么，被她这眼神看得背后一僵。

她又重新打量起顾知栀来，想从她身上找到什么端倪。

这个女生，背着书包，穿着很普通的卫衣牛仔裤，打扮得也不怎么样，土里土气的。

她找到了一点自信，于是挺直了背，继续扫视。

围着围巾，那围巾还是针织的，真土。

她再次暗暗窃喜，还是不怎么样嘛，林彻怎么看上她的？

顾知栀见她不说话，只是把自己从上到下地看，有些茫然。

于是礼貌地开口："有事吗？"

第 83 章　黑白汹涌里的金色笑容

顾知栀声音软糯好听，又让代晴荷不得不把视线移回她脸上。

五官精致，尤其是眼睛大得让人羡慕，鼻子小巧高挺，像洋娃娃一样。

代晴荷心里一恼。她不得不承认，分明是很普通的装扮，在顾知栀身上却能穿出别致的感觉。

刚刚一群人走过，她一眼就认出了顾知栀，在路上就听到旁边的男生指指点点，说那边的女生真好看。

被众星捧月惯了的代晴荷，很不喜欢自己不再成为焦点。

就像不能接受自己喜欢的林彻，竟然不喜欢她。

被顾知栀这番镇定自若的回应给弄得不安，代晴荷也刻薄起来。

"林彻现在不喜欢你了对不对？听说你被赶出去了？"

她是知道顾知栀有一年不在林家的。

顾知栀神情微动，总算知道代晴荷的来意是什么了。

她扯起一抹笑，是在笑自己。

当时的自己是被"寄人篱下"这四个字压得失魂落魄了是吗？竟然会因为这个女生的一点儿伎俩就崩溃。

"我们很好。"她老老实实回答。这本来就是实话，所以说得四平八稳。

这句话直接让代晴荷羞愤无比，不是听说顾知栀被赶出去了吗，她的消息有误？

其实代晴荷并没有听说过顾知栀被赶出去，只是听说顾知栀回了老家，她理所当然地认为是被赶出去了。

"你们是兄妹，这是不对的，等以后他发现……"她又重复着曾经那句话。

顾知栀懒得和面前这个女生废话，因为她越和自己站在一起，顾知栀越觉得当年的自己很蠢。

印象里的代晴荷还是有那么一点儿气质的，怎么现在就像个骂街老妇一样？

"他本来就不是我哥哥，有什么不对？"

顾知栀好看的脸上没有一丝表情，反而十分镇静并很有底气。

"还有啊，喜欢还是不喜欢，这都是林彻的事，不关你的事。"顾知栀离开时补充道。

细如蚊蝇的一句话，却像有揭开黑暗天幕的力量。

代晴荷不可思议地看着她，这个女生和以前截然不同了。

兴许是她身后的同学等着急了，有四个人走上来，在她身边站着。

"栀栀，什么时候走？"说着，几人还看了代晴荷一眼，又无视般收回视线。

"现在吧。"顾知栀平静地看着她，一点儿没有介意地跟她招呼着，"我走啦，拜拜。"然后转过身子，被另外四人簇拥着，一起走出校门，马上就有说有笑的。

代晴荷觉得像是一拳打在了棉花上，她气恼地瞪了顾知栀一眼，朝相反的方向走去。

……

"栀栀，那女生和你有仇？"陈阳凑过来，八卦地问。

"看她的表情很不友好啊，哈哈哈哈，好像'陈莫愁'啊。"

陈莫愁是他们的语文老师，姓陈，因为脾气暴躁，被同学称为陈莫愁，希望她不要一天到晚苦大仇深的模样。

顾知栀无奈笑着："没有仇。还有，人家怎么就像陈老师了？"

其实按道理，代晴荷长得挺好看的，是很多男生喜欢的类型。

不过，肖云越他们几个成天和周子茉、顾知栀在一起，自然而然把漂亮的标准再往上升了几个台阶。

所以，他们看到代晴荷的第一反应，竟然是她的表情好逗。

几人出门后，一眼就望到了在一边无声散发着魅力的林彻。

来来往往的人里，他格外引人注目，不少女生已经往他身上投去目光。

"你监护人在这儿，我们溜了。"

说着，四个人并排着，冲林彻友好微笑，然后一溜烟跑开。

林彻将手机放回兜里，迈着长腿朝她走来，接过她的书包。

"怎么今天出来得那么晚？"

"遇到熟人了，聊了几句。"顾知栀神色如常，也不准备把发生的事告诉林彻。

因为，没什么必要。

身边就是最熟悉的人，也是对自己无微不至的人。

前面那四个推推搡搡，偶尔还转过头来悄咪咪望着自己的，是她的好朋友。

世界上那么多人对自己好，何必在乎那一两个无关紧要的人的话？

她再也不是那个胆小又怯懦的女生了，也有足够的勇气独当一面，而不是总躲在林彻身后。

不过……

顾知栀回想起代晴荷之前的那些话。

"他只把你当妹妹。"

用现在自己的认知来理解，很快就能发现她的话经不起推敲。

她眼睛难道还带透视功能啊，能看到林彻肚子里是什么？

当时的自己，真的是敏感又无知。

顾知栀笑着摇摇头，轻叹了口气。

这轻飘飘的声音落入林彻耳朵里，他偏过头，关切地问："叹什么气？"

"觉得自己以前有点儿笨。"

她笑着仰起脸，皮肤干净无瑕，说话时热气带出一片白雾，将她衬托得很出尘。

林彻闻言，挑起眉，嘴角微勾，然后不客气地揉了揉她的脑袋。

"现在也挺笨的。"

果然，此话一出，面前的少女就倏地瞪起眼，气呼呼地看着自己。

像小包子、小河豚、小仓鼠……总之很可爱。

逗她生气是林彻的日常，此刻他还没意识到事情的严重性。

顾知栀望着他，本来愤然的脸上嫣然一笑，然后，慢慢靠近。

看着她对他露出如春水般的笑，林彻心又快跳了半拍。

她慢慢靠近……

他以为顾知栀是要来抱住他，他咽了咽口水，喉结滚动。于是一动不动待在原地，心里期待着。

就见到她凑近自己，然后，轻轻地，在他鞋上踩了一脚。

"可怜的小AJ哟！"她留下这句话转身就跑。

林彻望着自己白色的球鞋上那道小小的印记，瞬间石化。

没良心的顾知栀！

他黑着脸看向前方，她在几米外，冲自己灿烂地笑着。

世间万物黑白汹涌，可唯有她的笑容是金色的。

林彻无奈地叹了口气，心里想着，真的好喜欢她啊……

第84章　明天除夕

寂寥的冬夜，因为春节将至，海城张灯结彩，很是热闹。

满目的灯火又密又忙，大街小巷都装扮得喜气洋洋。

不知道是不是错觉，连这几天的空气里，都像是弥漫着饭菜香味。

春节前的补习班已经上完，顾知栀终于能在家完整待上那么几天。

她和林彻踏着夜色，从外面回到城南的房子。今天和周子茉他们一起吃了饭，所以回家时间比较晚。

"你先去洗澡。"林彻看了下手表，时间不早了，于是微微皱眉，催促着。

顾知栀点了点头，扔下书包噔噔噔上楼。

明天就是除夕，她心里也跟着雀跃起来，一路哼着歌。

还没到春节呢，为什么联欢晚会里的《春节序曲》就自动在脑海里播放了？还是挥之不去的那种。

洗完澡后，她抱着脏衣服小心翼翼地走出浴室。

林森已经歇下，所以她不好弄出大动静，连浴室也是用的一楼的。

她只拿了一盏夜灯，虽然微弱朦胧，却也足够照亮脚下。

慢悠悠地，悄咪咪往楼梯口走。

忽然听到漫不经心的人声，在这方空间乍响。

声音低沉，在夜色里格外好听，原来是林彻在和人打电话。

"不去，不想。"

他整个人被黑暗模糊成一团，只能看到手机发出的光以及被照亮的侧脸延伸至下颌的流畅弧度。

适应了黑暗后，他的身形轮廓逐渐清晰，这时顾知栀才发现，他原来是坐在楼梯上。他随意叉开长腿，不耐烦似的，周身涌动着气势和躁意。

听到脚步声，他抬起头，和顾知栀的视线在黑暗中撞了个满怀。

"对班级聚会不感兴趣，以后这种事别找我。"林彻挂掉电话，将手机放进裤袋，起身朝顾知栀走来，"洗好了？"

没了手机屏幕的光线，林彻的身影更加模糊，但他的身形逐渐放大，就要到眼前。

顾知栀点点头："嗯。"

"行，上去吧。"林彻来到她身边，和她面对面，一双清冷的眼，在朦胧黑暗中，竟然被描摹出些许慵懒。

他垂眸望着顾知栀，在他的视野里，少女手里举着一盏微弱的小灯，站在半明半暗中，一动不动。

因为刚从浴室出来，所以她浑身还氤氲着燥热的水汽，白皙的肌肤吹弹可破，那双眼茫然地瞧着他，眨啊眨。

影影绰绰下，她虽然穿着宽大的睡衣，却也能看出身姿婀娜。那张脸，由于被热气的蒸腾缘故，竟有些微醺之态，欲眠似醉。

看得他喉咙有些干涩，蓦地升起一股燥热。

"看得见吗？"林彻抽回视线，沉着嗓子开口，声音里带着些许克制。

"看得见。"顾知栀点点头，还扬了扬手里的夜灯，细细讷讷地说着，声音轻飘飘像纱，透着没来由的可爱。

她好像冰激凌，又甜又冷，将林彻心里不知哪里蹿起的燥热，给灭了个七七八八。

他不太自然地偏过头，觉得脸上有些发烫，言不由衷地说："那快去睡吧，晚安。"

"晚安。"

她的背影消失在视线里，最后，连脚步都听不见了以后，他才拧了拧眉，长叹一口气。

隐匿在他胸膛之下的跳动，剧烈清晰，无时无刻不在诉说着刚才自己的紧张。

现在和顾知栀单独待在一起，简直会要他命。

他几步走进浴室，直接用冷水洗了个澡。

等他回到卧室时，来到窗前，将窗户打开，凉风灌入屋内，脸上扑过清凉。

天空漆黑，露出疏疏落落几颗星，耳边的风声如饕餮吞吃，这时候，白日里的光景都融化在更为广阔的黑夜里。

他高挑又清瘦的背影，自然也被融入昏暗中，身心的搅动也缩小以至于无。

……

第二天，是除夕。林彻，光荣地感冒了。

他沉着脑袋，坐在沙发上，看着在他面前扒拉着他额头还有胸口的顾知栀，没好气地闭上眼。

"你额头好烫啊。"顾知栀瞪大双眼抬起脸，不可置信地触摸着林彻的额头。

"竟然感冒了。"她继续低声嘟囔着，但是脸上却没有一点儿紧张的感觉。他觉得，顾知栀反而有些欣喜。

"所以，我感冒了，是一件很值得庆祝的事吗？"

他面无表情地将她的小手拿开，然后偏过头，和她拉开距离。

面对面接触，很容易传染。

顾知栀一双眼睛扑闪扑闪，像是装满了旺盛的求知欲。

"就是觉得很稀奇，印象里你没生过病。"

说着，她还笑起来，这抹笑甜美可爱，直接把林彻气得差点儿没被送走。

不过顾知栀还是非常担心他的，又是给他拿药、倒热水，又是给他披上被子。

最后将他裹得像个粽子，让他躺在沙发上，温柔地摸着他的头，像哄小孩子那样："乖啊乖。"

林彻吸了一口气，觉得呼吸不太畅通，鼻子还是堵着的。

回忆起昨晚自己干的蠢事，大冬天洗冷水澡，还把窗户开着睡了一晚。

搞什么非主流呢！呵呵。

……

今天是除夕，按照历年习惯，吃完年夜饭以后要给几个已经不在的长辈上香烧纸。

他们三个在院子里，林森拿了一堆纸钱，在地上点燃，念念有词。

"他娘、老顾、大嫂……"

向来叱咤风云的林森，退去在商场上的气势，换上了便装。

纵使多么无所不能，在过世的人面前，也只能一把纸钱、几炷香火，说起彼此的过去，讲着独自的现在。

"今天有人送我一瓶酒，老顾，来尝尝。"

林森自顾自开了一瓶酒，倒了一杯，又洒在地上："论喝酒，我比不过你。论打架，你还差点儿。"

"不过，你走了以后，我替你喝了那么多酒……"

"还是觉得咱们在部队里的时候，那次去老乡家里喝的粮食酒，最好喝。"

林森说着，顿了顿，叹了口气，不再继续了。

顾知栀也给爸爸妈妈烧了纸钱，火焰在冬夜里熊熊跳动，风吹起灰烬，落上肩头。

"小子，给你妈还有叔叔阿姨烧纸。"林森递了一把纸钱过来，林彻并没反对，一言不发地接下。

"保佑栀栀和林彻健康成长。"

"保佑他俩考上大学。"

林森一边烧，一边念叨。

这是每年必须做的事情。

顾知栀的父母离开的时候，她才三岁多。自己的记忆里已经没有多少关于父母的印象。

可林森把她接到家里以后，从小到大，给她念叨的都是自己爸爸妈妈年轻的时候那些美好的故事。

林森给了她照片，给她强调着，你的爸爸多么伟大，你的妈妈又是多么漂亮。

让她虽然没能在他俩的养育下成长，却能感受到父母给她的爱和力量。

她坚信，在这片茫茫宇宙中，爸爸妈妈一定就在某个地方，默默注视着她，为她祈祷。

第 85 章　能和我在一起吗？

三个人坐在一起看了春晚。林森摇着头："不好看不好看。"然后走上了楼。

剩下顾知栀和林彻两人。

"我们去阳台上看烟花？"顾知栀提议道。

林彻顺应她的想法，关了电视，和她一起来到二楼的一个露台。

夜风习习，在万家灯火中，那点寒冷却也微不足道。

远处传来鞭炮声，在城市的夜空中绽开，辽远而空旷。

"今年没有放烟花的吗？"

顾知栀望着寂寥的黑夜，上面只有几颗星星闪烁着，偶尔的鞭炮声更显孤独。

"再等等。"林彻安慰道。

两人并排站在阳台边，顾知栀趴在扶手上，一颗一颗数着星星。

"你之后想去哪里读大学？"顾知栀侧过头，望向林彻，眼神清澈而专注。

林彻想了想，垂下眸子，看不清情绪，好像陷入了沉思。

"我没考虑过。"

他好像真的没考虑过这个问题。

之前年纪小，没有过切实的想法。后来上高中了，顾知栀不在，他又觉得没什么意思，根本没想过大学去哪里读。

如果真要他想一个地方的话，那自然是顾知栀想去的地方。

所以，他沉着声，平静又认真："我想去你去的大学。"

声音很淡，带着他独特的低沉清冷，却能听出期冀向往。

明明是那么简单的一句话，却又像有拨云见日的力量，将他和她心里的阴霾都一扫而光。

顾知栀内心微动，眼前的少年向来光风霁月，谈着梦想时，好像万千世界都在他手中。眉眼中那股意气风发，衬得他的五官更加俊朗非凡了。

于是她弯起杏眼，漾起笑容："我也没想好。"

她继续望天，怔怔地说："应该会是北京吧。"

林彻看着她，没有说话，早已被她眼里的星辰所吸附进去。

两人静默一会儿，远处又传来一串鞭炮响。

顾知栀再次看向他，眼睛一眨一眨，专注的视线让他很容易沉沦。

"所以，我们一起去北京上大学，好吗？"

她轻轻开口，虽然耳边是鞭炮声，可她的一字一句，都清晰地落入他的耳朵里。

林彻不假思索地点点头："好。"

得到他回复的少女似乎心情大好，突然笑起来，两个小酒窝跟灌了蜜一样甜。

她的脸颊隐在温柔的黑暗中，偶有灯火照亮，美得触目惊心。

那一刻，林彻内心的念头都被排空，只留下对于未来的期待，像一颗星星，在广漠的黑夜中，冉冉升起。

"只有一起去上大学吗？"林彻轻轻笑着，嘴角的弧度温柔宠溺，"还有别的呢？"

他的笑意味深长，可又心照不宣。

顾知栀心里陡然一颤，他的明示这样突然，让自己瞬间乱了方寸。

那颗心不争气地怦怦直跳，凌乱的视线撞入他深邃的眼。

他的笑或许玩味，但那双眼却专注得深似旋涡，像是有魔力，轻易就能让人陷入其中。

她原本仓皇逃匿的心，那一刻，又静了下来，如梦方醒。

他继续开口，声音低沉好听。

"等你毕业，能和我在一起吗？"

没有更进一步的试探和撩拨，而是隔着距离，青涩又单纯。

等你毕业，能和我在一起吗……

能和我在一起吗……

这句话在她脑海里一遍一遍回响，从远处来，归至洪荒，亘古不变。

曾经四处逃窜的身影，再也挪不开步子。

"好。"

她笑起来，眉眼温柔，眼里仿佛有日月星辰，可日月星辰分明都因为她失了颜色。

林彻终于得到了这个心心念念的答案，若不是敲响了新年的钟声，恐怕还如梦似幻。

0：00，新年到了。

寂静的城市，空荡的夜空，瞬间焰火璀璨，错落的鞭炮声热闹地响起，五光十色的烟花在空中绽开。

喜庆又喧嚣。

大家都在庆祝着新年的到来。

像是蛰伏已久的冬日终于过去，而春天，就要踏着轨迹缓缓归来。

曾经冰封的水流，感受到了时节的召唤，缓缓消融，重新开始流淌，于高山大川间，连绵不绝。

"新年快乐，阿彻。"

"新年快乐。"

天空中噼里啪啦燃放着烟花，各式各样，美不胜收。

顾知栀赶紧闭上双眼，虔诚地双手合十，对着烟花许愿。

林彻静静看着女孩，她惬意的笑容隐匿在暗影中。

过了一会儿，她睁开眼，看向他。

"许了什么愿？"他挑起唇，看着她一动也不动。

周围的鞭炮声实在太响，震得半边天都颤动起来。

顾知栀扬着声音大声喊着，她怕声音太小林彻听不见："说出来就不灵了，我还要考大学呢！"

林彻闻言，倏然笑起，眼尾的弧度流露出浓浓的无奈。

这不已经说出来了吗？小笨蛋。

耳边的喧嚣还在继续，烟花炸开，花瓣如雨般坠落，似乎触手可及。

他心里也动了动，眯缝着眼，望向乍亮的夜空，突然就想放肆一回。

于是，他扬着声音，大声喊道："我喜欢顾知栀！"

"我要和顾知栀在一起！"

磁沉好听的声音，和周围炸响的烟花爆竹声一起，直直钻入她的耳朵，缭绕不绝。

"你干吗！"顾知栀瞪溜圆了眼，大声制止，赶紧捂住他的嘴，"说出来就不灵了！"

林彻笑起来，俊朗的五官生动又精致，眼里深深浅浅的光色，比他身后的烟火都耀眼夺目。

他垂眸，望着紧张地跳起来想捂住他嘴巴的顾知栀，轻松地将她的双手握在手中。

自己才不信什么灵不灵，还有命不命的。

他坚信，只要他能一直做到更好，明天、未来、顾知栀，都在等着他。

林彻回忆起曾经，两人还在初中的时候，那段热烈的悸动，以年少懵懂开始，轰轰烈烈，以闹剧结尾，戛然而止。

那时的自己，比现在狂妄，也比现在幼稚，做不到最好，他是不满意的。

此时此刻，他们像曾经一样站在一起，许诺着未来。

多了尊重，多了理智，有着不一样的热烈，却又细水长流，绵绵不息。

少女还在他身前蹦跶着，双手想挣脱他的束缚。

林彻轻轻俯下身子，捧起她的手，温柔又虔诚地落下一吻。

湿润润的触感，像触电般，让顾知栀瞬间僵在原地。

他压抑着躁动的情绪，喉结滚动，轻轻咳嗽了声。

"我……"

两人陷入沉默，周遭升起暧昧又热烈的因子，在空气中不安地跳动着。

视线相接，身体里的血流滚烫热烈，两颗心，彼此贴近。

扑通扑通……

"丁零零……"林彻的手机铃声突然响起，打破了这暧昧的气氛。

像闪电划过一般，顾知栀赶紧从中抽离，恢复冷静，站在一旁默默看着烟花。

林彻则是黑着脸，看着自己这不知好歹的破手机，像是要把它看穿。

铃声一直响，来电显示是"洪川"。

终于，他不耐烦地接通，那边传来嘈杂的人声，在林彻耳边突突突地跳动。

"彻哥！新年快乐！！！"洪川大喊着。

"滚！"

如果洪川在他面前，一定能发现，自己大哥的脸，像是阴云密布、电闪雷鸣，马上就能把自己劈死。

顾知栀听到了洪川问好的声音，想到自己也该给她的好朋友们问好。

于是掏出手机给他们发消息。

林彻挂掉电话以后，看到顾知栀已经挪到一边去了。

他走过去，继续在她旁边站着。

顾知栀捧着手机，笑眯眯地打字，看样子是在和她那群朋友聊天。

"我去和他们视频去了，你早点睡，晚安！"留下这句话，少女一溜烟跑开。

只剩下林彻一个人，站在原地，纹丝不动。

他越想越气，越想越气。洪川什么时候回来，能揍一顿吗？

远在海南的洪川，在一众七姑八姨之间笑着，突然打了个喷嚏。

哎呀，咋突然觉得背后那么凉呢？

第 86 章　我们顾知栀是好学生

初一要发压岁钱。

林森起了个大早，坐在沙发上，跷着二郎腿，手上两个红包。

"林叔叔新年快乐，祝您身体健康，万事顺意！"顾知栀乖巧地说着吉利话。

林森满意地摸摸她的头："学习进步，越来越美！"然后将红包塞给她。

顾知栀捧着红包雀跃地跑到房间里去放好。

林彻面无表情地看着自家亲爹，并不是很想说什么祝福的话。

"祝你，早日结婚。"他慢悠悠开口，就见林森的脸瞬间沉了下来。

"兔崽子！"林森将红包扔给他，觉得血压瞬间升高。

林彻拿着红包，这沉甸甸的感觉，和以往不太一样。于是有些疑惑地挑起眉，刚好就和林森的视线相接。

林森没好气地看了他一眼，严厉地皱起眉，不情不愿。

"要追女生，所以今年多给你点压岁钱。"

说完，又像是有些尴尬，清了清嗓子。

"一大早的，乱喊什么？"

然后看着林彻，无奈又嫌弃地笑着。

昨晚林森被鞭炮声吵醒，可算是把林彻这兔崽子那些不知好歹的话全都听到了。

算了，今年就多给他点儿零花钱吧。

……

假期余额不足，顾知栀除了沉迷学习以外，还得跟着林森走家串户。

小区里的吴爷爷八十大寿，邀请他们去吃饭。

吴爷爷的儿子和林森有商务往来，两家人走得也很近。

吴家两个孙子，都和顾知栀差不多大，几人小时候也是在同一个沙坑掐过架的。

大的那个叫吴瑞，小的叫吴珏。顾知栀尤其讨厌那个吴珏。

他以前经常扯她头发，两人打架打得难舍难分，每次都是林彻来帮她揍吴珏。

所以吴珏看到林彻就会想起以前被揍的时候，不禁缩了缩脖子。

寻常家宴，吃完以后顾知栀和林彻就准备溜。

出乎意料的是，吴珏竟然壮着胆子将林彻留下，怯怯的，有些紧张。

顾知栀说："那我先回去了。"忙不迭离开了吴家。

林彻望着面前的吴珏，皱起眉，周身散发着不容忽视的气势。

"林……林彻哥。"吴珏小心翼翼开口。

林彻冷冷嗯了一声，不是很耐心地等待着他接下来的话。

只见吴珏红了脸，眨巴眨巴眼睛，咽了咽口水，然后从身后递出一个盒子。

"你能帮我把这个给顾知栀妹妹吗？"说完，他的脸更红了。

林彻盯着面前这个盒子，眼神瞬间冷下来。

吴珏的小心脏扑通扑通跳着，等待着林彻回话。但等了几秒，对方都没开口，于是小心翼翼地抬起头，朝林彻瞅了一眼。

林彻的脸竟然黑得吓人，看得吴珏心里一颤，声音也变得飘忽。

"这，是给顾知栀妹妹的。"他忙解释道，"想让彻哥您帮我交给她！"

"哦？"林彻冷着脸轻笑，只是笑得有点儿恐怖，"那你为什么让我给她？"

谁料，吴珏乖巧地向林彻说："顾知栀妹妹最听你的话了，你帮我求情的话，她肯定会答应我的告白。"

？？？

林彻心里划过三个问号。

于是眯着眼，不是很友好地开口："不好意思啊，我们顾知栀是好学生，不早恋的。"

说完，转身就走，留下吴珏在那里焦急地喊着："彻哥，你帮帮我啊！"

帮你个鬼！

……

寒假一溜烟就过去了，冬天的尾巴却迟迟不肯离去。

顾知栀在开学前就和林彻一起回了星城国际那边，日子又回到了以前那样。

不知不觉，顾知栀已经进入高一下学期。

虽然冬天还懒懒地不想离开，但大家都脱下了厚重的冬季校服，换上了轻便的春季校服。

偶有暖暖的阳光投下，像是要极力融化冬天的寒意。

姚福全在讲台上激昂地给祖国花朵"浇水"。

"同学们啊！高一下学期了，高三离我们已经不远了！"

他过年可能是吃得有点儿多，脸明显胖了一圈，再加上新理了发，短短的寸头衬得他的脸更大。

下面的小同学们，还对刚走的假期恋恋不舍，每个人脸上都挂着无精打采的苦笑。

"这学期过得更快，马上你们就要高二了，文理一分完班，马上又要闭卷考试……"

他噼里啪啦说了一通，唾沫星子无情喷洒，坐在第一排的姜南不动声色地慢慢往后挪动。

一顿猛批斗后，大家总算是回过神来，将注意力放在面前的新书上。

新学期，新气象，每本书都崭崭新新，闻起来还有油墨香。

开学讲话结束后，教室里进入热烈讨论。

"我过年吃胖了五斤！"

"自信点儿，你这脸都圆成这样了，怕不止五斤。"

"……"

大家欣喜地交流着寒假干了什么，去了哪里玩，学了什么课。

大家都肆意地笑着，其乐融融的样子，新的春季校服在他们身上，又青春，又明亮。

新学期第一天要落实的，还有宣传部的工作。

顾知栀得到一个出人意料的通知，高艺文要退出宣传部，新部长是胡杨杨，毕竟他是真的爱写作。

她去办公室整理东西的时候，遇到了正在整理各种练习册的高艺文。

高艺文曾把这里当成她的自习室，偷偷摸摸学习了很久。

其实她的努力，是让顾知栀感到敬佩的，只不过会疑惑，这样偷偷学习怕是有点儿累，心累。

她看到了顾知栀，有些不自然地收回视线，然后默默整理自己的东西。

两人在办公室里各干各的，静默许久。

等她抱着一堆练习册准备离开时，身后突然响起一个清脆好听的女声。

"学姐。"

高艺文停住脚步，往后望去，顾知栀正静静望着自己。

"加油。"顾知栀轻轻开口，声音明明不大，却带着真诚的力量。

高艺文看着眼前的这个女生，可爱、漂亮，是人群里一眼就能被发现的那种宠儿。

听说她成绩还很好。所以高艺文嫉妒得很，各种刁难她。

没想到她非但不怨恨，还都任劳任怨地完成了任务，真的挺出乎意料的。

自己要离开这里了，她有些好奇，顾知栀会是什么反应。

好笑的是，这个耳根子很软的女生，竟然给她加油。

高艺文内心深处颤抖着。

她一直都非常努力，非常努力，一度生怕自己的努力被别人瞧见了，于是背着大家暗暗使劲。

等拿到傲人的成绩时，她就可以假装风轻云淡地开口："我也没怎么学习。"

她也曾被羡慕过，后来，却觉得越来越累。

明明学习不是一件丢人的事，她却畏首畏尾。

高艺文重新看向顾知栀，女生伫立在办公室里，耀眼的光线从她白皙的耳垂透过，映照出一片粉红。她就这样静静站在阳光之下，安静又大方。

"学姐，加油！"她又重复着，像有着无尽的力量。

那一刻，高艺文明白了，为什么这个女孩能被如此多的同学称道。她扯起一抹笑，虽然僵硬，却是真心实意的："谢谢，你也加油。"

然后转身离去。

什么学生会，什么办公室，都抛之脑后。

……

顾知栀慢慢回到教室时，被对面那栋楼里的动静吸引了。

那是高三的楼，大家好像在搬自己厚厚的一摞摞书本。

"他们在换班级呢。"周子茉走上前来，静静站在她身边，和她一起眺望着对面。

"到了高三，上晚自习的时候是按照排名分班自习。"

顾知栀看着那些忙碌的身影，他们每个人都抱着书本，背着书包，看不清脸庞。

千篇一律，却又各有不同。

那身校服在他们身上，是最好看的白色。

第 87 章　800 米选手小栀栀

春天，适合努力和拥抱，也适合牵手过马路。

曾经的枯枝长出新芽，满园迎春花率先扭动腰肢，贪婪地吮吸春风。

除了学习以外，一高的春季运动会也随着春天的步伐来到。

作为体育委员的顾知栀，得负责班上同学的报名参赛事项。

唐誉说，他在初中就是体育委员，这个环节一点儿也不容易，因为大家对运动都不太感兴趣。

其他的还好，就这个田径类的，根本没几个人愿意报名。

可能磨破了嘴皮子都没人愿意报八百米和一千米长跑。

在一节自习课上，顾知栀和唐誉在讲台上打了鸡血似的动员。

"我报个撑竿跳吧。"下面有个男生犹豫着举手。

顾知栀赶紧把他写上，心里喊着"好人啊好人"。

唐誉有些焦急："男生一千米，女生八百米，还都没人报名。"

此话一出，座下皆静，大家面面相觑，你看看我，我看看你，露出尴尬勉强的笑。

空气中有几秒安静。

一声嗫瑟的笑传来，在教室里炸开。

"小爷去报一千米！"陈阳见没人参赛，英勇就义般，一副豁出去的样子。

"哇……"大家都为他的举动表示惊讶，更多的是由衷地敬佩，"陈阳，真汉子！"

真汉子陈阳深藏身与名地点点头，然后直接冲姜南使了个眼色。

姜南无奈地叹了口气，站起来："附议，我也报一千米。"

说完面无表情坐下，看了陈阳一眼，像是在说：瞧你干的好事。

"哇，老班长！"

"壮士！"

这下大家直接鼓掌，唐誉更是激动得想抱住他俩。

"女生八百米有人愿意报名吗？"顾知栀不太确定地问。

一个班得有两个人报八百米长跑才行，她的打算是，如果没人报，她就自己报。

还剩下一个名额，实在没人就弃权。

"我。"这声清脆悠扬的女声，正是来自周子茉。

她说完，笑着看向顾知栀，做了个口型，她看得清清楚楚：我陪你。

"好。"

没想到组织报名这样顺利，虽然最难啃的那几个项目都是他们几个内部消化的。

姚福全拿着数学书走进教室，本来想霸占自习课，看到教室里一片热烈，他就静静站在一边。他本来想帮帮两位体育委员动员，结果发现，根本不需要他来开口。

他也带过许多班级，运动会报名可不是一件容易的事。

今天在十分钟以内就能完成，他不禁感到惊讶。

不过，这样再好不过了，因为……

"既然大家都报名了，我也说几句。"姚福全清了清嗓子，把杯子放到桌上。

他已经换掉了保温杯，拿了一个玻璃杯，里面依稀几颗枸杞翻腾着。

"运动会历来都是高中阶段比较有意义的活动之一。

"大家踊跃参加，以后回忆起来，你们的高中生活才是多姿多彩的。"

他看着下面一个个精神饱满的小孩子，脸庞稚嫩，神情专注，这些都是祖国的未来啊！

姚福全说得声情并茂，大家听得入神。

直到他讲完后，又清了清嗓子："哈，回来哈。这个，接下来的自习课，我讲一下上午没讲完的那道大题。"

"啊？"

潮水般的叹息瞬间传来，原来，上一秒还是多姿多彩的高中生活，下一秒就是自习课上数学。

这中间只有一道没讲完的大题的距离。

……

运动会就在一周之后，顾知栀身上有了一个更重的担子。

就是八百米。

她运动水平是个什么样，自己一清二楚。

别说拿奖了，她能顺利跑完这八百米都算不错了。

"你？八百米？"

林彻写完一道题抬起头，神色寡淡，但顾知栀分明从他那清晰的视线中看出一丝怀疑。

"对啊，人数不够，我就去咯。"

顾知栀垂着脑袋，将下巴压在林彻的书上，怔怔地望着上面那一个个公式。

林彻眉心微蹙，但没有多说，只是摸了摸她的头。

"加油，重在参与。"

这话好像没毛病，但听着怎么那么奇怪呢？

顾知栀将他的手拿开，然后嘀咕着"我要练习去"，迈着小腿噔噔噔跑出自习室。

留下林彻坐在位置上，看着她离去的身影，目光深沉。

……

虽然说，报名参加八百米这件事，可能带有那么一点儿冲动的意味。

可她想着，没人去也是弃权，好歹自己和周子茉两人还能把高一（7）班的名额给填满。

所以，她的目标是，坚持跑完就好！

"4分20秒，4分03秒……"

陈阳看着她俩上次的体测成绩，倒吸一口气，陷入沉思。

然后摸了摸脑袋："两位姐姐，干脆还是弃权吧？"

说完，就被两人一人一巴掌，拍在脑门上。

"我准备这几天放学都留下来训练一下。"顾知栀捏着校服，揉巴揉巴。

"你想在一周之内把八百米成绩给提上去吗？"

陈阳不可思议地睁大眼，脸上分明写着不可能。

顾知栀耷拉下脑袋，有气无力地回答："虽然说跑完就行，可还是不能太差嘛……"

"行，我支持你！"

旁边的周子茉霸气十足地将数学卷子塞进课桌，一副我跟你拼了的样子。她拍了一下桌子，发出咣当的一声，班上同学都望过来。

这边三个赶紧压低声音凑在一起："那说好了放学训练啊。"

"谁跟你们说好了啊？"陈阳欲哭无泪，感觉自己上了贼船。

放学后，同学们陆陆续续离开，整个校园又恢复了宁静，只有不远处教学楼里还有高二高三的同学在上晚自习。

操场上已经没几个人，此刻夕阳西下，颇有几分不胜魂归之感。

她们两人一起站在起跑线上，陈阳拿着手机在旁边计时。

顾知栀搓了搓手，望着从这里延伸下去的跑道，陷入自我怀疑。

还没跑，怎么腿就软了？

"开始！"陈阳一声令下，两人嗖地如离弦之箭……的低速版，从起点离开。

望着那两道瘦弱的背影，其中一个好像刚出发就闪了一下身子，陈阳深深叹了口气。

人菜瘾还大，说的是不是就是两位姐姐？

平时体育课上的热身跑步都是慢速的，也毫无压力，所以当陈阳为她俩计时起，想着把速度提上来，但很快就感到疲惫。

顾知栀刚跑了半圈不到，就觉得腿不听使唤了。

她喘着粗气，心想，现在放弃还来得及吗？

周子茉不比她好多少，两人都是体育黑洞。

半圈以后，她们已经累得上气不接下气。

"加油，栀栀！"周子茉拍了拍她的背，但脚下也逐渐变得沉重。

顾知栀点点头，由于换气不够，脸色变得苍白。

陈阳担忧地望着她们，在这边大喊："不行就算了吧！"

算了？顾知栀脑袋里出现这两个字，瞬间被踩了尾巴似的。

这可不能算了！

于是，一个加速，脚下瞬间踩了风似的。

陈阳看得一愣一愣的。

直到不久后，身边一动不动站了一个人，他才回过神来。

林彻往陈阳身边一站，那浑身上下散发的气势就让人不能不注意到他。

他面容冷峻，此刻的视线紧紧跟随着顾知栀，神情随着她的加速或者跟跄而变化。

"她们跑了几圈了？"林彻沉着声开口。

"还没到一圈。"

学校的操场跑道是四百米的，她们需要跑两圈。

只见林彻一言不发点点头，然后慢悠悠往身后的单杠上面靠去。

看起来甚至有点儿漫不经心。

"大哥，你不担心你家顾知栀？"

陈阳不解，顾知栀看起来肺都要跑炸了，这位哥还能一脸慈爱地在这儿看着？

林彻挑了挑唇角，目光紧随着她，然后轻轻开口。

"不担心。"说着，眼里的笑意却更深了，颇有一副家长的样子，"她的性格就这样。"

他比谁都了解，顾知栀有多么不服输。

哪怕是她最不擅长的事情，她也会拼尽全力的。

不过，嘴角的笑却在看到女生晃晃悠悠的身影后，慢慢僵住了。

"看路啊！顾知栀！"他抛下这句话后忙不迭地朝女生跑去。

陈阳只感觉身边有什么东西蹿了出去。

"好家伙，这叫不担心？"

第 88 章　为你扎头发

跑完两圈以后，顾知栀感觉她的腿已经不属于自己了。

她喘着粗气，将陈阳的手机夺过来。

"多久？"

陈阳支支吾吾犹豫着，有些不忍心："你是……4分02秒，周姐4分07秒。"

说完，前面两个女生就好像挨了当头一棒。

"我觉得自己已经用尽吃奶的力气了，还要四分钟呢？"

"没事，至少我们跑完了。"

她们抱在一起，气喘吁吁。

林彻下垂的手动了动，最后还是慢慢抬起来，摸了摸顾知栀的头。

"很棒了。"

垂眸间，她的脸颊因为剧烈运动而变得绯红，大口大口喘着气，眼里还噙着水花。

已经很累了，她还是露出盈盈笑容。

"明天继续。"

"行。"

两个快要直接倒下的人互相鼓劲，不知道的还以为她们在进行什么了不得的计划。

……

后面几天，顾知栀每天都和周子茉约着训练，除了放学以外，她们在体育课上也没闲着。

在晚上的时候，她也会和林彻约着一起，在小区里夜跑。

林彻每次都把她甩在身后，但都会在前面一个路灯处转过身来，身形清冷地站在那里等待着她。

夜色下，他冷峻高挑的身影就伫立在半明半暗处，轮廓清晰。

"我等你。"他轻轻开口，声音格外好听。

顾知栀加快了步伐，向他奔去。

经过一段时间的坚持，她总算能姿态正常地顺利沿着操场跑完两圈。

开始那两天，每次都是跑了半圈就累得气喘吁吁。

后来被老师提点了，应该怎么换气，用什么姿势，坚持下来后，竟然不觉得有当初那么累了。

当跑完两圈已经不再成为困难后，她开始思考，怎样才能跑得更快。

自己不擅长体育，也没什么运动天赋，体力更是不行。

她得出结论，还是坚持不懈地训练下去吧。

于是，在每次觉得不行时，她就暗自鼓劲，再多坚持一会儿，就能突破自我。

汗水顺着脸颊流下，埋进跑道中，她像踏着风，鼓励着自己，向前，向前！

"两位姐，辛苦。"陈阳捧着矿泉水在终点等她们。

"3分49秒，已经进步很多了。"

顾知栀接过矿泉水，喘着气喝下一口，眼里的欣喜压抑不住。

她的目标不是拿奖，而是尽自己最大的努力坚持到底，如果可以，还希望能突破自我。

从4分02秒到3分49秒，哪怕是这一点进步，也能让她从内而外，漾起舒适的满足感。

"那我再跑一圈。"说完，她将矿泉水递给身边的林彻，然后轻盈地跑起来。

林彻点点头，目光紧紧追随着她。

在他的视线里，女生娇小的身影奔跑在跑道上，夕阳的余晖洋洋洒洒，给她坚忍的面庞镀上一层柔和的光晕。

"顾知栀好漂亮！"陈阳突然感叹起来，望着她的身影傻傻地笑着。

然后，脑袋就被按了下去。

"我错了，大哥！"

林彻冷哼了一声，收回手，不紧不慢地插进裤袋里，继续望向女孩，脸上露出微笑。

……

兴许是临近运动会了，日子越往后，来操场上训练的人越多。

顾知栀明显感觉这两天跑步的人多了起来，经常有人以离谱的速度从她旁边蹿过。

她无奈叹气，自己比不上他们，所以还是和自己比吧。

跑了半圈之后，她觉得头上一松，后脑勺也变得热乎乎的。

不太确定地将手往脑袋后面试探，才发现自己扎头发的橡皮筋已经断了。

她停下脚步，往身后看去。

"同学，你的橡皮筋掉了。"有个好心的男生跑过，捡起地上的橡皮筋。

男生举起橡皮筋，望向前面的女生，她披着长发伫立在阳光下，神情茫然，一张小脸单纯无瑕。

他瞬间感觉自己恋爱了。

"谢谢。"她有些局促地攥住倾泻而下的长发，尽量不让它们散开，"已经断掉了，但还是谢谢啊。"

她说完，握着头发往一边跑开。

留下男生呆呆站在原地，觉得刚刚发生的恍若是梦。

找周子茉借了一根新的橡皮筋之后，顾知栀喘着气用手扒拉自己的头发。

"我这头发有点太长了，我准……"还没说完，手上的橡皮筋被夺走。

一双手好像抚上了她的长发，轻轻的。

"跑个步还能把头发跑散呢？"

林彻站在她身后，将她一头乌黑的长发用手指拢顺。

骨节分明的手指插进她浓密的发丝，他感觉到清新的香味扑面而来。

他顿了顿，继续拨弄，动作轻柔缓慢，带着十足的耐心。

接下来，像是很熟练般，将长发拢起，用手中的橡皮筋捆扎好。

"好了。"

他松开手。

顾知栀感觉到头上的力量和温度都消失后，她转过身，望向林彻。

"谢谢你。"

林彻无奈地捏了捏她的脸蛋："还会说谢谢了？"

"大哥你还多才多艺呢？"陈阳仿佛石化在原地，如果风吹过，说不定就化成灰飞走了。

林彻只是笑了笑，没有说话。

小时候顾知栀还不会扎头发时，有一天上幼儿园，阿姨刚好有事没来。

林彻就使出浑身解数，不熟练地伸出手，绷着脸给她弄了一个乱七八糟的小鬏鬏，像鸡窝一样那种。

那天顾知栀就顶着那个松松垮垮的小鬏鬏，得意扬扬地上幼儿园去了。

回来的时候哭得惊天动地："他们都笑我的头发丑！"

后来林彻就跟着阿姨学习怎么给她扎头发，等她上三年级了，头发都还是他扎的。

远处有不少同学也看见了这一幕，有人甚至拍了照。

照片中，男生神情温柔地站在女生身后，小心翼翼地为她扎头发。

女生有些害羞地笑着，脸上露出淡淡的小酒窝，眼里扑朔着微光。

她的手好像局促地捏着自己的校服，但乖乖站在那里，一动也不动。

夕阳的余晖静静洒在他们身上，时间就这样被拉长，耀眼又静好。

第 89 章　她的荣耀

到了运动会那天，顾知栀紧张兮兮地站在跑道边上，女子八百米还没开始，但已经在拉警戒线了。

"加油，我们的体委。"有同学拍了拍她的肩膀，给她鼓劲。

"谢谢，谢谢！"她感激地点点头，但心里却是虚的。

她和周子茉不是一轮，她要先比赛，周子茉在检录处等待。

耳边是广播里热烈的加油声以及身边同学们的加油呐喊声。

"栀栀加油！跟着她们跑就完事儿了。"陈阳和姜南在旁边指点。

"加油！"

他们不加油还好，一加油，自己心里就更紧张了。

她暗暗吐了口气，又抬起眼，在周围搜寻着什么。

"小仙女加油！"

她听到这个熟悉的称呼，惊喜地循声望去，只见周维和洪川在警戒线外朝她招手。

而那个总是在他们俩中间站着的男生，却没能出现在这里。

今天，林彻的竞赛班有个测验，刚好就在她跑八百米的时候。

虽然他已经说过了，可能不能来给自己加油，但顾知栀还是期待着在某处能发现他的身影。

没关系，自己已经准备许久，每一天的练习都是真实存在的，她只需要像往常那样坚持到底，就可以了。

参赛的同学陆陆续续站在跑道上，耳边的喧嚣更加明显。

顾知栀压抑着自己因为紧张而跳动的心，一遍又一遍深呼吸。

被领着往起跑线走时，她感觉心脏都要跳出来了。

身边的同学是二班的体育委员，听说是田径队的，往她身边一站，体育生的优势一下就凸显了出来。

她们静静地等待发号施令。

一声枪响后，顾知栀瞬间脱身而出，她顺利来到内圈，在不前不后的顺序。

比赛和平时练习还是不一样，因为她明显感觉自己被带着往前跑，速度比平时快很多。

这样的结果就是，她提前消耗了体力，到半圈时，感到气息开始紊乱。

脚下的步伐也变得吃力。

和前面同学的距离一点点拉开，自己被甩在身后，远远的。

本来在她后面的一个人，也从她身边擦身而过。

她继续跑，没有停下，脑中闪过一帧帧画面。

这样的感觉很是熟悉，她刚开始练习时，每次到了快要不行的时候，脑中就会钻出各种奇怪的回忆。

她给自己喊着加油，继续跑，然后逐渐将疲惫与吃力忘却，只望着跑道前方，不停向前。

这样，等她再次感觉到累时，已经又往前跑了好几步。

身边的加油声在她耳旁，像潮水一般涌来。

她听到了"顾知栀"三个字，在一片哄闹中格外清晰。

如被过滤了一般，她的世界逐渐变得空白，只能听到自己的喘息声和加油声。

"还有一圈，加油！"

终于跑完一圈了。

她迈着沉重的步子，喘着粗气，一点点往前。

汗水顺着脸颊落下，不知道滴落在了哪里。

或许是跑道上，或许是被风吹到了一旁。

而这边。

"不再检查检查？"监考老师奇怪地看着面前的男生，他神色淡漠，甚至带着些不耐烦。

"不了。"说完，就从教室里出去，行色匆匆。

林彻用自己最快的速度做完整张卷子，他看了下时间，现在过去应该还来得及。

顾知栀拖着像灌了铅似的腿往前跑。

记忆灯盏走马，她想到每天训练时的感觉，想到和周子茉一起沿着跑道跑的场景。

画面一转，脑海里竟然是林彻清冷的背影，他站在路灯下，慢慢转过身，静静等待着自己。

她加快了步伐，像平日奔向他那样，奔向前方。

"加油！"

前面同学的背影逐渐放大，大家好像都累了，她却逐渐发现，自己好像还有力量。

她突然回想起小时候，在院子里追逐的场景。

最后，竟然忆起那次，她遇到的那一道很难的物理题，那道题好像是竞赛题改编的，很难。

她与它鏖战两天，都没有做出来，一直郁郁寡欢，却又不愿意放弃。

在一天睡觉前，她躺在床上，回想那道题，突然灵光乍现，一下子从被窝里弹起来，将那道题成功解答。

她感觉现在就像是在解答那道题一样，只需要再坚持最后一会儿，就能成功了。

旁边的加油声涌来，同学们激动地喊着她的名字。

脚下的力量突然变得无穷大。

这不是一时半刻运气的加持，而是来源于平日的练习，坚持不懈的这一周多，给了她底气。

她咬着牙做最后的冲刺。当冲过终点线时，她听到好多欢腾的呐喊，在她耳边炸开。

她的几个小伙伴拥上来，把她抱住。

"栀栀真棒！"

"看了一下，你3分27秒耶！"

耳边仿佛静默了。

隔着人潮拥挤，她远远望见，一名俊逸的男生，正逆着光站在那里，冲她笑着。

他们的视线在这片热烈的空气中相接，打破了细碎晨光，交融一体。

终于结束了！她想着。

血脉之下的流淌滚烫又清晰，身边则是春日苍茫的洪流。

那一刻，她站在终点，感觉到，在生命的拓荒里，不需要鲜花和掌声，也不论奖杯和名次，只需要自己持之以恒，不停向前。

这样，属于自己的荣耀一定会兑现。

第90章 伟大事业寄托于青年砥砺作为

跑完以后，她也没闲着，赶紧去下一轮的起点那里，给周子茉加油。

最后，所有的参赛选手都跑完以后，成绩通排。

她俩不在前三，没奖状。这是最真实的结局，因为她俩深知自己是哪头蒜。

自己当然不可能比得过那些日复一日、年复一年，把青春和汗水交付体育场的特长生。

所以她们没有遗憾，内心的满足感甚至变得无限大。

"给你们颁奖。"姜南在旁边给她们每人递了根棒棒糖。

"谢谢！需要说感言吗？"周子茉接过，撕下糖纸。

这时，肖云越急匆匆赶来，跟被火烧了屁股一样："茉茉茉！我来给你加油了！"

他刚刚在另外的赛场参加跳远比赛。

"兄弟，下次再晚一点儿，直接快进到周姐被别的男生送水。"姜南推了推眼镜，拍拍肖云越的肩。

陈阳从后面钻出来，又补了一刀："那不如快进到周姐答应别的男生的告白。"

......

总之，运动会就这样结束了。该收获奖杯的人，一个也不会少。

等到春风渐过，迎来夏日第一声蝉鸣，它拖着尾音，穿窗而入。两季之间转换的痕迹，或深或浅。

外面日头渐盛，偶尔热气扑来能热得人出汗。

现在在上历史课，对于高一（7）班的孩子来说，历史课约等于自习课。

高一（7）班是高一最好的班级，入学时大家都做了文理分班的预调查，高一（7）班的人都是要学理科的。

所以任由老师在上面怎么激情地讲述着光辉历史，下面都是雷打不动地刷着理化生。

"同学们，还是听听我们的伟大历史吧！"老师似乎在做最后的努力，但也早已习惯，没有反馈后，继续念着课件。

花园草地里的小虫叽叽地在交谈，渐渐烘衬着这光景。

在高一下学期的几次月考测验里，顾知栀的排名都很稳定。

生物虽然依旧是她拖后腿的学科，但物理化学都能像海底捞一般把她的理综成绩捞上去。

她坚持要学理科，因为文科对于她来说可能有点儿难。

不过到了这时，高一的路程已经快走到尽头，经过一年的适应和筛选，有些同学也逐渐找到了自己的方向。

饶是以未来理科实验班著称的高一（7）班内部，也出现了一些关于学文还是学理的动摇。

甚至有一个成绩很好、年级排名前二十的女生，已经决定要去文科班了。

"把这道题给咱做了。"姜南扔了一本练习册在陈阳桌上，然后又看着后面的俩女生，"两位姐，这周末去哪里学习？"

"都听你们的。"顾知栀整理完物理笔记，好整以暇地看着姜南。

没想到，这时从旁边传来清脆好听的女声，内容却让人惊讶无比。

"我想……"周子茉看了面前三人一眼，脸上的笑容恬静又温柔，"我想去学文。"

说完以后，三人有几秒诡异的安静，瞪大了双眼，看着她。

"开玩笑吧？"陈阳率先反应过来，笑着敲了敲桌子，示意，你看你桌上还摆着化学题呢。

顾知栀怔了怔，也回味过来："对啊，你开玩笑吧，茉？"

可是，周子茉眼里的坦然认真告诉顾知栀，她并不像是在开玩笑，于是，顾知栀说出这句话时并没有底气。

周子茉像是猜到了他们的反应一般，坚定地点点头。

"我很久之前就在考虑了，决定好以后，就第一时间来告诉你们了。"

她平静地述说着，向来疏离冷艳的脸庞上，有过片刻害羞，一闪而过。

"可是你理科那么好……"顾知栀喃喃着，还是不太理解。

周子茉理科都是在年级前八的水平，她以前还说过历史太令人头痛，为什么突然要去学文了呢？

难道是理科已经不足以成为她的挑战，开始选择攻克其他难题了？

"我也不知道自己去学文科会不会吃力，政治、历史对我来说都挺难……"

周子茉垂下眸子，睫毛微颤，像小扇子一样扑扇，投下一片温柔的暗影。

接下来，她静静述说着自己是怎样想去学文的。不是因为文科容易，而是她在几次政治课上无意间听到老师讲的内容。

我们的国家在历史上曾辉煌灿烂，但近代鸦片战争开始，沦为半殖民地半封建社会。

后来的一百多年时间里，世界各国对中国展开侵略，人民生活在水深火热中，积贫积弱，受人欺凌。

这个时候，中国共产党成立了，团结带领各族人民，经过浴血奋战，打败帝国主义，推翻国民党统治，取得新民主主义革命胜利。

最终建立中华人民共和国，彻底结束了这段屈辱的过去，打开历史新纪元。

一个伟大政党的破土而出绝不是轻轻松松的。

"恰同学少年，风华正茂；书生意气，挥斥方遒。

"无数青年走上街头，抗议黑暗反动的统治，为国家富强、民族复兴而呐喊。

"我发现，自己在听说这些故事时，内心汹涌澎湃。

"在救亡图存的时代主题下，在民族启蒙与觉醒的晨光里，那些和我们一样的青年，倾洒满腔热血。

"有的人喊出救亡图存第一声，有的人率先在中国大地上举起马列主义的旗帜，有的人奋斗在前线，甚至牺牲。"

周子茉顿了顿，继续缓缓诉说，在她清晰的咬字里，仿佛一幅波澜壮阔的历史画卷缓缓展开。

"伟大事业寄托于大国青年砥砺作为。我想去学习这段历史，去探索党走过的昨天、今天、明天。"

她说出这些话时，笑容恬淡，眼里的光色像是铺陈了一整条银河。

直到多年后，顾知栀回忆起这些过往，那名少女眼中的坚定和向往，始终熠熠生辉。

很羞愧的是，周子茉讲的那些东西，她不懂。

她一直关注着课业，对包含一点政治的内容都感到头痛无比，所以周子茉说完时，她除了感到震惊以外，还有茫然。

身边两个男生也和自己一样。

三人默默看着周子茉，一时无话。

"总之就是，你们可以理解为，我被咱们伟大的中国和伟大的党给感染了，想去多了解一点儿，所以学文科去了。"

她在几人面前挥了挥手，笑着将他们的视线抓回来。

她的笑容自信大方，顾知栀只能一言不发点头。

有些惋惜，周子茉的理科那么好。可又想了想，她学文科也一定可以学得很好的，不是吗？

"我不擅长，可我喜欢，相信我会学好的。"

而且想不到，周子茉在这时候，思考的不是什么分数、排名，而是切切实实的喜欢，因为热爱，所以向往。

向来只关注学习的自己，思考的都是怎样拿一个高分，怎样把分数的效用最大化。这样一比，竟然有些小愧疚。

"加油！"她给周子茉鼓劲，两人的手紧握在一起。

想到了什么，顾知栀抬起头："那肖云越知道吗？"

他们五个人总是凑在一起，周子茉要干什么，肖云越都跟着她。

她清晰地记得，当时五人第一次聚餐时，肖云越说的话。

"我跟着我家茉茉，反正她会学理科的。"

没想到这句话竟然成了一个伏笔，那么早就埋在了他们的时光中。

周子茉摇摇头，有些无奈，眼里闪过一些不自然："不准备告诉他，那个人知道了，说不定会跟着我去文科班。"

第 91 章　我们一直都在一起

窗外的蝉鸣日渐聒噪，艳阳也变得无情毒辣。夏天意味着什么？

一张张试卷，一次次测验，记忆最深的，还是从教室里狂奔而去，到食堂抢限量的红糖冰粉。

最后，随着夏末梧桐的轻轻拍打，烈日骄阳炙烤大地，迎来崭新的每一天。

有的人结束了高考，终于和中学时光说再见，可始终留有遗憾。

高三的学长学姐们在楼下拍毕业照。

他们个个洋溢着幸福的喜悦，曾经严厉的老师竟也可以一起开着无伤大雅的玩笑，不敢说的话也不妨趁现在说出来。

高一（7）班这里也在整理着书本和东西，他们要换教学楼了。

一时间整个学校里都喧闹起来，此起彼伏的桌椅板凳在地上拖动的声音，还有嘈杂的人声，混杂在一起。

当然，还有一直在窗外聒噪的蝉鸣。

马上就要步入高二，大家已经分好了班，高一（7）班的同学只有两个去了文科班，其余都留了下来。

所以大部分人都没有特别的离别情绪。

周子茉被分去了文科实验班，在高二（10）班。高二的教学楼在另外一栋，可是文科班却在高一这栋楼。

所以他们以后得隔着一栋教学楼的距离相望了。

不过幸好，楼和楼之间有走廊，高二（10）班和高二（7）班还能隔着一个小花园在走廊两端遥遥对望。

顾知栀和肖云越他们，先帮周子茉把东西搬到高二（10）班门口，在教室外和她依依不舍地拥抱。

“得了，又不是生离死别。”陈阳活跃着气氛，可是两个女生之间那依依不舍的样子，还是让这片天空都消沉下来。

“要是觉得文科太难了，及时回头是岸。”姜南适时补充着，他对周子茉学文这件事依旧持反对态度。

周子茉白了他一眼："姐姐我学什么都优秀好吗？"

说完，她看着旁边一言不发的肖云越。

肖云越最终还是知道了，一通发作闹着要和她一起去文科班，被她教育一顿以后，总算安分了。

她知道肖云越那狗屁语文成绩，若不是理综不错能给他兜底，估计总分会惨不忍睹。

自己去学文科是经过深思熟虑的，是确定依然能够保持优势后才做出的决定，绝不是一时冲动。

毕竟这关系到未来。

"我进去了？"她说着，看向肖云越。

肖云越个子高高的，平日里看起来阳光大方，现在闷着头，一副不开心的样子。

"又不是不能见面了。"她无奈地笑着，面前的男生突然像个小孩一样，好像还需要她来哄。

肖云越皱起眉，不知为何，他有种感觉，如果周子茉现在走进这个教室，他们之间的距离将会越来越远。

想到这儿，他心里就堵得慌，不仅如此，鼻子竟然也酸了。

他堂堂一个男子汉，坚强勇敢，也只在周子茉面前能那样示弱。

"去吧。"他开口，声音却止不住轻颤，在他说话后，大家都没忍住笑。

尤其是周子茉，她笑得灿烂极了，眼里星星点点的光色错落着。

她无奈地叹了口气，走过来，非常霸气地把肖云越往身上一揽。

周子茉个子不算高，在女生中算是中等，肖云越一米八几，反而被她像抱小媳妇一样揽住。

肖云越直接愣住了，觉得这不是做梦吧？

周子茉，在抱自己！

他吃惊地垂下头，视线里正是周子茉的头以及半截白皙的脖子，露出好看的弧度。

周子茉无奈地在他背上轻拍："不难过啊，我们一直都在一起的，不是吗？"

他怔怔地点头，脑子已经停止运转。

周子茉将他抱了一会儿，觉得这样的姿势实在奇怪，于是踮起脚，摸了摸他的头。

"行了，我进去了。"

说完，她放开肖云越，又和顾知栀抱了抱，径直走进高二（10）班。

旁边三人望着她的背影微笑，只有肖云越还在死机中。

"幸福来得太突然啊，肖云越同学。"陈阳拍拍他的肩膀。

从幸福中抽身，慢慢回味过来的肖云越，在回去的路上都像是踩在棉花上。

"这不是梦吧？"

"你看看这大太阳，能是梦吗？"

等姜南和顾知栀都回到高二（7）班时，陈阳把肖云越拦下。

"大兄弟，我要是你，我就反手把周姐抱在怀里了好吗？啧啧啧，白给！"

听到这儿，肖云越如梦方醒。

自己错过了这次千载难逢的机会。

血亏！

可是想了想，又分明赚了好多。

……

他们慢悠悠地整理着书本，来到高二的教学楼时，看到林彻也在收拾东西。

原来的高二，得去高三的那栋教学楼了。

不知不觉，林彻也即将步入高三。

他是确定走竞赛的道路的，在市里已经拿过几次奖，下学期很快就要参加物理联赛。

"小朋友，怎么东西那么多？"林彻走过来把顾知栀手里那一摞摞书接过，又将她的书包背在身上。

顾知栀也不知道为什么东西能那么多，大概是周子茉给她留了许多练习册的原因。

她摇摇头，看着林彻："你不着急搬东西吗？"

林彻闻言，往身后教室里喊了一声，洪川跟周维两人抱着东西一脸茫然地走出来。

"帮我把东西搬过去，我送栀栀去她的教室。"

两人会意，笑得灿烂，甚至带着些猥琐。

"得嘞得嘞！"

"祝你们早生贵子！"

说完，抱着大包小包，一溜烟跑开了。

早生贵子是什么鬼？

顾知栀望向他们的背影，笑笑，没有说话。

第 92 章　你和大佬之间还差了个对象的距离

分班后，马上就来到了暑假。

这个假期，林彻要忙物理竞赛的事，还会有段时间去集训，忙忙碌碌的，就没有回城南。

好像时间真的变快了，外面的蝉一直不停聒噪着鸣叫，顾知栀站在阳台上望着对面。

那里本该有个男生站在那里，冲她挥手。

可他现在去集训了，还有好长一段时间才回来。

她静了静心，也准备好好规划一下这个暑假，下学期的课程繁重起来，她必须一直努力才行。

周子茉这个暑假要恶补文科的内容，去报了文综的补习班。

姜南也在为未来的竞赛班做准备，他每一步都在按部就班地走，甚至还将林彻作为标杆。

每个人都在努力着，虽然不聚在一起，但顾知栀却能感受到源源不断的力量，在推着自己往前走。

炎炎夏日透过窗帘，炙烤着房间里每一方角落，把整个屋子都烤得热烘烘的。

所有的人都盼着能来一场大雨，可惜现在晴空万里。

有时候林彻会和她视频。从视频里看去，那边天气很好，阳光照耀下，男生的眉目更加帅气了。

尤其是他挑起嘴角笑的时候，那股亦正亦邪的魅惑感，能透着屏幕钻过来。

顾知栀有种冲动，就是顺着网线爬过去亲他一下。

但这个想法实在不能让林彻知道。

不然他肯定会觉得自己是个流氓。

于是她只是淡淡笑着，手不停捏着自己的衣服边角。

"那边人多吗？"她问。

"不算多。"

林彻找了个走廊，趴在栏杆上，背后是来来往往的集训生，来自各个地区和学校的竞赛选手。

他们经过时，不自觉往这边看过来，只看见一个身材高挑、五官好看的男生，很自然地站在那边。

他拿着手机和人视频，眼神柔和，声音里透着浓浓的宠溺。

有人叹息……这是得多喜欢才能腻成这样？

也有人认识他，这不就是上次物理试训的第一吗？每天都冷着个脸，舍不得说几句话。

这是在和谁聊天呢？笑得如沐春风的。

于是没管住眼睛，从后面路过时多瞅了一眼，然后就惊呆了。

视频那头，一位女生甜甜笑着，明眸皓齿。那里阳光灿烂，可她分明比阳光还要夺目。

不巧，林彻的蓝牙耳机此时正好没电。

女生软糯的声音从扬声器里传出："那你照顾好自己哦！"

这声音甜进了心里。

众人叹惋，知道为什么第一不是你吗？

人家背后有个人美声甜的妹子啊！这半个月集训算什么！

不过也有人想得更现实一点儿。

你和人家，差的不仅仅是分数，人家还比你多个对象。

气不气？

关于林彻的故事甚至都传到了叶凡耳朵里，他也去集训了，只不过是生物竞赛的，集训都在一个学校里。

早就听寝室里的人传得沸沸扬扬。

说什么物理竞赛那边有个大佬，每天上完课以后，脑子非但没糊，还雷打不动和对象打视频电话。

据说那大佬又高又帅，物理竞赛厉害得不行。

"哎，叶神，大佬好像和你一个学校啊，你认识吗？"

"不认识。"叶凡推了推眼镜，已经知道他们说的是谁。

众人奇怪起来："这么牛的人，你们之间没点儿交流？"

"不交流，不认识，并不想知道他是谁。"谁愿意认识这个恋爱脑！

第 93 章　阿彻应该快回来了

九月的骄阳正好。

顾知栀背着书包，在第一声铃响起前一路狂奔。来到教学楼时，她条件反射般往第一栋楼跑去。

刚拐了个弯，立即想到现在得去高二的教学楼了，又忙不迭地像无头苍蝇一样往第二栋楼跑。

新的教室在四楼，比之前的还要高一层。

已经开学几天，她还没完全适应。

比如傻里傻气地走到三楼去，走进教室时发现里面气场都不一样，又赶紧退出来。

新学期开学那天，高一新生像他们之前一样闹闹哄哄找教室，紧张又期许，带着拘谨和新同学们打招呼。

看到他们，就像看到了去年的自己，自己曾经走过的路，他们又重复着走一遍，感觉很是微妙。

抬眼朝高三的那栋楼瞥去，明年这个时候，她就该在那栋教学楼了吧？那里清风雅静，有学长学姐捧着书在走廊里，行色匆匆。

好像所有的学生都本能地对高三有一种敬畏之情，想到这儿，她感受到了莫名的压力。

"同学们，高二了！"姚福全又开始他的每日"剪枝"。

对祖国的花朵们进行浇水施肥，已经不足以压抑住他们疯长的枝丫，还需要他来动刀子修枝。

新同桌是陈阳，这是周子茉去文科班以后，她唯一的安慰。

"嘿嘿，姐，我会好好照顾你的。"陈阳给她带了一瓶牛奶，规规矩矩摆在她桌面上。

"谢谢。"她接下以后，慢慢喝了一口。

周子茉给陈阳交代了，让他照顾好顾知栀，要是顾知栀在班上被人欺负了，拿他是问。

陈阳一拍脑袋："周姐你说什么话呢，谁会欺负栀栀啊对吧？我当然得照顾好她了。"

哪怕教室里的人大部分都没变，高二（7）班还是原高一（7）班，可从窗外看去，光景早已天翻地覆，她还是感到一丝不适应。

一些变化能从细枝末节处发现。

比如，姜南不再坐第一排，他去了最后一排。

姜南也要参加竞赛，有时会去竞赛班上课，很多时间都不在教室里。

班上还有另外几名同学一样如此。

说到竞赛，他们一起吃饭时，姜南很好奇地问顾知栀："栀栀，你不参加竞赛吗？"

顾知栀扒了口饭，慢慢咀嚼，像是在思考般把视线放空，完全咽下后，她缓缓开口："我不太适合竞赛，还是算了。"

竞赛需要学习除了课本以外别的很多知识。

比如物理竞赛，高一就得学完全部高中物理，还得学高等数学，另外就是大学物理的内容。

她深知自己是什么类型，她的成绩算是优秀，但更多的还是来自踏踏实实的学习和努力，她对学习并不是很有天赋。

竞赛就像是一座独木桥，在别人眼里有多风光，私下里就得有多努力。

参加竞赛的人那么多，最后成功走过独木桥的人半数不到。

很多人为此努力两年，最后无疾而终，只能回到高考的战场。

哪怕林彻那样一个在别人眼里风光无限的人，在面对物理竞赛时，都收敛了许多。

"那太可惜了，你物理那么好的。"

"我适合高中物理，但竞赛还是高攀不起。"

说到这儿，姜南顿了顿，扶着眼镜继续说："话说彻哥马上要联赛了吧？"

顾知栀点点头，物理联赛就在九月中下旬，林彻已经通过了预赛，现在又去了集训营，联赛前才会回来。

他们已经好几天没见面了，这次集训还是全封闭式的，没收了手机，联系也中断了。

所以这几天，顾知栀都郁郁寡欢，只能沉迷学习，不然总会想一些乱七八糟的，让自己难过。

其实在上半年，她已经逐渐感觉到了林彻的忙碌，很多时间他都不在学校，要么是去集训，要么就是去参加各种试手的比赛。

他面对这些游刃有余，可哪怕他表现得再自信，顾知栀也能通过他行色匆匆的背影感到压力。

所以她也没有打扰他，准备让他放手一搏，因为他值得一个最好的结果。

"彻哥这水平，进国家队妥妥的。"姜南让她放心。

顾知栀点点头，她自然是相信林彻的实力的。

等吃完饭回教室时，由于姜南要去实验楼，就没和他们一起回去。

他看了陈阳一眼，把顾知栀拉到一边。

"麻烦你，帮咱多关照一下陈阳。"他轻轻开口，带着礼貌和期待。

他怕顾知栀没能理解，又补充道："咱经常不在教室，陈阳的学习就拜托你了，大妹子。"

这番嘱托，竟有些老父亲操碎了心的味道。

陈阳和姜南关系极好，在学校里就从来没见他们分开过。

顾知栀笑着点头："放心吧，我们会好好努力的。"

姜南感激地看了她一眼："我去竞赛班了。"说着，转身迈着长腿离开。

陈阳留在原地，看着他只身离去的背影，说不出话。

"走啦。"顾知栀推着陈阳往教学楼走去。

周子茉和肖云越在前面，等到了教学楼时，周子茉也要和他们分开了。

所以五人行，变成了三人行。

肖云越和陈阳走在顾知栀身后，一左一右，像极了左右护法。

"人挡杀人！"陈阳大喊一声，把顾知栀吓了一跳。

结果，肖云越也跟着一起犯中二病，他举起手，做了个动作："佛挡杀佛！"

"顾知栀小同学，从现在开始，我就是你的保镖！周姐和姜南都让我照顾你。"

"是吗？茉茉也让我照顾小栀栀耶。"

顾知栀转过身子，站在他们面前赫然静立，露出和煦的笑。

"两位，我也得到了指令，他们让我照顾你俩的学习。"

说着，她露出小酒窝："所以，我们去快乐学习吧！"

然后拽着两人往前走，一路喊着"学习万岁，我要刷题"。

……

新的学年，高二（7）班重新竞选了班委。

老班长不再是班长了，他要去竞赛班，自然不能时常关注着班级的动向。

顾知栀也没有再竞选体育委员。回顾去年，自己作为体育委员，好像也收获了很多。

她在各位同学的支持下，重新当选学习委员，这个曾经让她头痛的职位。

她脸皮薄，耳根子软，这让她当年一度在这个位置上很崩溃。

"栀栀，你这次就别写我名字了。"又有同学没交作业，可怜巴巴地祈求着。

顾知栀冲他温柔笑着，眼里微光扑闪。

"不可以哦！我先把你名字写上，但我不交给老师。由于是第一次，如果你待会儿能补齐，我就把名字给你划掉。"

说完，她鼓励般地将练习册推到同学面前，让他加油补作业。

曾经不敢说"不"的顾知栀，如今也会坦然拒绝别人的请求了。

她抱着书走出教室，外面日头正盛，夏末草丛里正在举行虫鸣盛宴，带来一丝燥热。

她望了望宽阔的梧桐叶，在一阵幽微的热风中缓缓晃动，投下一片灰色暗影。

好像，阿彻应该快回来了吧？

正当她想到这里时，身后传来一个好听的男声。

"栀栀。"

她闻声转过头，林彻站在离她不远的地方，冲她笑着。

第94章　栀栀说，物理好的人很帅

他就这样静静伫立在阳光之下，夏日的骄阳在他身后投过来，明晃晃洒在地砖上。

"阿彻！"她大喊了一声，然后快步朝林彻跑过去。

又是半个月没见，甚至连联系都没有，从最开始的日思夜想变为担忧，最后数着日子盼他回来。

顾知栀来到他面前，手上还抱着几本练习册。

林彻好看的脸庞上漾出一抹笑容，他抬起手，摸了摸顾知栀的头。

"小朋友好像很想我啊？"他嘴角的笑意越来越浓，眼尾压着弧度，满满的都是温柔。

说到这儿，就见到顾知栀抬起头，神情竟然有些委屈。

她眼里的光色深深浅浅，比那皓月星辰都还要璀璨，此刻扑闪着，像是噙着泪。

让他心里陡然一颤。

"对啊。"她仰起脸，不争气地红了眼眶。倒不是因为难受，而是太激动了。

"电话也没打，也不知道你在那怎么样，顺不顺利，那里……"还没说完，眼前就是一黑。

瞬间被埋入一个温暖又好闻的怀抱里。

林彻听得揪心，脑子里只有一个念头，就是将她抱住。

他何尝不想她，在那里的每一天，做完实验，或者忙完一天的训练后，躺在寝室的床上，就会一直思念着。

顾知栀是不是做完作业了？有没有睡觉？天气那么热，别一晚上开空调感冒了。

好在终于回来了，第一时间就想抱抱她。

林彻将顾知栀抱在怀里，轻轻拍了拍她的头。

现在是午休时间，走廊上没什么同学，但顾知栀还是不好意思地很快就从他怀里离开。

林彻皱起眉，关切地问："高二还适应吗？"

之前她因为周子茉去文科班失落许久，他蛮担心顾知栀能不能习惯现在的学习状态。

幸好见她点了点头，让他心里的石头落下了。

"你那边竞赛怎么样？"她问。

"物理对我来说又不难。"他摸了摸她的头，心里想着，你看我是不是很帅？

这时，姚福全手里拿着一份文件从走廊上走过，刚好就见到这边的林彻和顾知栀。

他从远处瞧见，两人面对面说着话，上次林森来开家长会，他知道他们的关系。

走近了，看见林彻在摸顾知栀的头，脑子里自动加了一层家人滤镜，连林彻这番动作都变得亲切起来。

"姚老师。"顾知栀看见了姚福全，不自主往后退了一步，心里不安地打起鼓。

姚福全和蔼地点点头，顾知栀一直是自己在班上较为满意的学生之一。

林彻闻言，转过头去，刚好和姚福全对视。

"老师好。"他礼貌地问好。

姚福全仔细打量起这个男生，从上到下看了一遍后，心里感叹着，不得不说，这男生长得真帅。

不愧是一家人啊，学习都好，长得也都好看，基因真强大。

于是满意地点点头："你好。"

然后慢悠悠踱着步子走进教室，什么多余的话也没说。

见到姚福全回班级了，顾知栀也不多停留，给林彻说了一句："联赛加油！"很快也钻进教室。

不知道是什么情绪荡了一下，林彻回忆起女生坚定地对自己说"你本来就很优秀"时的神情。

那双眼睛，像是有魔力，能把自己吸附进去，让自己不自觉挺起胸膛，大步向前。

第 95 章　快在一起吧

日子一天天过去，窗外的蝉鸣悠扬，似在举行最后的绝唱，以待来年的夏天再会。

联赛的结果很快就出来了，不出意外地，林彻高分拿下全省第一名，进了省队。

同时进省队的还有其他几名同学，另外，一高在其余的竞赛中拿下各种奖项。

学校今年的竞赛成果优异，贴了一张喜报在公告栏上。

喜报一贴，又是好多同学去瞻仰。

"这些就是大佬。"

"我能和大佬同时出现在一张公告上面吗？"人群里有这样的感叹传来。

洪川笑眯眯地说："可以呀，我们和彻哥经常一起出现在处分公告上。"

他们两人看着自家大哥的喜报，内心汹涌澎湃，实打实地为他高兴。

又看了看旁边的"花努比"，上面已经被画得花花绿绿的。

谁也不知道原来"花努比"的前身——史努比的画家，就是这个细数着拿了哪些处分的洪川。

到了这个时候，高三（4）班的同学们也逐渐找到了方向。

艺体生开始各种训练，为艺考做准备。

有些家境优渥的，家里开始安排高考以后出国，也在为语言考试努力着。

还有一些老老实实高考的，也静下心来潜心学习。

总之，每个人都没有松懈，饶是最调皮的那些人，都清晰地知道自己想要什么。

周维本来就是要出国的，他已经在准备雅思考试。他虽然学习不怎样，但之前在国外待过，英语很优秀。

洪川有画画天赋，准备走艺考，以后专业学画画，所以报了个班，每天都没闲着。

有时在学校里看见了他们，他们还会笑眯眯地来和顾知栀打招呼。

"小仙女！"

"彻哥很快就回来了，你别太想他！"

两人勾肩搭背离开，看起来吊儿郎当，心里却明镜似得。

……

时间过得飞快，林彻进省队后又是各种集训，他和顾知栀根本没多少时间见面。

她逐渐适应了这种状态，将一开始浮躁的思念安抚下来，慢慢沉淀。

她在学习上也有了不少突破。

曾经面对生物，她总是会把书本上勾画得满满当当，笔记也做得堪称完美，甚至连有丝分裂的过程图也认认真真画在笔记上。

以前还会花时间把各种知识整理成框架，每个逻辑都梳理清楚，然后工整誊抄下来。

后来她逐渐认识到，这样根本只是形式主义。

哪里需要这样完美的笔记？这分明只是自我感动。

慢慢地，她开始注重内容。

知识框架固然重要，但并不需要那么多漂亮的标注。

随便一张草稿纸，信手拈来，一个符号、一个乱七八糟的标点。总之，她自己能理解、能吸收就好。

以前背单词很注重氛围感，必须在哪个时间、哪个地方背，她才有感觉。

后来随便哪个时间，累了、困了、有空了，随时拿出来看看。

抛却那些过分冗余的形式感，化繁为简，注重内容和效率，她的生物和英语也逐渐不再是弱势学科。

等到第一场秋雨渐过，窗外的蝉也不知去向何方。

站在走廊上，她感觉到手臂传来丝丝凉意。

"这次测验做得不错。"沈老师看着她的卷子，满意地点头，"相当优秀，保持下去。"

她感激地点点头，然后看着沈老师消失在走廊转角。

"栀栀，你以后说不定可以拿年级第一。"

陈阳凑过来，捧宝贝似的把她的卷子拿在手里看。

顾知栀有一瞬失神。

第一？她从没想过能拿第一。

自己从小到大都是循规蹈矩学习，能拿一个比较好的名次就心满意足了，从没想过站在金字塔顶端，也没有那么大野心。

陈阳这样一说，她好像感觉到心里的期待在冉冉升起，像在黑暗汹涌的上空点亮了一颗星星。

"相信自己。"

姜南无疑是他们之间的大佬级人物，同时兼顾高中学业和竞赛并不容易，很多竞赛生在冲刺阶段都不会参加考试。

现在姜南依旧是年级稳稳的第一。他那次突然一本正经鼓励着顾知栀。

"你得接过咱的名次，不能让第一被六班拿了。"

这样一说，她内心深处的呐喊声，好像越变越大。

······

每个人都在努力着。

周子茉刚到文科班的时候，开学考试政史地一共考了180分，被姜南吐槽着：你要还是学理科，这分数起码再加个100分。

第二次月考时，她竟然成了文科班的前十。

傲人的语数外成绩，再加上文综上的进步，她已经一脚踏进了文科尖子的行列。

天气越来越冷，树叶渐落，顾知栀踩着碎叶，慢慢走在花园中。

身边是萧瑟秋风，抬眼望去，天边是乌沉沉的云。

明明它们只是静默地在天幕上铺开，却仿佛能看见云层里正汹涌变幻。

林彻马上就要参加全国决赛了，如果能拿到好成绩，他就能获得保送名校的资格。

她默默为他祈祷着，但又明确知道，这个男生，值得所有好的结局。

上次她路过实验楼，看到有些同学慢慢搬动着自己的东西，往教学楼走。

姜南说，这是联赛的时候最终没有进国赛的同学，他们只能放弃竞赛这条路，回到高考的战场。

为之努力两年，最后却没能有回馈。

就像把石头扔进深潭中，只扑通一声，连水花都没能激起多少，很快就沉落下去。

"那他们岂不是很亏？"陈阳问。

"至少有奖可以在自招的时候用。"姜南看了他一眼，"还有一年，也还好吧。"

也是，那些竞赛生，本来就很优秀。

"那你以后也能进决赛吗？"陈阳望着他，眼巴巴地。

姜南皱了皱眉："你相信我好吗？"

说完，他看了下时间，拍了拍陈阳的背，又朝他们挥手："我去自习室了。"

走之前，特意安慰了一下顾知栀："彻哥肯定金牌，你别担心。"

"我没担心。"她瞪大双眼摇摇头，可是手却不停扒拉着校服。

刚才说竞赛的时候，她分明心不在焉，哪怕知道林彻一定没问题，可还是忍不住紧张起来。

尤其是随着国赛的临近，她每次路过实验楼，心脏都会止不住地剧烈跳动。

后来她直接不准自己去实验楼那边了。

林彻现在一定正努力训练着，她也得陪他一起努力。

不如趁现在，多整理点物理和数学题型，多背几个单词，多积累点优秀的句子。

她知道，在另一个战场，有一名少年正和自己一起，为着梦想埋头奋斗。

于是再次专注到学习上来，心态变得格外沉稳。

……

一阵秋风，一阵秋雨，外面的树都变得光秃秃的了。

她突然意识到，自己还能在这片花园里，听踩碎落叶声音的时间，也不多了。

十一月就这样猝不及防到来，他们结束了再一次的月考。

林彻获得金牌的消息比他的人要更先传回学校。

今年一高的物理竞赛拿下了五枚金牌，在全国排前三。

马上喜报又是一贴，引来不少人仰望。

顾知栀站在公告栏前，一遍又一遍看着上面的文字，内心汹涌澎湃。

终于盼到了想要的结果，她突然觉得周身都漾开了一阵舒适的满足，与有荣焉。

那名少年终于可以捧起自己的荣耀，站在阳光之下，闪闪发光。

她内心窃喜，开始期待林彻什么时候能回来。从S省到海城很远，他至少还会在路上耽误一天多。

这时，红榜又开始更换，这次月考，她考了年级第二。每一次进步，都值得喜悦。

当她正仰着头，欣赏自己和林彻的名字时，人群外传来不大不小的惊呼。

"林彻！"

这样的字眼落入她的耳朵里，在她心里直接掀起惊涛骇浪。

她朝人群外望去，心心念念的少年就站在那里，兴许是舟车劳顿，他看起来有些疲惫。

当两人视线相接时，他勾起唇轻笑，然后朝她走来。

周围的世界都安静了，明明是在人群中，她却只能看到他。

他的身影逐渐放大，她再也抑制不住自己，率先朝他跑去。

"你回来了！"她欣喜地喊着，声音甜甜的，直接让林彻从头到脚都酥麻了。

林彻温柔地望着面前的女生，很想将她揽进怀里。

不管现在是在哪里，旁边有没有人。

他们对望着，目光汹涌，眼底是藏不住的笑意。

第 96 章　下一个路口相拥

林彻是提前回来的，按省队的安排，他们应该是搭乘今晚的火车回海城。

但是林彻今年突然很有钱，直接买了最早一班飞机的商务座，一路风风火火杀回了学校。

晚上一起吃饭的时候，他不停看手机，像是在回复什么重要消息。

"喂？"他接起电话，看了顾知栀一眼，离开餐桌走到阳台，"好的，我考虑一下，谢谢。"

他说得很客气，不像是私人电话。

"来，给你们炖了排骨汤。"沈奶奶笑呵呵地端着一大碗汤放在桌上，搓了搓手。

"小彻前面那么长时间不在，奶奶一直盼着你回来。"

林彻挂断电话后，笑着对奶奶说："之前太忙了。"

"年轻人，忙点儿好。"奶奶露出和蔼的笑容，脸上的皱纹都透着安稳的味道，"来，喝汤。"

"好。"他接过汤勺，先给奶奶舀了一碗，又给顾知栀舀了一碗。

沈暖默默夹着汤碗里的排骨，看着这骨头，心想这像不像单身狗该啃的那种？

内心泪流满面时，面前突然放了一碗汤，顾知栀笑着说："暖暖，我给你舀了。”

“还是姐妹好啊！”要什么男人？何书桓什么的都去死吧。

吃完饭后，林彻很是认真地看着顾知栀，一本正经地说：“我有事和你商量。”

接下来，就把她拉进了房间，还顺手关上了门。

“怎么了？”

狭小的空间里，铺天盖地都是他富有侵略感的气息。

林彻一改往日的玩味儿，十分认真地站在房间里，垂下头，直直望着她。

他的眼神清冷深邃，若这样一直看着谁，很难不让人为之心动。

“怎么了？”顾知栀内心微颤，对他接下来要说什么做了好多奇怪的猜测。

连“他不会要求婚吧”这种魔幻的想法都有了，然后又开始嫌弃自己，在乱想什么呢。

“你坐。”他将顾知栀拉过去，小心翼翼安放在座位上。

顾知栀哪里敢安心坐下，立即站端正，绷着脸：“你说吧！”一副大义凛然的样子。

心里想的则是：今天就算是被求婚也豁出去了！

于是，就在她视死如归的表情下，林彻沉沉开口：“栀栀，你想去哪所大学？”

嗯？

空气中划过几秒沉寂。

“啊？”就这个吗？她愣了愣，开始对刚刚自己那些乱七八糟的想法进行谴责。

林彻认真地望着她，只见女生的表情变得格外精彩。

“对。”他点点头，一双摄人心魄的眼紧紧追随着她，“刚刚有学校老师给我打电话，让我去那里读大学。”

“不是北京的我都拒绝了，还剩下两所，你选一所。”

他的声音低沉好听，在她心里轻轻滑过。

原来是这个事情，顾知栀煞有介事地点点头。

将他的话琢磨一遍后，逐渐从对一件事的震惊，变为对另一件事的震惊。

最后，不可思议地望向他。

林彻这副轻松的样子，选学校敢情就跟去菜市场选白菜一样呢？

大佬就是这样任性吗？她咽了咽口水。

虽然她心里已经有过准备，但听林彻说了那两所大学的名字以后，还是感到内心深处被惊起澎湃。

"我想去你去的大学，所以问问你的意见。"他再次开口，一字一句，砸进她的耳朵里。

顾知栀迟疑了。她曾经对大学只有一个模糊的概念，而且那两所学校总是出现在别人口中，虽然耳熟能详，却一直觉得遥不可及。

而今，当林彻轻松地说出这番话时，那一道模糊的轮廓，好像逐渐变得清晰。

"你的意思是，让我去这里？"她声音细讷，有些不确定，"我可以吗？"

然后，在她闪烁的视线中，林彻郑重点头。

"你当然可以。"

平静的心湖像是被投进一颗石子，溅起点点涟漪，一直荡漾着，将她的胸膛拍打。

那一刻，她觉得自己内心像是打开了一扇大门。

从门的那边投过来一道光线，她眯起眼，能遥遥望见神圣象牙塔的顶端。

仅仅是一眼，就让她心驰神往。

……

林彻很快就要去参加物理竞赛国家队的选拔，顾知栀又要继续那种只能和他隔着屏幕相见的日子。

海城再次被寒冬笼罩，可关于林彻保送大学的那张喜报，给了黑白冬日里一道明艳的色调。

一高不愧是全国著名的中学，今年又保送了不少学生去最高学府。

别说保送了，其他几名同学的名校降分录取通知也足以羡煞旁人。

顾知栀抱紧了手中那本单词书，感觉到源源不断的力量。

林彻的名字一笔一画，清晰地贴在公告栏上。

哪怕他现在不在这所学校，也像是从中传递着余温，天涯与共。

既然决定要和他去同一所大学，她就还得付出更多努力。

曾经那个追着她的男生，不知不觉已经走到了自己前面，在人生的某个路口等候着她。

他曾义无反顾奔她而去，那如今，也该换她追随他了。

就像那晚，在路灯下一起夜跑，她努力追赶着他的身影，最后在下一个路口相拥。

"顾知栀，加油！"她捏起小拳头，哈了一口气，嘴边出现一团白雾。

当心里的念头变得无限大时，她只能专注到学习上。

每道练习题、每个知识点的总结，最后反馈到月考分数上，都是她不懈努力过的痕迹。

林彻如愿进入国家队，现在正在为国际物理竞赛做准备。

"你那么喜欢物理吗？"有一次视频的时候，她问。

男生笑得意味深长："喜欢是一方面，你喜欢是另一方面。"

她不解地摇摇头："我到不了那个程度。"

说了一会儿后，她挂断电话，继续学习。

第 97 章　她也高三了

姜南逐渐把更多的时间留在了竞赛班，捧着林彻留给他的笔记，一遍遍拜读。

"大妹子，咱和彻哥比不得。"

"你分明也很厉害好吗？！"

她叹了口气，来到窗前，又是一年冬去春来，她还能在这里度过多长时间呢？

经过一段时间的沉淀，她更加冷静了，注重内容和效率，让她抛却了不必要的情绪。

她不经意一瞥，发现窗外一根枯枝上，竟然萌发了嫩绿的新芽。

在温暖的晨光中，那抹绿静静流淌，羞涩地展露生机。

很快，一只蝴蝶翩然而过，在枯枝的新芽上停留，又飞走，只剩它独自轻颤。

待到春暖花开，她的少年，就要回来了。

林彻是在她上体育课时出现的，他慢悠悠走过来，在旁边的大树下安静倚靠着。

她正在和陈阳练习乒乓球，因为这也需要考核。

"姐姐，你知道你能接到球，是谁的功劳吗？"

陈阳满球桌接着顾知栀以各种奇怪路线发过来的球，一脸哭诉。

顾知栀凝神屏气，有些不好意思，笑着说："都是陈继科的功劳。"

说完，球从拍边上飞过，她并没有接住。

"我去捡球！"她乐呵呵地一蹦一跳追着球，往操场边小跑。

黄色的小球在地上弹蹦几下，又忙不迭往前滚。

顾知栀的眼神一直追随着这颗球，突然玩心大起，很想看看这颗球能一直滚多久。

于是她迈着小步子，心思雀跃地跟着球走。

直到视线里出现一双运动鞋，小球在他的脚尖处轻碰，又慢慢滚回她脚边。

顾知栀捡起球，视线顺着眼前这双长腿往上移。

当看到男生的脸庞时，她眼里一颤，令自己魂牵梦萦的脸赫然出现在这里。

"阿彻。"她轻轻呢喃，举着那颗球，笑着看向他。

男生玩味地勾起唇，像是有些责怪的意味："小朋友，你撞了我，是不是得赔钱？"

说着，他在顾知栀的头上摩挲了一下。

在大树后面坐着画画的洪川无奈望天。

这分明是大哥碰瓷啊！

话说当年，他好像也是这样碰瓷的，还说人家小仙女不看路。

一点儿没变。

……

林彻本来不用回学校了，被保送的同学大多都回了家，提前进入假期。

"大哥，你是因为体恤我们高三学子的艰辛，所以来送温暖的？"

洪川笑眯眯望着他。

坐在最后一排的林彻十分优雅地打开一本书，头也不抬："你觉得呢？"

周维将洪川的脑袋按下去，一副看白痴的眼神看向他。

"用你的十二指肠想想都知道，大哥分明是来陪他的小仙女的。"

虽然林彻已经被保送，可是由于要在国家队训练，所以能回来的时间并不多。

他其实很想陪伴着顾知栀经历这段日子，可他待不了多久又要离开。

"等你下次回来，我就高三了。"

顾知栀望着他，甜甜地笑着，眼里恍若有星辰一般。

林彻每次回来，都能发现这个女孩正在以惊人的速度成长着。

她现在处理不相干的事务杀伐果断，面对学习时，能安心沉淀自己，仿佛进入无我之境。

他摸了摸顾知栀的头，有些心疼地看着她消瘦的下巴："照顾好自己，乖。"

……

夏天又如期而至，一高矗立在海城的中央，日复一日，年复一年。

又送走了一批学子。

他们即将散落天涯，在这里做着告别。

顾知栀端着一筐书，和陈阳他们慢慢朝高三的教学楼走去。

蝉鸣悠长，在窗外的树上聒噪，每年的夏天，都是由它们来拉开帷幕，又是以它们的退场，默默离去。

她背上背着书包，手里是一大筐书，在转身时，背后的蝉鸣更加聒噪了。

"姐姐，高三了耶！"陈阳在她旁边，手里也抱着一大摞书。

"对啊，高三了。"

"高三了！"这个时候怎么能少了姚福全的浇水施肥活动？

他在讲台上激情澎湃："同学们，高三是重要的一年。"

"很多人想到高三，可能就是做不完的练习题，数不清的测验。

"但是，高三也是一段青春的岁月。

"你们每个人，在这一年，都为了梦想而奋斗。

"等你们回忆起来，这段时间在你们的人生中，其实是最难忘，也是最宝贵的。"

大家静静听他讲话，每个人目光坚定，好像世界和未来，都囊括胸间。

顾知栀看了眼窗外的骄阳，它透过枝丫投射进来，漾在桌面上，斑驳却热烈。

她轻轻抚摸，脑海里的声音澎湃着，可内心却又无比沉静。

刚刚毕业的高三学生在操场拍照。

她去交卷子时，路过一群正在合照的学长学姐。

洪川和周维竟然不知道从哪里蹦了出来："小仙女，我们能和你合照吗？"

顾知栀点点头。

"可惜啊，彻哥去忙比赛了，都没能回来。"

她闻言，垂眸一笑，表示已经习惯。

两人在拍完照片以后美滋滋跑到一边欣赏去了。这时，一个男生叫住了她。

"顾同学？"

她循声望去，这名男生的面容熟悉，不过因为许久未见，所以在她的认知里已经变得陌生。

不过，她还是从他好听又标准的发音中，一下子想起了这人的名字。

"许学长好。"许豪，广播站的那名同学。

他不好意思地挠了挠头，然后走近。

"不太确定是你，幸好没喊错人。"

说着，递给她一支笔："我能邀请你在我校服上签名吗？"

这好像是很多毕业生的习惯，邀请同学在校服上写下名字。

顾知栀觉得有些荣幸，欣然点头，然后接过他递过来的校服，小心翼翼写下自己的名字。

她认为，能被邀请写名字在校服上，是一种对自己的肯定。

在告别时，她对许豪说了很多祝福的话，让他一阵感激。

最后，许豪叫停了她离开的步伐，用着富有磁性的嗓音，在她身后轻轻开口。

"顾同学，谢谢你的祝福，我也有话想对你说。"

顾知栀转过身静静听他讲。

"不知道你还记不记得那次在广播站，你读过的稿子。"

没等她开口，许豪继续说。

"里面那句话，我在高三时经常回忆起来，对我影响极大。

"现在，我想借这句话送给你。

"夜空很美，在你为了高考奋斗的日子里，一定不要忘记，停下来，抬头看一看。

"我也祝你，肩头永远是清风明月、草长莺飞。"

他标准的发音富有磁性，把她拉回那段记忆中。

"谢谢！"她笑着，是轻松的愉悦。

第98章 不可战胜的岁月

准高三的学生，暑假时长约等于零。

他们早已在别的学生还在家里吹着空调吃冰激凌的时候，回到学校。

埋在课桌上，将汗水和时间，交付于一道一道练习题，一个一个知识点。

不久后，林彻去了大学。

顾知栀将这种思念潜藏，和其余的思绪一起，沉淀在内心深处。

她并不孤独，因为，在身边的是战友，在远方，有等待她的少年。

开学前，她将自己已经及腰的长发剪去，觉得自己的脑袋都轻松不少。

不过周子茉却表示十分惋惜："这么长的头发，得留多久啊！"

"以后再留也是一样的。"她毫不可惜地笑着，眼神清澈单纯，却又坚定不移。

姜南已经到了竞赛的冲刺阶段，他早已不参加月考了。

顾知栀稳稳地坐上了第一名的宝座。

不过姜南说她还是谦虚了，因为就算他没有去参加竞赛的话，现在也不一定能考得过顾知栀。

因为这个女生，现在勤奋得可怕。

在高三，知识点过了一遍又一遍，测验仿佛天天都有，张张试卷如鹅毛大雪般纷飞而下。

她始终不停努力着，哪怕是最擅长的物理，她也依旧每日总结着题型。

脑海里随时都能展开一张知识框架图以及考点分布图。

曾经最讨厌的英语作文，她也从一开始的模板中总结出属于自己的素材句子，每次考试都能信手拈来。

她逐渐感觉到近三年来做得厚厚满满的笔记，现在正在一点一点无声变薄。

这种被知识点贯穿和充盈的感觉，让她能时刻感到心安。

不知不觉，冬天又到了。

高三的时候，仿佛对四季变化没有多大感觉。

等寒意袭来，她踏着夜色，走出校门。

刚上了晚自习，她现在得赶回家总结今天的学习内容。

出门时，她特意抬头望了望天，一片漆黑。

由于临近元旦，外面的商铺都张灯结彩，热热闹闹让冬夜都不觉得寒冷了。

话说，今天是什么日子？

她已经很久没有看过手机，连今天是几号也不知道。

不管那么多了，她抬脚继续走。

却在校门外的一棵大树下，看到了那抹顾长又熟悉的身影。

男生静静伫立在路灯之下，看着她。

他的视线柔和，却在她心里漾起无声的涟漪。

看到她后，林彻率先走过来。

站在她面前，温柔地摸了摸她的头："生日快乐，小仙女。"

顾知栀怔怔地看着他，眼里微光扑闪。

她刚刚在思考今天是什么日子，就是因为感觉自己生日快到了。

原来就是今天吗？

她感慨万千，竟觉得眼眶有些微微发热。

林彻望着眼前的少女，半年不见，她又清瘦了。

可是那股坚忍的劲，却从她澄澈的眼神中，清晰透露出来。

"你什么时候回来的？"

"今天。"

"可今天不是周末啊。"她怔怔地问。

林彻轻轻将她耳畔柔顺的头发往后拢，神色柔和，像是在抚摸什么神圣又珍贵的宝贝。

"我得陪你过生日嘛。"说着他看了看时间，"不过马上就要走了。我给你带了蛋糕。"

说着，他把她拉到一边。

他们在树下的长椅上坐着，身边还有刚放学的同学，他们背着书包经过时，都忍不住侧目。

林彻端出一个小蛋糕，在上面插了十七根蜡烛，点燃后，捧在手上。

"祝你生日快乐。"

他的面庞在昏暗的夜灯和微弱的烛光下，轮廓清晰，五官好看得摄人心魄。

顾知栀闭着眼许了个愿，轻轻把蜡烛吹灭。

两人把这个小蛋糕分享完以后，又坐了一会儿，林彻把她送上车，马上离开。

他很忙，她也很忙。

不过能在这时看到林彻，她突然觉得自己又被幸福包裹住了。

……

寒假也不长，几天时间。

她没有回城南，林森特意住到了林彻在对面租下的房子。

由于要备战高考，这个年也过得短暂，不过却有另一番体验。

林彻放寒假了，所以可以在这边多待很长时间，不过他又不敢经常来打扰顾知栀。

于是只能在对面的阳台望着。

"小子，你给我留点儿位置。"林森挤到阳台上，和他一起望着对面。

"都怪你，如果不是怕你干扰栀栀，我早就带她回城南了。"林森说完，瞪了林彻一眼。

林森在顾知栀上高三的时候，就问她要不要在学校旁边给她安排房子。

结果顾知栀说，还是住在沈暖这里，和沈暖一起备战高考更有动力。

林森也使不上力，因为顾知栀很省心，于是他给沈奶奶那边安排了阿姨，帮忙做饭。

林彻心里也苦，他好想抱抱顾知栀，可又怕影响她的情绪。

毕竟自己的未来媳妇，现在每次看向他的眼神，似乎都绝情无比。

仿佛一点儿情绪都没有。

看得他的心拔凉拔凉的，可又不敢有过多的举动。

于是他买了很多盆栽，摆在自己的阳台上，希望她每天起来看窗外时，看到这些花，心情能愉悦。

又是一年春天，草长莺飞。

春天，自然是孕育着无限希望。

现在的他们，已经快进入冲刺阶段，每个人都干劲十足。

五人组在周六学校补课完以后，去外面觅食。

然后第二天，也就是周日的早晨，约着去一高跑步，企图把昨天晚上吃下的热量都消耗掉。

姜南已经被保送，提前步入大学生的行列。

不过他依旧每天来学校，作息都和他们一样，这让陈阳啧啧称奇。

陈阳和肖云越坚决抱住顾知栀的大腿，让她带着他俩好好学习。

他们沿着操场一直跑，晨光熹微中，跑道被镀上一层金色的光晕。

几个人迈着步伐，将其轻轻踏碎。

不知道未来的他们会怎样，如果四散天涯，也值得庆幸，在岁月里，走过了同样的春秋与冬夏。

等到夏天渐来，窗外的蝉又不停齐心协力聒噪，新的季节又到来了。

而他们的高三生活，却逐渐走向尾声。

大家都在等待着那个日子的到来，做好了十足的准备，而不是像曾经的月考那样，觉得猝不及防。

他们知道，在最终的高考场上，他们终将所向披靡，因为他们背后有一整个呕心沥血的高三。

第 99 章　毕业快乐

终于临近高考。

大家都挺平静，因为已经参加了无数次考试，面对高考足以坦然一笑。

不过家长们倒是做不到如此淡定。

在高考前几日，林森特意推了所有工作，给自己放了个长假。

他带顾知栀提前看了考场，在附近的酒店里直接订下一套总统套房。

向来奉行节俭的他，在这种事上，也免不了铺张。

林彻偷偷请了假回海城，躲在自己的小出租屋内。

"小子，我告诉你，栀栀考完最后一科之前，你不准出现在她方圆一百米内！"

林森忙不迭把窗帘拉下，又扔给他帽子和墨镜。

"我又不是做贼！"林彻皱起眉，嫌弃地看了看手上的墨镜，然后扔在一旁。

林森拉着林彻去寺庙里给顾知栀祈福。

"保佑我闺女顾知栀考出理想成绩。"林森在文殊菩萨面前又跪又拜。

这副操心的样子要是给他的员工看见了，指不定会刷新他们对自家林总的认知。

林彻不情不愿地站在他旁边，对这种迷信行为很是不解。

林森拜完后，瞪了他一眼："我去捐点儿钱，你在这儿等着。"

林彻走到一边，看着这里来来往往的人，都虔诚地跪在菩萨面前，念念有词。

他虽然不信奉神明，可也不会谴责这种行为。每个人都有自己的信念和信仰。

做不到理解就选择尊重。

于是他在旁边安安静静站着。

寺庙的香火旺盛，青灯古佛，暮鼓晨钟，颇能让人静下心来。

他看着这方庙宇，神情微动。

往后看去，林森的背影消失以后，他慢慢挪动，领了三炷香，学着旁边阿姨的样子，虔诚地供奉上。

然后站在文殊菩萨面前，鞠躬致礼。

"保佑栀栀考出好成绩。"他心里暗暗念叨，可又转念一想，"不对，我栀栀怎么都能考得好。"

"那就拜托了，让她一切都得偿所愿。"

默念完后，他又鞠了个躬。

准备抬脚离开时，他想到什么，再次回到佛像面前，心里继续念叨。

"既然来都来了，能不能顺便保佑我俩早日结婚？"

想到这儿，林彻皱了皱眉，抬起好看的脸，看了看周围。

确定林森还没回来以后，清了清嗓子，沉沉开口："谢了。"

说完以后，绷着脸，没事发生般走出大殿。

……

高考那天，太阳高照，晴空万里，所有的准备工作都有条不紊进行着。

顾知栀早早来到考场，在考场外面等待着。

老师们都穿上了统一的红色T恤衫，上面写着"金榜题名"四个大字，在外面给学生们加油。

"同学们，加油！"

在进考场前，大家围在一起，互相加油打气。

每个人都洋溢着自信的微笑，等待着最后的检阅。

今天好像格外不一样，但大家又明明和往常一模一样。

姜南不需要考试，却也来到这里，陪伴着他们。

还好周子茉也和他们分到一个考点，可以一起进考场。

"加油！"几个人拥抱在一起，"考完就可以去开黑了。"

"哈哈……"

陆陆续续进考场了，林森在人群里冲顾知栀挥手："英勇！"

顾知栀冲他笑着，露出两个小酒窝，在初升的太阳下，甜蜜又耀眼。

等考生们都进考场以后，外面的家长们有的离开了，有的等候着。

一片安静。

林森走到离考场比较远的家长休息处等待，林彻悄悄从人堆里走出来。

他戴着帽子和墨镜，却更加引人注目了。

"你个兔崽子，你走秀呢！"林森将他一把拉过来，让他在旁边坐下。

林彻无奈地摘下墨镜："不是你让我戴的吗？"

他刚刚可是躲在老远的地方，看着顾知栀进了考场。

日头逐渐毒辣，家长们物尽其用，拿着手里的家伙开始给自己扇风。

林森早有准备，已经叫人买好矿泉水，给这边的家长们分发。

"彻哥？"姜南走过来，一眼就看到了这边的林彻。

林彻冲他点了点头，示意他过来坐下。

"陪考呢？"

"对。"

"对了，别告诉栀栀我来了。"林彻特意对姜南嘱咐，姜南心领神会地点点头。

这时，家长们也开始小声攀谈起来。

"你孩子哪个高中的？"

"一高的，你呢？"

"我儿子也是一高的耶！今年一高的孩子大都在这个考场。"

林森因为让人给家长免费发水还有小风扇，获得了家长们的一致感激。

于是有人上前和他聊天。

"这位家长，旁边的是你儿子？他不高考吗？"

林森望了林彻一眼，很友好地对家长说："他去年就高中毕业了，今年是我闺女考。"

那位家长点点头，恍然道："那怪不得，一看你就很有经验，原来已经经历一次了。"

"对啊，我们是第一次，手忙脚乱的。"有家长无奈地摆摆手。

林森闻言，跟着他们一起摇头："没有，我儿子保送的，我这也是第一次。"

此话一出，周围的家长又羡慕又尴尬。

但更多的还是带着欣赏的目光，看着林彻说："真优秀。"

林森对别人夸林彻优秀这件事，好像不太敏感，于是又指了指林彻旁边的姜南。

"那小伙子叫姜南，今年保送的。"

这句话一出，原本羡慕的家长们，更加羡慕了。

"姜南啊，我上次开家长会看到公告栏，上面……"

"优秀，优秀！"

林彻和姜南很想直接离开这个地方。

"你儿子那么优秀，你闺女应该也很优秀吧？"

有家长这样问，林森直接就来劲了，眼里压不住的欣喜："我闺女，顾知栀！"

这边的家长的孩子几乎都是一高的，顾知栀这个大名在红榜榜首挂了一年，谁能不认识？

真是人比人，气死人。

但不管怎么羡慕别人孩子成绩好，大家的孩子都在高考，于是都互相祝福着。

考试考了两天，当顾知栀在英语考试时，写下英语作文里最后一句后，轻轻打了个句点。

她缓缓放下笔，看着窗外，树梢随风飘荡，流云无声淌过。

自己的高中生活，也就随着这个墨点，戛然而止。

当走出考场时，全部的考生都在欢腾着，和老师们一起合照，和同学们拥抱。

"终于结束了！"有人在人群里大喊一声，随后带起一阵欢呼和尖叫。

"结束了！"

她漾起微笑，觉得今天的天气，特别好。

和大家一起拍完照以后，有人拍了拍她的背，示意她往后看。

"栀栀。"这熟悉的低音，在她身后响起。

她赶忙转过头。

林彻从人群中挤出来，站在她面前，冲她笑着。

"毕业快乐。"

他轻轻开口，在骄阳下，热烈又生动。

多年以后，她回忆起高考完的那一天，印象最深的，就是他隔着人潮拥挤，一步一步朝自己走来的样子。

见证她生命中一个重要时刻的结束，并向她伸出手，迎接她下一段时光的降临。

那天，烈日逐渐被陶醉，空气中的尘埃也慢慢落定，世间万物都能为之沉沦。

第 100 章　岁月无处回头

高考结束那天晚上，顾知栀和周子茉他们五个人又一起觅食。天色渐黑，路上的商铺开始亮起温暖的灯光。

周子茉看了下手机，现在已经晚上九点了，她妈妈竟然没有打电话催她回家。

顾知栀闻言，也看了下手机，一般到这个时候，林彻都会催她回家的，可今天也没有。

"各位，毕业了能一样吗？"陈阳举了杯果汁朝旁边姜南的杯子碰了碰，甚至故意压了一头。

众人想了想，好像是这样。

于是又带着晚回家的忐忑和欣喜，一起快乐觅食。

"栀栀是确定要去彻哥的学校了吧？"陈阳问。

他们之前在高三的时候，其实已经聊起过很多次关于未来的想法，每个人都有目标。

顾知栀点头，目光坚定："对，我应该可以。"

陈阳无奈望天，掀了掀眼皮，表示非常羡慕。

"那这样说，姜南、周姐、彻哥，还有栀栀，都在一个学校？"

周子茉赶紧让他闭嘴："你别啊，还没出成绩呢，要是到时候翻车了，我第一个掐死你！"

"好好好，那我不说学校。"陈阳赶紧摆手，然后把视线放到一边埋头苦吃的肖云越身上。

"干饭人，"他用手肘抵了抵肖云越的胳膊，示意着，"你准备去哪里读书？"

肖云越在认真啃排骨，这时迷迷糊糊抬起头，想也没想："茉茉学校……的隔壁。"

他去不了茉茉的大学，只能去她隔壁学校，哭唧唧……

"那你们都在一个城市。"陈阳喝了口果汁，无奈叹气。

这声叹息拉着悠长尾音，让在座所有人无不惊异地抬起头。

"你不去？"

"我……"他又叹了口气，状若无奈，非常悲壮地说了一句，"那我必须去啊！哈哈哈哈哈哈！"

"毕竟我还要当你们爸爸！"

他之前那番话，无疑让每个人都紧张了一下，现在看他那副样子，所有人只想给他一耳光。

姜南面无表情，把他的头按下去："再乱讲，就把你揍一顿！"

接下来几天都有聚餐，和同学，和老师，总之挺乐和。

林彻还没放假，又得急匆匆赶回学校。

……

和沈暖还有沈奶奶好好做了告别，感谢这三年来她们的照顾。

等出成绩那天，顾知栀已经回了城南。

……

等成绩的那天，肖云越和陈阳在群里开始发各种锦鲤表情包。

"希望我们都能考个好分数！"

"希望两位美女能喜提状元……"

"……"

两人一来一回，竟然很快刷屏到一百多条。

顾知栀心情倒是蛮平静的，她觉得自己应该能考一个不错的分数。

离查分系统开启还有一个小时，她坐在电脑旁，随便翻着本小说。

林森一言不发地笑着，端了个板凳过来，在她旁边安静坐下，紧张地搓着手。

"林叔叔，你做什么？"顾知栀有些茫然。

林森非常平静地摇头，露出尴尬局促的笑："没什么，没什么，晚上吃多了，我在这儿坐一会儿，消化消化。"

顾知栀哪里不知他的意思，笑着说："好，那你坐坐。"

"坐坐。"林森继续搓着手。

就在两人还没进入查分状态时，顾知栀突然收到了一条短信。

她有些疑惑地点开，结果上面赫然写着一个数字："701。"

就一个简单的数字，别的什么也没有。

她一头雾水，看着这个号码，竟然是服务号，她也没在意。

越临近系统开启，群里的消息越火热。

然后她又接到一个电话，接通后，那边礼貌地说了一段话，让她心里咯噔一下。

"顾知栀同学你好，我们是××大学招生办的，想询问你要不要来我们学校上学。"

她疑惑地把电话拿到眼前，看了看号码，想确定是不是骗子。

"喂？同学？"那边的人有些焦急，"听得到吗？"

"听得到……"她压抑着激动的心情，咽了咽口水。

她回忆起林彻参加完物理竞赛那次，在饭桌上接到的许多电话。

她总算体会了一把他当年的情景了。

于是，礼貌地回复着："好的，我考虑一下，谢谢。"

挂完电话后，她还沉溺在不可置信中，再看看眼前的系统，瞬间没了紧张的感觉。

大家挤进系统，开始咋咋呼呼在群里闹腾。

不过，她猜测，这个701，就是她最终的成绩。

林森替她登录进去，然后激动地大喊起来："哎呀英勇！！701分！！！"

顾知栀在旁边淡定地和林彻发消息，因为提前知道了自己的成绩，所以那一刻，竟然十分平静。

接下来就是各种电话打进，问要不要去他们大学念书。

很快又是分数统计，顾知栀是海城的理科状元。

到这一刻，她切切实实感受到了，所有的努力，都不会白费。

……

第二天，要去学校拿成绩单。

大家最后一次穿上校服，坐在礼堂里。

顾知栀是海城理科的状元，这让姚福全非常得意。

大家听完校长的讲话，齐声鼓掌后，在雷鸣般的掌声中，他们的高中生活也就正式谢幕了。

他们一起往礼堂外走，此刻温度正好，风穿过树梢，身后是成群结队的同学，阳光明媚得一塌糊涂。

顾知栀站在校门口，往后望去，一眼就是熟悉的人群。

巍峨的教学楼，熟悉的楼宇，生动又亲切，它们就矗立在这里，不曾离去。

她意识到，岁月无处回头，而她所拥有的，都是美好又美丽的。

……

等顾知栀拿到录取通知书，已经是很长一段时间以后了。

那天，邮政小哥早早给她打了电话，让她拿着身份证去门口领录取通知书。

她接过那个沉甸甸的文件袋，特意摸了摸，摸到了坚硬外壳的感觉。

回家后，小心翼翼拆开。

紫红色的录取通知书外壳上，烫金的几个大字，在阳光下熠熠生辉，闪烁着神圣的光芒。

通知书不沉，可拿在手上，却有清晰的厚重感。

这种感觉很强烈，像是从肌肤的每一个毛孔，都传来极为舒适的满足，在四肢百骸慢慢漾开。

她捧着录取通知书站在家里。这时，门被打开了。

回过头去，竟然是拖着行李箱的林彻，他已经放暑假了。

看见捧着通知书的女生，他勾起嘴角，露出一抹好看的笑。

真好，又见证了一个属于她的时刻。

在他汹涌似旋涡的眼底，清晰刻录着女生朝他奔过来的身影。

他们站在家门口，紧紧相拥。

第 101 章　未来都要陪你走

顾知栀和她的小伙伴们经常一起出去玩。

这让林彻十分不满意。

"我们之前约好了的，一起看电影，还要吃饭。"她窝在林彻的怀里，不安分地扒拉着他的袖子。

"让我去嘛！"她委屈巴巴地嘟囔着。

"去去去，去吧！"林彻无奈地揉了揉她的脑袋，心里安慰着自己，反正也就半天，还好。

不过小时候自己也总是和同学一起出去玩，顾知栀闹着不让他去，让他在家里陪她。

这一定是在还当年欠下的债。

他将顾知栀的头发揉得乱糟糟，看她又露出凶巴巴的眼神后，好笑地住了手。

又在她愤愤的注视下，一点一点把她的头发理顺。

"去玩吧，晚上我接你回家。"

"你最好了！"怀里的女生瞬间起身，抽离似的瞬间蹿上楼去拿她的包包。

林彻意犹未尽地感受着指尖残留的余温，心里暗暗骂了一句，小没良心的。

他们约好了在商场见面，最近有部大家期待了很久的电影上映。

看完电影后，天麻麻黑，几人找了个店吃饭。

陈阳说给他们安利一种好喝的饮料，于是给他们一人买了一瓶。

"有点酒精的，不能喝的就算了哦。"

顾知栀看着饮料清新可爱的包装，恍了恍神，觉得很心动。

喝一点儿没关系吧？

于是她轻轻尝了一口，感觉就是汽水的味道，还不错，又喝了一口。

晚上吃的火锅，大家聊得热火朝天，一来一去，也不觉得累，异常精神。

等到天完全黑了以后，她总算感觉到有些困了，脑袋沉沉的。

"栀栀脸有点儿红，是不是醉了？"周子茉率先反应过来，摸了摸她的脸。

温热细腻，还带着些微醺的醉态。

"不至于吧？才一瓶耶。"陈阳挠了挠头，也关切地看着顾知栀。

顾知栀瞪大双眼，看着他们，眼睛一眨一眨，很是乖巧。

"我没醉的。"她摇摇脑袋，她以为的醉，是不省人事。

她现在格外清醒，只是头有点儿沉，所以她认为自己没醉。

"别喝了别喝了。"周子茉把她的饮料拿开，好家伙，她已经喝完了。

吃完饭以后，他们在商场外准备告别，顾知栀则是在原地等林彻来接她。

夏天的夜，还带着些许燥热，她慢悠悠地吐了口气，吹了一下额间的刘海。

林彻从广场外走来，远远就看见了在一边乖巧地站着的顾知栀，于是加快了步伐朝她走去。

人群里的男生格外引人瞩目，她一喜，朝他跑过去。

然后一把将他抱住："你来啦！"

从他怀里探出头，扑闪着大眼睛，望着林彻。

林彻自然是惊喜无比，揉了揉她的头发，垂眸间，视线落在她有些微醺的面庞上。

"你喝酒了？"他皱起眉，凑近女孩的脸，闻了闻她的气息。

确实带着微微的酒味，很淡，很轻，甚至在她甜美的体香下似有似无。

谁料，女生竟然委屈似的摇摇头："我没醉。"

这驴唇不对马嘴的回答，那确定是喝酒无疑了。

林彻无奈地叹了口气，把顾知栀牵着，小心翼翼地往广场外走。

然后打了车，回到城南的别墅区。停车点离家门口还有一段距离。

他们俩慢慢沿着路走，昏暗的灯光投在路面上，温暖又安静。

顾知栀说不上来现在的感觉，脑子里分明很清醒，可就是沉沉的，使不上力气，但每一根神经都变得很敏感。

敏感得甚至把她潜藏在内心的一些东西，都暴露了出来。

让她一瞬间，变得十分大胆。

"林彻。"她一本正经站定，说什么也不肯走了。

林彻俯下身，和她平齐，望向她那双清澈的大眼睛："怎么了？"

"你干吗牵我的手？"她把自己和林彻的手一起举起来，在半空中。

林彻看了看她的小手，有些好笑似的摸了摸她的小脸："我不能牵你的手吗？"

只见顾知栀认真思考片刻，郑重地点了点头："可以。"

然后继续任由他牵着走。

走了一会儿，她又停住了："林彻。"

"怎么了，我的仙女？"林彻无奈地看向她，那一板一眼的模样甚是可爱。

"咱们在一起了吗？"她清脆的声音往林彻耳朵里一钻，蓦地就激起惊涛骇浪。

而在那片惊涛骇浪之下，是她平静甚至带着点严肃的板正小脸。

他早就想问顾知栀了，他们之前过年的时候说的那些，可别忘了吧？

林彻压抑着狂跳不止的内心，低沉着嗓音在她耳边厮磨："栀栀，那你要和我在一起吗？"

说完，他静静等待着她的回应。

昏暗的灯光下，她的五官在朦胧夜色下，美得摄人心魄。

她看着他，眼神逐渐从清明，变成疑惑，最后再变成委屈。

"难道我们还没在一起吗？"她委屈巴巴地开口，像是不可思议，"难道我还没毕业？"

说到这儿，她开始算日子，嘴里念念有词，我高考完了吧？

林彻无奈地轻笑，然后将她轻轻抱住。

他知道自己这个行为非常不君子，但他现在也管不了了。

"在一起了，你是我媳妇，可别反悔了啊！"然后轻轻拍打着她的背。

希望顾知栀明天不会打他。

"媳妇？"顾知栀从他怀里挣开，十分诧异地睁大眼睛，"我们连婚都结了？"

说完，她捂着脸，好像是在接受什么不得了的事实。

"对啊。"林彻直接把她抱起来往家里走，"这么快就忘了？"

谁料，顾知栀竟然坚决地摇头，得意扬扬地笑着："我怎么可能忘！"

林彻将她抱着慢慢往家的方向走，顾长的身影在路灯下，被拉得更长了。

过了一会儿，还沉浸在和林彻已经结婚了的喜悦中的女生，突然僵直了背。

"你骗我的吧？我才刚毕业呢，哪里就能结婚了！"

她可没有醉，她特别清醒！

林彻无奈地看着她，突然就有些可惜，怎么就不多迷糊一会儿呢？

于是只宠溺地笑了笑，抱着她继续走。

顾知栀在他怀里很是舒服，寻了个好的姿势，把他脖子钩住，看着林彻有些性感的喉结。

她的身体的温暖触感就隔着薄薄的衣料传来，让他能感受到源源不断的真实。

总算真的能和她在一起了。

想起初中那段短暂的悸动，带有太多不成熟的轻慢。好在他的小仙女，又降落在他的身边了。

他们都长大了。

未来还有那么长的日子，他都要陪她走过。

第 102 章 共赴下一程

到了九月，顾知栀和林彻在林森的陪同下，去了大学。

顾知栀也终于能如愿踏进这道神圣的校门。

经过一方池塘，幽幽飘来一股清香，九月竟然还有荷花，不过已经是残荷了。

新生的背影忙忙碌碌，他们三人在校训那里一起合照。

在这里玩儿了几天以后，林森一个人回了海城。

又是开学典礼，又是各种会议，顾知栀一下子就感受到了大学别样的气氛。

寝室一共有四个人，两人来自西南，一人来自北方。

有一位来自西南的妹子，顾知栀很喜欢。这个妹子喜欢吃小笼包，大家都叫她包包。

包包是四个人里面最后一个到寝室的，她来之前，寝室三个人都免不了有些拘谨。

直到她风风火火推着一堆行李，进门就说："累死了！"

三人都把视线放到了她身上。

然后她友好地向她们分发了牛肉干。几个女生围坐在一起，吃着辣辣的肉干，一下打开了话匣子。

瞬间就变得亲切起来。

后来几天，她们总是围在一起分包包带的特产，什么牛肉干、兔腿、兔丁……

"你们有对象吗？"包包又打开一包兔腿肉开始啃。

另外两人摇了摇头，表示刚高中毕业，对男生这种性别的生物都没什么感觉。

早恋无疑是洪水猛兽，她们根本触碰不得。

只有顾知栀，在三人期待的目光下，不假思索地点头："我有。"

"美女有对象了，哈哈哈哈哈！"

顾知栀刚来学校的时候，在系里新生大会上一亮相，整个系都沸腾了。

很快，她的照片传遍了学校论坛，都说今年计算机系来了个美女，成功重拾了这个系——不对，是整个院男生对女生的幻想。

虽然大家对爱情还很懵懂，但谈及此，都会有意识竖起八卦的小耳朵。

几个人举着兔腿，啃也不啃了，静静等待顾知栀继续往下说。

"我们以前早恋过。"她有些不好意思地往后拢了拢头发，垂眸笑着，露出害羞的小酒窝。

此话一出，三个人眼睛瞬间放大，像捕捉到了什么惊天大新闻。

"不过也就在初中的半年里，很幼稚的。"顾知栀让她们别乱想，给她们说了自己和林彻的事情。

是怎么到他家里，怎么和他长大，又是怎么离开他，最后又在一高重逢。

"后来高中我们就没像以前那么冲动了，约定好毕业再在一起。"

"啊啊啊，全世界都欠我一个青梅竹马啊！"包包举着兔腿啃了一口，瞬间觉得手中的食物索然无味。

"好青春，好单纯！"

被她们一顿起哄，顾知栀竟然有些脸红。不过回忆起曾经，自己的那些美好岁月，都有林彻见证，真好。

不过也有可能是因为，她的岁月因为林彻而变得美好。

"那你呢？"顾知栀眼睛清澈透亮，看着包包，一动也不动。

包包有些嫌弃地瘪了瘪嘴："我也有，不过不在一个学校。"

说着啃了一口兔腿，愤愤的样子："我们一个高中的，他现在在老家那边读大学，不知道什么时候才能见。"

"对啊，很多高中谈恋爱的同学，最后去一所大学的都比较少。"

"所以，栀栀，你和你的彻哥算是很幸运了。"

顾知栀不置可否。幸运的是，她不负所望，能再次和他在一个校园里重逢。

就像是林彻在这个路口等待她，而她终于能够奔他而来，与他共赴下一程。

……

新生军训长达半个月。

顾知栀的专业女生很少，整个院的女生凑一起，勉强能组一个队。

许多男生方队路过时，就会有意无意瞥向女生营队，悄悄看有没有美女。

一般文学院和经管院会备受瞩目。

这两个院妹子多，质量高，今年经管学院听说有一个女神。

所以在训练过程中，如果遇到有放松的时间，新生营的男生就会强烈期望能和经管院的妹子一起活动。

"对面的标兵好漂亮！"

"我刚刚一眼就看到了她，这个女神说的就是她吧？"

许多男生看着周子茉，都露出压抑不住的笑，本来因为训练晒黑的脸，现在笑起来，牙齿一道白，更为突兀。

接下来，人群里开始露出一道又一道诡异的白。

"笑笑笑，笑什么笑！"教官冲他们吼道，"给我结束休息，全部回去站军姿！"

于是，一群男生唉声叹气，连走带跑地回到方队里端正站着。

这日头毒辣，蝉鸣凄切，听得人心里又毛又躁。

前面有一个女生营队齐步走过，第二排里一张白皙的脸格外突出。

"你看那边是不是信息学院的？"

"第二排的妹子看到了没？好可爱！"

一时间，队伍里不安分地躁动起来。

"她看了我一眼！我死了！"

顾知栀走着走着，汗水从额间滑下，流过眉骨，到了眼皮上。

她无奈地眨了眨眼，转了下眼珠，想把汗珠从眼皮那里弄下来。

结果眨巴几次，汗水竟然浸润了眼珠，一下子辣得眼睛生疼。

于是只能悄悄闭上一只眼。

"我天，她是在给我抛媚眼吗？"

"什么鬼，她分明只是在眨眼睛……"

……

军训期间，顾知栀最盼望的就是每天解散以后，去小超市买半个冰西瓜，拿回宿舍里舀着吃。

林彻没事的时候，都在训练场外等她解散。

一群绿油油的新生如被从监狱释放一般，从训练场拥出，生无可恋地数着还有几天才能结束。

"阿彻！"顾知栀看到在一边等待她的林彻，感觉一整天的疲惫都一扫而光了。

蹦跶着还有些酸痛的腿，朝他噔噔噔跑过去。

"你来啦！"她弯起眉，露出可爱的笑。

经过快半个月的训练，顾知栀的皮肤晒得微微有些黑，但依旧白皙。

那双眼睛在黑夜与灯光的交织下，露出欣喜的光，明亮清澈。

林彻上来就想抱住她，结果顾知栀往后退了一步："我身上好多汗。"

"这有什么？"林彻拧了拧眉，将她细小的胳膊握在手中，轻轻往身前一带，她的身子就和他贴近了。

她埋在他的怀里，一股淡淡的柠檬香扑面而来，顾知栀没忍住不安分的手，慢慢顺着他的腰收紧。

"好累。"

"那我背你。"

"求求你，别这样！"

刚军训那几天，林彻来等她解散，她当时实在太累了，就赖在林彻怀里，说不想动了。

结果林彻他老人家一本正经地说，我背你吧。

顾知栀以为他是开玩笑，于是配合地笑着说，好呀好呀。

然后，当天晚上，林彻背着她一路从训练场走到宿舍楼下，路上的人都投来灼热的视线。

她红着脸回到寝室，包包把手机递给她，上面赫然一张照片，还配了文字——"人家的军训VS你的军训"。

第 103 章　完整的吻

等到开始上课以后，顾知栀一下子就感受到了大学课程的独特之处。

刚接触编程，她还有些不熟练，周末的时候就会去图书馆写代码。

轻轻敲着键盘，只见黑色的编辑器上蹦出一行一行代码，内心的满足变得无限大。

再自信地点击"运行"。

然而没过多久，运行得很流畅的程序就开始报错，屏幕上再次出现了令人恐惧的红色警告。

"又报错了。"她无奈叹气。

现在的自己，看到红色就头痛。

她拿起水杯喝了一口水，不经意往旁边那桌一瞥，一对小情侣在说悄悄话。

虽然他们压低了声音，但顾知栀还是敏锐地捕捉到了"代码"两个字。

男生信誓旦旦拍着胸脯，对女生说："宝贝，你写不来的代码，我帮你写。"

这是什么神仙男朋友！

对于程序员，这句话怕是最浪漫的告白了吧？

可惜自家对象不学计算机，她大概是体会不到自己的代码有人敲的快感了。

在吃饭的时候，她给林彻说了这件事。

只见对面的男人帅气地哼了声，露出自信的笑："哪里不会？我教你。"

"你是什么神仙？"顾知栀嘴里还含着米饭，不可置信地望着他。

"我不是神仙，我是你老公。"

……

林彻刚念大学时，有不少女生追求他。

"抱歉，有女朋友了。"他面无表情地再次拒绝了一名女生的告白。

然后无事发生般迈着大步离去。

"彻神，你啥时候有的对象？"舍友蒋锐在身边直咋舌，都没见林彻和对象联系过。

此话一出，前面的男生本来悠然的步子瞬间僵住。

他皱起眉，无奈地说："还在高三。"

顾知栀高三开学已经一个多月，他们一次都没联系过。

上次见她，她看自己的眼神，那叫一个绝情绝爱，仿佛写着"我不爱你，我只爱学习"。

看得林彻有种被写了一封休书的凄然之感。

蒋锐八卦地喊着"高中妹妹哟，可以啊彻神"，说着就要看顾知栀照片。

林彻轻笑一声，眯缝着眼，格外冷漠："做梦！"

"看看又不会怎么样。"蒋锐哼了一声，彻神好小气。

最近，寝室的男生开始围在一起，欣赏大一新生里俊男靓女的照片。

"这个妹妹好看。"蒋锐又发现一名美女，还嚷嚷着这个美女是他的菜。

他在寝室里笑得眉飞色舞的，然后把照片放到林彻面前。

"彻神，看看美女不？"

林彻正在和顾知栀发消息，头也不抬："不看。"

"对哈，彻神是有妇之夫，对美女已经不感兴趣了。"

蒋锐把照片保存下来，设成了手机壁纸，还说这是他的梦中情人。

过几天，蒋锐需要借用林彻的手机，一打开屏幕，上面的壁纸给了他当头一棒。

这壁纸上，唇红齿白，笑得身后阳光都黯然失色的妹子，不就是他的新晋女神吗？

"彻神，这谁？"他指了指屏幕。

林彻瞥了一眼，宝贝似的把手机捧过来："我女朋友。"

"就是你的那个高三妹妹？"蒋锐瞪大了眼，感觉听到了什么天方夜谭。

"什么高三妹妹，她大学了。"林彻沉沉开口，颇为不耐烦。

蒋锐捂住快要碎成一片一片的小心脏，瘪着嘴划开自己的手机屏幕，看着上面那张照片。

在确认上面的面庞与林彻屏幕上的是一个人后，他瑟瑟发抖。

"怎么？"

林彻望了一眼在这边静默得成了雕像的蒋锐，皱了皱眉，然后就在他的手机屏幕上看到了那张熟悉的脸。

周围的空气瞬间变得凝重，蒋锐面前的男人脸黑得好恐怖。

"给我删掉！"他冷冷说出这几个字，像是从牙缝里碾碎了吐出来的一样。

"彻神我错了，兄弟有眼不识泰山，不知道这位妹妹就是你的对象。"

蒋锐迅速将顾知栀的照片都删得干干净净，顺便让寝室里另外两人注意保护身家性命。

又过了几天，大家都觉得，向来不肯给大家秀自家媳妇的林彻，好像变得格外主动。

他不仅把顾知栀的照片摆了好几张在桌上，连座位的墙上都贴满了。

从小到大的，包括幼儿园两人在一起的合照，也特意做了一个相框，摆在书柜上。

众人表示，彻神你别秀了，我们知道你家媳妇和你一起长大的了。

也知道你家媳妇就是现在传得沸沸扬扬的那位信息学院的女神。

我们不敢有想法了好吗？别秀了，求求您！

......

顾知栀寝室的四个人都是计算机系的，每天的日常就是写代码。

有一次顾知栀回寝室的时候，见到门口床位的包包正在一边抠脚，一边敲键盘。

边敲键盘，边骂骂咧咧。

"又报错了，我去。"

包包打游戏和写代码时都会不自主发出这样的声音。

顾知栀很好奇，如果说，打游戏骂人是骂队友，那写代码的时候骂人是骂谁呢？

"我骂我这不争气的脑子！总写些垃圾代码。"包包愤愤地抠脚，然后又继续写。

顾知栀若有所思地点点头，在之后写代码的时候，如果报错了，她就会开始骂一句。

"臭林彻！"

"你为什么要骂你的彻哥？"

顾知栀幽幽开口，生无可恋："沉迷彻哥让我失去理智，每天见到他，我就觉得我智商被狗吃了。"

"你闭嘴好吗！臭情侣滚开！"

……

顾知栀满十八岁的时候，林彻给她买了一个蛋糕。

"生日快乐，宝贝。"他摸了摸顾知栀的头，让她许愿。

"我希望林彻在明年的时候，插蜡烛不要给我插那么多根了。"

顾知栀数着蛋糕上面的十八根蜡烛，开始算，如果几十年以后，这蛋糕上面岂不是要插几十根蜡烛？

林彻没懂她的意思，以为她是介意自己的年龄，于是一本正经地点头："你在我这里永远都是十八岁。"

"十八岁？"顾知栀俏皮地偏起头，露出狡黠的笑，"十八岁可不能结婚，那你永远也等不到我和你结婚了耶！"

说着，还状若叹惋地拍了拍林彻的肩头。

谁知林彻反手将她拉进怀里："意思是你愿意和我结婚吗？"

他垂眸，看向怀里的女生，被她那双摄人心魄的眼吸引住。

觉得心里痒痒的。

两人不说话，只是对望着。

林彻钩住她的腰肢，轻轻俯下身子，凑近她的脸庞。

温热的呼吸就这样喷洒在她的脸上，他的眼深邃又勾人。

顾知栀被蛊惑般，咽了咽口水，然后，踮起脚，在他唇上嘬了一口。

软软的触感，像羽毛，像棉花糖。

正当她烧红着脸，准备从他怀里抽身而出时，林彻将手臂收紧。

"别跑！"

再次凑近身子，加深了这个吻，妥帖完整。

第 104 章　从校服一起携手到老

自从林彻等到顾知栀满十八岁以后，就开始盼着她什么时候到法定结婚年龄。

虽然说自己和顾知栀在交往的事，在学校里已经传开。

不过每到新的学年，有新生入学的时候，总会有些不要命的小崽子觊觎他家亲爱的顾知栀。

"学姐，我是来请教你怎么准备数模比赛的。"一个男生羞涩地挠挠头，红着脸说。

顾知栀友好地看了看他，眨巴眨巴眼。

男生脸上又是一红。

"首先就是你要明白你的定位，是擅长编程还是建模，又或者是写论文……"

顾知栀轻轻开口，把自己的经验都分享出来。

"其实不管是什么，都得有建模的基础，这样你才能辅助你的队友……同学，你在听吗？"

她见男生的目光逐渐呆滞，声音顿了顿。

"啊？在听在听！"男生回过神，收拾了凌乱的情绪，不露痕迹地咳嗽了声。

顾知栀继续往下讲，没过一会儿，男生的眼神再次呆滞。

她无奈轻笑："真的有在听吗？"

男生不好意思埋下头，脸开始通红："抱歉啊学姐，你太漂亮，我不小心就看入神了。"

他直白的言语倒是让顾知栀猝不及防。不过她依然神色如常，什么也没说，只是继续回到数模比赛的话题。

"学姐，"男生打断她的发言，"你有男朋友吗？"

顾知栀莞尔一笑，美得不可方物。她轻启朱唇，很是温柔："有的。"

"就是我。"不知道什么时候来办公室的林彻，就一动不动站在男生后面，居高临下看着他。

顾知栀最近在院办当教学助管，经常有些新生来问她问题。

林彻每次来找她，都能遇到些没眼力见儿的小子不要命地上来搭话。

男生只感觉这好听的男声冷漠得过分，下意识缩了缩脖子，然后往后望去。

在他的视线里，面前的大哥有一张好看的脸，可就是看起来不那么友好，感觉甚至有点儿想揍自己。

"对，这是我男朋友。"

温柔的顾知栀学姐笑得像春水初融，看向那名大哥的眼神带着爱慕，和刚才看自己的那种寡淡截然不同。

男生赶紧尴尬地喊着："学长好，学长好。"然后一溜烟跑出了办公室。

见他走后，林彻冷哼一声，脸臭臭的。

"干吗呀。"顾知栀拉了拉他的袖子，见他还冷着个脸，又宠溺地将他拉过来，顺着他的腰，轻轻抱住他。林彻虽然平时看着冷冷的，但其实内心还挺傲娇，有时得要她哄。

林彻立即伸出手，把她搂在怀里，心不甘情不愿地说了一句："想揍人。"

她探出脑袋，露出两个小酒窝："那你揍我？"

她的声音软糯好听，在林彻心上就那么滚过一圈，他的心瞬间就被暖化了。

"怎么可能揍你？"他没好气地用力将顾知栀重新抱住，感受着她软暖的身体，传来淡淡香气。

"可是啊，我分明记得你以前说过，什么想揍我。"

"哪有，这不可能！"林彻立刻否认，又坚决又果断。

"非要我提醒你吗？"顾知栀狡黠地笑着，假意里掺着几分真情，"我刚上高中的时候，你第一次遇到我，就说……"

她学着林彻当时那样，冷冷地轻哼一声，皱起眉，凶巴巴的。

"小同学，不想被揍就快走。"

果然，就见到抱住自己的男生的脸上，瞬间闪过一丝不自然。

他清了清嗓子，皱起眉看向一边："我错了。"

当时的他，不是故意想要逗逗她嘛，她还记这么久。

那时候，他一开始知道了顾知栀回来的消息，确实挺生气，觉得自己好委屈。

不过那种情绪，到再次看到她时，就那一眼，已全然化为乌有。

什么念头都被清空，那一刻，只想留住她，不能让她再走了。

……

顾知栀上大三那年，林彻要出国交换一学期。

想着从此以后，两个人就要跨十二小时的时差聊天，林彻瞬间觉得生无可恋。

"咱们回去过个元旦，顺便把婚结了。"林彻气势汹汹地在抽屉里翻身份证，然后订了最近一班回海城的飞机。

"你这么着急做什么？"顾知栀在旁边埋头敲代码，头也不抬，"为什么不是寒假，而是元旦？"

说完，代码流畅地运行完毕，她满意地点点头。

这是林彻在校外新租的房子，顾知栀如果晚上要熬夜写代码时，就会过来住。

求婚什么的，林彻已经从她满十八岁开始，时不时给她来一个求婚仪式。

"我还没满二十。"第一次收到林彻的求婚戒指，她很是震惊。

"没事，我提前求婚，等以后你就不能反悔了。"男生把戒指温柔地套在女生的无名指上，神情宠溺。

等到后来，顾知栀收到他各种求婚礼物，戒指、项链、耳环……

"上一个向我求婚的，我已经答应了。你现在再来求，是不是得排队？"

"都是我，有什么问题？"

然后两人就一起回海城过元旦，美其名曰，顺便结婚。

"小子，你这样太过分了！婚礼呢？"林森在家里指着林彻鼻子骂。

"爸，我们准备毕业后再考虑婚礼……"

顾知栀在旁边幽幽地开口，像是为林彻开脱。

"提亲也没提，彩礼呢？有和我商量过吗？"林森眯着眼，睥睨着坐在沙发上的林彻。

"我们还需要彩礼吗？"顾知栀好奇地睁大眼。按理说，他们是一家人，什么过程都可以省了。

谁料，林森说了句话，震惊到她了。

"对啊，你是我闺女。他，"林森指着林彻，狠狠说了一句，"臭小子，没点本事还想娶我们家顾知栀？"

很有电视剧里演的那种感觉，富家小姐的家长对穷小子说："给你二百万，马上离开我的女儿！"

最终，两人还是趁民政局没放假，去领了结婚证，从此以后二人的关系就此升华。从民政局出来的那刻，林彻再也忍不住，喊了一声："老婆。"

今天阳光不错，雨后空气清新，路旁树梢投下层层光晕，这一刻的时光变得格外耀眼。顾知栀举着红红的小本，拍了张照，发在朋友圈，并配了文字："我的哥哥一开始是我男朋友，后来成了老公，现在他被爸爸赶出家门了。"

回家的路上，他们经过一高，看着那座静静矗立的校门，依然如故地迎来送往。

不知道下一个从校服一起携手到老的，会是谁和谁呢？

第 105 章　新婚快乐

结婚后的顾知栀，感觉生活依旧如初，他们俩好像没有什么本质的变化。

只不过，林彻仿佛对自己的身份有了新的认识。

按照室友蒋锐的说法，这位少年早婚的彻神，恨不得把结婚证贴脑门上，天天拿出去秀。

在期末的时候，学校要收集这学期的学生获奖情况和证书报备。

林彻拿过不少奖励，但从来都不会主动去报备，每次都是等着院里的人自己来调查。

毕竟他随便一个奖，都能在学院的公告那里挂个半年。

今年的林彻格外不一样，他不仅早早就把这学期的奖项和证书都申报上去，还自己主动复印提交。

在审核的时候，老师翻开林彻那一摞厚厚的备份的证书，第一页。

"结婚证？"

还是彩印的，还是双面的。

林彻面无表情地站在那里，自信地开口："这是我最优秀的一张证书。"

老师挠挠头，还是这位大佬学生会整。

看到他这副意气风发的模样，老师欣慰地点点头。

在他的审核栏里，大手一挥，写下"审核通过"四个大字，然后又盖上了一个红色的章。

"新婚快乐。"老师说。

"谢谢。"

……

尽管再舍不得，林彻也到了出去交流学习的时间。

他从出发前好几天就开始郁郁寡欢，倒是顾知栀安慰他："没关系，一学期就回来了。"

林彻还是委屈巴巴地埋在她怀里，不肯起身。

"不难过不难过。"顾知栀轻轻拍着他的背，像哄小孩子那样，柔着声，像是抱了个小婴儿。

她的语气尽可能温柔，把林彻安抚得恍恍惚惚。

顾知栀又抬起手，摸了摸他的头："不难过啦，老公。"

她也是第一次这样喊他，出声的瞬间，两人都一起怔了怔。

尤其是抱住自己的林彻，明显能感觉到他的背僵硬了。

半晌，他不可置信地抬起头，眼里暗潮汹涌。

"你叫我什么？"

顾知栀的脸微热，她把视线移往别处，小声嘟囔着："没什么。"

声音细如蚊蝇，细细讷讷的，娇羞的模样无疑又给还在激动中的林彻点了一把火。

他感受到自己心脏开始剧烈跳动，身体内的血液正滚烫流动，随时可能喷涌而出。

他将顾知栀反手抱在怀里，喉结滚动，压低着声音，带着隐忍："再叫一声。"

两人的呼吸贴近了，交融在这个小世界中，互相厮磨着，能感受到彼此胸膛下剧烈明晰的跳动。

"老公。"顾知栀再次喊了一声，将头压进他结实的胸膛，脸细细密密地灼烧开来。

这一声，直接把林彻撩得失去理智。

一个滚烫又冗长的吻铺天盖地，缠绵悱恻，狭小的空间里，升起了暧昧跳动的因子，就像冬日里的枯柴被点燃了一把火。

情到深处，两人依依不舍分开。

身下的女生扑闪着迷离的双眼，依顺着他，攀扶住他的脖子，气若游丝。

林彻压抑着滚烫的血脉，沙哑着嗓子，在她耳边轻声道：

"我爱你。"

好爱好爱。

去交换的日子，两人隔着十二个小时的时差打电话，经常是顾知栀这边阳光明媚，林彻那面一片漆黑。两人一有空就会和对方联系，今天做了什么事，忙了什么实验。

空间上的分别并没有把他们的距离拉开，反而使他们都对彼此更加想念，觉得每一天都是崭新的。

林彻毕业以后，保送了本校的研究生，而顾知栀还在读大四。

在寒假期间，他们在海城举办了婚礼。

高中的好友都回来了，现在都围坐在一桌聊得不可开交。

洪川后来去了美术学院，现在在一家工作室里做设计。他本就有天赋，而且在画画上非常肯下功夫，已经小有所成。

"我说，彻哥当年追小仙女的时候，我和周维那得排头功。"

"头功，头功！"陈阳拍拍他的肩，"我们是不是也是超级好的助攻？"

回想起几人一起在乡下的那个国庆假期，无忧无虑，青春飞扬。

一幕幕，仿佛就在昨日。读大学那么久，回忆曾经，还是高中的时候最好玩儿。身边的人都是最好的朋友，做的事都带着纯粹。

洪川感叹道："我画了那么多年的画，还是觉得有两幅画，是永远都不能被超过的。"

"哪两幅？"

"第一幅，是在德育处写检讨，我画的教导主任。"洪川喝了口饮料，长长叹气，"第二幅，就是黑榜上的那个史努比。"

说到史努比，大家都会想起公告栏上的处分公告，上面花花绿绿的小狗狗。

后来那张公告，逐渐成了大家的留言板。

"不瞒你说，当年我还去上面留过言。"肖云越凑近，压低声音，"我写的是，'祝我学习进步'。"

"你还能写出这种东西呢？"陈阳不可思议地摇摇头。

总之，那张本来黑白，后来五彩斑斓的处分公告，见证了许许多多高中学子的心事。

不知道在哪一天，那张公告消失了，只有淡淡的痕迹留在上面，代表它曾存在过。

但是谁也不会忘记，曾经路过时，在上面写下宣言而感到心潮澎湃的时刻。

"洪胖子，让你当伴郎你就是这样偷懒的？"

周维在大厅里找了好久，没找到洪川的身影，另外的伴郎是叶凡和姜南。周维已经准备发火了。

"来了来了！"洪川冲大家点了点头，赶忙朝周维跑去，"我这不是感慨一句嘛！"

"感慨你大爷！"

洪川走后，这桌就剩下了陈阳、肖云越两个人。

"茉茉是伴娘，好激动！"

陈阳白了他一眼："你激动什么？"

"茉茉都当伴娘了，离我们结婚还远吗？"

"你这逻辑我没懂，周姐怎么看上你的？"陈阳摸了摸肖云越的额头，嘶了一声，"不烫啊。"

肖云越一把拍开他的手："话说，你啥时候找对象？需要爸爸帮你介绍吗？"

陈阳哼了一声，表示自己那么帅，需要人介绍吗？

直到大厅里光线突然一暗，由前方传来一道华丽的追光。

"栀栀出来了！"

所有人的视线紧随着那道光。

顾知栀穿着洁白的婚纱，由林森牵引着，缓缓走进婚礼的殿堂。

音乐倾泻而出，她一步一步，踩着神圣的花路，走向林彻。

女生脸上洋溢着幸福的笑，眼里星光点点，此刻弯成月牙形状，像铺陈了一整条银河的星光。

在路的尽头，是等待她的男生。

就像每时每刻，在人生的路口处，等待她上前那样，静静伫立在那里。

而现在、未来，他们都要一起走。

在众人的注视下，带着大家的祝福，二人完成了婚礼。

最后，到了等待已久的新娘扔捧花的环节，许多人凑了过去，站在顾知栀身后。

顾知栀看了他们一眼，特意把捧花往周子茉他们那边扔去。

在一阵嬉闹后，她回过头，人群渐渐散开，陈阳拿着捧花，呆呆站在原地。

"恭喜你。"没抢到捧花的肖云越，重重拍了拍陈阳的背，咬牙切齿。

陈阳手足无措地抱着花，支支吾吾。

"下一个结婚的就是你哦，陈阳。"顾知栀笑着看向他，"快拿好，别弄丢了。"

陈阳挠挠头，觉得手上的花，鲜艳欲滴，还溢着清香。

他手足无措，头一次觉得自己没对象是一件悲伤的事情。

……

婚礼结束后，大家陆陆续续离去，只剩下好朋友那桌还留下来，一起喝着酒聊天。

顾知栀和林彻忙完以后，也坐了过去。

"新娘子来啦！"陈阳朝栀栀挥了挥手，然后大家给他们让出两个位子。

有人终于问出了心中困扰多年的问题："彻哥，你和小栀栀一起长大，到底什么时候对她起的歹心？"

此话一出，大家一通哄笑，纷纷表示都很想知道。

林彻紧紧牵住顾知栀的手，默不作声地看向大家，露出一抹笑。

良久，他沉沉地开口，声音好听，还带着温柔缱绻。

"不知道。"他有些不好意思，但压倒性的气场伴随着低沉的嗓音，席卷了每一处，"但是我从小就知道，栀栀会是我的新娘。"

说着，在众人调笑的嬉闹中，林彻看向旁边笑得娇羞的栀栀："是吗，媳妇？"

"我哪儿知道……"顾知栀垂眸，如白玉般的耳垂泛起淡淡的灼烧感。

其实，在她内心，也是很小就认为，自己会是林彻的新娘。

不过她可不能说出来，不然，多没面子。

兜兜转转，最终，还是嫁给他了啊……

第 106 章　她的大学，他的陪伴

顾知栀在忙毕业设计，为了能够利用晚上的时间，她搬出了宿舍，住进了林彻的房子里。

两人一如既往，分坐一张桌子两边，顾知栀写代码，林彻看文献。

现在的顾知栀，写代码已经成为家常便饭，编程水平在院内数一数二。

人送外号，信息学院一级码农。

她顺利做完整个程序，非常满意地点点头，确认没有问题以后，将电脑放在一边。

顾知栀开始悄悄看坐在对面的林彻，他正埋着头，仔细阅读一篇顶级论文。

他眉头微蹙，鼻梁高挺，从这个角度看过去，睫毛也轻垂着，在他帅气的脸庞上投下一抹柔和。

她突然就看呆了。

这样一个人，怎么就成了自己的老公呢？

林彻将论文翻了一页，发出哗啦响声，他不经意一瞥，就看到顾知栀正傻傻注视着自己。

见到林彻看过来了，她露出一抹笑："嘿嘿。"

"傻媳妇。"林彻放下手中的论文，将身子往后仰了一仰，好整以暇地坐在原地。

顾知栀赶紧噔噔噔跑过去，往他怀里一坐，整个人窝在他身上，像只树袋熊。

林彻在她额头上轻轻一吻，说了一句："坐好。"

他一手将她抱住，不让她掉下去，然后继续看手中的论文。

刚从毕业设计中解放出来的顾知栀，觉得心情大好，连带着小手也变得不安分。

她搂住林彻的腰，在他怀里乱动，又是用头发去戳林彻的下巴，又是忍不住去摸他的喉结。

喉结处传来温润的触感，只是那么一轻点，就能让林彻全身上下传来细细密密的灼烧感。

他压抑着内心的冲动，将顾知栀重新抱了抱，然后沉着声，带着些沙哑："别乱动。"

"好。"顾知栀眨眨眼，很配合。

她果然没有摸林彻的下巴，转而开始撩开他的衣领，欣赏起他的锁骨。

那道锁骨之下，是他结实的胸膛，连在一起，形成一道好看的弧度。

她怔了怔，鬼使神差般凑近他的锁骨，将唇贴附于上，温柔地亲吻。

这下，上一刻还告诫自己保持清醒和理智的林彻，再也忍不住内心疯狂涌动的欲望。

他放下论文，两只手将顾知栀抱住，让她坐在自己双腿之间。

"小朋友，不听话啊。"说着，凑近她的脸庞，双唇相接，粗鲁中又带着温柔。

他吮吸着属于心爱的人唇间的柔软和甘甜，唇齿碰撞之时，温热的呼吸相融，耳畔，还有撩人的喘息声。

空气逐渐升温，气氛也变得暧昧。

他顺着怀里人的脸一路吻下，耳垂、脖子，最后来到胸膛。

抱着她，林彻抬起头，撞入顾知栀迷离的双眸之中，她眼里像是噙着水雾，深邃又勾人。

她朱唇轻启，随着他的动作缓缓喘息，气息香软扑鼻，像是勾住了自己，林彻重新吻住她的唇，双手用力托着她，往卧室里走去。

"彻哥。"在情欲高涨之时，她凑近他的耳畔，千娇百媚地柔声轻喊。

这下，动作本来轻柔的林彻再也忍不住，克制什么的，都先滚一边去吧！

……

毕业典礼那天，林森从海城赶来。

顾知栀拿到了优秀毕业生的证书，现在正在台上领奖。

"英勇啊！"林森满意地点点头。

林彻在他旁边，坐在家属区那个位置，也静静地看着女生脸上自信的笑。

他的小仙女，越来越自信，也越来越意气风发。

三人在一起拍了合照，林森又给顾知栀和林彻拍了一张二人照。

等他回到海城的时候，这些照片要洗出来，摆在家里。

同时，那里还摆着两人从幼儿园就在一起的合照。

看着在自己膝下长大的两个孩子，一点点从稚嫩到成熟，而幼时的事，仿佛就在昨天。

唉，自己怎么就开始期待抱孙子了呢？

第 107 章　天南地北，同去同归

顾知栀毕业以后，选择工作。

作为程序员的她，恨不得马上能投身码农行业，这一理想被几个室友嫌弃。

"不会吧，你安心在家当你的林太太不好吗？"

"再不济，去读个研，当什么'社畜'呢？"

顾知栀抱着键盘不撒手："不行！我是互联网的一块砖，哪里需要哪里搬。"

几个室友都要读研，而顾知栀则打算先工作几年，等自己哪天疲了，再去读研。

本想靠自己的努力闯出一片天的顾知栀，最后被林森高薪聘请到自家公司，去当一名光荣的软件开发工程师。

"你别有压力，我这是在引进人才。"林森一点也不在意地挥挥手，"这可不是走后门啊。"

林森的公司也算是著名的互联网企业，现在主要做人工智能和区块链的业务。

本着来学习的态度，顾知栀决定先到这里试试水。

等她正式上岗以后，终于有了一张自己的工牌，正式成为社会人士。

公司园区很大，不同部门在不同区域，她和林森平时也见不着，园区与园区之间有些距离，一般会选择骑车。

她做事认真，能力也不错，一来就成为部门里最优秀的新员工，年度考核的时候，竟然拿到了A等级。

这对于新员工来说，是比较稀奇的。

"你说这个顾知栀，是不是有后台啊？"有同事在后面嚼舌根。

"是不是有后台不知道，但人家学历摆在那儿，能力也强，人家考核拿A当之无愧啊。"

刚工作这半年，顾知栀在海城本部，和林彻算是南北相隔。

晚上她在家里和林彻视频聊天，视频那头正是林彻的帅脸。

"媳妇。"电话里传来林彻的低沉嗓音，他正在实验室外的走廊，靠着栏杆。

朦胧夜色下，他的五官很是好看，尤其是他勾起唇角微微一笑时，那股眉宇间的自信和宠溺，撩人魂魄。

顾知栀隔着屏幕，对林彻亲了一下，然后把手机放在电脑旁边，一边看电脑上的文件，一边和他说话。

"你还在实验室？"

电话那头传来嗯的一声，顾知栀撇头望去，林彻无奈笑道："媳妇也走了，这家不成家，还回去做什么？"

说罢，几分假意掺着真情，他状若委屈地深吸一口气。

"乖啊，我这不是上班赚钱养你吗？"她安慰着。

其实这句话一说完，两人都笑了，林彻哪里需要她养活。

成年的林彻已不再接受林森的生活费，靠自己的奖金和平时接的活儿赚的外快，估计都能在海城付个房子首付了。

从小被当成垃圾堆里捡来的娃养大的林彻，什么时候能想起，他还是个富二代呢？

"媳妇都开始养家了，我还在念书。"那头又幽幽传来林彻委屈巴巴的声音。

"所以啊，这个家还得听我的，不是吗？"

"是是是！"林彻眼尾压着笑意，目光深邃。

他们又说了一会儿，林彻要去实验室忙着收尾，就匆匆挂断了视频电话。

顾知栀盘腿坐在自家沙发上，继续忙手上的活儿。

刚工作的她还带着来自校园里未脱的稚气，干什么都以学习的态度，奋力进取。

一不小心，就加班到了现在。

工作到深夜，她收到了林彻的消息。

"小朋友睡觉了吗？"

她回复了一个"没有"。

果然，林彻的视频电话瞬时就打过来了，接通以后，那头就出现了林彻的帅脸。

他走在路上，背后就是校园里的阔叶梧桐，夜空皎皎，但透着冬夜的寒意。

"我正准备回去。你怎么还不睡？"

"随时都可以睡。"她洗漱完毕后，回到屏幕前，将手机举着，自己躺在沙发上。

林彻的脸近在咫尺，可人却远在天边，这样的日子还要持续一年。

"想你。"她嘟囔着，连带着声音都有几分委屈。

他的脸倏然柔和，看向屏幕里的女生，也无比心疼："我也想你。"

有一搭没一搭地聊着天，林彻身后的背景逐渐变化，从黑暗到出现了暖黄的灯光，伴随着开门声，顾知栀知道，他到家了。

此时自己眼皮好像在打架，刚才因为手举着手机太累，她已经把手机立在旁边，趴在手机前面。

林彻的声音逐渐模糊，像是来自天边。

她打了个哈欠，竟然就此睡去。

"喂？"林彻喊了几声，只见到顾知栀的头越来越低，越来越低。

他无奈笑了声。

"得去床上睡啊！"

不在身边，也不能抱她，媳妇太让人操心，怎么办？

越想，这归家的心情就越迫切。

算了算，还有半个月就能放假回家了，真好。

他到家以后，洗漱完毕，坐在床上，看向视频那头的女生。

她还趴在沙发上，半张脸被头发盖住，只露出高挺的鼻梁以及睡梦中微嘟的小嘴唇。

林彻举着手机，凝视着她，心也随着她浅淡的呼吸声而平静。

她身上裹了被子，倒也不会冷，只不过不知道她一直在沙发上睡，会不会不舒服。

刚工作的她，好像比在学校那会儿更有干劲。

"那么努力干吗啊？老公又不是养不起你。"他轻声说，声音沉沉的，带着些宠溺。

女生依旧睡得安稳，呼吸均匀。

又看了一会儿，时间已经快到0点，可他又舍不得挂电话。

倒是0点时刻，顾知栀的闹钟突然响了，她一个激灵坐起来，迷迷糊糊地四处抓手机。

关掉闹钟后，她逐渐清醒，看到林彻依然在那头，直直将她注视着，神情柔和深邃。

"怎么半夜还有闹钟？"他挑起眉，有些好奇。

顾知栀揉了揉脑袋："之前，双十二 0 点抢东西定的闹钟，我忘了取消。"

说完，她继续看向视频那头，林彻已经换上了睡衣，坐在床上，微开的衣领露出一截白皙的肌肤。

"我睡了多久？"她问。

"一个多小时。"

顾知栀心里一震，他就这样坐在那里看着自己，看了一个多小时？

他的脸依旧好看，眉眼间的神情犹如少年，虽然已经长大，可还是那副帅气的样子。

现在，他的眼神无比深情，就这样一直看着心爱的人。

"还好。"他笑了笑，依旧看着顾知栀。

不知为何，她心里陡然一暖，突然觉得，这海城的冬夜，一个人也挺难熬。

"阿彻。"她低低地喊。

"哎。"林彻笑着回应，看向女生的脸，十分欣喜，"怎么啦？"

"阿彻。"她又喊了声，像是很委屈。

林彻突然没来由地心慌，赶紧凑近手机旁："怎么啦宝贝？"

"我想你了。"细如蚊蚋的声音幽幽传来，映照出一张委屈的小脸，看得林彻心里直抽抽。

"我也想你。"

好在，天南地北，最终同去同归，很快他们就能再次相聚。

……

工作的第二年，顾知栀如鱼得水，很快升上了研发部门的小主管，有了属于自己的小办公室。

其实按照她的等级还不配有独立的办公室，但林森依然给她配置了。

原因是，研发部男生太多，一些人总是盯着顾知栀看，烦死了！

这下，关于顾知栀是不是有后台的质疑声越来越大。

"听说她是林总的女儿！"

"好像是，有人说在林总办公室看到她照片了。"

"怪不得升得那么快。"

不过大部分人还是单纯的，不会计较这些琐碎的东西，只看实力说话。

"你见过哪家富二代空降不去闲职，愿意跑来研发部写代码？"

这样客观的声音出现，大家也不得不承认，顾知柜的水平确实很高。

研发部大多是一群技术人员，谁的技术水平高，合作一段时间立马就能知道。

没有本事的，到这里马上就会露馅。可顾知柜不一样。

起初大家以为她是个花瓶，结果没想到人家工作起来丝毫不含糊。

于是，质疑声也减少了。

下班时间，她在办公室里和林彻打电话，上一秒还笑意盈盈，像个怀春的小女孩，在挂断电话以后，瞬间变脸。

面对工作时，她学到了林彻那一套，要像没有感情一样，绷着个脸。

"顾老大，不下班吗？"

"下班。"她放下手机，面无表情地看着部门的小同事。

可惜她不够有威慑力，只让人觉得可爱。

小同事笑着点头："那走吧！"

看来，不是谁都能学彻哥啊！

第108章　永远热爱，永远期待

林彻有次放假也来过她工作的地方。

她带着林彻在园区里面逛，给他介绍哪里是自己的部门，哪里又是食堂。

"你有暑假，可是我没有。"她无奈叹气。

有同事路过，向他们俩，投来灼热的目光。

"顾老大好！"

"你好。"

林彻听到这个词，好笑地挑了挑眉，薄唇轻启："老大？"

顾知柜哭笑不得。也不知道为什么，久而久之部门里的同事都愿意叫她老大。

自己分明年纪也不大。

"我这老大还是比不上你。"她回忆起高中的时候，洪川和周维不就喊林彻老大吗？

为什么呢？

提到旧事，二人不禁有些恍惚，分明已经过去许久了，可就像在昨日。

最后，她带着林彻来到自己的部门里，给他挂了个临时的工牌，说带他观摩。

一走进部门大楼，里面的人都惊艳了。

她带着林彻走进办公室，让他坐下看自己工作。

"喂喂喂，同志们，听说这个小帅哥还是个学生！"

"难不成是我们顾老大，找了个小白脸？"

"帅呆了好吧！"

可惜这样的字眼林彻没有听见，不然被称为小白脸的他，估计会瞬间变成大黑脸。

按理说上班期间不能带外人来办公室，而且研发部门属于机密部门，外人不能进的。

可，奈何林森准呢？

林彻坐在沙发上，看顾知栀认真地工作，突然玩心大起。

他喊了一句："老婆。"

顾知栀从电脑前探出头，瞪了他一眼："别捣乱。"

说着，还扔出自己的几包零食："堵住你的嘴。"

"媳妇。"林彻幽幽地喊。

顾知栀假装没听见。

"亲爱的。"他继续喋喋不休。

"走开！"顾知栀将自己的抱枕扔过去，打在林彻腿上。

男人被软软的抱枕一砸，非但没有被打的感觉，反而是享受一般，将抱枕靠在身后。

"宝贝。"他沉着声轻喊。

顾知栀受不了了，走过去，站在沙发前，垂眸无声凝视着他。

然后，绷着气呼呼的脸，将他衣领一把扯过来，低头在他嘴上亲了一口。

温软唇瓣相碰，留下她的香气。

"一边玩儿去！"顾知栀霸气地松开他的衣领，然后风风火火回到座位上继续工作。

林彻满意地舔了舔嘴唇，坐在一旁，再也不闹了。

林森不久也来到办公室。一进研发部的时候，本来一群抠脚大汉般的技术人员瞬间昂首挺胸。

"林总今天莅临研发部是做啥？"

"做啥？没看到往顾老大那边去了吗？"

林森把林彻呦喝出来，说带他四处看看。

林彻不紧不慢走在他身后，面无表情，甚至带着点压迫性的气势，一下子席卷全场。

这副做派和刚才在顾知栀身边完全不同。

他们走后，众人接头说悄悄话。

"这，刚才谁说人家是学生？"

"我寻思，这怎么像个老总呢？"

林彻很少来园区里，这也是林森第一次带他正式参观。

见到成片林立的工作区域，林森鲜少对自己的儿子露出这样骄傲的神情。

"毕业了，来我这儿？"

谁料，林彻摇头："我准备自己创业，已经注册公司了。"

说着，还友好地拍了拍林森的肩膀："老林，以后我们就是友商了。"

林森本来和蔼的脸瞬间严厉，恨铁不成钢地指着林彻："兔崽子，你和我作对？"

看向林彻时，却看到他的神情认真坚定，饶是自己这个老父亲看了都心惊。

自己的儿子，他再清楚不过，有想法就会努力去实现。

从小到大，不一直都这样吗？

本来想让他来自己公司，以后看能不能继承他的饭碗，结果现在这个愿望怕是要落空。

算了，儿孙自有儿孙福，他好歹还有栀栀在公司。

"行吧，要是哪天公司倒闭了，你再来我这儿，我可不接济你。"

林森拍了拍他的肩，恍然发现，自己儿子的肩头已经坚毅无比。

林彻还没毕业时，就已经开始忙碌在海城创业的事。

他主营的业务也包括了人工智能，和林森的业务有交集。

刚起步的时候，不是一帆风顺的，等他毕业后回到海城，公司已经经营起来了。

当时顾知栀拿到了一个小项目，需要去竞标，结果在谈判席上，竟然看到了林彻。

他也来竞标啊？

最后的结果当然是顾知栀顺利拿下了项目，毕竟公司有资本，给的条件也诱人。

等离开了竞标的酒店，林彻在外面将她拦住。

"媳妇，无情啊！"

顾知栀笑眯眯地摸了摸他的头："加油啊，小兄弟。"

谁能知道，白天的竞标对手，晚上竟然睡在一个被窝里呢？

林彻洗完澡后，对着正在床上玩手机的顾知栀说："老婆，明天不上班。"

顾知栀头也不抬，继续划动手机屏幕，不经意地嗯了一声："所以？"

"所以我们来做点儿什么庆祝一下。"

说着林彻走向床边，床上的人身姿婀娜，诱人无比。

他狡黠地拉住顾知栀肤如凝脂的脚，将她整个人往自己身边带。

伴随着她一声惊呼，顾知栀就落入他的怀中。

"媳妇，今天是你说的，让我加油。"

这句话让顾知栀羞红了脸，她闪烁着可怜楚楚的眸光，望着林彻。

可惜为时已晚，男人已经俯身而下。

......

后来，林彻的小公司规模也逐渐扩大，在互联网的风口上，经营得风生水起。

他成了名副其实的"林总"以及顾知栀口里的"资本家本人"。

顾知栀在职场上摸爬滚打几年后，发现还是读书好，于是申请了国外的学校，想直接读博士。

"四年？"林彻颤颤地举着她的通知书，像是要把上面的数字给戳穿。

顾知栀眨巴眨巴眼："对，如果写不出论文，五年都有可能。"

林彻咽了咽口水，陷入沉思。

这时，顾知栀举出另外一个东西："不过吧，海城的大学也不错，老师说我可以去硕博连读，然后留校工作。"

这句话说完，林彻拔凉的心，重新被暖热几分。

他看向顾知栀，又微微蹙眉。

因为他不希望她为了自己，放弃她的首选学校，那对于她而言并不公平。

"宝贝，"他抱住顾知栀，将头埋在她颈窝里，"你想去哪里就去哪里，做你想做的事。"

大不了老公就把公司搬到你那里去。不过这句话他没说。

谁料，顾知栀探出头，捧住他的脸，轻轻嗑了一口。

"我就想留在海城，这有咱们大学的研究生分部。而且，还有你嘛！"

说完，林彻的心终于安然。

已经毕业三年的顾知栀重新拿起书本，开始准备考研。

任何时候，任何年龄，只要自己不放弃往上走的脚步，都为时不晚。

经过小半年的努力，她最终拿到一个高分，如愿进入研究生院。

她申请了硕博连读，时间是五年，毕业后就能留在学校当一名光荣的老师啦！

这样，也就一辈子有寒暑假啦！

想到这儿，她直接拍手鼓掌，因为，她早已厌烦加班加点的生活，寒暑假才是永远的王道。

入校后她申请硕博连读，等她进入博士生的实验室时，突然发现自己多了一个标签。

那就是——"女博士"。

也有和她一样的同学，见到顾知栀还年纪颇小的模样，张罗着要给她找对象。

谁料她已经结婚了，而且老公又帅又多金。

"说好的女博士一生一起走，谁先脱单谁是狗，结果你竟然结了婚？"

林彻经常来她的学校找她。顾知栀不住宿舍，白天他送她去上学，晚上接她回家。

日子就这样平平稳稳地过下去，她最美的青春，甚至是一辈子，都交付给了校园。

"孩子出生叫什么名字？"林彻轻柔地摸着顾知栀的肚子。

在她读博第二年，两人有了爱情的结晶。这把林森开心坏了，自己退休以后，可有事情忙了。

"你来取。"顾知栀也抚摸着肚皮，对自己身体里还怀着一个小生命，感到无比神奇。

"其实我很早就开始考虑这个问题了。"

"今天终于可以付诸实践了。"

具体早到多久，林彻自己都不敢相信。高中的时候，那次他在实验室忙物理竞赛，看到顾知栀在下面上体育课。

心神恍惚之间，开始畅想未来，他想到，自己和她的孩子应该叫什么呢？

林彻从书桌上找来纸笔，挥毫而下，几个大字：林慕之。

"女孩也叫这个吗？"

"女孩的话，林慕栀，可以吗？"他又写了一个名字。

林慕之，林慕栀，都挺好。

"医院、月子中心，对了，还有满月酒是不是该安排了？"林彻开始张罗这些事。

顾知栀无奈地看了自家老公一眼："现在林慕之还是个小团团，离出生还早。"

不过肚子里有了这个小家伙以后，她也忍不住畅想起未来。

未来要带着他长大，要陪着阿彻慢慢变老，还要一辈子做自己喜欢的事。

话说，茉茉和肖云越也要回来了，姜南和陈阳在美国，准备毕业以后也回到海城。

洪川在海城已经有了一家自己的设计工作室。

周维之前去留学，学的经济学，回来决定在海城周边的乡镇区域大干一番事业。

那些陪着自己长大的人，最后也都陆陆续续从天南地北回到了海城。

"衣服也要买了，你说咱们家是不是该给孩子弄个床？"林彻还在后头念叨。

顾知栀没说话，露出一抹恬淡的笑。

她悄声来到窗前，窗外的枝丫上长出了新芽，天边流云静默无声，鸿雁飞过留下惊鸿一瞥。

放下手中的东西，林彻和她并肩站在窗前，她的头靠在林彻肩上。

"真美！"她念叨着。

莫忘旧时友，珍惜眼前人。

日子无声，可岁月有痕。青春无处回头，而那些炙热的经历永远鲜活美好。

热爱可抵岁月漫长，所以，请永远充满爱，充满期待。

也不要忘了在努力奋斗时，停下来，抬头看一看。

你的美好，说不定就降落于此……